Andrea Kraft

Wenn Pinguine fliegen könnten

Roman

Zur Autorin:

Andrea Kraft wurde 1969 in Wasserburg am Inn geboren und lebt heute mit ihrem zweiten Ehemann und ihren beiden Kindern in Rott am Inn, einer kleinen Gemeinde im Alpenvorland.

Nach ihrem regionalen Besteller „Hummeln fliegen auch bei Regen", folgt nun der zweite Roman der Autorin.

Mehr zur Autorin unter www.andrea-kraft.com

Published by Andrea Kraft
Covergestaltung by Bernhard Schwarzwald
(Salzburg), bm.wood@outlook.com
Druck und Bindung by wirmachendruck.de
1. Auflage
ISBN-Nummer: ISBN 978-3-00-051265-0

Für Mama und meine Schwester Silvia

In Erinnerung
an unsere schöne Zeit im
„Drei-Mädels-Haus".

Stellen Sie sich vor, Sie wären ein Pinguin.
Würden Sie gerne fliegen wollen?

Stellen Sie sich vor, Sie wären gesegnet mit einer wundervollen Eigenschaft.
Würden Sie diese Eigenschaft gegen eine andere, vermeintlich bessere, eintauschen wollen?

Würden Sie eine neue Eigenschaft besitzen wollen, wenn Sie dafür das größte Geschenk Ihres Lebens opfern müssten?
Und damit einen Verlust hinnehmen, der mit Schmerz und Trauer verbunden ist?

Würden Sie dann immer noch tauschen wollen?

Paula

Was bleibt, sind Erinnerungen, wenn man glaubt, alles verloren zu haben.

Ich benötige kein abgeschlossenes Psychologiestudium, um zu wissen, dass Verlust schmerzhaft sein kann. Während Sie diese Zeilen lesen, verlieren wir Sekunden unseres Lebens, die wir damit füllen könnten, Verlorengegangenes wiederzufinden.

Täglich verschwinden Gegenstände!

Vieles müssen wir hinnehmen, anderes entgleitet uns, ohne dass wir Schuld daran tragen. Immer wieder erleben wir Niederlagen, ziehen den Kürzeren oder scheitern. Einiges wird uns gewaltsam entrissen, wobei nicht die geringste Chance besteht, darauf Einfluss zu nehmen.

Und dann gibt es Momente, in denen wir nicht begreifen, dass wir in einem einzigen, scheinbar unbedeutenden Augenblick, das Kostbarste, über das wir verfügen, verlieren. Plötzlich haben wir das Nachsehen und in unserem Gedächtnis reift die Erkenntnis, dass wir nur noch eines besitzen: eine mentale, im Kopf stattfindende Wiederbelebung von Ereignissen. Wir Menschen nennen es Erinnerung.

Jetzt wissen Sie bereits, was *ich* fühle.

Und auch, was ich noch besitze.

‚Verlorengehen' ist ein weit definierbarer Begriff und für jeden von uns mit seiner eigenen Geschichte verbunden. Dabei gleicht selten eine Erzählung der anderen. Auch meine Geschichte wird sich von den vielen anderen unterscheiden.

Wie jeder Mensch habe auch ich reichlich eingebüßt. Allerdings schmerzt nichts so sehr wie der Verlust, den ich empfinde, während Sie diese Zeilen lesen. Können Sie es fühlen? Spüren Sie, dass etwas passiert ist, was bereits jetzt, kurze Zeit später, Spuren auf meiner Seele hinterlassen hat? Meinem immateriellen Teil geht es schlecht, und weil Herz und Seele mit Fleisch und Blut eine Einheit bilden, erliegt auch mein Körper einem gewissen Handicap.

Es tut mir leid, falls ich Ihre Seifenblase von der immerwährenden Liebe bereits auf den ersten Seiten zum Platzen bringe. Eine Art Zerstückelung von Romantik, die ich Ihnen entgegen schleudere. Aber manche Geschichten müssen erzählt werden, obwohl sie wehtun.

Ich bin davon überzeugt, dass Sie bereits wissen, dass ein Leben zu zweit mitunter einem Kampf voller Kompromisse gleicht, und was es bedeuten kann, wenn Zugeständnisse alleine nicht mehr genügen.

Entschuldigen Sie. Es ist längst an der Zeit, dass ich mich bei Ihnen vorstelle. Ich heiße Paula Herbst und bin siebenunddreißig Jahre alt.

Jeder Mensch lebt und denkt anders und doch ähnelt sich unser Verhalten auf eigenartige Art und Weise. Allen voran die Geschlechterrollen von Mann und Frau. Und dabei denke ich nicht an die biologischen Unterschiede, die uns Gott, das Universum oder wer auch immer, mit auf den Weg gegeben hat. Einzig an dieser Ungleichheit festzuhalten, wäre langweilig.

Erwägen Sie zum Beispiel nur die unterschiedlichen Ausdrucksweisen von Männern und Frauen. Das weibliche Geschlecht kommuniziert völlig anders als das männliche. Während Frauen eher emotional denken, ist für Männer die Funktionalität wichtig. Männer sind schlicht strukturierte Menschen. Das ist bei Weitem keine Herabstufung meinerseits, liebe Männer. Ganz im Gegenteil: Ihr sagt nämlich, was Ihr denkt. Uns Frauen dagegen gelingt es, aus einer Mücke einen Elefanten zu zaubern.

Oder einen Blauwal.

Oder auch ein Mammut.

Und alleine diese Tatsache führt mitunter häufig zu Streit.

Ich bin verheiratet und Mutter zweier wundervoller Kinder. Und ein wenig durch den Wind, wie Sie anhand meiner chaotischen Gedanken vermutlich schon bemerkt haben werden. Aber Sie wissen es ja bereits: Ich habe das Wertvollste verloren, was mir je geschenkt wurde.

Ach, übrigens, bevor ich es vergesse: Ich bin auch der Pinguin in dieser Geschichte.

Johannes

Das Leben ist unberechenbar

Es ist dunkel und der Sand unter mir ist feucht. Die Wellen rauschen und die Brandung offenbart sich als phänomenal. Keineswegs wie in Italien, wo Wellen ihrer Kraft beraubt, trostlos gegen abgestufte Touristenstrände blubbern. Über mir funkeln unzählige Sterne. Ohne Weiteres erfasst mein Auge Paulas Stern, den ich ihr am Hochzeitsabend unter freiem Himmel geschenkt habe. Er leuchtet heller als jeder andere und ich würde ihn überall auf der Welt wiederfinden. Er strahlt und stellt damit alle anderen Himmelskörper am nächtlichen Himmel in den Schatten. Auch hier, Tausende Kilometer von zu Hause entfernt, fällt mir dieser besonders funkelnder Stern ins Auge und verdeutlicht mir symbolisch, wie einzigartig meine Frau ist.

Obwohl es kalt ist, harre ich aus. Ich möchte mich der Stille – die eigentlich keine Stille, weil die Brandung zu laut und die Großstadt zu nah ist – nicht entziehen. Es ist vielmehr ein Schweigen, das keinem Geräusch, sondern eher einem Zustand gleicht.

Wiederholt greife ich zu meinem Bier – ein herbes Getränk, für das ich ein kleines Vermögen bezahlt habe – schließe die Augen und denke an Pinguine. Wie ich auf diesen Gedanken komme? Vielleicht, weil in unmittelbarer Nähe eine Kolonie von Magellanpinguinen beherbergt ist. Seit zwei Tagen nehme ich mir vor, mich auf einen Besuch dort einzulassen. Doch am Ende besiegt mich immer die Angst. Dabei fürchte ich keineswegs die harmlosen Tierchen, sondern deren Anblick, der mich unweigerlich an Paula erinnern wird. Allein der Gedanke beschert mir feuchte Augen, denn ich vermisse meine Frau schmerzlich.

Ein Leben lang bemühen wir uns, richtig zu handeln, ohne zu wissen, was in der Tat richtig ist. Und wäre dies bereits nicht erdrückend genug, drängen wir unserer Umgebung die eigene Darstellung, als die einzig Richtige auf. Eine schmerzhafte Lektion, die auch mir in den letzten Tagen erteilt wurde, denn lange Zeit habe ich Paula etwas unterstellt, wovon ich, wenn ich ehrlich bin, nicht die geringste Ahnung besitze. Es entspricht vielmehr meiner Wahrheit, so wie ich sie gerne sehen würde. Blöd nur, dass mir bei dieser Denkweise ein Fehler unterlaufen ist.

Ich bin ein Mann!

Ein Mensch der Wahrscheinlichkeit und Funktionalität. Wie grässlich das klingt. Als wäre ich mehr Maschine als Mensch. Aber es ist nun mal so, dass ich weniger an schicksalhafte Fügung, als an belegbare Fakten glaube. Mit der Unberechenbarkeit des Lebens kann ich mich nicht anfreunden. Ich bemühe mich darum, mein Leben auf eine gewisse Art von Logik aufzubauen. Letztendlich hat mich *meine Logik* in diese Situation getrieben, die mit großer Wahrscheinlichkeit die schmerzlichste ist, die ich in meinem bisherigen Leben ertragen musste.

Wieder taste ich nach dem Bier, als könnte ich meinen Schmerz darin ertränken. Wenn man keine Lösung findet, ist Alkohol nicht der schlechteste Ausweg. Dass ich dabei unglücklich bin, steht in Widerspruch zu den logischen Erklärungsansätzen. Vielmehr ist der Schmerz unerträglich geworden.

Klingt das nicht jämmerlich?

Ich kann Ihnen versichern, dass es nicht nur erbärmlich klingt, sondern auch optisch durchaus den Tatsachen entspricht. Seit Tagen bin ich unrasiert und mein Hemd ist befleckt von den Resten der Fastfoodrationen, die ich verschlungen habe, um wenigstens einer gewissen Art der Grundversorgung nachzukommen. Von den fehlenden zwei Knöpfen – die ich beim Rauswurf aus einer Kneipe eingebüßt habe – ganz zu schweigen. Wenn Niveau tiefer sinken könnte als der Meeresspiegel, dann hätte ich diese Stufe bereits erreicht.

Paula. Sie ist überall und doch nirgends. Ihre Aura schwirrt um mich wie ein Insektenschwarm. Flirrend sticht ihr Stachel in Herz und Seele, giert nach mir und ist dennoch nicht greifbar. Die stürmische Brandung erinnert mich an ihr Temperament. Und die funkelnden Sterne an das Leuchten ihrer Augen. Ein einziger Blick in Paulas wunderschöne, grüne Augen reicht aus, um die ganze Freude oder Trauer, die sich darin spiegelt, zu erfassen. Paula ist für mich allgegenwärtig. In der lauen Abendluft, in der lebhaften Hektik der Großstadt, im flammenden Feuer, das viel zu weit von mir entfernt am Strand lodert. Ich wollte immer tausend Dinge besitzen. Autos, Anerkennung, Geld, Erfolg ... Heute wünsche ich mir nur noch eines: Paula!

Ich bin Johannes. Paulas Ehemann, zweiundvierzig Jahre alt, Journalist und Ressortleiter der größten Tageszeitung unserer Region. Ich bin Vater zweier bezaubernder Kinder und nicht im Geringsten der Held dieser Geschichte.

Und eines kann ich Ihnen versichern: Um sich wie in der Hölle zu fühlen, ist es nicht notwendig zu sterben.

Was vor 18 Jahren geschah ...

Die Geschichte von Paula und Johannes begann an einem lauen Sommerabend im August. Beide waren – unabhängig voneinander – zum alljährlichen Empfang des *‚Kulturvereins Bodensee'* geladen, der in diesem Jahr, bei herrlichem Ambiente, auf der Insel Mainau ausgerichtet wurde. Paula Winter vertrat ihren Vater, Alfred Winter, der als zweiter Vorsitzender des *‚Verein für Museen und Schlösser'* anwesend sein wollte, wegen Krankheit jedoch gezwungen war, seine Teilnahme abzusagen. Nur widerwillig und mit gutem Zureden stimmte Paula Winter dieser Einladung zu.

Schon seit frühster Kindheit stand Paula mit Museen auf Kriegsfuß, was nicht von ungefähr kam, schleppte ihr Vater sie und ihre beiden Geschwister in unzählige Sammlungen. Als *‚Raritätenpirsch'* bezeichnete Paula diese Ausflüge, waren sie für die Winter-Familie so selbstverständlich wie die Fußball-Bundesliga-Ergebnisse am Wochenende oder die bunten Samstagsabendshows, die sie gemeinsam bei Chips und Cola bis Punkt zweiundzwanzig Uhr am Fernsehgerät verfolgen durften.

Doch im Verhältnis zu dem quirlig-bunten Samstagabendprogramm war der sonntägliche Museumsbesuch stets mit grenzenloser Langeweile, alten Gegenständen und dem unangenehmen Geruch von Vergangenem verbunden. Ein ‚Odeur' von Moder, der nur noch von den handelsüblichen Desinfektionsmitteln überlagert wurde. Welches Kind hatte schon Spaß im Gebirgsjägermuseum, in Fürstenbergischen Sammlungen oder im Alamannenmuseum? Lediglich das Fastnachtsmuseum – mit seinen alten Masken und geheimnisvollen Fratzen – konnte Paulas Begeisterung entfachen.

Im Nachhinein erinnerte sich Paula Winter aber nicht ungern an das Zusammensein mit ihrer Familie. Gerade nach dem frühen Tod der Mutter sehnte sie sich regelrecht nach dieser Unbekümmertheit, die sie und ihre Geschwister genießen durften. Es wurde viel gelacht und – je nach Museum – verschwor man sich mit oder gegen das Familienoberhaupt. Nach Beendigung der meist mühsamen Touren besuchte die Familie oftmals eine Gaststätte oder ein Café, wo die Mädchen bestellen durften, was immer sie wollten. Ihre Freundinnen beneideten Paula angesichts dieser Abenteuer, wenn sie, nach dem Wochenende, auf dem Pausenhof von den skurrilen Besuchen berichtete. Meist beschrieb sie die Geschichten interessanter, als sie tatsächlich waren, aber es war Paulas Art von Belohnung, die sie sich zugestand.

Besonders gut in Erinnerung blieb ihr das Pfefferminzmuseum oder das Zündholzmuseum, hielt Paula es damals für unmöglich, dass für ein einziges Pfefferminzbonbon eine ganze Sammlung existieren konnte. Gleiches galt für die Streichhölzer, die ihrer Meinung nach, alle gleich aussahen. Obwohl sie eines Besseren belehrt wurde, blieb der bittere Beigeschmack, denn Spannungslosigkeit ließ sich weder verdrängen noch vergessen.

Weil Paulas ältere Schwester Antonia die Teilnahme am Empfang für dieses Jahr von vornherein boykottiert hatte und Emilia – das Küken der Familie – nicht alt genug für die Repräsentation ihres Vaters gewesen war, hatte Paula am Ende ein Einsehen mit dem Familienoberhaupt und nahm letztlich die Einladung auf Schloss Mainau an. Anders als Johannes Herbst, der als Volontär von seinem Chefredakteur zusammen mit einem Fotografen zur Berichterstattung auf die Insel geschickt wurde, war Paula als Gast anwesend, konnte sich frei bewegen und nach kurzer Zeit den Empfang auch wieder verlassen. Allein der Gedanke an dieses offene Hintertürchen tröstete sie und machte die Sache ein wenig erträglicher.

»Wer ist das denn?« Johannes zupfte heftig am Ärmel seines Kollegen Frank und deutete ungeniert mit einem Finger in Paulas Richtung.

»Wer ist wer?«, antwortete Frank und blickte sich suchend nach einer höherrangigen Persönlichkeit um, die sein Freund und Kollege soeben entdeckt haben konnte.

»Na, die da!« Lässig deutete Johannes in Paulas Richtung. »Die mit den roten Haaren.«

»Ach die«, wehrte Frank gelassen ab, »das ist Paula Winter.« Mit diesen Worten wendete er sich ab, um das rege Treiben am Buffet weiter zu fotografieren.

»Und wer bitteschön *ist* Paula Winter?« Johannes musste sich förmlich dazu zwingen, den Blick von der jungen Frau abzuwenden.

»Wer ist hier der Journalist?«, scherzte Frank. »Du oder ich? Meine Aufgabe ist es, die Leute zu fotografieren, deine dagegen sie zu kennen, mein Lieber.« Feixend bohrte er den Finger in den Brustkorb seines Freundes.

»Ich habe noch nie von einer *Paula Winter* gehört.«

»Paula Winter ist die Tochter von Alfred Winter«, belehrte ihn Frank mit einem Augenzwinkern.

»Und wer ist *Alfred Winter?*«

Mittlerweile triefte Johannes´ Stimme vor Missachtung. Er wollte von seinem Freund klare Informationen über diese Frau und keine detaillierten Familienstammbäume. Doch sein Kollege ließ ihn am langen Arm der Erlösung verhungern.

»Alfred Winter ist Vorsitzender der Museumsstiftung.«

Johannes fixierte Frank mit einem messerscharfen Blick, der unmissverständlich verdeutlichte, dass seine ‚Scherzgrenze' nun erreicht war und alles Weitere erheblichen Einfluss auf ihre Freundschaft haben konnte.

»Seine Töchter Antonia und Paula«, dabei zeigte Frank vage in Paulas Richtung, »vertreten oder begleiten ihn bisweilen auf Veranstaltungen.«

»Was ist mit seiner Frau?«

»Ist vor einigen Jahren verstorben.«

Frank zoomte mit dem Sucher auf das Objekt der Begierde seines Freundes, schoss einige Fotos und zeigte ihm ein besonders gut gelungenes Bild auf dem Display. »War damals ein ganz großes Ding und unsere Zeitung wurde nicht müde, darüber zu berichten, wie der arme Mann plötzlich mit seinen drei Töchtern alleine zurechtkommen musste.«

Bedauernd schüttelte Frank den Kopf. Diese Form der Berichterstattung, bei der man versuchte, mit Mitleid die Auflagenzahl in die Höhe zu treiben, hatte ihm noch nie gefallen. »Lass uns weiterarbeiten, damit wir das Ganze so schnell wie möglich hinter uns bringen und uns dem Buffet widmen können, bevor die Schönen und Reichen alles verschlungen haben. Du weißt doch, wie es ist, wenn man diesen Leuten kostenloses Essen serviert.« Dabei imitierte er übertriebene Gesten, die eine gewisse Art von Habgier darstellen sollten.

Nur widerwillig ließ sich Johannes ins Getümmel ziehen, um das eine oder andere Statement zur Veranstaltung zu bekommen. Immer wieder suchte sein Blick die Weite des Parks, in der Hoffnung, Paula irgendwo zu entdecken. Getrieben wurde er von einem starken Willen, der ihm förmlich befahl, in die Nähe dieser Frau zu treten. Nur selten zuvor hatte er in solch starker Intensität diesen Drang wahrgenommen.

Obwohl er nur einen kurzen Blick erhaschen konnte, ging ihm Paulas Anblick nicht mehr aus dem Kopf. Allem voran ihre roten widerspenstigen Haare, die sie hochgesteckt und aus denen sich die ersten Locken bereits wieder befreit hatten. Johannes beschlich das Gefühl, dass sich in ihren Haaren auch ein starker Charakter widerspiegeln konnte. Sie wirkte auf ihn eingeschränkt, ja beinah gezähmt, ähnlich einem jungen Pferd, das man auf eine viel zu enge Koppel zwängte, jedoch den Blick auf eine große Weide preisgab.

Zwar hatte er nur für einen kurzen Augenblick ihre Augen bemerkt, doch das Strahlen, das er darin entdeckt hatte, genügte, um ihn ein Gefühl der Besonderheit zu vermitteln. Es war, als würde das Grün der Blätter, Wiesen und Bäume umgehend an Intensität verlieren, ganz so, als wäre es gar kein richtiges Grün, sondern nur eine billige Kopie ihrer strahlenden Augen.

Das tief dekolletierte, dunkelbraune und mit goldenen Fäden verzierte Oberteil und die hautenge Jeans, die ihre weiblichen Kurven unbestritten zum Vorteil brachten, erledigten dann den Rest. Während andere Damen – bekannte und unbekannte Größen des gesellschaftlichen Parketts der Region – in ihren Abendkleidern stolzierten und sich stets für ein gutes Foto in den Vordergrund drängten, beging Paula Winter mit dieser Garderobe unfehlbar einen Stilbruch. Dieses Styling bedurfte einer gehörigen

Portion Selbstbewusstsein und war unverkennbar mit Geradlinigkeit verbunden. Die Anziehungskraft dieser Frau war für Johannes phänomenal.

Eine Stunde vor Mitternacht gab Johannes Herbst seinem Kollegen die Absolution, sich endlich auf das Buffet stürzen zu dürfen, das unter den emsigen Händen der Gäste bereits enorm gelitten hatte. Er selbst verspürte keinen Hunger und gesellte sich stattdessen an die Bar, um nach Paula Ausschau zu halten. Dabei hoffte er verzweifelt, dass sie überhaupt noch anwesend war.

In den letzten Stunden, in denen er seinen beruflichen Pflichten nachgekommen war und einige Gäste interviewt hatte, blickte er sich des Öfteren verstohlen um, konnte sie aber im Getümmel nirgends entdecken. Als sein suchender Blick nun über den Schlosspark – der sich schon deutlich an Gästen gelichtet hatte – wanderte, fand er sie, alleine auf einer Parkbank sitzend und mit einem Glas Sekt in der Hand. Ohne lange zu überlegen, griff er ebenfalls zu einem Glas und begab sich in ihre Richtung.

Nervosität war für Johannes ein Fremdwort. Als einziger Sohn einer ‚hochangesehenen' Familie wurde er sehr früh auf das gesellschaftliche Parkett eingeführt. Sein Vater war in der Kommunalpolitik des bayrischen Landtags tätig und Johannes von Kindesbeinen an gewohnt, im Mittelpunkt zu stehen. Es entsprach bloß einer logischen Folgerung, dass er seit der achten Klasse als Schulsprecher fungiert und als Jahrgangsbester seine Schullaufbahn beendet hatte. Er war Kapitän der regionalen Fußballmannschaft und betreute Jugendliche, die aus sozial schwächeren Familien stammten und nicht so viel Glück im Leben besaßen.

Als er sich nach dem Abitur für ein Journalistikstudium entschieden hatte, fiel es ihm ungewöhnlich leicht, auf Leute zuzugehen. Seine Volontärzeit in New York absolvierte er mit Bravour. Er ließ keinerlei Probleme erkennen und konnte mit jeder Gesellschaftsschicht kommunizieren, weshalb seine Vorgesetzten ihn gerne zu Interviews schickten. Aufgrund seines guten Aussehens, seines Charmes und seiner politischen Kompetenz kam er nicht nur bei Frauen, sondern auch bei seinen männlichen Artgenossen erstaunlich gut an.

»Hallo«, begann er Paula anzusprechen. »Darf ich mich zu dir setzen? Ich bin Johannes. Johannes Herbst.« Bestimmt streckte er seine Hand in ihre Richtung.

»Paula, Paula Winter«, lächelte Paula und wunderte sich, dass diese mäßige Ansprache genügte, um ihn neben sich zu bitten. Sie schüttelte über ihr Verhalten den Kopf und nippte verlegen an dem mittlerweile lau gewordenen Getränk.

»Paula, was für ein passender Name«, folgerte Johannes, nachdem er neben ihr Platz genommen hatte, dabei jedoch einen gewissen Abstand wahrte.

»Findest du?«, fragte Paula erstaunt. Doch die Wahrheit war, dass sie dies nicht zum ersten Mal vernahm. Immer wieder wurde ihr versichert, dass ihr Name, wie die berühmte ‚*Faust aufs Auge*' zu ihrer Persönlichkeit passte.

»Würde man fünfzig Kindern die Aufgabe erteilen, eine Paula zu zeichnen«, erklärte sie, »würden mindestens dreißig davon ein Mädchen mit roten Haaren malen.«

Johannes stutzte.

»Auf wiederum zweiundzwanzig von den dreißig Zeichnungen wären Sommersprossen zu sehen, was einer Wahrscheinlichkeit von vierundvierzig Prozent entspricht, mich korrekt darzustellen.« Verstohlen musterte sie den Mann neben sich, als wollte sie damit sichergehen, dass er ihre Erklärung auch verstanden hatte.

»Wow«, antwortete Johannes erschlagen von so viel Schlagfertigkeit. »Vierundvierzig Prozent!«, pfiff er anerkennend. »Gibt es dafür eine Studie?«

»Eine Studie über Namen oder kindliche Gemälde?«

»Beides«, lachte er und lockerte den Knoten seiner Krawatte.

»Mitte des neunzehnten Jahrhunderts zählte Paula zu den beliebtesten Vornamen«, erläuterte sie nicht ohne Stolz. »Doch als ihn meine Eltern für mich ausgesucht hatten, war er in den Statistiken schon nicht mehr verzeichnet.«

»Du bist unglaublich gut informiert.« Johannes schmunzelte. Diese Frau sah nicht nur fantastisch aus, sie besaß zudem auch noch Humor.

»Reiner Selbstschutz. Es war nicht immer leicht gegen die Claudias, Sabines oder Monikas meiner Generation standzuhalten.«

»So schlimm?«

Paula nickte lächelnd.

»Und wie ist es heute?«

Paula verdrehte die Augen.

»Die Paula ist ne´ Kuh, die macht nicht einfach Muh«, zitierte sie den Werbespruch einer Molkerei, die für einen gefleckten Schokoladen-Vanille-Pudding warb, was Johannes ein lautes Lachen entlockte. Wie gelang es dieser Frau, in so wenig Unterhaltung, soviel Witz einzubringen?

»Entschuldige bitte, aber dein Humor ist köstlich.« Er konnte nicht umhin, sie dafür zu bewundern. »Und so ungewohnt unter all diesen Leuten.« Dabei deutete er weitsichtig in das Rund des Parks.

»Purer Sarkasmus. Ich hasse diese Partys!«

Paula konnte ihren Missmut nicht länger verbergen. Sie hatte unzählige Hände geschüttelt, vielen langweiligen Gesprächen gelauscht und reichlich Versprechen abgegeben, ihrem Vater Grüße zu übermitteln.

»Und weshalb bist du dann hier?«

»Um meinem Vater einen Gefallen zu erweisen«, stöhnte Paula genervt, denn sie bereute ihren Entschluss bereits seit Stunden.

»Du hättest absagen und dich damit für seine außergewöhnliche Namenswahl rächen können.«

»Gute Idee, merke ich mir.«

Paula nahm einen weiteren Schluck aus ihrem Sektglas. Er schmeckte bereits schal, weil sie sich seit einer gefühlten Ewigkeit daran festhielt. »Und du?«, fragte sie nach einer Weile, in der sie stumm nebeneinandergesessen hatten. »Was führt dich hierher?«

»Die Arbeit«, antwortete Johannes gelassen. Paula zog eine Augenbraue noch oben und taxierte ihn mit neugierigen Blicken, während sie überlegte, welchem Beruf dieser Mann nachgehen könnte.

»Du hast ja wirklich Sommersprossen«, bemerkte Johannes, als er sie genauer betrachtete.

»Arbeit?«, erkundigte sich Paula rasch, weil ihr unter seinem eindringlichen Blick ganz schwindelig wurde.

»Ich bin Journalist.«

»Oho, dann sollte ich besser auf der Hut sein und meine Abneigung für diese Gesellschaft für mich behalten.«

»Feierabend.«

Als Zeichen dafür, dass er sich beruflich aus der Veranstaltung verabschiedet hatte, erhob er demonstrativ sein Glas.

»Und trotzdem noch da?« Sie bedachte ihn mit einem sowohl mitleidigen als auch überraschten Blick.

»So schlimm?«

»Journalist«, ächzte Paula. »Anstatt zu antworten, gibt es sofort eine Gegenfrage.«

»Gute Menschenkenntnis«, gratulierte er.

»Allgemeinbildung«, erwiderte Paula lächelnd.

»Wollen wir die Insel verlassen und irgendwo noch etwas trinken? Wir könnten auch auf einen Kaffee zu mir gehen«, feixte er sichtlich amüsiert.

»Du verlierst keine Zeit, was?«

»Ungern«, lächelte er, bot seinen Arm an und führte Paula galant zum Bootsanleger, um mit ihr zurück ans Festland zu gelangen.

»Und die Statistik?«, erinnerte er Paula, als sie das Schiff betraten.

»Welche Statistik?«

»Die von den Kinderzeichnungen?« Johannes schmunzelte und freute sich darauf, wie sie sich vor Verlegenheit winden würde, weil sie darauf keine Antwort parat haben konnte. Doch er täuschte sich.

»Die Wahrscheinlichkeit, einen Johannes identisch darzustellen, läge in etwa bei einem Prozent. Immerhin würde dich damit ein halbes Kind richtig malen«, antwortete sie und amüsierte sich über sein überraschtes Gesicht, weil er diese Antwort niemals erwartet hätte.

»Und wie hoch schätzt du die Wahrscheinlichkeit, dass ein Winter dem Herbst folgt?«

Verwirrt wandte sich Paula nun doch an ihren Begleiter, der wiederum die Verblüffung jetzt auf seiner Seite hatte. Es war eine eigenartige Frage, die Johannes dort im Mondschein, noch dazu mitten im Sommer, stellte.

»Ich würde sagen, die Trefferwahrscheinlichkeit liegt bei vollen hundert Prozent«, antwortete Paula, »auch wenn die einzelnen Jahreszeiten oft nicht mehr voneinander zu unterscheiden sind. Der Winter geht fast nahtlos in den Sommer über, dieser dauert weit bis in den Herbst, während man vor dem Jahreswechsel nur noch selten mit Schnee rechnen muss.«

Doch Johannes dachte einzig allein an ihrer beider Nachnamen, die sich so perfekt aneinanderreihten wie die Jahreszeiten. Für ihn war es nicht nur ein Fingerzeig. Das Schicksal winkte mit einer gigantischen Zaunlatte.

»Herbst würde viel besser zu dir passen, Paula«, entschlüpfte es Johannes.

»War dies eben ein Heiratsantrag?«

»Wer weiß?« Johannes zuckte mit den Schultern und griff zärtlich nach ihrer Hand.

Seit diesem Abend, der im Morgengrauen auf einer alten Burgmauer in Meersburg bei einer Flasche Wein endete, waren Paula und Johannes ein Paar. Sie fühlten sich derart zueinander hingezogen, dass sich keiner der beiden dieser Liaison verwehren konnte oder wollte. Im Gegenteil. Je mehr Zeit Johannes mit Paula verbrachte, desto gewöhnlicher erschienen ihm alle anderen Frauen, die er bisher kennengelernt hatte.

Mit Natürlichkeit und grenzenloser Leichtigkeit war Paula zu seiner Traumfrau geworden, vielleicht auch nur, weil ihre Art zu leben, und die Eigentümlichkeit, es in vollen Zügen zu genießen, in völligem Gegensatz zu seiner Familie stand. Möglicherweise gaben aber auch andere Gründe den Ausschlag. Jedenfalls verkörperte

Paula das komplette Gegenbild zu seiner Mutter, eine Tatsache, die es Paula später schwer machen sollte, mit Gerda einer Meinung zu sein. Fortan bezeichnete Johannes Mutter es als eine Art Revolte gegen die eigene Familie, als er Paula als seine zukünftige Ehefrau präsentierte. In der Tat entsprach es mehr einer nüchternen Präsentation anstatt einer liebevollen Familieneinführung. Die Aura, die Gerda umgab, war kalt und Paula erschauderte bereits, als sie das Familienanwesen betrat.

»Was machen Sie beruflich, Paula?«

Schneidend scharf stellte Gerda Herbst ihre Frage.

»Ich bin in der Ausbildung zur Krankenpflegerin«, dachte Paula.

»Medizinische Fachangestellte«, hielt sie dagegen und ärgerte sich, dass sie Scham empfand, obwohl sie mit ihrer Berufswahl bisher durchaus zufrieden gewesen war.

»Woher stammt ihre Familie?«, wollte Gerda als Nächstes wissen.

»Aus bürgerlichen Verhältnissen«, urteilte Paula in Gedanken und sah sich beeindruckt im parkähnlichen Garten ihrer Schwiegereltern um.

»So musste sich ein, gegen den Strom schwimmender Fisch, fühlen.« Sie würde ihre ganze Kraft dafür aufbringen müssen, um hier nicht unterzugehen und im Nichts zu verschwinden. Dass sie hier unerwünscht und mehr geduldet als Willkommen war, daran hegte Paula keine Zweifel mehr.

»Treiben Sie Sport, Paula?« Obwohl sie die Frage ihrer Abstammung noch gar nicht beantwortet hatte, stellte Gerda bereits die nächste Frage. Dabei strahlte ihre Mimik eine unbestreitbare Botschaft aus, die mit Interesse und Anteilnahme nur noch wenig gemein hatte. Es erweckte vielmehr den Anschein, als würde ein gewisser Fragenkatalog abgearbeitet werden.

»Ich laufe ab und zu und gehe gerne schwimmen.« Immerhin war dies nicht ganz gelogen. Sie ließ unerwähnt, wie selten sie diesen Sportarten nachging.

»Haben Sie Geschwister?«

»Ja. Zu meiner Familie gehören eine ältere und eine jüngere Schwester. Ich verkörpere sozusagen den Mittelstand.«

Paula lachte. Natürlich als Einzige, obwohl sie erkannte, dass Johannes sich nur noch mühsam ein Lächeln verkneifen konnte.

»Meine Schwestern heißen im Übrigen Emilia und Toni.« Als sie den verwirrten Blick von Gerda bemerkte – ein Gesichtsausdruck, der ihr besonders schlecht stand und vollkommen albern wirkte – korrigierte sie sich rasch.

»Antonia natürlich. Verzeihung. Wir nennen sie nur Toni.«

Missbilligend wandte Gerda sich ab, was Paula letztendlich zur Weißglut brachte. Nur noch knapp konnte sie ihr Mundwerk beherrschen und ahnte, dass sie ohnehin nichts mehr verlieren und schon erst recht nichts mehr gewinnen konnte.

»Mein Vater ist übrigens Vorsitzender des ‚*Kulturvereins Bodensee*' und meine Mutter ist vor fünf Jahren verstorben. An Krebs!«, vervollständigte Paula mit Nachdruck die Diagnose ihrer Mutter, da ihr Gerdas zynischer Blick nicht entgangen war.

»Wir besitzen ein winzig kleines Häuschen in Wasserburg. Allerdings mit eigenem Seezugang, sodass Sie den Wert unseres Anwesens nicht unterschätzen sollten. Toni ist von Beruf Erzieherin und liiert mit einer Automechaniker*in* und Emilia geht noch …«

»Danke, meine Liebe. Ich denke, das reicht uns für heute an Informationen.«

Autoritär und mit eiskalter Stimme unterbrach ihre zukünftige Schwiegermutter das Gespräch. Mit Liebe oder bestenfalls Interesse, hatte diese zur Schaustellung ohnehin nichts zu tun. Paula spürte Gerdas Ablehnung von erster Minute an. Maximilian, Johannes Vater, hielt sich dagegen verschlossen im Hintergrund und es war offensichtlich, wer in dieser Familie das Sagen hatte.

Ganz falsch damit, dass es sich in der Tat um eine Art Auflehnung ihres Sohnes handeln konnte, lag Gerda allerdings nicht. Johannes entschied sich auch deswegen für Paula, weil deren Familie so vollkommen anders, als seine eigene war. Bei den Winters wurde keineswegs um Punkt zwölf zu Mittag gegessen. Wer Hunger verspürte, griff unkompliziert in den stets gut gefüllten Kühlschrank und zauberte sich eine Mahlzeit, ganz nach seinem eigenen Verlangen. Paulas Vater ging zur Arbeit und somit waren die drei Winter-Kinder die meiste Zeit auf sich gestellt, nachdem ihre Mutter viel zu früh verstorben war. Johannes schmunzelte, als sein Schwiegervater ihm verriet, dass er gerne eine Horde wilder Jungs in seinen Töchtern sah, was die außergewöhnliche Namenswahl unterstrich. In seinen Gedanken rief er des Öfteren nach Anton, Paul und Emil. Doch sein Nachwuchs war unverkennbar zu schönen, jungen Frauen herangereift. Wild und ungezähmt waren die drei allerdings geblieben.

Johannes – das verwöhnte Einzelkind – sehnte sich regelrecht nach der Genügsamkeit dieser Familie, die so neu und reizvoll auf ihn wirkte und in der das Leben so einfach erschien, weil es ein großes Miteinander gab. Es erweckte den Anschein, als würde diese Familie keinen Tag unnötig verschwenden, während er sich vor Augen führte, wie sinnlos die Tage seiner Mutter oftmals verstrichen.

Mit ihrer sorglosen Art weckte Paula in Johannes den Beschützer, dessen Berufung er ein Leben lang treu bleiben wollte.

Während Johannes also in Paulas Familie zum gerngesehenen Gast wurde, duldete man in ‚seinen Kreisen' die Freundin mehr, als dass man sie tatsächlich akzeptierte. Ein Umstand, der es Paula schwer machen sollte, Johannes auf Familienfeiern oder gesellschaftlichen Anlässen zu begleiten. Letzten Endes siegte aber immer der unbändige Wille, sich von Gerda nicht unterkriegen zu lassen. Und sie liebte diesen Mann. Sein gutes Aussehen ging über einfache Attraktivität weit hinaus.

Paula mochte seine dichten, braunen Haare und seinen Dreitagesbart, der ihn so unglaublich sexy erscheinen ließ. Die feinen Fältchen, die immer dann zu sehen waren, wenn ein bezauberndes Lächeln sein Gesicht umspielte. Sie begehrte die wohlgeformten Lippen und die zwei perfekten Zahnreihen, seinen trainierten Körper und seine langen, gepflegten Finger, deren Rücken mit feinen Härchen überzogen waren. Am meisten aber faszinierten Paula seine großen, haselnussbraunen Augen, aus denen unbändiges Vertrauen und pure Verlässlichkeit sprachen. Dass er nicht nur ihrem Traummann, sondern dem Wunschbild vieler Frauen entsprach, bewiesen die neidischen Blicke, die sie stets und überall verfolgten.

Johannes verkörperte das Sinnbild eines perfekten, erfolgreichen Mannes. Er hätte gutaussehende Models, von Erfolg gekrönte Karrierefrauen oder eine aussichtsreiche Erbin an seiner Seite haben können. Doch er wollte nur sie.

Aber es war nicht nur das Bild, das Johannes nach außen abgab, das Paula verzauberte. Es war vor allem diese allgegenwärtige Selbstsicherheit, mit der er sein Dasein meisterte. Zum ersten Mal im Leben konnte Paula sich an jemanden anlehnen, um sich vollkommen tragen zu lassen. Durch den frühen Tod ihrer Mutter – sie war damals vierzehn Jahre alt gewesen – war Paula gezwungen, Verantwortung zu übernehmen. Allen voran, benötigte Emilia ihren und Antonias Schutz. Emilia war gerade erst elf geworden, als sie ohne Mutter, dafür mit zwei Schwestern und einem Vater – der in den ersten Jahren keine Hilfe darstellte, sondern sich stattdessen zum Kleinkind zurückentwickelte – zurechtkommen musste.

Nach dem ungerechten Tod seiner geliebten Ehefrau schien die Welt für Alfred Winter stillzustehen. Er haderte mit seinem Schicksal und ließ die Töchter ausreichend daran teilhaben. Anstatt für sie zu sorgen und für seine Mädchen da zu sein, zog er es vor, sich von ihnen bemuttern zu lassen. Es war ein stetiges Weinen und Jammern, das zumeist auf Sinnlosigkeit beruhte. So beweinte er nicht nur den Verlust seiner Ehefrau – wofür seine Töchter durchaus Verständnis aufbringen konnten – sondern auch die Nudeln, die zu fest oder das Gemüse, das zu weich gekocht worden war.

Emotional seinem Körper und Geist erlegen, fand das Familienoberhaupt nur schwer ins Leben zurück. Zu allem Unglück gab es kaum Verwandte, die den Kindern entlastend unter die Arme greifen wollten. Diese harte Zeit der Sorge und Verantwortung ging nicht spurlos an Paula und ihren Schwestern vorüber. Umso mehr genoss sie, als Johannes nicht nur sein, sondern auch ihr Leben fest in seine Hände nahm.

Aber es gab weitaus mehr Eigenschaften, die sie aneinander bewunderten. So mochten sie die gleichen Filme (‚*Forrest Gump*' oder ‚*Die Akte*'), hörten die gleiche Art von Musik (Rock und Pop) und fanden auch in Sachen Sexualität schnell einen gemeinsamen Nenner (unkompliziert, mit einer durchaus härteren Gangart). Nicht zuletzt war es auch der ungewöhnliche Humor, der beide miteinander verband. Sie konnten gemeinsam über Dinge lachen, für die den meisten Menschen die dazu nötige Unbekümmertheit fehlte. Oft bedurfte es hierfür nicht einmal Worte. Ein Blick reichte vollkommen aus, um eine Situation komisch zu finden.

Johannes war für Paula der berühmte Deckel auf den Topf. Allerdings kein einfacher Deckel, der lose auf einem Kochgefäß lag. Ihre gegenseitige Wirkung glich einem Schnellkochtopf, der angezogen wurde und fortan nicht mehr zu lösen war.

Und letztendlich war es dieser eine berühmte Tag, als mitten im Sommer, für Herbst und Winter der Frühling des Lebens begann.

Paula

Wie ich zum Pinguin dieser Geschichte wurde

Ich erinnere mich, als wäre es gestern gewesen. Tatsächlich sind seit dieser Zeit mehr als siebzehn Jahre vergangen.

Zitternd kauerte ich damals am Boden von Johannes´ schickem Apartment. Genauer gesagt saß ich auf den Bodenfliesen seines Badezimmers, dessen Tür ich von innen – und zur Sicherheit – zweimal verriegelt hatte. Um auch ganz sicher nicht gestört zu werden, lehnte ich als zusätzliches Gewicht, meinen Rücken gegen die Badezimmertür.

Die Wahrscheinlichkeit entdeckt zu werden, lag währenddessen bei null, denn Johannes befand sich um diese Zeit in der Redaktion und außer der Putzfrau besaß niemand einen Schlüssel zu seiner Wohnung, die sich in den letzten Wochen auch zu meiner manifestiert hatte, obwohl ich keineswegs offiziell bei ihm eingezogen war. Nichtsdestotrotz wollte ich nicht riskieren, bei meiner geheimen Mission überrascht zu werden. Zusätzlich hegte ich berechtigte Zweifel, dass Gerda nicht in Besitz eines Zweit-, Dritt- *und* Viertschlüssels war.

Ich fühlte mich, als würde ich mit einem Skalpell hantieren, obwohl ich lediglich ein kleines, weißes Teststäbchen in den Händen hielt. Doch genau dieses unscheinbare Stückchen Plastik besaß die Macht, mein ganzes, weiteres Leben für immer zu verändern. Mit einer Kraft, die meine Faust erzittern und die Knöchel am Handrücken weiß hervortreten ließ, betete ich um einen negativen Ausgang meiner Operation.

»Bitte nicht, bitte nicht, bitte nicht!« Mein Blick richtete sich flehend an die Badezimmerdecke, an der sich, neben einer schicken Halogenröhre, auch einige eingetrocknete Wasserflecken befanden. Ich würde Johannes darauf aufmerksam machen müssen, dass irgendetwas in der Wand – oder darüber – leckte. Drei Mal hatte ich bereits die Anweisung des Beipackzettels studiert, das Kontrollfeld allerdings weiterhin beharrlich ignoriert. Erneut griff ich zur Gebrauchsanweisung. »*Was für ein idiotisches Wort in Bezug auf einen Schwangerschaftstest«*, dachte ich.

»Machen Sie von der Anweisung Gebrauch und entdecken Sie mit uns neues Leben.« Wie albern war dieser Leitfaden denn? Für mich glich der Test vielmehr einem Henkersknecht, als einem glücklichen Wegweiser in die Zukunft.

»Der Strich *im* Kontrollfeld zeigt an, ob der Schwangerschaftstest korrekt durchgeführt wurde«, predigte ich laut. »Erscheint das Wort *SCHWANGER* auf ihrem Teststreifen, hat eine positive Befruchtung der Eizelle stattgefunden. Bleibt die Fekundation negativ, finden Sie das Wort *NICHT SCHWANGER* rechts neben dem Kontrollfeld.« Ich wusste zwar nicht, was Fekundation bedeutete, aber negativ hörte sich in meinen Ohren durchaus positiv an.

Um absolut sicherzugehen, hatte ich mich vor etwa einer Stunde ausdrücklich für einen Test mit Wörtern entschieden, denn ich wollte keineswegs von diversen Streifen in die Irre geführt werden. Pünktlich bei Geschäftsöffnung stand ich vor der Apotheke, in der Hoffnung, die einzige Kundin zu sein, die so früh den Weg zum Pharmazeuten fände. Glücklicherweise entschied ich mich für eine rund fünfzig Kilometer entfernte Filiale, denn der Wunsch nach einem menschenleeren Laden wurde nicht erfüllt. Da mich dort, fern der Heimat, vermutlich niemand erkennen würde, waren die neugierigen Blicke der anwesenden Kunden, die sich prompt bei dem Wort *Schwangerschaftstest* auf meinen Bauch gerichtet hatten, allerdings mit Ach und Krach zu ertragen.

Als ich mich noch ein weiteres Mal durch die Gebrauchsanweisung gearbeitet hatte, wurde ich plötzlich unsicher, ob ich tatsächlich auf einen Test vertrauen wollte, der *NICHT SCHWANGER* als ein Wort bezeichnete. Dessen ungeachtet schritt die Zeit voran.

»Wenn ich dieses Tempo beibehalte, komme ich hier im Bad nieder«, witzelte ich, obwohl mir keineswegs der Sinn nach dieser Art von Unterhaltung stand. Sekunden wuchsen zu Minuten und Minuten zu Stunden, bis sich letztlich ein halber Tag entwickelt hatte, den ich dort am Boden verbrachte. Wie lange ich genau genommen tatsächlich im Badezimmer gesessen hatte, kann ich heute nur erahnen. Doch als ich am frühen Nachmittag zu Johannes in die Redaktion fuhr, wusste ich definitiv, dass ich positiv ‚fekundiert' war. Mit einem Wort – und es war in der Tat nur ein Wort – ich war schwanger! Das *NICHT* war weder auf dem Kontrollfeld noch vor oder hinter dem schlimmen Wort erschienen, egal wie lange ich an dem Stäbchen drehte, schüttelte und es schlussendlich gegen die leicht verkalkte Wand von Johannes´ Duschkabine warf.

Irgendwann saß ich jedenfalls neben dem werdenden Vater auf den Stufen des ‚Tagblatt Bodensee' und schluchzte geräuschvoll in dessen Armbeuge. Schwindelig von all den wirren Gedanken, die mich bis dahin übermannt hatten, war es mir gleichgültig, wie sein schickes Hemd in Kürze aussehen mochte. Warum zum Teufel blieb er so ruhig, während für mich die Welt ins Wanken geriet?

»Paula, bitte. Mein Hemd. Ich muss hinterher in eine Redaktionssitzung.«

Dies war *seine* Reaktion auf *meine* Bemerkung *schwanger* zu sein. Der Vater *meines* noch ungeborenen Kindes trug tatsächlich Sorge um *sein* Hemd. Sicherlich, es war eine enorme Menge an Flüssigkeit, die ich ihm damals in seine Armbeuge befördert hatte, doch vertrat ich die Meinung, dass der kritische Punkt mehr in *meiner* Schwangerschaft, als in *seinem* Hemdärmel lag. Nur widerwillig entließ ich ihn aus der Verantwortung und erst, als er mir versprach, früher nach Hause zu kommen.

Wie betrunken taumelte ich zurück in seine Wohnung, suchte fieberhaft nach dem Schwangerschaftstest, den ich letztlich irgendwo zwischen Duschkabine und Toilettenschüssel fand, und überzeugte mich noch einmal, mit der Hoffnung, dass *SCHWANGER* mit *NICHT SCHWANGER* zu einem Wort verschmolzen war. Doch dies war nicht der Fall.

Johannes kam – wie versprochen – gegen vier Uhr nach Hause. Er bemühte sich, gelassen zu wirken und bat mich mit ihm zum Bootshaus seiner Familie zu fahren. Unterwegs wollte er ein paar Happen für ein Picknick besorgen, um den noch kühlen Märzabend an der frischen Luft, in Decken gehüllt, am Seeufer zu verbringen. Nur widerstrebend willigte ich ein. Das Einzige, was für mich wirklich verlockend klang, war der kulinarische Gaumenkitzel, den er mir versprach, und den ich, dank seines ausgesprochen guten, lukullischen Hangs zu Delikatessen, erwarten durfte. Alle weiteren Sinneswahrnehmungen lagen irgendwo zwischen negativ und feindlich gesinnt. Ich wollte nicht schwanger sein! Und ich wollte auch keine Probleme haben.

Erneut wurde Johannes – mit seinen herausragenden Fähigkeiten und Eigenschaften – zu meinem ganz persönlichen Helden. Er versprach mit eindrucksvollen Worten, dass er ein Leben lang zu mir und unserem noch ungeborenen Kind stehen wollte. Nicht der kleinste, missbilligende Ausdruck kam meinem verständnisvollen Hero über die Lippen. Über seine warmen, schönen, leidenschaftlichen Lippen.

Ich rechnete mit allem, wenigstens mit einem »*Paula, wie konnte das nur passieren?*« Doch Johannes war nicht dumm, er wusste genau, wann und wo es passiert war. Nämlich genau hier. An diesem See. In diesem Bootshaus, während der endlos langweiligen Silvesterfeier seiner Eltern. Mein Traummann überzeugte mich spielend, dass wir uns auf eine lange, gemeinsame und wertvolle Zukunft freuen durften.

»Und deine sündhaft teure Dolby Surround Anlage?«, hakte ich beim Thema wertvoll auf der Stelle nach.

»Billig!«

»Dein tolles Auto?«, fragte ich, das nicht mal Platz für ein Baby bot.

»Entbehrlich.«

»Der Kaffeeautomat?«, in den ich mich sofort verliebt hatte, als mich Johannes am zweiten Abend unseres Kennenlernens auf eine Tasse zu sich bat.

»Paula, du wirst dich doch nicht mit einer Kaffeemaschine vergleichen wollen?«, witzelte er.

»Aber die Zukunft«, jammerte ich.

»Wird wundervoll, Süße.«

»Wundervoll?« Mein Vokabular schwand.

»Wir schaffen das, Paula. Ehrenwort. Hör zu. Das Leben besteht nun mal aus Entscheidungen. Manches Mal treffen wir sie selbst und zuweilen entscheidet eben jemand anderes über unsere Zukunft.« Dabei streichelte er liebevoll über meinen Bauch und küsste mich zärtlich auf die Stirn. In diesem Moment, als ich in seinen starken Armen lag und genüsslich an einem fluffigleichten Macaron knabberte, hätte ich ihm alles geglaubt. Er hätte mir erklären können, dass die Erde eine Scheibe ist, und ohne den geringsten Zweifel wäre ich mit ihm bis an deren Ende gelaufen, nur um gemeinsam mit ihm über den ‚Tellerrand' zu blicken.

Fünf Monate später und ziemlich genau ein Jahr nach unserem Kennenlernen standen wir vor dem Traualtar. Zwischenzeitlich war ich im achten Schwangerschaftsmonat angekommen und mein Bauchumfang beträchtlich. Zum Zeitpunkt der Trauung befand ich mich gerade noch im Stadium ‚Seekuh', aber der ‚Pottwal' ließ nicht mehr lange auf sich warten. Außerdem hatte ich eine Blase wie ein Vorschulkind und enorme Zweifel, dass ich die Trauung ohne Unterbrechung durchstehen würde.

Weil wir unser süßes Geheimnis lange Zeit für uns behalten hatten, brachten wir Gerda in beträchtliche Schwierigkeiten, denn ein uneheliches Kind kam für sie und die ‚herbstliche' Familienehre so ganz und gar nicht infrage. Dass ich *schwanger* vor den Traualtar treten musste, war für sie bereits Tragödie genug. Dazu fiel eine Hochzeit, die mit einer königlichen Inszenierung auf Augenhöhe stehen sollte, in *meinem* Zustand ohnehin ins Wasser. Ihr Herzenssöhnchen musste daher in einer einfachen Zeremonie vermählt werden.

Zu dieser ‚einfachen Zeremonie' waren am Ende dreihundertzweiundsiebzig Leute eingeladen. Dreiundfünfzig davon waren mir immerhin namentlich bekannt. Achtunddreißig kannte ich sogar persönlich. Wie Johannes bei all dem Trubel, dem Ärger und der Hektik den Überblick – und vor allem seine Nerven – behielt, ist mir bis heute ein Rätsel geblieben. Er ertrug die diktatorische Regentschaft seiner Mutter mit stoischer Ruhe, vermittelte zwischen Gerda und mir und freute sich darüber hinaus auf den Tag, an dem ich seine Ehefrau werden sollte.

Von meinem Hochzeitstag blieb mir nur wenig im Gedächtnis. Ich erinnere mich daran, unzählige Hände geschüttelt zu haben.

Einmal zwang mich meine Schwiegermutter zu einem Knicks, der am Hofe üblich war und in der bayerischen Regentschaft durchaus Wohlgefallen fand. Da ich jedoch die meisten Minister nur aus dem Fernsehen kannte, knickste ich automatisch bei jedem, der auf irgendeine Art entsprechend politisch wichtig aussah, was auf einige unserer Gäste wohl ziemlich verstörend gewirkt haben musste.

Leidlich erinnere ich mich auch noch an den rumänischen Kinderchor, der zu Gastauftritten im Bodenseekreis angereist war, und für den Gerda nach dem Gottesdienst um Spenden bat.

Im Gedächtnis blieb mir auch der Stehgeiger, der am Ende des Tages mehr Promille intus hatte, als mein Schwiegervater samt seinem Kabinett.

Als wir uns gegen Mitternacht von unseren Gästen verabschiedet hatten und alleine durch den Park schlenderten, waren meine Knöchel geschwollen, meine Frisur ruiniert und mein Make-up auf und davon. Zudem machte mir unser Baby deutlich, dass es genug von all dem Trubel hatte und schmerzvoll gegen die Bauchdecke rebellierte. Ich beneidete Johannes, der seine Fliege gelockert und sein Hemd geöffnet hatte.

Mein Brautkleid – einem einfachen Nachthemd nicht ganz unähnlich – war zwar luftig, aber aufgrund der Korsage und den mittlerweile unabdingbaren Stützstrümpfen fühlte ich mich dennoch eingezwängt. Lediglich von der Befreiung meiner Füße konnte ich Gebrauch machen, indem ich meine Schuhe auszog und weit von mir warf. Auch war an eine stürmische Hochzeitsnacht gar nicht erst zu denken, dafür war ich viel zu erledigt. Während Johannes Arm um meine Schultern lag und ich sanft meinen Bauch streichelte, wurde mir bewusst, dass wir von nun an eine eigene kleine Familie waren.

»Dass Herbst viel besser zu dir passt, wusste ich schon, als ich dich das erste Mal sah. Erinnerst du dich, Liebling?«

»Warum wusstest du es schon damals?«, fragte ich, obwohl ich mir die Antwort darauf denken konnte.

»Sieh dich an, Paula. Dein Haar leuchtet wie ein ganzer Wald voller Herbstlaub. Du strahlst eine Wärme aus wie ...« Johannes zögerte.

»Wie?« Feixend boxte ich ihm in den Arm. »Sag´s!«
»Wie der schönste Altweibersommer,« gestand Johannes.
Ich lachte und ich war unglaublich verliebt.
Und glücklich.
Und verheiratet.
Und erschöpft.
Ich fühlte mich halb tot, obwohl ich – genau genommen – zwei Leben in mir trug. Allerdings hatte ich damit auch zusätzliche zwölf Kilo durch den Tag getragen. Johannes Frack lag um meine Schultern. Dabei erinnerte ich mich daran, dass er nur widerwillig auf diese Aufmachung, auf die seine Mutter letztendlich bestanden hatte, zurückgriff, obwohl er eindeutig zum Smoking tendiert hatte. Am Ende entschied er sich allerdings für den Frack. Das Alternativangebot von Gerda – ein überdimensionaler Federhut für die Braut – war für mich unzumutbar. Wenn nötig, hätte ich sogar mit einem Boykott meiner eigenen Hochzeit gedroht.
»Paula?«, fragte Johannes.
»Hm?« Ich schloss die Augen und lehnte mich an meinen frisch angetrauten Ehemann. Erwartungsvoll hoffte ich auf eine weitere Liebeserklärung und mein Ego brachte sich bereits in Stellung, um jedes noch so kleine Kompliment aufzusaugen.
»Abgesehen davon, dass ich dich wunderschön finde«, meine Eitelkeit verbeugte sich bereits dankend, »ähnelst du mit dem Frack und deinem dicken Bauch einem Pinguin.«
Eingeschnappt blickte ich an mir herab, wackelte vorsichtig hin und her und musste am Ende dann doch lachen. Auch wenn mein Ehemann an seinem Charme noch feilen musste, sein Humor war ansteckend.
Ausgelassen ließen wir uns in das schon feuchte Gras fallen. Von Weitem erkannten wir die Fackeln, die noch immer brannten, während sich die meisten unserer Gäste bereits verabschiedet hatten. Wir konnten hören, wie Autos gestartet wurden und lachten, wenn sich die Reifen im Kiesbett drehten. Geschirr klapperte und unser Stehgeiger fiedelte immer noch seine schiefen Töne, obwohl er im Laufe der Zeit und nach reichlicher Beschlagnahmung von Alkohol deutlich besser geworden war.

Während wir den nächtlichen Himmel betrachteten, schenkte mir Johannes einen Stern, der besonders hell leuchtete und sich dadurch von den vielen, abertausend anderen Himmelskörpern unterschied. Mit ihm an meiner Seite war das Leben so einfach.

Ich war neunzehn und schwanger? Nicht schlimm!

Ich musste das Ende meiner Ausbildung zurückstellen? Na und?

Ich glich am Hochzeitstag einem Pinguin? Niedlich.

Man konnte sich alles schönreden. Aber Liebe ist so. Sie hinterfragt nicht. Sie ist ganz einfach da und lässt uns fühlen.

Und weniger denken.

Wir entsprachen zweier Seelen, die zueinandergefunden hatten.

Damals sah ich das natürlich nicht so klar und deutlich wie heute. Ich bewegte mich mehr instinktiv. Getragen von blinder Liebe zu diesem wunderschönen, intelligenten Mann, der mich vergötterte. Johannes war mein Held, mein Adonis, mein Matador. Hätte ich mich an diesem Tage selbst beneiden können, ich hätte es ohne zu zögern getan.

Tatsächlich war ich an diesem Tag von einer selbstkritischen Analyse so weit entfernt, wie von der schlanken Figur eines magersüchtigen Topmodels.

Johannes

Heldentod

»Aufwachen, Mister!« Irgendjemand rüttelt heftig an meiner Schulter. »Würden Sie bitte unverzüglich den Strand verlassen, Sir?«

»Wer sagt das?« Wütend stoße ich meine klammen Hände in den Sand, richte mich bedrohlich auf und blicke geradewegs in die braunen Augen eines dunkelhäutigen Uniformierten.

»Die Gesetze dieses Landes, Sir.«

»In diesem Land ist es also verboten, am Strand zu schlafen?«

»Nein, Sir. Zivilisierten Gästen bieten wir auch diese Möglichkeit.« Ruhig stemmt der Gesetzeshüter seine Hände in die Hüften und sieht, immer noch freundlich, zu mir herab. In seinen Augen erkenne ich eine Spur Mitleid.

»Wollen Sie mir damit sagen, dass ich kein zivilisierter Gast ihres Landes bin, Konstabler?«

»Richtig, Sir, das möchte ich ihnen sagen.«

Dabei mustert er argwöhnisch meine unmittelbare Umgebung, bevor sein ganzes Interesse wieder meiner Person gilt. Nur zu gerne würde ich meine kindliche Trotzhaltung beibehalten. Als ich allerdings seinem kritischen Blick folge, verstehe ich, was für ein klägliches Bild ich abgebe. In der Tat erweckt es wenig den Anschein, als hätte ich friedlich am Strand genächtigt.

Um mich verstreut liegen einige Flaschen Bier, die ich, meinen üblen Kopfschmerzen nach zu urteilen, auch getrunken haben musste. Eine Glasbuddel ist zerbrochen, eine Weitere steckt kopfüber im Sand. Rechts von mir befindet sich eine halbleere Wodkaflasche. Eine geöffnete Pizzaschachtel beherbergt einige eingetrocknete Schinkenstreifen, die ich gestern Abend, einer Erinnerung folgend, von dem matschigen Teigfladen gepult hatte. Gegenwärtig operieren daran einige Ameisen, um sich, die an den Rändern aufgedrehten, dürren Wurststreifen einzuverleiben.

Das Bild, das ich selbst biete, ist vermutlich nicht besser. Mein Hemd ist schmutzig. Für einen kurzen Moment verspüre ich ein

Gefühl der Angst, bis ich feststelle, dass die roten Flecken an meiner Kleidung kein Blut, sondern die Reste einer Tomatensoße sind. Ich trage keine Schuhe, meine Socken sind nicht mehr weiß, sondern eine Mischung aus Grau und Braun, und meine Hose ist nass. Ob vom feuchten Sand oder einer Peinlichkeit folgend, möchte ich erst gar nicht wissen. Und wer zum Teufel schrieb dieses überdimensionale ‚*Fuck'* in den nassen Sand? Als ich meinen Schuh erkenne, der neben dem Gekritzel aufrecht im Sand steckt, schwant mir, dass ich auch dafür die Verantwortung übernehmen muss.

»Sir, darf ich Sie nochmals bitten, den Strand zu säubern und unverzüglich zu verlassen?«

»Er hat Mitleid«, denke ich, *»denn er ist immer noch freundlich.«*

Mühsam versuche ich, aufzustehen. Mein Kopf dröhnt und ich taumle, weil mich Orientierungslosigkeit übermannt. Mein Hals brennt und der Geschmack im Mund ist widerlich. Ich würge, beherrsche mich aber, als der Uniformierte mir eine blaue Tüte reicht. Wenigstens dieses Malheur will ich ihm – und mir – ersparen. Aus diesem Grund beginne ich, die Reste meiner Mahlzeit und die leeren Flaschen zu verstauen. Unter der strengen Beobachtung der hiesigen Landesmacht säubere ich Hände und Gesicht mit salzigem Meerwasser. Als ich mich verzweifelt nach meinem zweiten Schuh umsehe, meldet sich die Obrigkeit wieder zu Wort.

»Zirka sechzig Meter, Sir«, deutet er in eine Richtung. Ich nicke, unklar, ob er mir den Weg zum nächsten Müllcontainer oder zu meinem vermissten, zweiten Schuh zeigen will. Als ich mich auf den Weg begeben will, hält er mich zurück.

»Bitte, Sir!«

Mit strenger Geste deutet er auf meine Botschaft, die noch für jedermann im Sand sichtbar ist. Demütig bemühe ich mich, mit dem verbliebenen Schuh meine lausige Bekanntgabe unkenntlich zu machen.

»Suchen Sie sich ein Zimmer, Sir, und kommen Sie zur Ruhe.«

Dieser Tipp ist gut gemeint, aber vom Gemütszustand ‚Ruhe' bin ich meilenweit entfernt.

»Soll ich jemanden für Sie benachrichtigen? Ihre Frau vielleicht?«

»Meine Frau?« »*Woher weiß er, dass ich sie verloren habe?*«

»Ihre Frau, Sir.« Sein Blick fällt auf meinen Ehering an der rechten Hand. Sogleich bin ich erleichtert. Zumindest habe ich damit keinen Unfug getrieben. Im Hinterstübchen lauert noch der Gedanke, der mich gestern irgendwann zwischen blinder Wut und schierer Verzweiflung erfasst hatte. Wahlweise wollte ich dort das Zeichen unserer endlosen Liebe im Meer versenken oder unter dem ‚Fuck' begraben.

»Wissen Sie denn, wo meine Frau ist, Konstabler?« In mir keimt Hoffnung auf.

»Sagen Sie es mir, Sir.«

»Sie hat mich verlassen. Einfach so. Bitte benachrichtigen Sie meine Frau«, flehe ich ihn an. »Sie heißt Paula und hat rote Haare.«

»Sir, bitte. Beherzigen Sie meinen Rat. Im Übrigen löst Alkohol keine Probleme.«

»Aber er hilft, sie zu ertragen«, rechtfertige ich mich.

»Gehen Sie in ein Hotel und schlafen Sie eine Runde. Meistens sieht die Welt danach wieder besser aus.«

Doch die Welt sieht für mich auch nach zwanzig Stunden Tiefschlaf keineswegs besser aus. War das Leben mit Paula in die buntesten Farben getaucht, erscheint es mir jetzt trist und grau. Paula verkörpert ein leuchtendes Rot, ein ruhendes Grün und ein warmherziges Braun. Genaugenommen zweiundfünfzig zartfühlende, braune Punkte. Jede einzelne Sommersprosse in ihrem Gesicht habe ich gezählt.

»Ich kann ohne diese Punkte nicht leben«, weine ich in mein Kissen. Gleichzeitig verabscheue ich dieses Selbstmitleid, doch es lässt sich nicht verleugnen.

»Paula, wo bist du nur?«

Immer wieder stelle ich mir diese Frage. Abwechselnd in laut, leise, flehend, weinend oder wütend. Warum sie gegangen ist, habe ich längst erkannt. Wo sie ist, bleibt dagegen ein Rätsel. Ein Rätsel, auf das ich keine Antwort finde. Hoffnungsvoll blicke ich zum tausendsten Mal auf mein iPhone. Aber außer einer Nachricht von Felix befindet sich keine weitere Mitteilung auf meinem Telefon.

»*Felix*«, denke ich. »*Unser Sonnenschein.*«

Meine Erinnerungen tauchen zurück in die Vergangenheit. In jene Nacht, als Felix, unser Sohn, geboren wurde. Es war eine helle Vollmondnacht und Paula witzelte bereits Tage zuvor, dass Gregor – ein Name, den meine Mutter uns aufzwang – an genau diesem Abend das Licht der Welt erblicken sollte.

»Vergegenwärtige dir den entsetzten Aufschrei deiner Mutter, Johannes«, spottete Paula. »Ihre rothaarige Schwiegerhexe gebärt in einer Vollmondnacht unter Wolfsgeheul und Teufelstanz ihr erstes Enkelkind.«

So ist Paula: liebevoll und witzig, aber im selben Augenblick auch schonungslos ehrlich.

Doch wie so oft sollte sie recht behalten. Wir lagen auf einer Decke im Gras und betrachteten den Vollmond, als Paula erste Anzeichen einer bevorstehenden Geburt vernahm. Sofort bestand ich darauf, sie ins Haus zu tragen und unverzüglich die Hebamme zu rufen. Doch Paula lachte und schlug mit den Fäusten um sich, als ich sie hochheben wollte.

»Du wirst dir wehtun bei meinem Gewicht«, schmunzelte sie. »Außerdem bin ich nicht krank. Wir bekommen nur unser Baby, Schatz.«

Mit offenem Mund stand ich dümmlich neben ihr, unwissend, was ich zu tun hatte und was meine Rolle als werdender Vater für mich als Nächstes vorsah.

»Wie?«, fragte Paula entsetzt. »Du bist nicht vorbereitet? Seit Tagen predige ich dir, dass Gregor heute geboren wird.«

Ich wusste, dass sie ihre Verwunderung nur vortäuschte, sagte aber nichts.

»Wieso bist du dir eigentlich so sicher, dass es ein Junge wird?«, fragte ich stattdessen.

»Deine Mutter ist sich sicher, Schatz. Das reicht für gewöhnlich!« In der Tat sprach meine Mutter ausnahmslos von einem Stammhalter, als wäre ein Junge der einzig würdige Nachfolger für mich, ihr geliebtes Einzelkind.

»Ich wünsche mir einen anderen Namen für Gregor«, gestand ich. Irgendetwas musste ich doch als werdender Vater auch zu sagen haben.

»Ich auch, Schatz«, antwortete Paula zärtlich und streichelte dabei meine Wange. Während wir also zum denkbar schlechtesten Zeitpunkt grübelten, welchen Namen wir unserem Kind geben wollten, überkam Paula eine weitere Schmerzwelle und sie sog tief nach der frischen Nachtluft.

»Felix«, rief ich. »Felix bedeutet der Glückliche.« Es war kein Angebot, sondern der Name unseres Sohnes, den ich damals in die Vollmondnacht schrie.

»Du bist mein größtes Glück, Paula, und dieses Kind wird unsere Liebe nur vervollkommnen. Ich will, dass jeder hört, wie glücklich ich bin, wenn ich nach meinem Jungen rufe.« Meine Frau hakte sich lächelnd bei mir unter. Natürlich war sie mit der Namenswahl einverstanden.

Zwei Stunden später fuhren wir in die Klinik. Wieder einmal entschieden wir uns dazu, niemanden einzuweihen. Unser Glück wollten wir, wenn auch nur für kurze Zeit, alleine genießen.

Felix kam im Morgengrauen zur Welt. Während der Geburt wurde Paula plötzlich unsicher und grübelte verzweifelt nach einem Mädchennamen. Wir hatten bis dahin überhaupt nicht in Erwägung gezogen, dass unser Felix auch als Mädchen das Licht der Welt erblicken könnte. Als ich vorschlug, es ihrem Vater gleichzutun und ein Mädchen kurzum Felicitas zu nennen, tat unser Sohn seinen ersten Schrei, als wolle er ein für alle Mal klarstellen, wer von nun an das Sagen in dieser Familie haben würde.

Wir weinten vor Glück. Unser Sonnenschein war kerngesund und der süßeste Schreihals, den ich je gesehen habe. Erst gegen Abend informierten wir meine Mutter, dass Gregor gesund und munter geboren war. Unabwendbar stürmte sie mit großem Brimborium ins Krankenhaus. Als wir Felix in ihre Arme gaben, weinte auch sie vor Glück – bis sie den Namen auf dem blauen Bändchen seines winzigen Ärmchens entdeckte. Sicherheitshalber hielt ich die Hände unter meinen Sohn, denn die Angst, meine Mutter könnte den Winzling fallen lassen, war nicht ganz unbegründet. Wie erwartet war sie von unserer Namensauswahl wenig begeistert gewesen. In ihren Augen war Felix kein passender Name für den Stammhalter der Familie. Und niemals geeignet für den Nachfolger ihres Mannes in der bayerischen Staatsregierung.

»Und überhaupt«, echauffierte sich die frischgebackene Oma, »wird eurem Sohn dieser alberne Name ein Leben lang karriereschädlich im Wege stehen.«

Dass wir unserem Sohn den Zweitnamen Gregor gegeben hatten, versöhnte sie nur halbherzig. Doch Felix war *unser* Glück und kein Name war für dieses kleine Wunder passender.

Mit Lilly, unserer Rebellin, die eineinhalb Jahre später unserem Sonnenschein folgte, wurde unsere Familie schließlich perfekt.

Ich trete ans Fenster. Den ganzen Tag verschlafen, steht mir nun eine lange Nacht bevor. Immer und immer wieder stelle ich mir dieselben Fragen, wissend, dass ich keine Antworten darauf finden werde. Warum nur blieb mir Paulas Sehnsucht so lange Zeit verborgen? Bei Felix´ Geburt zerriss es mir das Herz, meine Frau unter unerträglichen Schmerzen zu wissen. Doch wie Paula über viele Jahre hinweg in Trübsal verfallen war, blieb unbemerkt.

»Es gibt eben sichtbare und unsichtbare Schmerzen«, denke ich bitter.

Oder hatte ich ihre unsichtbaren Schmerzen im Unterbewusstsein wahrgenommen und sie nur verdrängt? Kam das Unheil heimtückisch herangeschlichen, weil wir den Augenblick verpasst hatten, darüber zu sprechen? Fragen, die sich heute und leider auch nicht morgen klären werden.

Ich überlege, an die Hotelbar zu gehen, um mir erneut eine Ladung Alkohol hinter die Binde zu kippen. Es ist nur ein leidlicher Versuch einer Lösung. Mehr ein Narkotikum, um den höllischen Schmerz erträglicher zu machen.

Mein Blick wandert in die Ferne, in der sich der brausende Ozean nur erahnen, aber nicht erkennen lässt. Tausende, künstlich erzeugte Lichter verteilen sich um mich. Waren hinter den vielen beleuchteten Fenstern glückliche Ehen zu Hause? Frau und Mann? Mit einem Kind oder zweien? Oder ganz ohne Kinder? Meinetwegen auch Mann und Mann oder Frau und Frau. Ich bin ein weltoffener Typ. Zumindest heute. Früher war es nicht ganz so einfach mit mir, aber Paula ließ mich zu dem aufgeschlossenen, erwachsenen Mann heranreifen, der ich mit vierundzwanzig noch nicht gewesen bin. Während ich noch zu Beginn unserer Ehe unter den strengen Einwirkungen meiner Mutter litt und deren engstirnige Verhaltensformen für die einzig Richtigen hielt, war es für Paula enorm wichtig, alles im Leben zweimal zu erkunden, um auch jenes zu erkennen, was womöglich verborgen geblieben war.

»Schau immer hinter die Fassade, Schatz.« Ein ums andere Mal stellte sie mir diese Aufgabe. Während unserer Urlaubsreisen, zum Beispiel, besuchten wir nicht nur luxuriöse Restaurants, sondern speisten auch in einfachen, landestypischen Lokalen oder Tavernen. Dabei trug Paula einen stets gut gefüllten Rucksack mit kleinen Spielsachen und Tüten voller Süßigkeiten bei sich, die sie dann, sehr zur Freude der einheimischen Kinder, verteilte. Dagegen war Felix immerzu überfordert mit seinen Geschenken, denn Oma Gerda überhäufte ihr erstes Enkelkind mit unzähligen Präsenten. Seinen Unmut konnte man bei jedem neuen Geschenk – ganz besonders bei denen, für die er noch zu klein oder bereits zu groß gewesen war – deutlich spüren. Meistens wanderte das Geschenk direkt aus seiner Hand auf den Boden.

Paula und ich fühlten uns dagegen in beiden Gesellschaftsschichten wohl. Den Hauch von Luxus, den wir uns leisten konnten und der Bedürftigkeit, der wir etwas von unserem Glück abgeben wollten. Möglicherweise sollte ich Paula in den ärmeren Bezirken dieser Stadt suchen? Gewiss wird sie dort Bonbons, Stifte oder kleine Gummibälle verteilen. Meine Paula. Ich bin so unendlich stolz auf sie. Zwar nannte sie mich stets einen Helden, aber die ungeschminkte Wahrheit ist eine ganz andere. Sie hätte das Scheinwerferlicht verdient. Nicht ich. Paula ist die Heldin!

Ich weiß nicht, wie lange ich bereits am Fenster stehe und dabei sechs oder sieben Stockwerke nach unten blicke, als läge auf der Straße die Antwort auf all meine Fragen. Aber wie soll ich hier, Tausende Meilen von meinem zu Hause und womöglich Hunderte Kilometer von meiner geliebten Paula entfernt, eine Patentlösung finden? Was ist nur mit uns passiert? Und warum haben wir es nicht rechtzeitig erkannt? Zugegeben, der lange Fluss der Ehejahre hat mit steigender Zahl die große Leidenschaft weggespült. Ein Phänomen, das wir kannten, aber von dem wir glaubten, ihm entgehen zu können. Doch gibt man, mit aller Sorgfalt und Leidenschaft, ein kleines Schiffchen an der Ursprungsquelle frei, landet es nicht zwangsläufig unversehrt im großen Ozean, gleichgültig, wie sehr man es sich auch wünscht. Erfolgversprechend wäre es höchstens, es von Zeit zu Zeit aus dem Wasser zu nehmen, zu restaurieren und gefestigt wieder auszusetzen. Aber um meine Ehe zu festigen oder gar zu restaurieren, fand ich keine Zeit. Beruf, Stress, Karriere, Kinder! Und in diesem Strom der Zeit ging unsere Leidenschaft und Unbekümmertheit verloren.

Nie werde ich Paulas enttäuschten Blick vergessen, als ich unseren letzten, den achtzehnten Hochzeitstag vergaß. Bereits Jahre zuvor hatte ich schon geschwächelt, aber meine Frau verzieh es mir großzügig. Dennoch blieb mir ihre Enttäuschung nicht verborgen. Die Entfremdung war da und wollte auch nicht mehr verschwinden.

Paula, mein kleiner, tollpatschiger Pinguin. Nach unserer Hochzeit und der Ähnlichkeit, die sie an jenem Abend mit einem Pinguin aufwies, war dieses possierliche Tierchen zum Sinnbild unserer Ehe geworden. Lange hatte ich damals überlegt, was ich ihr zum ersten Hochzeitstag schenken konnte, denn Schmuck erschien mir als zu gewöhnlich. Für Paula wollte ich das Außergewöhnliche. Nach wochenlangen Überlegungen überraschte ich sie schließlich mit einem feudalen Essen vor einem Gehege für Königspinguine. Ich war so unglaublich stolz auf diese Tat. Gegen eine nicht geringe Spende, plus halbseitigem, kostenlosen Werbeartikel im ‚*Tagblatt*' konnte ich den Zoodirektor davon überzeugen, das Tiergehege eigens für uns abzusperren und einen Tisch, samt Kerzen und Blumen, zu organisieren. Paula lachte schallend, als der Kellner die silberne Tellerglocke anhob und sich darunter ein Fisch befand. Zuerst wusste ich nicht, warum sie derart herzlich lachte und es alles andere als taktvoll empfand, vor den Pinguinen einen Fisch zu verspeisen. Aber sie half mir aus dem Fettnäpfchen, indem sie den Strauß roter Rosen als Sichtschutz für die Tiere platzierte. Ich wusste damals genau, warum ich diese Frau so sehr liebte. Und ich liebe sie heute keinen Wimpernschlag weniger.

Meine Gedanken schweifen immer weiter zurück in eine Zeit, die ich als die glücklichste meines Lebens empfinde. Vermissen bedeutet auch immer, sich zu erinnern. Zwei Empfindungen, die unfehlbar miteinander verbunden sind.

Am zweiten Hochzeitstag – zugegeben, mit dem Ersten hatte ich die Latte bereits enorm hoch gehängt – überreichte ich Paula, in einem Pinguinkostüm, einen großen Strauß schwarzer und weißer Rosen. Das ganze Jahr über hatte ich mir Gedanken gemacht, was ich für diesen Tag organisieren konnte. Es war zur erfüllenden Aufgabe geworden, der ich mich unbedingt stellen wollte. Schlussendlich ergatterte ich zur Faschingszeit ein Pinguinkostüm, nur um mich am zweiten Hochzeitstag zum Affen – vielmehr zum Pinguin – zu machen. Damals war ich eifrig darum bemüht, Paula zu zeigen, dass ihr Mann, auch noch im zweiten Jahr unserer Ehe, den Heldenstatus verdiente. Doch dabei war *sie* es, die so viel mehr verdiente.

Paula war immer und ohne viel Aufhebens für mich da. Sie ertrug mich, meinen Unmut in der Studienzeit, meine oftmals schlechten Launen und die verbitterten Kämpfe, die es als Jungjournalist auszufechten galt. Selbst die autoritäre Art meiner Mutter nahm sie mir zuliebe in Kauf. Dabei gab sie Gerda immer mehr, als sie von ihr zurückbekam.

Die Ehejahre jährten sich. Ich schenkte ihr eine Kette mit einem Pinguinanhänger. Oder ein überdimensionales Stofftier, das seitdem drei Quadratmeter unseres Schlafzimmers in Anspruch nimmt. Eine Pinguinfamilie aus Kristall rührte Paula zu Tränen, da ich für unsere kleine Tochter ein extra winziges Exemplar anfertigen ließ. Als Paulas Pfunde nach Lillys Geburt – und sehr zu ihrem Ärger – nicht purzeln wollten, überreichte ich ihr eine Dose ‚Pinguinrollbraten.' Ich hoffte mit diesem Ekelgeschenk zu punkten, auch, um ihr zu verdeutlichen, dass mir die Hüftpolster, die ohnehin nur kleine Pölsterchen waren, komplett egal waren. Einen wirklichen Sympathietreffer landete ich damit – verständlicherweise – nicht.

Als wir unseren Hochzeitstag an der italienischen Adria verbrachten, zog mich ein Fischer aufs offene Meer, nur damit ich anschließend mit einem zwei Meter großen, aufblasbaren Pinguin und unter dem Gebrüll aller, sich am kilometerlangen Strand befindlichen Kinder, an Land schwimmen konnte.

Doch mit den Jahren wurde es immer schwieriger, originelle Geschenke zu finden. In Wirklichkeit verspürte ich allerdings nur noch wenig Lust auf Verkleidungen und Albernheiten, deren Vorbereitung nur unheimlich viel Zeit in Anspruch nahm. Ich hatte Besseres zu tun, immerhin war ich zum Chefredakteur des ‚*Tagblatt*' befördert worden. Da blieb eben nicht mehr viel Zeit. Im sich Herausreden war ich schon immer gut gewesen. Ich bin Journalist. Da lernt man so etwas von der Pike auf.

Straßenlärm dringt von draußen ins Innere der Bar, an der ich mich mittlerweile eingefunden habe. Ich bin nicht der einzige Gast, aber sehr wahrscheinlich die kläglichste Erscheinung in dem gut besuchten Lokal. Der Pianist klimpert seine letzte Runde auf dem Klavier. ‚*My Way*' von Frank Sinatra.

»Das Gleiche nochmal!« Ich hebe den Arm und zeige dem Barkeeper mein fast leeres Wodkaglas. »Bitte«, füge ich rasch hinzu, um nicht ganz so ruppig zu klingen. Immerhin trinke ich den Alkohol heute aus einem Glas und nicht wie gestern direkt aus der Flasche. Ein nur minimal tröstender Gedanke. Dazu trage ich ein frisches Hemd, wenn auch bereits wieder die ersten Schweißränder unter dem Arm sichtbar werden. Die stickige Luft im Raum ist kaum auszuhalten. Ein Pärchen turtelt in einer dunkleren Ecke. Ich kann den Anblick nur schwer ertragen und wende mich ab. Zwei Plätze weiter tippt ein eifriger Geschäftsmann auf sein Tablet. Daraufhin schlägt mein schlechtes Gewissen unbarmherzig zu.

Wie oft hatte ich Paula wegen dringender Geschäftstermine alleine zu Hause zurückgelassen? Ich weiß es natürlich nicht genau, aber ganz bestimmt das eine oder andere Mal zu oft. Als ihr Vater starb, flog ich zu einem total überflüssigen Kongress nach London, nur um die ganze Trauer der drei Winter-Mädchen nicht miterleben zu müssen. Oder als Felix so schlimm an Masern erkrankt war, dass Paula mit ihm – und hochschwanger mit Lilly – in der Notaufnahme bleiben musste, weil die diensthabenden Ärzte es nicht mehr verantworten wollten, beide zu entlassen. Felix, der so hohes Fieber hatte und Paula, die so unendlich erschöpft wirkte. Ich hätte auch bei meiner Familie sein sollen, als Lilly sich den Fuß gebrochen hatte oder als ‚Smoky' – unser erster und einziger Familienkater – von einem Auto überfahren wurde.

Stattdessen saß ich in einem Hotelfoyer und ließ mir von Paula die Dramatik der Situationen erklären. Oft war ich sogar froh darüber gewesen, nicht zu Hause zu sein. Ich konnte – oder wollte – einfach nicht verstehen, wie ein verlorengegangenes Stofftier zum absoluten Desaster führen konnte. Daran, dass Paula irgendwann die Decke auf den Kopf fallen könnte, verschwendete ich keine Gedanken. Warum auch? Paula wirkte zufrieden. Sie war Mutter mit Leib und Seele.

Das Geräusch eines Krankenwagens dringt durch die geöffnete Tür ins Innere der Bar und holt mich in die Realität zurück. Plötzlich überwältigt mich große Trauer. Trauer um meine Ehe, unsere Familie und die unbändige Angst, beides vielleicht verloren zu haben. Tränen treten aus meinen Augen, laufen über die Wangen und tropfen schließlich auf mein Hemd. Erneut gleiten meine Gedanken in die Vergangenheit und erinnern mich, wie Paula und ich vor achtzehn Jahren auf der Treppe des ‚*Tagblatt*' saßen und ich mich um meine Hemdärmel sorgte, während für meine junge Frau die Welt aus den Fugen geriet, weil sie mit zwanzig Jahren noch nicht Mutter werden wollte.

War ich etwa damals schon der Idiot gewesen, der ich heute immer noch bin? Oder wurde ich erst mit den Jahren zu diesem Wahnsinnigen? Ich schluchze laut und kann mich gar nicht mehr beruhigen, bestelle noch einen Wodka, trinke das Gesöff auf einen Zug aus und heule einfach weiter.

»Männer weinen nicht«, würde mich meine Mutter jetzt rügen und sich gleichzeitig für mich schämen. Doch es ist keine Scham, die ich im Augenblick empfinde. Es ist vielmehr eine Art Befreiung, die meine Tränen im Innersten meiner Seele bewirken.

Kurze Zeit später hakt mich der freundliche Barmann unter und führt mich zu meinem Zimmer. Als er sich verabschiedet, blickt er in das Gesicht eines Mannes, der glaubt, alles in seinem Leben verloren zu haben.

Was vor acht Wochen geschah ...

»Verdammt Johannes, du hast es mir versprochen!« Wütend funkelten Paulas Augen, als sie ihren Blick, beinahe verachtend, auf ihren Ehemann richtete, der gelassen am Küchentisch saß und seine Zeitung las. »Nein«, verbesserte sie sich, »geschworen hast du es. Spätestens in achtzehn Jahren verwirklichen wir unsere Träume, Paula«, parodierte sie seine einstigen Bekundungen, die viele, viele Jahre zurücklagen. »Erinnerst du dich eigentlich daran, wie wir stundenlang neben unseren Kindern saßen, während unsere Freunde in der Weltgeschichte umherflogen? Wir haben uns mit Träumen und Phantasiebildern getröstet, während die anderen uns ihre Urlaubserinnerungen unter die Nase hielten und wir nichts Besseres zu tun hatten, als volle Windeln zu wechseln. Ich will nach Südafrika, Johannes. Und du hast es mir auch versprochen.«

»Paula, ... Liebling!« Beruhigend hob Johannes seine Hände, ganz so, als hätte er sie in Unschuld gewaschen. »Beratschlagen wir gerade eben, *wo* wir unseren Urlaub verbringen? Oder verstehe ich da etwas falsch?«

Fragend blickte er zu seiner Frau, bevor er den ersten Teil seiner Zeitung akkurat zusammenfaltete und ruhig und besonnen weitersprach. »Es steht doch außer Zweifel, dass wir ihn zusammen verbringen, Liebling. Nur wir beide. Zum ersten Mal seit ... seit ...«, geriet er ins Stocken.

»Achtzehn Jahren«, half ihm Paula auf die Sprünge. »Kann es sein, dass der Herr Journalist die Tatsachen wieder einmal ein wenig verdreht?«

»Man muss die Tatsachen *kennen*, bevor man sie überhaupt verdrehen kann, Paula.«

»Und Fakt ist, dass du es mir versprochen hast. Oder willst du es etwa bestreiten?«

»Nein, ich sage doch, dass wir beide einen wunderschönen Urlaub zu zweit genießen werden.«

Johannes Stimme klang nun deutlich eine Spur ironischer, angesichts der Tatsache, dass diese Diskussion von Neuem in einem handfesten Streit zu enden drohte. »*Wie so oft in den letzten Wochen*«, fügt er in seinen Gedanken traurig hinzu.

»Kann es sein, dass du mal wieder recht behalten willst?«, giftete Paula weiter und verdrehte dabei entnervt die Augen. »Ich will endlich etwas erleben und mich nicht vierzehn Tage an einem einsamen Strand im Sand wälzen.«

»Nicht?« Johannes zwinkerte dabei verführerisch und Paula war nicht in der Lage, seinen spitzbübischen Blick zu ignorieren. Nach wie vor besaßen seine sanften braunen Augen eine magische Anziehungskraft, der sie sich nur schwer entziehen konnte. Indessen tobte in ihr ein erbitterter Kampf, den sie kaum mehr zu kontrollieren wusste. Ihre Hände zitterten bereits und die Wangen waren gerötet.

»Wir können auch auf einer Insel etwas unternehmen, Paula«, versuchte es Johannes erneut und mit diesem selbstgefälligen Tonfall, der Paula seit jeher zur Weißglut brachte. »Außerdem ist es dort nicht einsam, sondern lediglich etwas ruhiger als ...«

»Ach ja?«, schnaubte Paula verächtlich, um ihm keine Möglichkeit zu geben, den Satz zu beenden. »Was können wir denn unternehmen? Beachvolleyball? Tauchen? Surfen? Seidenmalerei?«, legte sie zur Krönung noch obendrauf. »*Du* kannst dich dort beschäftigen, mein Lieber. Dagegen empfinde ich es keineswegs als Urlaub, mich in meiner Freizeit immerfort sportlich zu betätigen. Das weißt du ganz genau.«

»Du könntest lesen!«

Seine stoische Gelassenheit war für Paula kaum noch zu ertragen.

»Verdammt«, fluchte sie. »Wir waren uns doch einig, dass, sobald wir alleine unterwegs sein könnten, Reisen unternehmen wollten, die uns mit den Kindern zu umständlich, zu anstrengend oder zu weit erschienen. Jetzt ist es so weit. Beide Kinder«, dabei deutete Paula nach oben, wo sich der Nachwuchs im Augenblick befand, »haben kein Interesse mehr daran, mit uns in den Urlaub zu fahren. Es wird Zeit, jene fremden Kulturen zu entdecken, nach denen ich mich seit Jahren sehne.«

»Und der Indische Ozean ist dir nicht fern genug?«

Johannes musste sich dazu zwingen, ein Schmunzeln zu unterdrücken, denn er wusste, dass es um Paulas geografische Kenntnisse nicht zum Besten stand. »Oder liegt es vielleicht daran, dass du Angst hast, dort keine einheimischen Kinder zu finden, die du mit Bonbons füttern kannst.«

Paula schluckte. Derartige Gemeinheiten war sie von ihrem Ehemann nicht gewohnt. Es lag seit jeher in seinem Naturell, Probleme realistisch und sachlich anzugehen. Nur ganz selten zeigte er ihre Schwächen auf, denn er war klug genug, seine verbale Überlegenheit im Zaum zu halten.

»Wer wollte die letzten Jahre nach Italien fahren, um dort Liege an Liege mit halb Europa Urlaub zu machen? Unser Strand glich mehr einem Feldlazarett, als einem Erholungsgebiet. Liebling, bitte ...«

Nur unter Anstrengung unterdrückte Paula das Würgegeräusch, das ihr soeben noch im Hals steckte. »Sieh dir die Angebote doch zumindest an. Mehr verlange ich doch gar nicht.«, versuchte Johannes seine Frau zu beruhigen.

»Du verlangst zweifellos mehr von mir, als nur deine bescheuerten Kataloge zu wälzen. Ginge es nach dir, sollte ich mich sofort zu deinem sogenannten – dabei zeichnete sie zwei Gänsefüßchen in die Luft – Traumstrand bewegen. Am besten in dem freizügigsten Bikini, den ich preisreduziert im Schlussverkauf finde. Aber ich hasse Sand, Johannes.«

Paula ahnte, dass sie womöglich eine Spur zu hysterisch klang, aber es war ihr egal.

»Ach ja?«

Misstrauisch zog er seine geschwungenen und wirklich vollkommenen Augenbrauen nach oben, bevor er weitersprach. »Schatz, würdest du bitte mit den Kindern eine Sandburg bauen, damit ich in Ruhe mein Buch zu Ende lesen kann?«

Ironisch imitierte er den flehenden Singsang seiner Frau. »Und das, meine Liebe«, dabei zeigte er mit einem Finger auf sie, »ist noch gar nicht so lange her, wenn ich dich daran erinnern darf. Und weißt du noch, wo das war, Paulinchen? Tatsächlich an einem – tatarata – Sandstrand!«

Paula, die sich gerade rechtfertigen wollte, blieb mit offenem Mund am Küchentresen stehen, entsetzt über das egozentrische Verhalten ihres Mannes, das so völlig untypisch war. Johannes war vieles in einer Person. Vater, Ehemann, Liebhaber, Sohn oder auch Chef. Sich in den Mittelpunkt zu stellen und nur die eigene Ansicht als die richtige zu betrachten, war ganz gewiss nicht seine Art.

Nur selten musste sie mit anhören, wie er beleidigend wurde und wenn es doch einmal vorkam, dann fast ausschließlich im Umgang mit seinen Redakteuren, wenn diese versuchten, seine Autorität im Verlag zu untergraben. Im Grunde war Johannes nämlich ein konfliktscheuer Mensch. Bevor er tatsächlich eine Auseinandersetzung suchte, gab er lieber vor, sie gar nicht erst bemerkt zu haben.

»Was fällt dir ein, dich derart im Ton zu vergreifen«, schrie Paula und pfefferte die Vase, die sie gerade noch in den Händen hielt, vor seine Füße. Es tat gut, der Wut Taten folgen zu lassen, auch wenn es eine ausgesprochen dumme Tat war. Andererseits war sie damit dieses blöde Ding, das an Geschmacklosigkeit kaum zu überbieten war, endlich los.

Wenn sie der Familie ihres Mannes Glauben schenken durfte, handelte es sich bei der Vase um ein altes Familienerbstück. Doch ihrer Ansicht nach hatte Gerda es irgendwann billig auf einem Flohmarkt erstanden, um es ihnen anschließend und mit viel Brimborium, als *unbezahlbares* Erbstück unterzujubeln. Der laute Knall des zerberstenden Porzellans hallte aus jedem Winkel der Küche wider.

»Sag mal, spinnst du?«

Erschrocken über ihre zerstörende Aktion, zog Johannes seine Füße beiseite und betrachtete seine Frau mit einer Mischung aus Fassungslosigkeit und Bedauern.

»Ich will nach Afrika, Johannes!«

»Ich will nach Afrika, Johannes«, wiederholte er ihre Worte, nur um zu verdeutlichen, wie armselig diese Diskussion mittlerweile wieder einmal wurde. »Du solltest dich mal hören, Paula. Du benimmst dich wie ich kleines trotziges Kind. Dein Verhalten steht einer Dreijährigen in keinster Weise nach.«

»Na und?«

Paulas Argumente schrumpften auf das Mindestmaß von zwei Wörtern und glichen bei Gott der Reaktion eines uneinsichtigen, schmollenden Kleinkinds.

»Was ist so schlimm an Südafrika?« Jetzt war *sie* es, die ihre Wörter voller Verachtung von sich spie. »Richtige Argumente gegen *meinen* Reisevorschlag findest *du* nämlich auch nicht. Es gibt dort auch Strände, weißt du?«

»Ich bin nicht dumm, Paula!«

»Ich auch nicht! Auch wenn du mir das immer Mal wieder gerne zu verstehen gibst. Aber für dich ist es viel praktischer, mir die Dummheit in die Schuhe zu schieben. Nicht wahr, Johannes? Weil alles andere nämlich bedeuten könnte, dass du dein Verhalten analysieren müsstest.«

»Ich will mich erholen. Ist das wirklich so schwer zu verstehen? Seit einem halben Jahr arbeite ich sechzig Stunden die Woche. Ich möchte einfach nichts tun im Urlaub. Nur Strand, türkisblaues Wasser und Ruhe. Rumfreaken eben.«

Hatte er eben tatsächlich *rumfreaken* gesagt? Johannes bediente sich eindeutig des Vokabulars ihres pubertären Sohnes. Paula verzog spöttisch den Mund. Doch sie wusste auch, dass Johannes ein Recht auf Erholung besaß.

»Er arbeitet in der Tat sehr viel in letzter Zeit«, geisterte es durch ihre Gedanken. Vermutlich hatte er sogar recht, nur die Art und Weise, wie er es vertrat, war falsch. Doch mit seinem abwertenden Tonfall hatte er sich eindeutig vergaloppiert, was Paula den Mut gab, weiterzusprechen.

»Und *ich*, Johannes, will etwas erleben. Seit siebzehn Jahren führe *ich* nämlich den Haushalt und richte mich nach *euren* Wünschen. Mama, ich brauch das, Mama ich will dies. Liebling wo ist mein Hemd … Jetzt bin *ich* dran, Johannes. *Ich*!«

»Das stimmt doch gar nicht, Paula …«

Doch Paula wollte ihm keine Gelegenheit eines Einspruchs gewähren.

»Genau, es stimmt nicht, Johanneslieblingt«, versuchte sie es zuckersüß und mit einem Gesicht, als hätte sie soeben in eine saure Zitrone gebissen. Die Ironie hatte sich längst verabschiedet und der bittere Sarkasmus schielte bereits um die Ecke. Sie wollte ihren Mann bloßstellen, so, wie er es vorher mit ihr getan hatte.

»Genau genommen sind es nämlich sogar siebzehneinhalb Jahre, plus sechs Wochen Mutterschutz.«

»Werde bitte nicht albern, Paula. Es steht dir nämlich ganz und gar nicht, wenn sich dein Gesicht der Farbe deines Haares anpasst.«

»Sag mal, spinnst du jetzt vollkommen?«

Angesichts der Tatsache, wie schnell er das Blatt – das beleidigende Blatt – wieder zu wenden versuchte, war sie sprachlos. Früher hätte sie langsam bis drei gezählt, um sich ihrem Mann entgegenzustellen. Mittlerweile wusste sie, dass sie bis weit über Hundert hätte zählen müssen, um ihre angestaute Wut abzukühlen. Warum nur fühlten sich die Gespräche mit Johannes immer mehr wie intellektuelle Wettkämpfe an?

»Die Abwertung eines Menschen kann bereits bei der Sprache beginnen«, dachte Paula traurig.

»Stör ich?«

Mit dem Temperament einer Araberstute trampelte Lilly, die mittlerweile 16jährige Tochter der beiden, die Treppen nach unten und erschien sogleich an der offenstehenden Küchentür.

»Ja!«, entfuhr es Paula und Johannes gleichzeitig, obwohl sie sonst von einer einheitlichen Meinung in etwa so weit voneinander entfernt waren wie Somalia von einem Schneechaos.

»Sorry«, lächelte Lilly. »Was ist denn mit Omas Vase passiert?« Dabei deutete sie auf die Scherben, die sich weit verstreut auf dem Küchenboden befanden.

»Erstens ist es nicht Omas Vase, sondern unsere, und zweitens ist sie mir aus der Hand gefallen«, antwortete Paula und wandte sich wieder dem Abwasch zu, um ihrer Tochter keine Möglichkeit zu bieten, ihren Zorn zu erkennen.

»Aus der Hand gefallen?«, fragte Lilly. »Die muss dir ja förmlich aus der Hand gesprungen sein, Mama.« Belustigt zwinkerte sie in die Richtung ihres Vaters.

»Willst du vielleicht auch noch die Flugkurve berechnen oder gibt es etwas anderes, das du uns mitteilen möchtest?«, entgegnete Paula genervt.

»Ich wollte euch lediglich offenbaren, dass ich heute gerne bei Klara schlafen würde. Darf ich? Papa? Bitte, bitte, bitte.«

Paula schmunzelte und freute sich, dass Lilly sich ihren Vater zugewandt hatte. Alleine für die Fragestellung verdiente Lilly einen Diplomatenorden. Sie wusste, dass bereits alle Details mit ihrer Busenfreundin geklärt waren und ihre Tochter nur des Anstands wegen, ihren Vater um etwas bat, das schon so felsenfest stand, wie der Uluru in Australien.

»Meinetwegen«, knurrte Johannes.

»Prima«, flötete Paula. »Dann ist für heute Abend ja ein Bett frei geworden, in das sich *dein* Vater verziehen kann. Darf er, Lilly? Bitte, bitte, bitte ...«

»Scheint ja echt heftig zu sein«, lachte Lilly und betrachtete ihre Eltern ohne jegliche Besorgnis. Sie wusste, dass sich die beiden in wenigen Stunden wieder in den Armen liegen würden. Eine beruhigende Gewissheit versprach ihr, dass sich ihre Eltern liebten. Oftmals war es Lilly sogar peinlich, dass man diese innige Zuneigung so offensichtlich vernehmen konnte. Vor allem, wenn Freundinnen anwesend waren, konnte sie den schmachtenden Blick ihres Vaters und das kindliche Turteln ihrer Mutter kaum ertragen.

»Was scheint echt heftig zu sein?«

Felix, ihr erstgeborenes Prachtexemplar, erschien nun ebenfalls an der Tür.

»Wie schön!«, kläffte Paula. »Die liebe Familie ist komplett.«

»Nur Omas Familienerbstück gehört nicht mehr dazu«, kicherte Lilly, woraufhin Paula ihre Tochter mit einem mahnenden Blick warnte, den Bogen nicht zu überspannen.

»Was ist denn mit Mama los?«, fragte Felix seinen Vater, der nur die Schultern nach oben zog und sein Augenmerk wieder auf die Zeitung legte. Es war charakterisierend, dass er Erklärungen gegenüber den Kindern gerne seiner Frau überließ.

»Wir diskutieren, wo wir unseren diesjährigen Urlaub verbringen wollen«, erklärte Paula diplomatisch, mit der festen Absicht, die lästige Fragerei damit rasch zu beenden.

»Italien?«, erkundigte sich Felix lachend.

»Siehst du?«, bellte Paula, keinen Zweifel hegend, dass sich Felix nun auf *ihre* Seite schlagen würde.

»Wirklich nach Italien?«, wollte Lilly überraschend wissen. »Die ganzen Jahre konntet ihr es nicht erwarten, eure großen Reisen ohne uns zu planen und jetzt wollt ihr wieder nach Italien gasen?«

»Könntest du bitte, die in der deutschen Sprache dafür vorgesehen Vokabeln verwenden«, rügte Johannes seine Tochter.

»Als ob dies im Augenblick unsere einzige Sorge wäre«, dachte Paula. Nichtsdestotrotz hasste auch sie es, wenn ihre Kinder in diese alberne Jugendsprache verfielen, bei der sie immerzu rätseln musste, was ihre Sprösslinge eigentlich mitzuteilen versuchten.

»Den Scherben nach zu urteilen, steht Italien hier nicht zur Debatte, Lilly.«

»Herrgott!«, entfuhr es Paula. »Das blöde Ding ist mir eben aus der Hand gefallen.« Gleichwohl bewunderte Paula Felix´ ausgeprägte Menschenkenntnis, die er – wohl oder übel – den Genen seines Vaters zu verdanken hatte.

»Ich möchte auf die Seychellen«, feuerte Johannes nun seinen Trumpf ins Wortgefecht.

»Cool!«, staunten *seine* Kinder.

»Dürfen wir mit? Bitte, bitte, bitte.« Da war sie wieder: Lillys altbekannte, singend-bettelnde Ausdrucksweise. Dabei meldeten sich beide Kinder artig, indem sie den Finger hoben und strammstanden, was so gar nicht zu ihrem ungezügelten Temperament passen wollte.

»Wolltest du nicht zu Klara?«, erinnerte Paula ihre Tochter.

»Schon verstanden, Mum.« Sie machte auf dem Absatz – dem viel zu hohen Absatz wie Paula fand und dringendst ein Gespräch zum Thema Rückenleiden mit sich bringen musste – kehrt. Warum nur hatte es Lilly so eilig, erwachsen zu werden? Kurz darauf fiel die Haustür mit einem lauten Knall ins Schloss.

»*Eigenartig*«, überlegte Paula, »*wie jeder in dieser Familie sein eigenes Geräusch erzeugt.*« Bei Lilly war es eindeutig ein ‚Klack-Klack-Klack-Knall'.

»Und du?«, richtete Paula nun das Wort nicht weniger vorwurfsvoll an ihren Sohn.

»Bin schon weg. Ihr seid mir heute echt zu abgespaced. Macht nen´ Kreis und geht bei grün, Leute.«

Damit war auch Felix mit seinem Geräusch von quietschenden Turnschuhsohlen verschwunden. Die Tür fiel auch nach ihm mit einem lauten ‚Rums' ins Schloss. In den fast achtzehn Jahren seines Lebens hatte er es – ähnlich wie Lilly – nicht gelernt, die Tür unter Zuhilfenahme der Klinke zu schließen.

»Was sollen wir machen?«, fragte Johannes in die Stille.

»Einen Kreis!«

Paula konnte sich nur mit Mühe ein Lächeln verkneifen, denn Felix entsprach allen Klischees eines Teenagers der heutigen Generation. Sehr zum Missfallen ihrer Schwiegermutter, die ihre Aufgabe unermüdlich darin sah, Felix Gregor zum Musterknaben und zukünftigen Ministerpräsidenten Bayerns zu erziehen. Doch Felix nahm es mit Humor, umgarnte seine herrschaftliche Oma fürstlich und trug seinen Hosenbund weiterhin unter der Kniekehle. Dazu beherrschte er den Wortlaut der heutigen Jugendsprache nahezu perfekt.

Paula war es bis heute ein Rätsel, wie er das Vokabular dieser unreifen Begriffe ständig abrufbereit, seine französischen und englischen Vokabeln am nächsten Tag jedoch wieder vergessen hatte. Als Felix der Familie vor nicht allzu langer Zeit mitgeteilt hatte, dass er seit Kurzem leidenschaftlicher Hobbyangler sei, präsentierte ihm Johannes seine heißgeliebte Angelrute aus der eigenen Jugendzeit. Felix lachte schallend und machte seinem verdutzten Vater begreiflich, dass er dann doch lieber nach Mädchen und weniger nach Fischen angeln wollte.

»Ich muss los«, unterbrach Johannes die Gedankensprünge seiner Frau.

Paula wandte sich ab, als er sich behutsam herantastete, um ihr einen Kuss zu geben. Stattdessen begann sie, die Scherben zusammenzufegen. Wortlos verließ Johannes die Küche, griff zu seiner gepackten Tennistasche und war kurz darauf verschwunden. Auch er schloss die Tür mit einem lauten Knall, doch Paula war sich bewusst, dass er damit seiner Wut eine letzte Möglichkeit der Entfaltung gab.

Tief durchatmend beließ Paula die Scherben, wo sie waren, brühte sich einen extra starken Kaffee und setzte sich auf die noch sonnige Terrasse. Sie wusste, dass sie mit dieser zusätzlichen Portion Koffein ihre Nachtruhe opfern würde. Ob sie einlenken und dem Urlaubswunsch ihres Mannes zustimmen sollte? Immerhin war es *sein* Geld, und noch dazu keine ganz unerhebliche Summe, die sie für diese Reise ausgeben wollten.

Doch kaum war der Gedanke zu Ende gedacht, zwang sich Paula bereits zu einer Korrektur, handelte es sich hierbei allenfalls um ihr *gemeinsames* Geld. Dennoch überfiel sie das schlechte Gewissen. Auch wenn Johannes ihr nur selten zu verstehen gab, dass *er* es war, der für einen großzügigen, finanziellen Spielraum sorgte, fühlte sie sich meist unwohl, bei größeren Anschaffungen ihre Meinung zu vertreten. Bereitwillig überließ sie ihm die endgültige Entscheidung, auch wenn es große Spannungen in ihr erzeugte.

Widerwillig warf Paula den Blick durch die große Fensterfront, wo das schwarze Ledersofa stand, das eine besonders hässliche Manifestation ihres mangelnden Selbstbewusstseins darstellte. Liebend gern hätte sie sich damals für eine gemütliche, rustikale Sofaecke entschieden, die sie mit vielen bunten Kissen dekorieren wollte. Dagegen war Johannes von Anfang an vom Geruch und der Schlichtheit dieses Ledersofas begeistert. Seine geschickte Argumentation war völlig unnötig, denn Paula wusste sofort, dass dieses Ding, das an Kälte und Nüchternheit kaum zu überbieten war, in Zukunft im gemeinsamen Wohnzimmer Platz finden würde. Gedankenverloren rührte sie ihren Kaffee, ohne auch nur einen Schluck davon zu trinken.

Ähnlich war es auch mit dem ersten Familienauto gewesen. Johannes wollte ein Statussymbol besitzen, sie einen schnuckeligen Kompaktklassenwagen, an dessen Steuer sie sich wohlfühlen konnte. Immerhin war sie im Lauf der Jahre imstande, mit ein paar Schrammen und Dellen ihren Unmut zum Ausdruck bringen.

»Wenn Johannes etwas wollte, dann musste es auch genau so verlaufen«, überlegte sie. Ihre eigenen Wünsche spielten dabei eine eher untergeordnete Rolle.

»Paula?«

Annes Stimme riss Paula aus ihren trüben Gedanken.

»Im Garten«, rief sie der Nachbarin zu, die mit den Jahren, in denen sie nun direkt nebeneinander wohnten, auch zur besten Freundin geworden war.

Als sie einst in dieser gepflegten Vorstadtidylle ihr Eigenheim errichtet hatten, waren Anne und Jan die einzigen Nachbarn, die sofort auf Paulas Wellenlänge lagen. Diese Sympathie war für Paula ein absolutes Muss gewesen, um in diesem Viertel glücklich zu werden. Der Rest der Nachbarschaft wäre liebend gern zu einer Teestunde bei Gerda aufgebrochen, anstatt bei der jungen Familie, samt flippigen Sohn und etwas eigenartiger Tochter, zu erscheinen.

Nur Johannes wurde von den Mitmenschen aus der Umgebung umsorgt und umschmeichelt. Manches Mal ging es sogar so weit, dass die älteren Damen selbstgebackenen Kuchen vorbeibrachten, weil sein Artikel über das neu erbaute Seniorenheim oder die üblen Parksünder der Stadt ihren Gefallen fanden. Die schmachtenden Blicke der weiblichen Seniorinnen, die diese ihrem Mann zuwarfen, hatten Paula zu anfangs belustigt, bis es irgendwann in Missmut umschlug.

Mit Anne und Jan verhielt es sich anders. Obwohl ihre Ehe kinderlos geblieben war und sich die Interessen damit unweigerlich etwas voneinander entfernten, behielten sie die gute Nachbarschaftsbeziehung bei. Als Krönung übernahmen beide die Firmpatenschaft ihrer Tochter, sodass die Freundschaft noch enger miteinander verbunden war. Vor allem Lilly liebte Anne und Jan überschwänglich und Paula wusste, falls ihnen jemals etwas passieren würde, dass gut für Lilly gesorgt war.

»Oh Gott, Paula. Was ist passiert? Hast du etwa geweint?«

Erst jetzt bemerkte Paula, dass sie in den letzten Minuten ihrem Ärger und der Anspannung, in Form von Tränen, Raum verschafft hatte.

»Johannes möchte auf die Seychellen«, brachte sie mühselig hervor.

»Ach, dann sind es also Freudentränen?«

Erleichtert versank Anne in einem der gemütlichen Korbsessel. »Ich dachte schon, Lilly oder Felix wäre etwas zugestoßen.«

»Möchtest du einen Kaffee?«, wandte sich Paula an ihre Freundin und blickte griesgrämig in die eigene Tasse, in der sich mittlerweile eine kalte, schwarze Flüssigkeit befand. Doch Anne überhörte die wohlgemeinte Frage nach der angebotenen Portion Koffein, denn ihre Neugier war stimulierend genug. Lieber wollte sie wissen, was es mit dem Seychellenurlaub auf sich hatte.

»Gibt's einen Haken an der Sache?«, bohrte sie weiter, weil Paula alles andere als Enthusiasmus aufgrund der bevorstehenden Reise an den Tag legte.

»Welchen Haken?«

»An der Sache mit den Seychellen? Er will doch nicht etwa alleine dorthin oder?«

»Es wird ihm nichts anderes übrig bleiben«, bemerkte Paula voller Abscheu.

»Stopp, stopp, stopp.«

Anne sprang aus ihrem Sessel und signalisierte, dass sie die ganze Thematik nicht verstand. Doch wie so oft schien sie keine Erklärung zu erwarten. Vielmehr war es bezeichnend für Paulas Nachbarin, sich voller Euphorie auf eine Sache oder ein Rätsel zu stürzen, um es selbst zu lösen. Mit ihrem Beruf als Eventplanerin hatte Anne vor Jahren einen Volltreffer gelandet. Dabei glich sie einem Energiebündel, dessen Tatkraft auch durchaus für sechsunddreißig Tagesstunden ausreichen würde.

Im Gegensatz zu Paula besaß Anne nämlich einen unglaublich starken Willen und das nötige Selbstbewusstsein, diesen auch durchzusetzen. Wenn überhaupt, konnte lediglich Jan ein wenig Einfluss auf sie nehmen, dem sie ähnlich verfallen war, wie ‚Leika', einem reinrassigen Australian Shepherd.

»Nochmal von vorne«, begann Anne ihre Zusammenfassung. »Johannes möchte auf die Seychellen?« Paula nickte, trank einen Schluck kalten Kaffee, schluckte und verzog angewidert das Gesicht. »Aber aus irgendeinem Grund darfst, kannst oder sollst du nicht mit?«

Auf die absurde Möglichkeit, dass Paula gar nicht erst mitfahren wollte, kam Anne freilich nicht. Nur ein vollkommener Idiot würde diese Reise ins Paradies ausschlagen.

»Von wollen kann keine Rede sein«, erwiderte Paula deshalb. »Ich *möchte* nicht!«

Zwei große, konsternierte Augen starrten ihr fassungslos entgegen.

»Aber warum?«

Anne beinahe sprachlos zu erleben, besaß Seltenheitswert.

»Weil ich nach Afrika möchte.«

»Nach Afrika?« Anne wurde zunehmend hysterischer. Paula fehlte es gerade noch, dass sie sich nun auch gegenüber ihrer besten Freundin erklären musste.

»Ich bringe uns frischen Kaffee«, versuchte sie deshalb dieser problematischen Thematik aus dem Weg zu gehen, sie zumindest jedoch ein wenig hinauszuzögern.

»Warte, warte, warte«, befahl Anne. »Ihr streitet tatsächlich, ob ihr euren Urlaub in oder neben Afrika verbringen wollt?«

»Ich muss mich dringend erkundigen, wo genau diese Seychellen liegen«, dachte Paula, *»denn ohne ein gewisses Grundwissen würde es schwer werden, vernünftig zu argumentieren.«*

Anne ahnte, dass sie mit ihrer Vermutung bereits mitten ins Schwarze getroffen hatte, und versank sogleich seufzend im Stuhl. Mit flacher Hand schlug sie sich gegen die Stirn. »Deine Sorgen möchte ich haben, Paula. Es kann doch nicht dein Ernst sein, dass du wegen eines Urlaubsziels, noch dazu eines wie die Seychellen, heulst. Wir sprechen doch von *den* Seychellen oder? Unmengen von Palmen, weißer Sand, täglich fünfzehn Stunden Sonnenschein, exotische Cocktails, türkisfarbenes Meer …«

Paula schaltete auf Durchzug, denn sie wollte dies alles gar nicht hören. Annes Worte flossen haltlos durch ihre Ohren wie ein Fluss durch sein begradigtes Flussbett.

»Ich könnte deinen Missmut ja verstehen, wenn Johannes nach Aserbaidschan wollte.«

»Was sollte er denn dort?«, fragte Paula, die sich dazu genötigt fühlte, wieder ins Gespräch einzusteigen.

»Das war doch nur ein Beispiel«, stöhnte Anne. »Natürlich möchte er nicht nach Aserbaidschan. Paula, was ist los? Du bist doch sonst nicht so starrsinnig?«

»Ich habe einfach keine Lust mehr, meine Wünsche ewig hinten anzustellen. Siehst du dieses hässliche Ledersofa?« Paula deutete nach hinten ins Wohnzimmer. »Ich hasse es, und nur weil Johannes es damals unbedingt haben wollte, war ich mit dem Kauf einverstanden. Kann er sich nicht *einmal* nach meinen Bedürfnissen richten?«

»Weißt du, wie du dich gerade anhörst?«

»Na?«, funkelte Paula ihrer Freundin streitlustig entgegen, obwohl sie auf diese Diskussion null Bock – wie es Felix bezeichnen würde – hatte.

»Wie ein altes frustriertes Eheweib.«

»Ist es so schwer zu verstehen, dass ich meine Träume auch gerne verwirklichen möchte?«

»Träume? Paula, es geht um einen 14tägigen Urlaub.«

»Wenn ich mich jetzt wieder seiner Entscheidung beuge, werde ich nie zu dem kommen, was ich eigentlich möchte.«

»Was willst du denn *eigentlich*, Paula?«

Doch dies war genau diese eine Frage, auf die Paula so gar keine Antwort wusste. Es fiel ihr schwer, ihre zukünftigen Wünsche in Worte zu fassen. Irgendetwas in ihr schien aus unerklärlichen Gründen plötzlich unheimlich wichtig für sie zu sein.

»Kann es sein, dass es bei deinem Wollen um sehr viel mehr geht, als um ein Urlaubsziel, über das ihr euch nicht einig werden könnt?«

Annes Stimme klang mitfühlend.

»Vermutlich hast du recht«, lenkte Paula ein. »Aber ich wünsche mir endlich die Wertschätzung, die ich verdiene.«

»Vielleicht solltest du die ganze Sache erst einmal gründlich überdenken, bevor du auf Konfrontationskurs mit Johannes gehst. Er wird es auf die Art und Weise, wie du sie ihm im Moment zu verdeutlichen versuchst, nicht verstehen, meine Liebe. Johannes ist ein Mann! Der denkt nicht um zweiunddreißig

Ecken. Bestenfalls sieht er sich als Teil eines Dreiecks. Du – er – Seychellen. Punkt!«

Anne küsste ihre Freundin auf die Wange, hauchte ihr ein verträumtes ‚Seychellen' ins Ohr und war kurz darauf verschwunden.

Anne hatte recht. Paula ging es gar nicht so sehr um diesen Urlaub, sondern vielmehr um ihre zukünftige Rolle im Familienclan. Es vermittelte den Eindruck, als glich ihr Leben einer Filmrolle, die für viele, viele Jahre festgeschrieben war. Nur für kurze Zeit, und der Dauer von exakt fünf Monaten, hatte sie ihre Mutterrolle unterbrochen, um ihre Ausbildung zur Krankenschwester abzuschließen. Während alle anderen Familienmitglieder ihre Drehbücher nach Belieben umschrieben oder erweiterten, blieb sie in ihrem Part gefangen. Aber musste dies auch gleichzeitig bedeuten, dass ihre Rolle in dieser Daily Soap auf Ewigkeit in der fürsorglichen, fleißigen Hausfrau und Mutter lag?

Felix würde bald studieren. Lilly ihr Abitur machen. Jedes Familienmitglied erschuf sich seine eigene Geschichte.

»Aber wo komm ich darin vor?«, dachte Paula.

Sie fühlte sich von Johannes ungerecht behandelt und all diese Empfindungen verlangten nach einem angemessenen Protest. Und wenn sich dieser Protest in der Planung einer Urlaubsreise äußern sollte, dann war es eben so.

War es vielleicht sogar *der* Schlüsselmoment? Der Zeitpunkt, an dem sich das Leben für immer verändern konnte?

Die innere Stimme ist der Kompass der Seele

Diese Nacht war die Erste seit fünf Tagen, in der es mir gelang, acht Stunden am Stück zu schlafen. Schlaf, dem ein Zustand tiefster Erschöpfung vorhergegangen war und nur der logischen Konsequenz der vorausgegangenen Tage entsprach. In den Nächten zuvor lag ich entweder wach oder wurde, wenn ich schlief, von bösen Träumen geweckt. Oft wälzte ich mich bis zum frühen Morgengrauen in den weißen Bettlaken und zählte die endlosen Minuten, bis es endlich an der Zeit war, aufzustehen.

Heute fühle ich mich dagegen wie nach einem tiefen, langen Winterschlaf, ausgeruht und voller Tatendrang. Diese Nacht war ohne Übertreibung reinigend. Meine Reserven sind freilich nicht aufgefüllt, aber die Lage erscheint mir heute nicht mehr ganz so trostlos wie in den vergangenen Tagen. Ich muss nur etwas Geduld mit mir haben.

Gestärkt hinsichtlich dieser positiven Gedanken, verlasse ich das warme Bett, trete einen Schritt zum Fenster und blicke auf diesen einzigartigen, massiven Berg, der in den letzten Tagen zu einem Ort der Inspiration für mich wurde. Eine Oase der Ruhe, die für Freiheit und schier unbändige Stärke steht. Die kleine Pension, in der ich wohne, liegt nur wenige Kilometer davon entfernt, sodass ich den Berg nicht nur sehen, sondern auf eine gewisse Art und Weise auch spüren kann.

Vorsichtig, als hätte ich Angst, diese neu gewonnene Zuversicht wieder zu verlieren, hege ich Hoffnung, dass es mir langsam gelingen könnte, Struktur in meine wirren Gedanken und Gefühle zu bringen. Auch wenn eine Rückkehr in mein altes Leben im Augenblick noch völlig ausgeschlossen ist, gibt es eine positive Richtung, die sich zaghaft vor mir ausbreitet.

Es gibt Hunderte von Dingen, von denen ich glaubte, sie niemals erleben zu müssen. Tausende Kilometer von meiner Familie und dem Zuhause, das ich liebe, entfernt zu sein, ist eines davon. Und trotzdem muss ich diesen Weg gehen.

Nach einer ausgiebigen, heißen Dusche schlüpfe ich in meine Jeans. Am Knie kann ich ein kleines Loch entdecken, aber ich störe mich nicht daran. Davon abgesehen habe ich wenig Lust, Zeit in einem Einkaufszentrum zu verbringen, nur weil ich bei meiner übereilten Flucht eine falsche Klamottenauswahl getroffen habe. In den vergangenen Tagen bin ich regelrecht menschenscheu geworden. Ich zeige mich ohnehin in den letzten Jahren nicht gerne, und in der Situation, in der ich mich im Augenblicke befinde, erst recht nicht. Meine zumeist unzähmbaren Haare lasse ich offen. Ich mag den Wind, wenn er durch meine Mähne weht, sie durcheinanderwirbelt und mir damit ein zusätzliches Gefühl von Lebendigkeit verleiht.

Über eine kleine Hinterhoftreppe und einen schmalen Fußweg, der durch den wunderschönen Garten führt, erreiche ich die Steinterrasse, auf der den Gästen das Frühstück und auf Wunsch auch ein Abendessen serviert wird. Als ich mich an den gedeckten Tisch setze, entdecke ich die Nachricht meiner Pensionswirtin – einer 72jährigen Deutschen – die vor zwei Jahrzehnten hierher ausgewandert ist. Maria ist in dieses Land gekommen, um sich *ihren* Traum von Unabhängigkeit zu erfüllen. Was im Ruhrgebiet misslang, entwickelte sich hier zum Erfolg, denn ihre gemütliche Pension gleicht einem alten Schmuckkästchen mit wertvollem Inhalt. Von außen wirkt das Haus alt und renovierungsbedürftig, aber im Inneren offenbart sich eine kostbare Intimität, die mit Geld nicht aufzuwiegen ist. Ich schätze mich glücklich, dass Maria mir erlaubt hat, hier zu wohnen.

Für mich ist ein kleiner Tisch inmitten des mediterranen Ambiente unter zwei Zitronenbäumen gedeckt. Die Stämme der Bäumchen haben sich zu einem großen Baum vereint und bilden ein abstruses Bild von eigenständiger Zweisamkeit. Der Anblick, dieser auf alle Zeit miteinander verbundenen Bäume, ruft eine tiefe Sehnsucht in mir hervor.

Warum ist es mir in meiner Ehe nicht gelungen, eine eigenständige Persönlichkeit zu bleiben? Wie Johannes hätte auch ich meinen Weg gehen können. Ähnlich wie diese lebendigen Gewächse hätte ich dazu fähig sein müssen, eigene Wurzeln zu schlagen, um die emanzipierte Persönlichkeit zu bleiben, die ich einmal gewesen bin. Dessen völlig ungeachtet hätten wir miteinander verbunden bleiben können. Diese zwei Zitronenbaumstämme beweisen deutlich, dass es geht. Warum war ich nur immerzu Mutter und Ehefrau gewesen und nur ganz selten eine unabhängige, erwachsene Frau? Eine Frage, die ich mir im Laufe der letzten Tage bereits des Öfteren gestellt habe und bis heute keine Antwort darauf finde.

Auf dem liebevoll gedeckten Tisch befindet sich eine Thermoskanne, gefüllt mit Kaffee, ein gekochtes Ei, Bagels und Beans sowie einer dieser teuflisch leckeren Brotaufstriche, dessen Zutaten ich nicht definieren, aber förmlich darin versinken könnte. An dem Glas mit frisch gepresstem Orangensaft lehnt Marias Nachricht.

Liebe Paula, ich bin bereits auf dem Markt und wollte Sie nicht wecken. Machen Sie sich einen schönen Tag und sollten Sie etwas benötigen, finden Sie es aller Wahrscheinlichkeit nach in der Küche. Maria.

PS.: Mögen Sie Fisch? Lassen Sie mich wissen, wenn Sie heute mit mir zu Abend essen möchten.

Ich lächle, denn Marias Leben ist eng mit der Pension und den darin wohnenden Gästen verbunden. Während für andere Mekka oder der Himmel das Heilige Reich darstellt, ist Marias größte Kostbarkeit ihre zauberhafte Küche. Dass sie ihren Beruf über alles liebt, ist deutlich wahrzunehmen.

Bereits zu Beginn meines Aufenthaltes offenbarte ich der kleinen, untersetzten Pensionswirtin, zu der ich vom ersten Augenblick enges Vertrauen gefasst hatte, den wahren Grund meiner Reise. Die gutmütige Frau war von Anfang an eine aufmerksame Zuhörerin gewesen und ist es bis heute geblieben. Sie drängt mich nicht, Gefühle preiszugeben, die ich nicht in Worte formen, hingegen in Tränen auflösen kann. Trotzdem empfinde ich keine Scham, denn in ihrem Blick schwelgt kein Mitleid, sondern wohlgesonnenes und ehrliches Interesse. Ich weiß, dass ich mich hier sicher und geborgen fühlen kann. Und dies so lange, wie es dauern wird, meine Wunden zu lecken.

Während ich also den zweiten Morgenkaffee trinke und mit einem letzten Stück Bagel den Rest des phänomenalen Brotaufstrichs tunke, stelle ich mir die Frage, ob Johannes mir fehlt. Allerdings ist dies nicht so einfach zu beantworten, denn im Moment bin ich noch zu wütend auf, und zu traurig wegen ihm. Darum ist Loslassen in diesem Augenblick einfach, auch weil ich mich fürs Erste dazu entschieden habe, ihn zu hassen. Und das mit einer Intensität, die mir sogar ein wenig beängstigend erscheint.

Vor zehn Tagen hatte ich meine Koffer gepackt, war zum Flughafen geeilt, um meine Flucht anzutreten. Einzig und allein Anne hinterließ ich eine kurze Nachricht. Ich blieb konsequent, auch wenn mich – zuerst an der Garagentür, später in der Abflughalle des Flughafens – das vage Gefühl beschlich, umkehren zu müssen.

Um meine Frage noch einmal aufzugreifen, gestehe ich mir ein, dass ich Johannes, selbst wenn ich ihn nicht hassen würde, keineswegs vermisse. Mir fehlt, was ich mit ihm verbinde. Sein Humor. Oder die Gespräche. Doch ein körperlich anwesender Johannes ist das Letzte, was ich mir im Augenblick wünsche. Dafür sitzt der Schmerz, den er mir zugefügt hat, viel zu tief.

Wen ich allerdings definitiv vermisse, sind meine beiden Kinder. Sie wissen noch nichts von dem Durcheinander, das sie bei ihrer Heimkehr vorfinden werden, und ich wünsche mir aus ganzem Herzen, dass sie ihre Ferientage genießen können, bevor sie zu Hause die Wirklichkeit einholen wird. Dennoch glaube ich fest daran, dass beide den Grund meiner überstürzten Flucht verstehen werden. Sie sind alt genug, um sich ein eigenes Bild zu schaffen und eine unabhängige Meinung zu formen. Zudem wird Anne ein wachsames Auge auf meine Kinder werfen. Dies war das Mindeste, was ich für Lilly und Felix tun konnte. Ob Annes Fürsorge reichen wird, weiß ich nicht, und wie Johannes die Situation darstellen wird, erst recht nicht. Ich kann nur hoffen, dass er – ähnlich wie ich – die Tage dazu nutzt, klare Gedanken zu fassen, die er dann mit einfühlsam Worten den Kindern begreiflich machen wird.

Vielleicht war es schäbig von mir, derart überstürzt diese Reise anzutreten, doch für mich erschien es die einzig richtige Möglichkeit zu sein. Ich weiß, dass ich in meinem augenblicklichen Zustand niemanden retten kann. Weder meine Ehe noch Johannes und auch mich selbst nicht. Heute, Tage später, empfinde ich meinen Ausbruch auch weniger als ein Weglaufen, sondern eher als ein Herausfinden. Einer Suche, die mir sagt, wie es weitergehen soll. Und um die kommende Zeit durchzustehen, muss ich eine Weile für mich sein.

Liebevolle Gedanken wandern zu meiner Tochter Lilly. Mit einer Gruppe Gleichgesinnter, der auch ihre Busenfreundin Klara angehört, verbringt sie derzeit ihre Ferientage an der Costa del Sol in Spanien. Wohl war mir nicht, als Lilly – mit ihrer Freundin im Schlepptau – diesen Reisewunsch äußerte. Ich wurde nicht müde, mich zu fragen, warum Lilly ihrer Kindheit entfliehen und viel zu schnell erwachsen werden wollte. Lange diskutierten wir mit Klaras Eltern, die nicht ganz so ängstlich um ihr Küken waren, vielleicht weil sie die Letzte in der Reihe dreier aufgeweckter Mädchen war.

Doch am Ende stimmten wir zu. Wir waren uns einig, dass unsere Tochter eigene Erfahrungen sammeln musste und letztendlich wollten wir Lilly dabei nicht im Wege stehen. Auch wenn ich die Geschlechtsreife meiner Tochter – die sie unübersehbar zu einem attraktiven Mädchen heranwachsen ließ – gerne noch einige Jahre aufgeschoben hätte. Ich konnte nur hoffen, dass die Erkenntnisse, die sie in Spanien sammeln sollte, nicht allzu schmerzhaft für mein kleines Mädchen wurden.

Felix, der Hobbyangler, war einen Tag früher als Lilly mit drei Freunden ins südliche Kroatien aufgebrochen. Es war sinnlos, ihn von dieser Tour abbringen zu wollen, egal wie unsympathisch mir zwei seiner drei Kumpels erschienen. Einzig der Gedanke, dass Johannes ein stabiles Zelt für sechs Personen besorgt hatte, das wir Felix kurz vor der Abreise unterjubeln konnten, tröstete mich.

»Meine Kinder haben ihre ersten Träume bereits verwirklicht«, denke ich traurig. Dagegen stolpere ich, aus träumerischen Gedanken, geradewegs in eine grausame Wirklichkeit.

Als ich nach dem Frühstück wieder in mein Zimmer gehe, schließe ich sofort die Fensterläden, denn das helle Licht erscheint mir plötzlich unerträglich. Wie auf Kommando erweckt es den Eindruck, dass sich auch damit meine Stimmung ändert. Meine innere Ruhe ist mir abhandengekommen, denn als ich mich auf das weiche Bett lege, höre ich verwirrend viele Stimmen in meinem Kopf. Und jede Einzelne möchte, dass ich ihr folge.

Die Stimme der Klarheit rät mir, Johannes anzurufen.

Die Mutter in mir schreit nach den Kindern.

»Wenigstens bei Anne solltest du dich melden«, flüstert die Stimme der freundschaftlichen Verbindung.

Meine sadomasochistische Ader bittet sogar um eine Aussprache mit Gerda. *»Gerda?«*, denke ich verwirrt, *»wäre die allerletzte einer endlos langen Reihe, zu der ich im Augenblick Kontakt suchen würde.«*

Ich hoffe mit den Gedanken an meine Schwiegermutter bereits am Ende dieser ‚endlos langen Reihe' angekommen zu sein, doch das Spielchen in meinem Kopf geht munter weiter. Die Stimmen überschlagen sich.

»Geh an den Strand«, säuselt mir die Faulheit ins Ohr.

»Oder auf den Berg«, sagt die Spirituelle.

»Vielleicht doch einkaufen?«, rät die Shoppingqueen.

»Könnt ihr nicht endlich schweigen?«, rufe ich in die Leere des Zimmers. »Ich werde sonst noch wahnsinnig.«

Doch meine Bitte bleibt unerfüllt.

»Zu den Pinguinen«, raunt jene Stimme, die mir nichts Gutes will und eben noch um ein Gespräch mit meiner Schwiegermutter bat.

»Spring aus dem Fenster«, legt mir eine Wahnsinnige nahe.

Bei all dem Durcheinander habe ich das Gefühl, verrückt zu werden und wünsche mir nichts sehnlicher, als die Hektik meiner Familie, die mir keine Zeit lässt, länger als zehn Sekunden über irgendetwas nachzudenken. Doch auch diese Hektik ist nur eine fiktive Version in meinem Kopf.

Zum Glück vernehme ich kurze Zeit später ein lautes Klappern aus der Küche. Maria ist von ihrem täglichen Gang vom Markt zurück. Erleichtert, meinen abstrusen Gedanken entkommen zu können, begebe ich mich auf den Weg. Zuvor stecke ich noch zweitausend Rand – umgerechnet zirka einhundertfünfzig Euro – in einen Umschlag.

Es ist mein Mietanteil für die nächsten sieben Tage, denn ich habe soeben beschlossen, auch noch eine weitere Woche in Südafrika zu bleiben.

Die Bitterkeit der Selbsterkenntnis

Es wird zur alltäglichen Gewohnheit, mit üblen Kopfschmerzen und bleierner Müdigkeit aufzuwachen. Nicht nur, dass ich mich schlecht fühle, nein, ich *bin* schlecht! Ein Versager! Die Stimme in meinem Kopf tropft vor Zynismus. Aber für das, was ich Paula angetan habe, gibt es keine Rechtfertigung. So sehr ich es mir auch wünsche, ich kann mein Verhalten nicht schönreden und meine törichte Handlung nicht auslöschen. Ich verachte mich über alle Maßen und ertrinke im Selbstmitleid.

In mir steckt ein Versager, Idiot und Wahnsinniger zugleich. Der Versager in mir riskiert wegen einer äußerst dummen Tat seine Ehe, der Idiot lässt Paula gehen und anstatt um meine Frau zu kämpfen, betrinke ich mich wie ein Wahnsinniger. Ehe ich mich versehe, öffne ich auch schon die Minibar, um mir den ersten Realitätsverzerrer für diesen Tag zu genehmigen. Ich schlucke auf Ex, beginne zu würgen und renne ins Bad, um mich zu übergeben.

Zwei Stunden später dasselbe Spiel. Ich wache auf, beginne mich selbst zu bedauern, trinke einen Schluck Alkohol und kämpfe erneut mit meinem Würgereiz. Eine gerechte Strafe für ein Verhalten, das nicht zu entschuldigen ist.

»Himmel, ich kann nicht mehr.«

Gegen Mittag greife ich zu jener Packung Ibuprofen, die ich mir vor wenigen Tagen am Airport besorgt habe. Nach dem langen Flug waren meine Kopfschmerzen vernichtend gewesen. Auch die darauffolgenden Tage ist es mir kaum besser ergangen. Ich spüle eine doppelte Ration an Schmerzmittel mit einem Schluck Wasser hinunter, in der Hoffnung, wenigstens in dieser Sache Erlösung zu finden.

Vier Tage, in denen ich mich abwechselnd bemitleidet, besoffen oder zum Idioten gemacht habe, sind nun vergangen. Wenn ich etwas Positives erreichen will, muss ich endlich damit beginnen, die Situation als solche zu annehmen, wie sie sich im Augenblick auch darstellt.

»Aussichtslos«, schießt es schneller, als mir lieb ist, durch den Kopf. Es ist eine merkwürdige Einstellung, die mich da überrollt. Begänne ich jeden Morgen mit einer ähnlichen Denkweise, würde mich nach spätestens drei Wochen der Wunsch überfallen, mich zu erdrosseln. Oder aus dem Fenster zu springen. Eigentlich bin ich doch ein zuversichtlicher, positiv denkender Mensch. Herrgott, was sollen all diese Selbstzweifel?

»Vielleicht sollte ich schreiben?«, denke ich. Immerhin bin ich Journalist. Schreiben ist Balsam für meine Seele und gleicht einer Art sichtbarem Denken. Sich mit Worten auszudrücken, fällt mir leicht. Was ich dafür benötige, ist Struktur. Ein Schema, an das ich mich klammern, und nach dem ich meine Handlungen richten kann. Ein Entwurf, der mir die Richtung weist. Mein Ziel hört auf den Namen Paula. Der Weg, um dorthin zu gelangen, bleibt unbekannt.

Wie sehr ich sie vermisse. Glückliche Erinnerungen bahnen sich den Weg in mein Bewusstsein, und auch nur, um dort einen stechenden Schmerz zu hinterlassen. Was habe ich nur getan? Weggerannt ist sie an diesem unheilvollen Tag. In einer Mischung aus Fassungslosigkeit und Entsetzen verließ sie fluchtartig unser Haus. Ich war in den Garten geeilt, fassungslos über mein törichtes Verhalten. Um meine Ruhe wiederzufinden, musste ich mich zwingen, durchzuatmen, bevor ich mich für das entschuldigen wollte, was ich ihr angetan hatte. Doch dafür blieb keine Zeit. Stattdessen hörte ich, wie Paula den Motor ihres Wagens startete. Um sie aufzuhalten, war ich flugs um die Ecke geeilt, aber Paula war bereits verschwunden. Als ich nach oben lief, fand ich nur noch offene Schranktüren und einige Klamotten, die wild verstreut am Boden lagen.

Später rief ich bei Emilia und Antonia an, keinen Zweifel hegend, dass Paula zu einer ihrer beiden Schwestern geflohen war. Doch als ich mich meldete, wirkten meine Schwägerinnen derart überrascht, dass ich ihnen sofort glaubte, meine Frau dort nicht zu finden. Als ich am Abend immer noch nichts von Paula gehört hatte, rief ich auf ihrem Handy an, doch das blieb damals – so wie heute – und die ganzen gefühlten tausend Anrufe dazwischen – abgestellt.

Nach der folgenden katastrophalen Nacht, in der ich den schlimmsten Gedanken und den bittersten Vorwürfen nachhing, schlich ich mich beschämt zu Anne und Jan. Ich erzählte von Paulas überstürzter Flucht und ließ nicht unerwähnt, dass sie die vorangegangene Nacht weder nach Hause gekommen war noch sich gemeldet hatte. Doch es war nicht die reine Wahrheit, die ich dort von mir gab. Den Teil, der mich ins unrechte Licht rückte – und dies war noch schmeichelnd ausgedrückt – klammerte ich aus. Viel zu groß war meine Scham und die Angst, dass unsere gemeinsamen Freunde sich angeekelt von mir abwenden könnten.

Doch Paula hatte sich auch bei den beiden nicht weiter gemeldet. Kurz bevor ich die Polizei verständigen wollte, kam mir eine alte Binsenweisheit meines Schwiegervaters in den Sinn, der immer dann darauf vertraute, wenn eines seiner Mädchen Reißaus genommen hatte.

»Keine Nachricht, ist eine gute Nachricht«, redete ich mir die darauffolgenden Tage – und Nächte – ein. Es war ausgeschlossen für mich, dass Paula sich etwas antun könnte. Sie achtete das Leben und vor allem liebte sie unsere Kinder. Aber natürlich bedeutete dies keinesfalls, dass nicht etwas passiert sein konnte, weshalb ich die nächste Stunde damit verbrachte, ihre Ärzte und sämtliche Krankenhäuser der Umgebung anzurufen, um mit fadenscheinigen Begründungen Auskunft zu erhalten.

»Alles wird gut«, beruhigte ich mich, nachdem die Suche nach einer verletzten Paula Herbst zum Glück erfolglos geblieben war. Und ich sagte es mir Stunde um Stunde, Tag für Tag und Nacht für Nacht. Doch das Warten zog sich endlos. Wie ein eingesperrtes Raubtier schlich ich ruhelos durchs Haus und lauschte aufmerksam jedem noch so leisen Geräusch, das von ihrer Rückkehr zeugen könnte. Doch meine Frau war weg. Richtig weg. Nicht wie sonst weg, wenn sie für ein paar Stunden am See oder in irgendwelchen Boutiquen Abstand gesucht hatte.

Und plötzlich überfiel mich eine Eingebung. Woher sie kam und ob ich sie verdient hatte, spielte dabei keine Rolle. Es war eine Art Antwort auf die Frage, wohin meine Frau geflohen sein könnte. Keine Auflösung im klassischen Sinne, sondern vielmehr die Idee für einen Lösungsweg. Nicht mehr als ein Hoffnungsschimmer und doch der Rettungsanker, an den ich mich die darauffolgenden Minuten verzweifelt geklammert hatte. Ohne Umschweife klickte ich mich auf die Webseite unseres Kreditkarteninstitutes. Zwei Minuten später lieferte mir der Bildschirm die letzte Abbuchung.

15. August 2013, 8.45 Uhr, Flughafen Cap Town International Airport Kapstadt

Ich war glücklich und fassungslos zugleich. Paula befand sich tatsächlich in Südafrika. Alleine. Nie im Leben hätte ich ihr diesen Schritt zugetraut und wusste sofort, dass nur tiefste Verzweiflung sie dorthin vertrieben haben konnte. Paula suchte keinen Abstand. Sie entschied sich für die Ferne, um sich von mir zu distanzieren. Sie wollte keinen überwindbaren Graben, den man mit einer Entschuldigung überqueren konnte. Nein, sie wählte für unsere Trennung einen ganzen Kontinent. Und diese große Distanz, für die sich meine Frau entschied, sprach Bände.

Zehntausend Rand hatte sie abgehoben und ich schüttelte den Kopf über das leichtsinnige Verhalten, an einem internationalen Flughafen rund siebenhundert Euro aus einem Automat zu ziehen. Darüber hinaus in einer Stadt, dessen Kriminalitätsrate bei Raubüberfällen als vierthöchste der Welt gilt. Ich klickte durch den Verlauf unserer Abbuchungen, fand jedoch keine weiteren aufschlussreichen Informationen. Ohnehin besaß ich zu jenem Zeitpunkt bereits mehr Glück als Verstand. Immerhin wusste ich nun, wo sich meine Frau befand. Und ich wusste auch, wie ich zum Zielort gelangen konnte.

Drei Stunden später saß ich im Flieger der ‚South African Airline'. Mit rasenden Kopfschmerzen betrat ich am frühen Abend den schwarzen Kontinent. Ich buchte ein Zimmer, ließ mich dorthin chauffieren und erlebe, seit ich hier bin, mein tägliches Waterloo. Vor drei Tagen in einem billigen Pub, den Morgen darauf am Strand und gestern Abend an der Hotelbar.

Jetzt stehe ich unter der Dusche. Den kalten Strahl direkt in meinen Nacken gerichtet, stütze ich meine Hände gegen die Wand, um dem Schwindelgefühl Einhalt zu gebieten.

»Heute ist der erste Tag auf dem Weg zurück zu Paula«, schwöre ich mir.

Nach einer Viertelstunde Dauerregen, bei dem ich ständig von kaltem auf warmes Wasser umstelle, weil mich dieses Wechselspiel wieder ins Leben zurückholt, wickele ich ein Handtuch um die Hüften, bestelle Kaffee und Brötchen aufs Zimmer und trete auf den Balkon. Wenn ich mich etwas über die Brüstung lehne, kann ich sogar den Ozean sehen. Die Wellen rauschen und ich ahne, wie unheimlich schön dieses Land sein könnte, wenn ... ja, wenn nur Paula bei mir wäre.

Zwischenzeitlich klopft es an der Zimmertür. Eine zierliche Frau schiebt den vollen Servierwagen ins Zimmer, wünscht mir einen Guten Morgen – obwohl es schon Mittag ist – und fragt, ob sie mir eine Tasse Kaffee einschenken dürfe. Ich bejahe die Frage, verharre aber weiterhin auf dem Balkon. Zum einen verspüre ich wenig Lust nach Konversation, zum anderen trage ich nichts weiter am Leib als ein Frottiertuch.

Sofort überfallen mich moralische Bedenken, obwohl in einem Handtuch verhüllt zu sein, ein weitaus kleineres Übel darstellt und keinem Vergleich mit meiner eigentlichen Tat standhält. Als das Mädchen den Raum verlässt, trete ich wieder ins Zimmer, betrachte die zerwühlten Laken und bemerke, wie meine Libido erwacht. Unwillkürlich erinnere ich mich an Paula und die Nächte, die wir in Hotels, ähnlich wie diesem, verbracht haben.

»Weiße Bettwäsche macht mich zum Vamp!«, lächelt Paula in meinen Erinnerungen, lässt sich aufs Bett fallen. Und ehe wir uns versehen, liegen wir nackt und eng umschlungen im Bett und lieben uns. Bei all diesen Trugbildern wird es mir schwer ums Herz und ich fühle mich, als würde jeder Herzschlag stärkere Schmerzen verursachen, als der vorhergegangene.

Am Ende weiß ich nicht, wie viel Zeit vergangen ist, denn ich habe mein Gefühl dafür längst verloren. Das hartnäckige Läuten meines Handys holt mich jedoch in die Realität zurück.

»Paula?«, flehe, hoffe, wünsche und erträume ich mir. Alles auf einmal.

»Johannes?«

»Jan?«

»Johannes, wo bist du? Wir machen uns tierische Sorgen um dich.«

»Mir geht es gut«, antworte ich und erkenne, dass ich meinen besten Freund soeben belüge.

»Das stimmt nicht«, errät dieser sofort. »Also lass diesen Unsinn und bleib bei der Wahrheit. Wo bist du, verdammt noch mal?«

»Ich bin in Kapstadt und suche Paula.«

»Du bist *wo*?«

Unser angespanntes Schweigen verrät mir, dass Jan eine Erklärung erwartet. Doch mir fällt nichts ein, um ihm meine Situation verständlich erläutern zu können.

»In Kapstadt?«, brüllt mein Freund ins Telefon, so als wolle er mich akustisch, und ganz ohne Telefon, über zwei Kontinente erreichen. »Und du suchst Paula?«

»Schrei doch nicht so«, bitte ich ihn, weil meine Kopfschmerzen immer noch nicht vollständig verschwunden sind und das dumpfe Dröhnen nun einem pulsierenden Stechen gewichen ist.

»Ja, ich bin in Kapstadt und nochmal ja, ich suche Paula. Das heißt …«

»Das heißt was?« Jan klingt hysterisch. Eine Tonlage, die zu meinem Freund so gar nicht passen mag.

»Bis heute Morgen habe ich mich nur betrunken.« Ich fühle mich elendig bei diesem Geständnis. »Aber jetzt suche ich sie«, füge ich rasch hinzu.

»Jan? Hallo?«

Am Ende der Leitung ist keine Regung mehr zu vernehmen und ich überlege, ob die Verbindung vielleicht unterbrochen wurde.

»Johannes? Hier ist Anne. Was ist los? Jan hat mir eben kopfschüttelnd den Hörer in die Hand gedrückt und ist wie ein Besessener aus dem Haus gerannt. Also raus mit der Sprache, was geht hier vor?«

»Ich konnte anhand unserer Kreditkartenabrechnung herausfinden, dass in Kapstadt Geld abgehoben wurde. Also bin ich hierher geflogen, um Paula zu suchen.«

»Du bist *was*?«

»Du bist was? Du hast was?«, zische ich den Hörer. Zynismus steht auch mir nicht besonders gut, aber ich will diese dämlichen Fragen einfach nicht hören. Fällt meinen Freunden nichts Besseres ein, als mich ständig zu fragen, weshalb ich in Kapstadt bin? Mein Gott, sicherlich ist es ungewöhnlich, aber so merkwürdig nun doch auch wieder nicht. Schließlich befinde ich mich nicht auf dem Mond, sondern gerade mal zehn Flugstunden von zu Hause entfernt.

»Anne, wusstest du, dass Paula nach Kapstadt wollte?«

»Nein, Herrgott. Sie sagte nur, dass sie Abstand bräuchte, und bat mich, auf Lilly und Felix ein Auge zu haben, wenn sie bis zu deren Rückkehr noch nicht zu Hause sei. Und jetzt erzählst du mir, dass du um die halbe Welt geflogen bist, um sie zu suchen? Da stimmt etwas nicht, Johannes. Paula flüchtet zu ihren Schwestern oder zu einer Freundin. Aber sie fliegt dafür nicht um den halben Erdkreis. Was ist, verdammt noch mal, bei euch los?«

»Ich habe, verdammt noch mal, keine Ahnung, warum sie hier ist. Sie wollte doch immer hier Urlaub machen. Vielleicht reicht das als Beweggrund«, lüge ich und erkenne selbst, wie armselig diese Erklärung für Anne klingen muss. Sie weiß, dass Paula niemals diesen Schritt gewählt hätte, wenn ihr eine Alternative geblieben wäre.

»Erzähl keinen Müll. Wenn ein Mensch wie Paula alleine einen Flieger besteigt und in ein Land flieht, das sie nicht einmal kennt, muss etwas vorgefallen sein, Johannes. Und *du* wirst mir jetzt verflucht nochmal erklären, was der Grund dafür ist«, schreit sie ins Telefon.

Schuldbewusst gestehe ich ein, was ich getan habe.

»Du hast *was* getan?«

Anne ist fassungslos. Und von mir angeekelt. Ich kann es sofort erkennen, egal wie viele Meilen uns geographisch voneinander trennen.

»Ich kann es nicht mehr ungeschehen machen, Anne, und bitte glaub mir, dass es ich es zutiefst bereue. Ich verachte mich für das, was ich getan habe und möchte Paula finden, um es ihr zu erklären.«

»Du … kommst … *sofort* … heim!«

Dies ist ein Befehl, kein Ratschlag und keine Bitte, sondern ein unausweichliches Machtwort, das mir Paulas beste Freundin soeben am Telefon erteilt.

»Ich vermisse sie so«, weine ich ins Telefon und merke, dass ich mit dieser Reaktion auf Annes Tränendrüse drücken möchte, damit sie ihr Mitleid nicht mit Paula, stattdessen aber mit mir teilt.

»*Du* wirst Paula die Zeit geben, die sie benötigt, um *das* zu verdauen, woran du selbst die Schuld trägst, mein Lieber.«

Sie bringt meine verbliebene Seifenblase zum Platzen und schnaubt verächtlich. Dürfen Freunde das überhaupt? Luftschlösser auslöschen?

»Aber …«

»Kein aber. Du buchst den nächsten Flug nach München oder sonst wohin. Und du wirst dieses Land unverzüglich verlassen. Im Übrigen werden in drei Tagen deine Kinder hier anrücken und du wirst verdammt nochmal deiner väterlichen Pflicht nachkommen und ihnen dieses Chaos, das *du*, und nur *du* angerichtet hast, erklären. Hast du mich verstanden?«

»Anne …«

»Es ist mein absoluter Ernst, Johannes. Anderenfalls möchte ich nichts mehr mit dir zu tun haben. Und Jan wird es ähnlich sehen.«

»Bitte«, versuche ich es erneut, obwohl ich gar nicht weiß, wofür ich bitte.

»Du wirst Paula weder suchen noch bedrängen. Und vor allem wirst *du*«, und ich bin mir sicher, nie im Leben mehr Verachtung in einer menschlichen Stimme vernommen zu haben, »es aushalten. Egal, wie sehr du leidest.«

»Ich bin rechtzeitig zurück, wenn Lilly nach Hause kommt«, verspreche ich, bevor die Leitung unterbrochen ist.

Anne hat aufgelegt, ohne sich zu verabschieden.

»Aber …«, stottere ich ins Handy, wohl wissend, dass Anne mich nicht mehr hören kann.

Was vor sieben Wochen und sechs Tagen geschah …

Nach einer weiteren schlaflosen Nacht, in der sich Paulas Gedanken immer wieder verstrickt hatten, schlüpfte sie im Morgengrauen aus dem Bett. Im Grunde war es noch viel zu früh, um aufzustehen, aber sie fürchtete das Unheil, ein Geflecht aus wirren Gedanken, könnte sich tonnenschwer auf sie legen, sodass sie ohnehin keinen Schlaf mehr finden würde.

Als sie kurze Zeit später in der Küche damit beschäftigt war, Kaffee aufzusetzen, beobachtete sie ein Vogelpärchen, das auf einem Ast des Kirschbaumes einträchtig nebeneinandersaß. Voller Neid betrachtete sie die beiden gefiederten Tierchen, bevor sie ungläubig den Kopf schüttelte und dazu zwang, sich der albernen Gedanken zu befreien.

Paula schlüpfte in ihre Hausschuhe, die sie nach kurzer Suche unter dem Küchentisch fand, und betrat die große Holzterrasse, die an der Südseite des Hauses lag und damit bereits schon zur frühen Morgenstunde im Sonnenschein erstrahlte. Ein weiterer schwüler Tag lag vor ihnen. In den letzten Wochen hatte es nur selten gewittert und folglich auch kaum geregnet. Der große Garten sah bereits vertrocknet aus. Die unerträgliche Hitze, die vorherrschte, schlug sich allmählich auch auf die Stimmung eines Großteils der Bevölkerung nieder.

Im Grunde liebte Paula den Sommer, weil dieser Freiheit und Tatendrang versprach, doch diese drückende Wärme, die seit Wochen überwog, war nur noch schwer zu ertragen. Selbst die Blumen ließen bereits am Morgen ihre Köpfe hängen. Oder hatte sie gestern Abend vergessen zu wässern? In dem Gedankenwirrwarr, das seit Tagen in ihrem Kopf vorherrschte, war sie wieder einmal planlos durch Haus und Garten geschlichen.

Viele Dinge hatten darauf gewartet, erledigt zu werden. So mussten die Betten frisch bezogen und das Bad geputzt werden. Doch, was sie am Ende des Tages tatsächlich bewerkstelligt hatte, war aus ihrem Gedächtnis verschwunden. Ohnehin verrichtete sie die täglichen Aufgaben in letzter Zeit mehr und mehr mechanisch, so als hätten sich diese über Jahre hinweg, zu einem gewohnheitsmäßigen Ablauf justiert.

Einmal mehr erkannte Paula, wie die Familie sich vollkommen auf sie verließ. Alles, was sie nicht ausdrücklich – und mit viel Bettelei – an die beiden Kinder oder Johannes weitergab, wurde aus eigenem Antrieb auch nicht erledigt. Augenblicklich fühlte sie sich ausgebeutet, denn jedes einzelne Familienmitglied zog seinen Nutzen aus ihrer Hausfrauentätigkeit.

So verließ sich Johannes darauf, dass er stets eine reichliche Auswahl an sauberen, gebügelten Hemden im Schrank vorfand. Natürlich farblich sortiert und jedem Anlass entsprechend. Lilly betrachtete es stets als Selbstverständlichkeit, eine gewisse Auswahlmöglichkeit beim Mittagessen vorzufinden, falls das, von Paula gewählte Tagesgericht, keine Zustimmung fand. Und Felix wusste genau, dass sich Schuhe oder Taschen dort befanden, wo sie ursprünglich auch hingehörten, selbst wenn er sie am Vortag achtlos an einer x-beliebigen Stelle hinterlassen hatte.

Nur mit großer Mühe gelang es Paula, diese Gedanken abzulegen, die ihr letzten Endes doch sehr ungerecht erschienen. Wenn sie nämlich ehrlich war, wollte sie die meisten dieser Aufgaben gar nicht ihrer Familie übertragen. In ihrer Rolle als Hausfrau und Mutter strebte sie seit Jahren nach Perfektion, die es allen schwer machte, sich ihrem Refugium zu nähern.

»Es ist auch die einzige Möglichkeit, um in meiner Beschäftigung zu glänzen«, dachte Paula betrübt. Aber musste es für immer so bleiben? Nur, weil sie mit zwanzig in die Rolle der Mutter und Hausfrau gedrängt wurde und sich nach Lillys Geburt dazu entschieden hatte, sie aufrechtzuerhalten, musste Paula doch nicht ein ganzes Leben damit verbringen, anderen Leuten Dinge hinterherzutragen. Schließlich befanden sich Lilly und Felix seit geraumer Zeit in einem Alter, in dem ihnen ein wenig mehr Eigenständigkeit und Selbstversorgung gut zu Gesicht stehen würde. Meistens waren die beiden nämlich nur dann selbstständig, wenn es um ihre eigenen Wünsche und Anliegen ging. Alles andere schoben sie weit von sich.

War jetzt der perfekte Zeitpunkt gekommen, um die Aufgaben innerhalb der Familie neu zu verteilen? Aber was sollte sie mit der dadurch gewonnen Zeit anfangen? Würde sie sich vielleicht sogar überflüssig fühlen? Sie verabscheute den Gedanken, dass Felix nach seinem Abitur ausziehen könnte. Tatsächlich wollte sie nur allzu gerne das Erwachsenenwerden ihrer Kinder auf einen späteren Zeitpunkt verschieben. Vielleicht, um sich den neuen Aufgaben gar nicht erst stellen zu müssen? Aber wie passten diese Gedanken zu der Revolte, die in ihrem Inneren tobte? Einmal mehr fühlte sich Paula völlig hilflos.

»Guten Morgen, Liebling.«

Johannes umarmte seine Frau von hinten und hauchte ihr einen sanften Kuss auf die Wange. »Ob ich wohl auch eine Tasse Kaffee bekommen könnte?«

Ohne überhaupt nur darüber nachzudenken, stand Paula auf, um ihren Mann mit einer frischen Portion Koffein zu versorgen, während dieser sich an seinem freien Tag bequem auf einem Stuhl niederließ und seine Hände im Nacken verschränkte. Ihre erneute Meinungsverschiedenheit vom Vortag zum Thema Urlaub hatte Johannes – praktischerweise – längst wieder vergessen.

»Warum mach ich das?«, ärgerte sich Paula, als der Kaffee heiß und röstfrisch aus der Maschine dampfte. Ihr Mann war alt genug, um sich seinen Morgenkaffee selbst zu brühen. Und er war auch nicht krank. Zudem wusste er – besser als sie – wie dieser hochmoderne Automat funktionierte.

»Und warum, Herrgott, rühre ich ihm auch noch zwei Stück Zucker und Milch in die Tasse?«

»Paula, um noch einmal auf gestern zurückzukommen«, begann Johannes vorsichtig, als sie ihm die dampfende Tasse überreichte.

»Kein Dankeschön, kein liebevoller Blick. Kein besonders guter Tagesbeginn«, dachte Paula verstimmt.

»Es tut mir leid, dass ich dir deine Bitte nach einer Reise nach Südafrika abschlagen muss.«

»Dann hast du dich also entschieden?« Wütend funkelten ihre Augen in die Richtung ihres Mannes. Rasch lenkte sie den Blick auf den Garten, um ihren aufkeimenden Ärger zu verbergen. Jetzt einen Streit zu beginnen, würde bedeuten, dass die nächste, verletzende Schlacht bereits wieder bevorstand.

»Ich dachte, wir könnten vielleicht eine Art Kompromiss schließen? Was hältst du davon, wenn wir uns *beide* von unseren Traumzielen verabschieden? Wir fliegen nicht nach Kapstadt, aber auch genauso wenig auf die Seychellen. Wir suchen uns einfach ein ganz neues Reiseziel.«

Johannes Diplomatie lief bereits wieder auf Hochtouren. Dabei klang seine Stimme übertrieben fröhlich. Fast einstudiert. Doch so einfach, wie er dachte, war es für Paula nicht mehr. Anne hatte recht. Es ging nicht *nur* um den anstehenden Urlaub. Es ging um sehr viel mehr, auch wenn Paula immer noch nicht genau wusste, was sie mit dieser, für sie unabänderlichen Südafrikareise erzwingen wollte.

»Wir könnten einen Badeurlaub buchen, aber gleichzeitig auch einige Städte und Museen besuchen. Was hältst du von der Toskana?«

»Wenig«, entfuhr es Paula, obwohl sie sich fest vorgenommen hatte, nichts mehr zu sagen, ohne ausreichend darüber nachgedacht zu haben.

»Oder Sizilien? Du könntest dort viele Exkursionen unternehmen, während ich mich am Strand erholen könnte. Wir organisieren uns dafür ein kleines Ferienhäuschen. Mit eigenem Pool und Abseits jeder Hektik.«

Auf diese Idee schien Johannes besonders stolz zu sein. Doch anstatt Paula für sich einzunehmen, stieß er sie nur weiter vor den Kopf.

»Eine gute Idee, Schatz«, antwortete Paula spitz. »Ich könnte für uns Frühstück machen, dir am Pool Kaffee servieren, einkaufen gehen und abends etwas Leckeres für uns beide kochen. Nebenbei ein wenig fegen, Betten aufschütteln, die perfekte Liebhaberin verkörpern und alle fünf Minuten deinen Rücken eincremen. Eine wirklich himmlische Vorstellung, Liebling.«

Johannes betrachtete seine Frau ungläubig und unfähig, eine spontane Erwiderung auf ihre zynische Antwort zu finden. So spitzfindig kannte er Paula nicht und ihm schwante, dass die nächste hässliche Diskussion bereits vorprogrammiert war.

»Findest du es nicht ein wenig unfair, Paula? Ich nehme mir die Zeit und mache mir Gedanken über mögliche Alternativen und du weißt darauf keine bessere Antwort, als meine guten Absichten ins Lächerliche zu ziehen?«

»Ich habe dir nicht aufgetragen, Alternativen für *uns* zu finden.«

»Du hältst also allen Ernstes weiter an diesem bescheuerten Südafrika fest?«

»Notfalls auch alleine.«

»Hoppla«, dachte Paula erschrocken. *»Was war das denn?«* Nie und nimmer würde sie alleine verreisen. Schon gar nicht um den halben Erdkreis. Nichtsdestotrotz versuchte sie ihren entschlossenen Gesichtsausdruck konzentriert beizubehalten, um keinesfalls preiszugeben, dass sie den Mund womöglich ein klitzeklein wenig zu voll genommen hatte. Doch Johannes war bereits in schallendes Gelächter ausgebrochen. Und dieses Lachen war trockener als jeder Martini.

»Du? Alleine in Afrika? Köstlich, Paula.«

»Wie meinst du das?«, stellte sie ihn sofort zur Rede und fühlte sich aufgrund seiner überheblichen Reaktion gekränkt.

»Paula, du kommst mitunter nicht mal heil bis nach München. Und du hast Angst vor Tieren. Von deinem wenig ausgefeilten Orientierungssinn einmal ganz abgesehen. Ich hätte keine ruhige Minute, wenn ich dich alleine in Südafrika wähnte.« Dabei wischte er sich Tränen aus den Augen und schmunzelte weiter vor sich hin.

»Die Bälle, die er einem zuwarf, konnten einem auch genau ins Gesicht treffen«, dachte Paula bestürzt. Obwohl Johannes nicht ganz Unrecht mit seiner Aussage hatte, traten Tränen der Verzweiflung in ihre Augen.

»Vielen Dank für die vielen verletzenden Details, Schatz«, antwortete Paula leise.

Sich selbst seiner Schwächen bewusst zu werden, war eine Sache, sie von anderen vorgeführt zu bekommen, eine ganz andere. Als Johannes ihren Schmerz erkannte, verspürte er sofort Mitleid mit seiner Ehefrau.

»Paula, entschuldige. So habe ich das nicht gemeint. Es tut mir leid.«

Dabei wirkte er ernsthaft zerknirscht, ganz so, als hätte er seinen verhängnisvollen Fehler bereits eingesehen und bereut. Er mutmaßte, dass er seiner Frau soeben einen verbalen Faustschlag verpasst hatte, und schämte sich aufrichtig dafür. Doch seine verletzenden Worte standen wie eine Nebelwand unheilvoll im Raum. Das konnte er in Paulas verletztem Blick deutlich erkennen.

»Oh doch, Johannes, du hast es genau so gemeint. Und vermutlich hast du damit sogar recht. Das heißt aber nicht, dass mir alles misslingt, was nicht ausschließlich deinen Segen bekommt. Vielleicht hättest du mir längst, das eine oder andere Mal, mehr Vertrauen entgegenbringen sollen, als ständig das Ruder selbst zu übernehmen, um mich hinterher damit zu kompromittieren.«

»Paula, glaub mir bitte. Ich wollte dich nicht verletzen.«

Flugs war er aufgestanden, um mit einem Kuss die Wogen zu glätten, doch bevor er sich ihren Lippen nähern konnte, drehte Paula gekränkt den Kopf zur Seite.

»Vielleicht sollten wir tatsächlich darüber nachdenken, ein wenig Abstand zwischen uns zu bringen.«

»Meine Güte, Paula. Es tut mir leid. Wie oft soll ich es denn noch sagen?«

Hilflos ruderte Johannes mit den Armen und ließ sie anschließend resigniert sinken. Als Paula nichts antwortete, sprach er weiter.

»Wie viel Abstand hättest du denn gerne?« Seine eben noch gewonnene Einsicht und Reue schlug blitzartig in bitteren Sarkasmus um. »So viel vielleicht?« Dabei zog er seinen Stuhl ans Terrassenende.

Traurig schüttelte Paula den Kopf.

»Oder denkst du etwa an die Distanz zwischen Seychellen und Südafrika? Aber dabei müsstest du erst einmal wissen, wo beide Länder liegen.«

Sein cholerisches Lachen erweckte in Paula den Wunsch, ihn zu ohrfeigen. Gleichzeitig zerriss es ihr das Herz.

»Lass es gut sein, Schatz«, wehrte sie ab. Sie war klug genug zu wissen, dass ihr Mann in diesem Augenblick keine ernsthafte Diskussion führen wollte, und um seine bissigen Bemerkungen zurückzuweisen, fehlte ihr nicht nur die Energie, sondern allmählich auch die Kraft. Immerhin war Schweigen seit jeher ihre Art zu kämpfen gewesen und deshalb kein allzu unbekanntes Gefühl. Jetzt war – wieder einmal – der beste Zeitpunkt dafür gekommen, um ihre wahren Gefühle zu verbergen.

»Lautlose Tränen, lautlose Wut, taube Gefühle!«, grübelte Paula deprimiert. Ohnehin konnte man ab diesem Zeitpunkt das Gespräch nicht mehr als solches bezeichnen, sondern musste es vielmehr Streit nennen. Johannes aufgeheizte Stimmung war unübersehbar. Und unüberhörbar. Doch er war noch lange nicht fertig.

»Ich soll es gut sein lassen? Paula, *du* setzt unserer Beziehung gerade die Pistole auf die Brust. Und weshalb? Wegen eines Urlaubs? Ich fasse es nicht!«

Hitzig griff er in seine Haare. »Du kannst doch nicht einfach so entscheiden, dass unsere gemeinsamen Urlaubstage nichts mehr wert sind. Welchen Teil von meinen Vorschlägen hast du eigentlich nicht verstanden, Paula?«

Johannes war fassungslos. »Warum steht euch Frauen nicht einfach auf der Stirn geschrieben, was ihr wollt. Das würde uns Männern einiges ersparen.«

»Kannst du mich nicht einmal ganz normal behandeln, Johannes?«

»Das ist normal, Paula!«

»Dann ist es für dich also ganz *normal*, meine Wünsche zu missachten?«

»Noch einmal, Paula!« Johannes versuchte ruhiger zu sprechen, als er sich tatsächlich fühlte. »Ich ... missachte ... deine ... Wünsche ... nicht.« In seinem Inneren tobte ein unbändiger Sturm, während es bei seiner Frau nur zu brodeln schien. »Nur missfällt mir die Art, wie du sie plötzlich zu äußern versuchst.«

Paula wusste, dass nun endgültig die Zeit für ihre selektive Schwerhörigkeit gekommen war. Johannes begann sie, belehrend zu rügen. Es gab Momente, da hasste sie ihn deswegen. Jetzt war so ein Moment. Wortlos trug sie die leeren Kaffeetassen in die Küche und verschwand im Bad. Dies war der heftigste Streit der letzten Wochen gewesen und Paula fühlte sich angeschlagen.

»Immer wieder der gleiche Streit, eine weitere verlorene Schlacht und der Krieg dauert immer noch an«, kam ihr dieser Vergleich in

den Sinn. Sie würde dringend eine kalte Dusche benötigen, um ihre brodelnden Gefühle im Keim zu ersticken und die Gedanken neu zu ordnen.

Sie wollte nicht eine Pistole auf ihre Ehe richten. Doch sie hatten es wieder nicht geschafft, ihre gegensätzlichen Empfindungen auf vernünftiger Erwachsenenebene zu teilen. Stattdessen verletzten sie sich gegenseitig, um sich nur noch mehr in diese alberne Urlaubsdiskussion zu manövrieren. Doch der Samstag lag noch vor ihnen. Vielleicht konnten sie später zum Bootshaus fahren, um eine Runde zu schwimmen. Ihren ‚Platz der Liebe', mit dem sie so vieles Gutes in Zusammenhang brachten, war vielleicht die neutrale Umgebung, die es für ein offenes Gespräch bedurfte.

Gut gelaunt – als hätte es den Streit kurz zuvor nicht gegeben – bog Johannes um die Ecke. Wieder einmal wurde bewiesen, wie subjektiv Zeitempfinden sein konnte. Für Paula war die hässliche Auseinandersetzung noch deutlich greifbar. Dagegen hatte Johannes sie bereits wieder vergessen. In seiner Hand hielt er eine Tüte mit frischen Backwaren.

Das gemeinsame Frühstück am vormittäglichen Samstag war der Familie heilig geworden. Zumindest den Erwachsenen. Die Kinder waren grundsätzlich anderer Meinung, allerdings klug genug, dieses andächtige Familienritual nicht zu boykottieren. Unter der Woche war es beinahe unmöglich, gemeinsam zu frühstücken. Felix aß meistens im Stehen, weil er zu spät aus dem Bett gekrochen war. Johannes saß über seine Zeitung gebeugt, stumm am Tisch oder war verärgert, wenn ein Artikel auf seine Anweisungen nicht geändert worden war. Dagegen nahm Lilly überhaupt nichts zu sich, während Paula damit beschäftigt war, für jedes Familienmitglied eine Frühstücksbox bereitzustellen, bei der jeder seine Vorlieben bereitwillig äußern durfte.

»Auch so eine Unart«, dachte Paula, *»der ich schnellstens Einhalt gebieten sollte.«* Unterschiedliche Arbeits- und Schulzeiten zwangen sie die ganze Woche über zur logistischen Meisterleistung, was den Verzehr von warmen Speisen betraf. Zumindest das tägliche Pausenbrot konnten sich die drei selbst zubereiten.

Da Johannes auch sonntags oft zu Sportveranstaltungen musste, war dieser Tag ebenfalls mit getrennten Mahlzeiten verbunden. So blieb am Ende nur der Samstag, auch wenn die Kinder immer öfter dagegen rebellierten und gerne bis Mittag im Bett geblieben wären.

»Guten Morgen, Mum, Dad.« Felix drückte seiner Mutter einen Kuss auf die Wange, tatschte seinen Vater an der Schulter und ließ sich in den Korbsessel fallen, als hätte er eben neun Stunden harte Feldarbeit hinter sich gebracht.

»Apropos Feldarbeit«, dachte Paula.

»Könntest du bitte vor dem Frühstück noch die Blumentöpfe wässern? Ich muss gestern versäumt haben, sie zu gießen.«

Suchend blickte sich Felix um. Ob er nach einem Gärtner Ausschau hielt oder die vielen bunten Blumentöpfe auf der Terrasse überhaupt zum ersten Mal bewusst wahrnahm, konnte Paula seinem überraschten Blick nicht entnehmen.

»Ich?«, fragte Felix fassungslos.

»Genau, du!«, bestätigte sie. »Unser Gärtner hat heute leider frei.«

Verwundert blickte Felix zu seinem Vater, der lässig mit den Schultern zuckte und seinem Sohn aufmunternd zu verstehen gab, dass er diese morgendliche Aufgabe ruhig übernehmen konnte.

»Wenigstens fällt er mir nicht in den Rücken«, wertete Paula dankbar.

»Hätte ich das Unheil vorhergesehen, wäre ich schon vor dem Frühstück abgepixelt«, lamentierte Felix. Die pubertären Sprüche ihres Sohnes gingen Paula zunehmend auf die ohnehin schon angespannten Nerven.

»Dort hinten steht eine Gießkanne«, wies sie Felix an. »Wasser kannst du am alten Dorfbrunnen holen.«

Johannes lachte.

»Oh, die mütterliche Erzeugerfraktion ist heute aber spaßig«, äffte Felix, obwohl Paula an seinem Gesichtsausdruck erkennen konnte, dass der Spruch mit dem ‚Dorfbrunnen' durchaus seinen Gefallen fand. Vielleicht überlegte er bereits, wie er ihn bei seinen Kumpels publik machen konnte. Aus dem Küchenfenster beobachtete sie, wie Felix mühsam aufstand, um sich der Feldarbeit zu widmen. Erschrocken zuckte sie zusammen, als er die Gießkanne so lange über die bunten Alpenveilchen hielt, bis diese buchstäblich im Wasser ertranken. Kurz war sie versucht, nach draußen zu eilen, um ihren Sohn in die Kunst der Pflanzenpflege einzuweisen. Doch sie unterdrückte die aufkeimende Versuchung, denn sie wusste, dass, wenn sie die Aufgaben in naher Zukunft mehr auf ihre Familie verteilen wollte, nicht schon zu Beginn allzu penibel sein durfte.

Kurze Zeit später saßen alle vereint am Frühstückstisch. Johannes und Felix unterhielten sich über das gestrige Fußballspiel und waren sich einig, dass den Münchnern der Meistertitel, bei nunmehr zwölf Punkten Vorsprung, nicht mehr zu nehmen war. Lilly versank schlaftrunken im Sessel, fummelte an ihrem Handy, das mit ihrer Hand verwachsen zu sein schien, und ließ das Frühstück weitgehend unberührt. Paulas Meinung nach aß sie viel zu wenig, seit sie dem Traum Topmodel zu werden, hinterherlief.

»Scheint eine lange Nacht gewesen zu sein?«, richtete sie das Wort an ihre Tochter. Doch mehr als ein »Ah-mh«, konnte sie Lilly nicht entlocken.

»Was habt ihr denn unternommen?«, versuchte sie es weiter.

»Meinst du mich?«, fragte Lilly. Paula nickte und bestrich eine Brötchenhälfte mit Butter.

»Igitt, Mum. Du schmierst dir pures Fett aufs Brötchen. Weißt du überhaupt, wie viele Kalorien in dieser Butter stecken?«

Angewidert blickte Lilly auf die mit Butter und Honig bestrichene Brötchenhälfte.

»Kalorien?«, entgegnete Paula und musterte ihr Frühstück kritisch von allen Seiten. »Ich sehe gar keine.«

»Mama!« Lilly verdrehte die Augen.

»Also, was hast du mit Klara unternommen?«

»Wir haben uns einen Horrorstreifen reingezogen. Voll eklig, mit viel Blut, Gedärmen und so.«

»Und vermutlich erst ab achtzehn Jahren freigegeben«, fügte Paula in Gedanken hinzu.

»Offene Schädeldecken?« Begeistert brachte sich nun auch Felix in die Diskussion mit ein. Es ging doch nichts über ein gepflegtes Gesprächsthema am Morgen.

»Guten Appetit«, scherzte Johannes und löffelte gierig aus einem Joghurtbecher.

»Keine offene Schädeldecke«, kommentierte Lilly.

»Ich meinte auch nicht im Film. Der offene Kopf bezog sich vielmehr auf dich und Klara.«

Felix lachte, in dem Glauben, einen echten Korkenknaller, wie er den Witz neuerdings bezeichnete, geäußert zu haben. Lilly, die es verständlicherweise weit weniger spaßig fand, schlug ihm mit flacher Hand gegen den Hinterkopf.

»Au«, brüllte Felix. »Mum, Lilly hat mich geschlagen.«

»Du erwartest jetzt kein Mitleid oder?« Paula verstand den Reflex ihrer Tochter nur zu gut, wollte sich aber auf keine Seite schlagen. Felix jammerte. Dessen ungeachtet biss sie ins kalorienreiche Brötchen.

»Selber schuld«, moserte Lilly.

»Du und Klara, ihr seid so etwas von hirnschwanger.«

»Mama«, jammerte Lilly und Paula bereute es, ihre Tochter auf den gestrigen Abend angesprochen zu haben. Eigentlich hatte sie doch nur erfahren wollen, wie diese ihre Freizeit verbracht hatte. Waren einfache, sachliche Antworten in dieser Familie in letzter Zeit utopisch geworden?

»Es reicht. Alle beide.«

Johannes sprach ein väterliches Machtwort und Paula trank ihre zweite Tasse Kaffee, reichte die gut gefüllte Obstschüssel an Lilly weiter, um diese zumindest zu einer Portion Vitamine zu animieren. Zögerlich griff Lilly nach einer Banane.

»Affenwurst!«

Erneut war es Felix, der Lillys Griff in den Obstkorb kommentierte, worauf diese das Obst beleidigt in die Schüssel zurückwarf.

»So viel zu Johannes Machtwort«, dachte Paula, obwohl sie sich ähnlich kraftlos für die albernen Machtspielchen ihrer Kinder fühlte. Dass sich Johannes allerdings ein Lachen nicht verkneifen konnte, empfand sie als unpassend. Damit untergrub er nicht nur seine eigene Autorität, sondern schlug sich zudem auf die Seite

seines Sohnes. War ihm etwa entgangen, wie schmal Lilly in den letzten Wochen geworden war?

»Lilly, du räumst bitte den Frühstückstisch ab. Stell das schmutzige Geschirr aber bitte *in* die Spülmaschine und nicht darauf, hörst du? Und du, mein lieber Sohn, hilfst deinem Vater beim Rasenmähen.«

»Schon wieder Feldarbeit?« Felix stöhnte, als hätte sie ihn gebeten, zehn Fußballfelder mit einer gewöhnlichen Haushaltsschere zu stutzen.

»Nenne es, wie du willst. Ich bin am späten Nachmittag wieder zu Hause.«

»Wo willst du hin?«, fragte Johannes und überlegte, ob er womöglich einen von Paulas wenigen Terminen vergessen hatte. Normalerweise wies seine Frau ihn Tage im Voraus auf Unternehmungen hin, umso erstaunlicher war es, dass sie heute einen Termin oder eine Verabredung hatte, von dem er allen Anschein nach nichts wusste.

»Ich fahre ein wenig in die Stadt. Oder an den See.« Sie wusste selbst noch nicht, wohin genau sie es verschlagen würde.

»Shopping? Cool. Kann ich mitkommen, Mum?«, bettelte Lilly eifrig und zeigte zum ersten Mal an diesem Tag so etwas wie Lebendigkeit. »Bitte, bitte, bitte.«

»Nein, kannst du nicht. Du kümmerst dich ja um den Abwasch. Außerdem schreibst du nächste Woche, soweit ich mich erinnere, eine Mathematikarbeit. Vielleicht verwendest du deine ganze Konzentration ausnahmsweise einmal auf den X-Faktor anstatt auf das T-Model.«

»Mum, du bist heute wirklich spaßig«, kommentierte Felix griesgrämig.

»Hauptsache schnell weg von hier«, urteilte Paula betrübt, als sie aufstand, um ihre Tasche zu holen. Sie war gerade im Begriff die Terrasse zu verlassen, als sie abrupt innehielt.

»Wie sieht es eigentlich mit euren Urlaubsplänen aus?« Oh, oh, Felix betrat soeben ein Minenfeld.

»Seychellen«, lachte Johannes und seine Augen funkelten angriffslustig. Paula wusste sofort, dass er sie mit dieser Reaktion nur aufziehen wollte, verspürte allerdings nicht den geringsten Wunsch nach seiner Art der Erheiterung.

»Wo liegen diese Seychellen denn eigentlich?« Ahnungslos spazierte Felix weiter durch das Minenfeld, nicht wissend, dass er seiner Mutter eben eine hervorragende Vorlage zugespielt hatte.

»Bei den Seychellen handelt es sich um eine Inselgruppe im Indischen Ozean, Felix.« Ihre Augen richteten sich dabei verärgert auf ihren Mann. »Eigenständige Republik, gehört topografisch jedoch zu Afrika. Entfernung zu Südafrika: 4459 Kilometer. Entspricht in etwa einer Distanz, die mir gefallen könnte.«

Die darauf entstandene Stille wirkte, als würde in Kürze eine zentnerschwere Bombe aus dem Zweiten Weltkrieg detonieren. Doch Paula machte auf dem Absatz kehrt und verließ lächelnd das Kriegsgebiet.

Jeder Gegenstand erzählt eine Geschichte

»Solche Tage darf ich mir keinesfalls öfters leisten«, denke ich, *»sonst gerate ich ohne weiteres Zutun in eine handfeste Depression.«*

Der heutige Tag war ohne Ereignisse zu Ende gegangen und die leidenschaftslose Monotonie der sich endlos ziehenden Stunden erschien mir ermüdend. Jetzt am Abend fühle ich mich farb- und lustlos, obwohl der Morgen so überraschend frisch begonnen hatte. Ich sitze in einer Art überdachtem Wintergarten, der von den angenehmen Temperaturen des Tages noch Wärme abstrahlt und beobachte Maria, wie diese in ihrer Küche beschäftigt hantiert, hie und da einen Topfdeckel hebt, am Inhalt schnuppert, um anschließend aus dem kleinen Kräutergarten das eine oder andere Gewächs zu holen. Ab und an winkt sie mir freundlich durchs offene Fenster zu und ich winke zurück.

Das Buch, das ich mir vor wenigen Stunden an einem kleinen Kiosk um die Ecke gekauft habe, liegt auf dem Tisch. Dass es mich dermaßen anstrengen würde, einen Roman in englischer Sprache zu lesen, habe ich nicht erwartet.

»Vielleicht muss ich mich auch nur daran gewöhnen«, denke ich. Sowie ich mir vieles neu werde aneignen müssen. Allein zu sein, ist nur ein Beispiel. Die Ruhe und Stille, die mich umgibt, zu ertragen, ein anderes. Oder das beklemmende Gefühl, abends wach im Bett zu liegen und nur dem eigenen Atem zu lauschen. Umstände, die mir schwerfallen, sich mit einer gewissen Routine, aber bestimmt besser ertragen lassen werden. Ich vertraue fest darauf, ahne allerdings auch, dass nur der schiere Glaube daran nicht ausreichen wird. Wie der leere Tank eines Autos nicht durch pure Glaubenskraft gefüllt werden kann, werde auch ich jede Menge Treibstoff für meine weiteren Vorhaben benötigen.

Vor wenigen Minuten hat mir Maria einen eisgekühlten landestypischen Weißwein serviert. Hinter meinen Augenhöhlen lauern bereits die nächsten Kopfschmerzen, weshalb ich das Glas zunächst ablehnte.

»Papperlapapp«, entgegnete Maria resolut. »Der Fisch muss schwimmen.«

Und wieder einmal behält sie recht. Der Weißwein ist ein Gedicht.

»Meine Mutter wäre in einem ähnlichen Alter wie Maria«, denke ich wehmütig, *»wenn sie noch am Leben wäre.«*

Für kurze Zeit schließe ich die Augen, in der Hoffnung, tröstende Erinnerungen auferstehen zu lassen, denn in diesen Tagen vermisse ich meine Mutter schmerzlich. Gewiss wäre sie mir eine Stütze, auf die ich mich verlassen und von der ich mich trösten lassen könnte. In meiner Vorstellung male ich mir ihre Einfühlsamkeit aus, war sie doch zu Lebzeiten eine sehr ruhige und besonnene Frau.

Ich kann mich an keinen ernsthaften Streit meiner Eltern erinnern. Nicht, weil es keine Anlässe dafür gegeben hätte. Tatsächlich sorgten wir drei Mädchen durchaus dafür, mit der einen oder anderen begangenen Dummheit, Zwist an die Familie heranzutragen. Doch unserer Mutter gelang es stets, auf diplomatische Art und Weise, alle erhitzten Gemüter zu beruhigen. Sie verpackte strenge Maßregelungen so geschickt, dass am Ende alle zufrieden und großzügig aufeinander zugingen.

»Zu Anfang unserer Beziehung war Johannes mit ebensolcher Einfühlsamkeit gesegnet«, philosophiere ich weiter. Wie oft er zwischen seiner Mutter und mir vermitteln musste, käme ‚*Grahams Zahl*' – die so groß ist, dass sie nicht als Ziffernfolge ausgeschrieben werden kann – erschreckend nahe. Bei Gerda und mir war *nach* dem Problem auch gleichzeitig immer *vor* dem Problem.

Doch in den letzten Jahren pochte Johannes immer öfters auf sein Recht und seine geschickte Art war mehr und mehr purem Egoismus gewichen. Ich konnte ihn nur noch selten davon überzeugen, sich nicht mit seinen oftmals engstirnigen Ansichten im Kreis zu drehen. Dabei entsprachen diese nur noch selten meinen, sondern vielmehr Gerdas Kreisen. Nur ab und an gelang es mir noch, ihn zu einem anderen Blickwinkel zu animieren. Meine Schwiegermutter und Johannes waren für mich noch nie eine gute Kombination gewesen. Und in den letzten Monaten erst recht nicht mehr.

Ob meine Mutter verstehen würde, weshalb ich Johannes verlassen habe? Oder würde sie gar versuchen, Partei für ihn zu ergreifen? Johannes und meine Mutter in einem gemeinsamen Augenblick zu verpacken, fällt mir schwer, denn sie starb lange Zeit, bevor ich meinen Mann kennengelernt habe.

Auch mein Vater fehlt mir. Aber nicht so sehr wie meine Mutter. In dieser ausweglosen Situation sehne ich mich mehr nach mütterlicher Wärme und Zuneigung. Mein Vater hatte sich nach Mamas Tod stets ein liebevolles Mutterherz in Form einer einfühlsamen Schwiegermutter gewünscht. Manches Mal erschien seine, für uns Mädchen so befremdliche Frage nach dem Charakter der Schwiegermutter, von größter Bedeutung. Möglicherweise dachte er, er müsste uns die viel zu früh genommenen Muttergefühle auf irgendeine Art und Weise zurückerstatten.

Doch von Gerda – meiner Schwiegermutter – war selbstloses Verständnis nicht zu erwarten. Von fürsorglicher Wärme ganz zu schweigen. Niemals wäre sie ihrem geliebten Einzelkind in den Rücken gefallen. Egal was Johannes unternahm, Gerda gesellte sich erbarmungslos auf seine Seite.

»Auch Johannes letzte Handlung wird sie gutheißen«, denke ich traurig.

Mit Gerda Herbst hatte ich beileibe keinen ‚Glückstreffer' gelandet, denn ich wurde unermüdlich von ihr fremdbestimmt. Mit Schrecken war mir ein Moment, kurz, nachdem er mich seinen Eltern vorgestellt hatte, im Gedächtnis geblieben. Alleine wie sie *dieses Mädchen* betonte, klang verächtlich und hinterlistig. Es hörte sich immerzu an, als würde sie in kursiv sprechen, als müsste sie ihre Abscheu gegen mich noch zusätzlich betonen. Nicht ganz unbeabsichtigt wurde ich eines Tages Zeuge, wie mein Mann und seine Mutter sich über mich unterhielten.

»Dieses Mädchen ist nicht gut genug für dich, mein Schatz. Du solltest aufpassen, dass *dieses Mädchen* dich nicht um dein Erspartes bringt.«

Und dies waren noch die harmlosesten Sätze, die Gerda über die Lippen kamen. Dafür musste ich in den folgenden Jahren auch nicht mehr lauschen, denn sie hatte keineswegs Probleme damit, *dieses Mädchen* auch in aller Öffentlichkeit zu maßregeln.

Aus *diesem Mädchen* wurde irgendwann *deine Frau* - der Klang der verachtenswerten Stimme und die Geringschätzung, die darin lag, blieb allerdings die Gleiche.

»*Deine Frau* erzieht eure Tochter zu einer rebellischen Göre.«

Oder: »*Deine Frau* kann mir nicht verbieten, Felix Gregor auf eine Privatschule ins Ausland zu schicken.«

Doch *diese Frau* konnte! Zumal Felix Rotz und Wasser heulte, weil er mit seinen fünfzehn Jahren noch kein Jahr im Ausland verbringen wollte. Und auch kein Halbes. Später verachtete ich mich dafür, dass ich dem Frieden willen Felix bat, doch wenigstens für ein paar Monate den Wunsch seiner Großeltern zu erfüllen. Mit Hängen und Würgen hatte ich mich am Ende an die traurigen Machtspielchen *meiner Schwiegermutter*, die so gar nicht mit mütterlichen Assoziationen zu vereinbaren waren, gewöhnt. Zeitweise verabscheute ich es, mir dabei zuzusehen, wie ich mich ein ums andere Mal verbog, nur um meiner Schwiegermutter zu gefallen. Doch ich war jung und sehnte mich nach einer friedlichen Familie. Ich verspürte einfach das dringende Bedürfnis, meinen Kindern ein harmonisches Familienleben bieten zu müssen und bemerkte nicht, wie ich mich dabei veränderte.

Zehn Jahre litt meine Tochter Lilly unerbittlich unter den Missempfindungen ihrer Großmutter. Doch sie buhlte vergebens um deren Liebe, denn diese war ausschließlich für Felix – und natürlich Johannes – reserviert. Felix, weil er seinem Vater ähnelte und keine weibliche Konkurrenz für sie darstellte. In Lilly – die mit ihren roten Haaren und ihrem aufmüpfigen, dafür ehrlichen Wesen mehr nach mir kam – sah Gerda dagegen immer eine verstohlene Gefahr. Sie glaubte tatsächlich, ich hätte eine Fackel der Rebellion entzündet, die Lilly nun weitertragen würde. Gerda tat bisweilen alles dafür, meine Tochter ins unrechte Licht zu rücken. Doch mittlerweile hatte Lilly ihre Oma – zum Glück – durchschaut. Ähnlich wie ich blieb sie auf Distanz zu jener Frau, die stets mit erhobenem Zeigefinger durch die Gegend lief.

Mit viel Wohlwollen konnte man Gerda zugutehalten, dass Johannes und ich aus ganz unterschiedlichen Welten stammten und jeder stückweise lernen musste, die Lebensumstände des jeweils anderen zu akzeptieren. Doch bei Gerda war diese Akzeptanz nie zu spüren. Sie tat sich schwer in meiner bunten Welt, Wohlbehagen zu entwickeln. Das wirklich Schlimme daran war, dass sie es erst gar nicht versucht hatte. Zwar gab sie sich höflich, wenn beide Familien gemeinsam etwas unternahmen, blieb dabei aber immer auf Abstand. Egal, wie liebevoll wir mit Gerda kommunizierten, es prallte an ihr ab wie ein Ball an der Hausmauer, um sich sofort eine eigens für ihn neue Flugbahn zu erschaffen.

Noch heute vergleiche ich meine Schwiegermutter gerne mit einem mittelalterlichen Kreuzritter, der hinter undurchdringlichen Burgmauern Schutz sucht, hie und da eine Lücke findet, um einen vergifteten Pfeil abzufeuern, der andere verletzt. Ich hege keinen Zweifel daran, dass sie auch heute noch mehr den Feind, als ein Mitglied ihrer Familie in mir sieht.

Ob Johannes bereits mit seiner Mutter gesprochen hatte? Ich kann das eiskalte Lächeln förmlich vor mir sehen und die nicht weniger frostigen Worte hören: »Endlich ist *diese Frau* aus deinem Leben verschwunden, Johannes.« Dann würde sie ihr Herzsöhnchen an ihre ausladenden Brüste drücken, über seinen Kopf streicheln und ihn wochenlang in vergleichsweise unangemessener Form beaufsichtigen und verhätscheln. Ich bin mir sogar sicher, dass sie bereits eine Nachfolgeehefrau in der Hinterhand bereithält. Eine, die selbstverständlich den strengen Standesformen der bayerischen Politikerelite entspricht.

Zurück im Hier und Jetzt versuche ich diese beklemmenden Gedanken loszuwerden, indem ich meinem bitteren Sarkasmus gestatte, in den Vordergrund zu treten. Besser gesagt werde ich von Maria aufgefordert, meinen Spott an die frische Luft zu setzen.

»Warum lächeln Sie, Paula?« Meine Gastgeberin ist auf die abendliche Terrasse getreten, ohne dass ich es bemerkt habe.

»Ich habe an meine Schwiegermutter gedacht.«

»Eine nette Frau?«, will Maria wissen.

»Ganz im Gegenteil. Das Lächeln war eher von Zynismus geprägt.«

»Ach herrjemine. Und das, nachdem Sie ihre Mutter so früh verloren haben?« Bedauernd schüttelt Maria den Kopf.

Jeder in seinen Gedanken gefangen, genießen wir beinahe schweigend unser Abendessen und ich kann meiner Gastgeberin gar nicht oft genug versichern, wie köstlich der Fisch schmeckt. Im Hintergrund zirpen ein paar Grillen. Ansonsten wirkt die Umgebung friedlich, beinahe ausgestorben. Und das mitten in Kapstadt. Kein Straßenlärm, keine Musik ist zu hören. Als die Teller leer gegessen sind, füllt Maria erneut mein Glas mit Wein.

»Ich bringe flugs die Teller in die Küche. Haben Sie Lust, noch ein wenig mit mir zu plaudern, Liebes?«

»Gerne, aber nur, wenn ich ihnen helfen darf, Maria. Es ist das Mindeste, was ich nach diesem köstlichen Essen leisten kann.«

»Kommt gar nicht infrage. Sie sind hier zu Gast.«

»Und Sie weit mehr als meine Pensionswirtin.«

Maria schüttelt den Kopf, erklärt sich aber damit einverstanden.

»Nehmen Sie einfach die Schüsseln und folgen Sie mir in die Küche. Bei dieser Gelegenheit gönnen wir uns noch eine Tasse Kaffee, während *ich* die Maschine einräume.«

»Einverstanden«, schmunzle ich, staple das Geschirr und folge ihr.

»Erzählen Sie mir von ihrer Schwiegermutter, Paula«, fordert sie mich auf, während sie mir den versprochenen Kaffee reicht. Ich lehne am Küchentresen und fühle mich geborgen. Die Utensilien, die Maria für die Zubereitung der Mahlzeit benötigt hatte, liegen quer verstreut auf den Ablageflächen. In einer Ecke entdecke ich sogar noch das Frühstücksgeschirr von heute Morgen. Dass echtes Chaos herrscht, stört weder sie noch mich. Im Gegenteil, es vermittelt jene Art von Gemütlichkeit, die bei Gerda, und höchstwahrscheinlich auch bei mir – wie ich mir eingestehen muss – nie zu finden wäre.

»Meine Schwiegermutter ist das genaue Gegenteil von dem hier«, antworte ich spontan und deute mit einer weiten Geste auf das heillose Durcheinander.

»Sie ahnen nicht, wie blitzblank meine Küche normalerweise ist«, flunkert Maria.

»Was ich sehe, reicht aus, um daraus meine Schlüsse zu ziehen«, gestehe ich.

»Oh je. Habe ich mir damit ihre Gunst verspielt, Paula?«

»Nein, nein«, wehre ich ab, »ich meine es durchaus positiv. Das alles hier ... ist Leben. Verstehen Sie, was ich meine?«

»Da haben sie zweifellos recht. Jeder Gegenstand hier ist ein Kuriosum. Nicht nur Menschen können Geschichten erzählen, Liebes.«

»Gerdas Geschichte besteht ausschließlich aus Macht, Einfluss und hinterhältigen Intrigen. Das Wort Einsicht kommt in ihrem aktiven Wortschatz nicht vor.«

»Bedauernswert«, kommentiert Maria, während wir unseren heißen Kaffee trinken.

»Auch Wörter wie Liebe, Mitgefühl oder Zuneigung beißen sich im Zusammenhang mit Gerda ganz gewaltig.«

»Seien sie nicht zu streng, nur, weil sie eine völlig andere Spezies zu verkörpern scheint.«

»Andere Spezies?«, lache ich hysterisch. »Gerda stammt von einem völlig anderen Planeten. Sie ist vollkommen anders als sie oder ich, Maria. Oder die restlichen neunundneunzig Prozent der Weltbevölkerung.«

»Gegensätze bestehen eben nun mal, Paula. Und dies ist auch gut so. Wenn wir nicht wüssten, wie es sich anfühlt, krank zu sein, wie sollten wir dann erkennen, wie schön es ist, gesund durchs Leben zu gehen?« Ihre Augen blitzen schelmisch und mir gefällt der Gedanke, Gerda als krankes Wesen wahrzunehmen.

»Und ihre Geschichte, Paula?«

Wir sitzen wieder auf der Terrasse, wo Maria ihre Füße auf einer gegenüberliegenden, freien Stuhlfläche platziert. Ein untrügliches Zeichen dafür, dass ihre Beine schmerzen. Gedankenverloren hält sie das Weinglas in der rechten Hand, während ein ausdrucksloser Blick irgendeine Ecke des dunklen Gartens taxiert. Mich drängt die Versuchung, an einer der beiden Kerzen zu pulen. Geistesabwesend beobachte ich das Wachs, wie es nach unten läuft und an dem wunderschönen Teakholz festklebt. Gerade noch rechtzeitig besinne ich mich meiner guten Manieren.

»Meine Geschichte«, überlege ich, »ähnelt der eines Pinguins.«

Warum ich ausgerechnet jetzt an einen Pinguin denke, überrascht mich. Vielleicht ist es das Ergebnis der andauernden Melancholie, die mich seit Tagen überfällt. Jedenfalls finde ich keinen Interpretationsspielraum, mit der ich meine Aussage rechtfertigen könnte. Doch Maria gibt nicht auf.

»Eines Pinguins?«

»An meinem Hochzeitstag sah ich aus wie ein Pinguin«, erzähle ich ohne wenig Begeisterung. »Ich war mit Felix schwanger und mein Hochzeitskleid glich mehr einer luftigen Nachtwäsche, als einem schicken Brautkleid. Als mein Mann mir auch noch seinen Frack um die Schultern gelegt hatte, war das Bild des Pinguins perfekt.«

Maria schmunzelt, lässt ihren Nacken kreisen und streckt ihre Fußspitzen.

»Und weiter?«

»An unseren Hochzeitstagen ließen wir dieses Bild gerne auferstehen.«

Mir fällt auf, wie ich in der Vergangenheitsform antworte. Ganz so, als sollte es keine weiteren Hochzeitstage mehr geben.

»Ich bekam originelle Geschenke, die in irgendeiner Weise in Verbindung mit einem Pinguin standen. Aufblasbare Wassertiere, Anhänger, Glasfiguren oder ein Essen vor einem Pinguingehege im Zoo. Johannes waren unsere Jahrestage immer sehr wichtig und er überbot sich Jahr für Jahr mit neuen und immer verrückteren Ideen. Meistens bereiteten ihm seine speziellen Überraschungen mehr Spaß als mir, aber ich ließ mich gerne darauf ein, schon weil ich wusste, wie glücklich er damit war. Und irgendwie war es auch ausgesprochen spannend, alljährlich auf dieses Event zu warten«, gebe ich zu.

Erneut beginnt Maria mit ihren Entspannungsübungen. Kopf kreisen, Füße strecken.

»Die letzten Jahre gab er sich aber kaum noch Mühe. Vielleicht blieben nach siebzehn Ehejahren auch einfach keine Ideen mehr übrig.«

»Und Sie, Paula? Was haben Sie an den Hochzeitstagen für ihren Mann vorbereitet? Dessous mit niedlichen Pinguinen? Ein kleines Tattoo an erotischer Stelle?«

Während Maria lächelt, macht sich beschämende Stille in mir breit und ich kratze nun doch an dem weichen Wachs, weil die Wucht dieser Frage mich auf dem falschen Fuß erwischt.

»Meine Aufgabe bestand wohl eher darin, mich überraschen zu lassen«, gebe ich kleinlaut zu. Maria hakt nicht weiter nach und eine Woge der Erleichterung erreicht mich. Doch unser Schweigen wirkt plötzlich entblößend. Das Gefühl, mich erklären zu müssen, will nicht von meiner Seite weichen.

»Sind Sie jemals vor etwas oder jemanden geflohen, Maria?«

»Ja, das bin ich, liebe Paula. Allerdings spielt dies heute keine Rolle mehr. Aber es reicht nie, einfach nur wegzulaufen, um sich in Sicherheit zu bringen.«

Erwartungsvoll sieht sie mich an und ich hoffe auf eine Eingebung, die allerdings nicht kommt.

»Geben Sie sich Zeit, Paula. Vielleicht haben Sie nur einen Vorwand gebraucht, um ihrem Leben zu entfliehen, den ihnen ihr Mann mit seiner abscheulichen Tat bedauerlicherweise auch prompt geliefert hat. Aber es wäre ebenso in Ordnung, nur ihretwegen hier zu sein.«

»Ich bin mir nicht sicher, ob ich dies alles ertragen kann.«

Mittlerweile weine ich.

»Oh doch, Liebes. Sie ahnen nicht im Geringsten, wie viel Leid ein Mensch hinnehmen kann. Anderenfalls wären Sie nämlich gar nicht hier. Betrachten Sie Südafrika als ihren persönlichen Notausgang.«

»Und dann?«, frage ich, weil ich mir sicher bin, dass Weglaufen nie die beste Lösung ist.

»Wenn eine Flucht nicht mehr möglich ist, ist zu kämpfen die zweitbeste Strategie, Paula.«

Doch von Überlebenskämpfen hatte ich ebenso wenig Ahnung wie von der internationalen Binnenschifffahrt oder der überirdischen Weltraumfahrt.

Die Einsicht kommt immer zu spät

Nach einer schlimmen Nacht, die voller Gedanken und Vorwürfen vorüberschlich, machte ich mich auf den Weg Richtung Ozean, wo ich frische Meeresluft schnuppern wollte, um einen klaren Kopf zu bekommen. Wie ein Raubtier an seine Beute pirschten sich die Gedanken immer tiefer in meinen Kopf und wurden gepackt von Missbilligungen, die sich an mich drückten, um mich zu erdrücken. Schließlich wurde es hell, kaum dass gefühlt die Zeit verging.

Der starke, schwarze Kaffee in der Hotellobby, den ich am frühen Morgen zu mir genommen hatte, vermochte nicht meine Gedankenwelt zu entwirren. Wie ferngesteuert lief ich anschließend durch die menschenleeren Straßen, ohne auch nur ansatzweise wahrzunehmen, wo ich langgegangen oder wem oder was ich unterwegs begegnet war. Seitdem sitze ich auf einer vom Morgentau noch feuchten Parkbank und beobachte den aufbrausenden Ozean, der ausgebreitet vor mir liegt. Seine Wellen überschlagen sich, wirken unruhig, nahezu gestresst, was nicht unbedingt dazu beiträgt, meinen desolaten Gefühlszustand zu beruhigen.

Und plötzlich erkenne ich sie. Im weißen Schaum der tosenden Wellen spaziert sie, barfuß, trägt ihre Schuhe in der Hand. Das leuchtend rote Haar weht im Wind. Ein immer wiederkehrender Wettkampf der Naturgewalt mit den widerspenstigen Locken. Ihr Blick richtet sich auf den weiten Ozean. Sie hält für eine Weile inne, bevor sie sich abwendet und einige Schritte weitergeht. Daraufhin bleibt sie erneut stehen und beobachtet das Meer. Sie hat es aufgegeben, sich das Haar aus dem Gesicht zu streichen. Doch ich weiß, dass sich ein kleiner Haargummi in ihrer Hosentasche befindet, denn seit jeher trägt sie ein Haarband bei sich, um sich die Mähne aus dem Gesicht zu binden und sich der Widerspenstigkeit ihrer Haare zu befreien. Doch in diesem Moment genießt sie den Wind. Ich weiß es! Und ich spüre es! Denn *sie* ist meine Paula!

Auf der Stelle wünsche ich mir eine Pausetaste. Einen Schalter, der Wellen und Bewegung zum Stillstand bringt. Der mein Leben innehalten lässt, bis ich wieder die Kraft besitze, es neu zu ordnen. Eine Welle der Liebe, die ich für diese Frau empfinde, schwappt durch mich hindurch. Ihr Anblick raubt mir den Atem und ich erlebe den Zustand eines Tauchers, der nach einem Tauchgang seinen Druck dem der Oberfläche erst wieder anzupassen versucht.

Hektisch springe ich von der Parkbank, laufe drei Schritte in Paulas Richtung, halte inne und überlege. Unbeherrscht möchte ich mich auf sie stürzen, sie umarmen und ihr alles sagen, was auf meiner dunklen Seele brennt. Immer und immer wieder und so lange, bis sie es versteht. Ich möchte mit ihr stehen bleiben, bis unsere Welt sich wieder weiterdreht. Meinetwegen stunden- oder tagelang. Beharrlichkeit ist nicht immer eine gute Eigenschaft. Doch hier wäre sie verheißungsvoll.

Und plötzlich erinnere ich mich an Annes Worte und die Bestimmtheit, mit der sie mir zu verstehen gab, dass Paula Zeit für sich benötigt. Obwohl ich es nicht verstehen möchte, weiß ich, dass Aufgeben die bessere Variante ist. Es macht wenig Sinn auf einem Schiff zu bleiben, obwohl es bereits gesunken ist. Manchmal ist es einfach notwendig, sich von seinem blinden Verlangen zu verabschieden.

Hartnäckiges Festhalten an der Vergangenheit wird Paula nicht besänftigen und mit Beharrlichkeit werde ich nichts erreichen. Im Gegenteil. Mein plötzliches Auftreten wird Paula vollkommen unverständlich erscheinen. Ich darf meine Sehnsucht nicht mit der Illusion bemänteln, dass Paula mich ebenso vermisst. Ich kann und darf meiner Frau hier und jetzt unmöglich gegenübertreten! Nicht, wenn ich mir ernsthafte Gedanken über die möglichen Konsequenzen mache und das Risiko abgewiesen zu werden, nicht eingehen möchte.

Eingeschüchtert von der ungestümen Reaktion, setze ich mich stattdessen zurück auf die Bank und beobachte sie unaufhörlich. Vor dem tosenden Meer wirkt Paula einsam und verloren. Und doch ist sie der alleinige Fixpunkt in diesem Bild. Ein Sicherheitshaken, auf den ich mich stürze, um im Sog des Meeres nicht unterzugehen. Würde Paula in diesem Moment den Südpol verkörpern, wäre ich das Pendant dazu. Meilenweit scheint sie mir – dem Nordpol – entfernt, obwohl uns nur weniger als zweihundert Meter trennen.

Kann man jemanden derart qualvoll vermissen, auch wenn sich dieser nur ein paar Meter entfernt befindet? Wir sind nur wenige Hunderte Meter voneinander getrennt, doch es fühlt sich an, als lägen Millionen Lichtjahre zwischen uns.

Trotz alledem bilde ich mir ein, sie riechen zu können. Der Duft ihres Parfums: Roma – von Laura Biagotti – und den Geruch ihrer Haare, einer Mischung aus Mandelblüten und einem Hauch von Kokos. Mein Herz zieht sich zusammen, krampft und ich erschrecke, weil ich befürchte, einem plötzlich auftretenden Herzleiden zu erliegen. Doch es ist etwas anderes, das mir die Kraft zum Atmen raubt. Es ist die Einsicht, die nicht mehr zu überhören ist:

Die Erkenntnis, Paula verloren zu haben, ist zur Wahrheit geworden. Es ist ein Moment des Wissens. Meine Tat – meine ungeheuerliche, schreckliche Tat – kann ich nicht ungeschehen machen. Vielmehr wird sie Realität bleiben, die Paula und mich, von nun an unser ganzes Leben lang begleiten wird. Noch gibt es keinen Weg nach vorne. Nicht in diesem Augenblick, der viel zu früh und viel zu ungerecht erscheint. Es wäre falsch, mich in Paulas friedlichen, selbst gewählten Prozess, einzumischen. Anne hatte dies bereits gestern erkannt und heute kann ich verstehen, weshalb sie mich nach Hause zitierte. Paula braucht Zeit! Und sie verdient diese Zeit!

Schließlich weicht meine Selbstgefälligkeit der Einsicht.

»Die Wahrheit kann scheußlich sein«, denke ich, denn alles in mir schreit nach meiner Frau.

»Paula, ich bin hier«, rufe ich in Gedanken, in der Hoffnung, dass die Macht der Telepathie, ihr meine Seifenblase näher bringt. Immer wieder schicke ich meine verzweifelten Gedanken auf Reisen. Selbst als Paula nur noch als kleiner Punkt in der Ferne zu erkennen ist und es längst an der Zeit wäre, den Rückzug anzutreten, harre ich aus und halte den Blick stoisch auf diesen einen winzigen Punkt gerichtet. Ich kann mich nicht abwenden. Nicht, solange ich meine Frau in der Ferne noch erahnen kann. Dieser Augenblick schmeckt nach Abschied und meine Augen beginnen zu

tränen. Ob aufgrund der Tatsache, dass der Wind die feinen Sandkörner aufwirbelt und in den Augen reibt oder ob ich tatsächlich weine, weiß ist nicht. Wahrscheinlich ist es ein bisschen von beidem.

»Paula, wie konnte es nur soweit kommen?«

Eine Frage, auf die ich keine Antwort bekomme, die sich allerdings im Hintergrund meines wirren Gefühlszustand erahnen lässt: Ich habe ihre Aufgaben innerhalb unserer Familie immer als eine Art Selbstverständlichkeit angesehen. Während ich mich beruflich weiterentwickelt habe, blieb Paula im Rahmen ihrer häuslichen Bestimmung gefangen. Und durch mein stetiges Vorwärtskommen wurde ihr Stillstand nur noch deutlicher.

Dabei gab es genügend Situationen, in denen sie ihrem Unmut freien Lauf ließ. Ihr Unbehagen habe ich zumeist nur als lächerlichen Affekt wahrgenommen. Eine verstimmte Reaktion auf etwas, das sie nicht bekam, aber unbedingt haben wollte. Dass Paulas Missmut immer wieder und in den letzten Monaten auch beständig zum Vorschein trat, übersah ich gewissenhaft. Jetzt, viel zu spät, kämpft sich die Tatsache in den Vordergrund und bekommt jene Aufmerksamkeit, die sie von Anfang an verdient hätte.

Unerbittlich diktiert mir die Erinnerung meine Schandtaten, und ich denke an den Tag zurück, als Paula aufgefordert wurde, als Jugendschöffe zu agieren.

»Geht nicht«, war meine Antwort, als sie mir das Schreiben des zuständigen Amtsgerichtes voller Stolz überreichte. »Du bist viel zu befangen, Paula. Und du hast deine Emotionen nicht im Griff.«

Auf diese Art und Weise habe ich ihr die Dinge an den Kopf geworfen, um sie anschließend mit meinen verletzenden Worten alleine zu lassen.

»Johannes, ich würde gerne die Abteilung der Damengymnastikgruppe übernehmen.« Doch Lilly war noch viel zu klein, um sie abends mit ihrem Bruder unbeaufsichtigt zu lassen. Außerdem war es undenkbar für mich, auf meine sportlichen Aktivitäten zu verzichten, nur weil Paula glaubte, als Vorturnerin herumhantieren zu müssen. *Ich* brauchte einen Ausgleich zu meinem nervenaufreibenden Job. Sie hatte im Haus doch genug Bewegungsspielraum.

»Kann ich eine Woche mit Anne verreisen?«

Meine schäbige Reaktion darauf war folgende: »Wie stellst du dir das vor, Paula? Schließlich habe ich Verpflichtungen in der Redaktion. Es ist völlig ausgeschlossen, eine Woche Urlaub zu beantragen, nur um Lilly die Windeln zu wechseln und Felix zum Kindergarten, diversen Vereinen und seinen Freunden zu chauffieren.« Es ging immer nur um mich. Heute schäme ich mich für diesen Egoismus.

Die dreitägige Radtour mit Toni und Emilia, die sie letzten Herbst unternehmen wollte? – Ging nicht!

Der Malkurs? – Ging nicht!

Was immer Paula auch aus dem Hut zauberte: Es ging nicht! Nicht, weil ich ihre Wünsche missverstand. Sie kamen nur immer zum denkbar schlechtesten Zeitpunkt. Doch heute weiß ich: Alles wäre möglich gewesen, wenn ich nur ein wenig Einsicht entwickelt hätte. Schließlich waren es Kleinigkeiten, die auf ihrer Wunschliste standen. Sie bettelte um keinen Flug zum Mond oder um Dinge, die unseren finanziellen Rahmen überstiegen. Es waren Kleinigkeiten, die ich missachtet und nie als Streitfrage betrachtet habe, denn zumeist demonstrierte Paula ein schnelles Einsehen und akzeptierte meine Ablehnung ohne großes Murren. Meist war ich ihr sogar dankbar, dass sie nicht, wie manch andere Frau, Grundsatzdebatten heraufbeschwor. Hätte ich nur *einmal* richtig zugehört, vielleicht wäre es mir gelungen, sie zu verstehen. Der Nebelschleier, der meine Sicht jahrelang versperrte, löst sich langsam auf und schafft Platz für die Wirklichkeit, die ich nie wahrhaben wollte.

Zu guter Letzt verlässt Paula schließlich den Strand. Ich behaupte sogar, sie möchte den Moment des Abschiedes noch hinauszögern. Ob sie spürt, dass ich hier bin? Vielleicht nimmt sie, ganz unbewusst, meine Nähe wahr, zaudert und bemerkt sogar einen gewissen Zwiespalt?

Doch meine Hoffnung zerplatzt wie eine billige Seifenblase. Egal, wie emsig wir als Kinder nach dem exakten Mischverhältnis der dafür nötigen Lauge geforscht hatten, die Blasen flogen bestenfalls nur ein paar Sekunden.

Und heute? Die Illusion, meine Frau in den Armen zu halten, zerbirst in Windeseile und schneller als ich den Gedanken zu Ende denken kann.

Nun wird es auch Zeit für mich, Ozean und Tafelberg – der links von mir imposant in den Himmel ragt – Lebewohl zu sagen. Ich werde – wenn möglich noch heute – ein Land verlassen, das viel mehr zu bieten hat, als schwarz und weiß, wie die Bevölkerung es durch ihre Hautfarbe symbolisiert. Ein unangenehmes Gefühl drängt sich mir auf, lässt mich spüren, welch ein Idiot ich war, uns diese Reise verwehrt zu haben.

Was mir dagegen bleibt, ist die Pflicht, das Chaos, das ich hinterlassen habe und von dem Lilly und Felix noch nichts ahnen, in Ordnung zu bringen. Das bin ich Paula schuldig. Und ein Stück weit auch mir selbst. Ich muss nach Hause! Meine Kinder sollen endlich spüren, dass auch ich ein Teil ihrer Welt bin … sein möchte.

Noch während ich durch die Gassen zu meinem Hotel eile, telefoniere ich mit diversen Fluglinien, um einen schnellen Rückflug nach München zu ergattern. Das Ganze endet in einem Spießrutenlauf, denn zu telefonieren, den richtigen Weg zu finden und dabei auf den ungewohnten Linksverkehr zu achten, überfordert mich heillos. Schließlich wird bei einer südafrikanischen Fluglinie mein Name auf die Warteliste gesetzt. Mit ein wenig Glück kann ich noch heute Abend Kapstadt verlassen und Paula alleine – unter ein paar Millionen Südafrikanern – zurück lassen. Doch ich bin mir sicher, dass sie keineswegs so verloren ist, wie ich stets angenommen habe. Meine Frau besitzt viel mehr Stärke, als ihr Umfeld – allen voran ich, ihr Ehemann – ihr eingesteht. Deshalb sorge ich mich weniger um sie, sondern habe unbändige Angst um meine Familie, die zu zerbrechen droht. Selbstmitleid zum Schweigen zu bringen ist eben nicht einfach.

Nachdem ich das Zimmer bezahlt, die Tasche gepackt, und noch eine Kleinigkeit gegessen habe, fahre ich zum Flughafen. Viel zu früh – aber keinesfalls möchte ich den Flug verpassen. Die freundliche Afrikanerin lächelt, als ich sie frage, ob wir Kapstadt auch pünktlich verlassen werden, nachdem ich als Zweiter der Warteliste bereits auf die Passagierliste vorgerückt war.

Vor dem Abflug telefoniere ich noch mit Anne und erzähle von den neusten Erkenntnissen, die ich gesammelt habe. Sie ist immer noch nicht gut auf mich zu sprechen, versichert mir aber ihre und Jans Unterstützung. Ich bin ihr dankbar. Sollte mein Flug pünktlich in München landen, käme ich rechtzeitig nach Hause, um das Chaos, das ich bei meiner überstürzten Abreise hinterlassen habe, zu beseitigen, mich zu sammeln, um irgendwann Lilly vom Bahnhof abzuholen.

Schuldbewusst erinnere ich mich an schmutziges Geschirr, umgeworfene Gegenstände, dreckige Kleidung und leere Bierflaschen. Weitere Gedanken erlaube ich mir noch nicht, denn wie ich meiner Tochter erklären soll, dass ihre Mutter in Südafrika ist, scheint mir im Augenblick so unlösbar, wie die exakten Nachkommastellen von Pi zu bestimmen.

Noch einmal tippe ich eine SMS an Paula, lösche sie aber, ohne sie abzusenden. Mir, dem allwissenden Chefredakteur, der wegen seiner Fähigkeit ausgesprochen gut mit Satzreihen umzugehen und von allen Seiten deswegen beneidet wird, gelingt es nicht, passende Worte für eine einzige Kurznachricht zu verfassen. Doch jede Entschuldigung, jede Beteuerung und jede Einsicht erscheint unpassend oder falsch.

Mir bleibt nichts anderes übrig, als geduldig zu sein. Eine Eigenschaft, mit der ich nicht unbedingt gesegnet bin. Wartezeiten sind in meinem Beruf, der so erheblich auf aktuelle Geschehnisse basiert, nicht akzeptabel. Jeder Journalist beansprucht das schnellste Ergebnis, das erste Interview und das lukrativste Foto für sich. Doch selbst *ich* weiß: Ungeduld ist der Nährboden für Fehler und Konflikte. Im Beruf sowie im vertrauten Rahmen. Mir sind nämlich schon viele davon unterlaufen.

Die lange Flugzeit von Kapstadt nach München spielt mir ungeahnte Dimensionen zu, denn egal wie ich mich drehe, wende und bette, mir ist keine Minute Schlaf vergönnt.

»Du hast es ohnehin nicht verdient, Ruhe zu finden«, denke ich unbarmherzig. Meine Selbstkasteiung funktioniert hervorragend. Doch die freiwillige Entbehrung von Schlaf und Essen – die totgekochte Plastiknahrung gebe ich unberührt zurück – hilft niemandem.

Als wir schließlich im Morgengrauen in München landen, bin ich seit zweiundzwanzig Stunden auf den Beinen, dafür im Zeitraffer um Jahre gealtert.

Ich bin seit siebzehn Jahren, neun Monaten und acht Tagen verheiratet, allerdings seit zehn Tagen, drei Stunden und – ein kurzer Blick auf meine Uhr – acht Minuten von meiner Frau getrennt.

Der schönste Tag meines Lebens liegt neunzehn Jahre zurück.

Die größte Fehlleistung meines Erwachsenenlebens bleibt leider in greifbarer Nähe.

Was fünf Tage vor dem unheilvollen Tag geschah …

Paulas und Johannes Tage ähnelten dem Wetter, das immer mehr Extreme aufzuweisen schien. Zum einen hielt sich die unerträgliche Hitze hartnäckig, indessen gesellten sich immer häufiger heftige Gewitter dazu, denen donnernder Platzregen und gefährliche Blitzeinschläge folgten. Sogar gehagelt hatte es das eine oder andere Mal.

Ähnlich verlief ihre Beziehung. Immer wieder stoben winzige Funken. Kleine Sticheleien, die irgendwann übergriffen und sich meistens in einem heftigen Streit entluden. Selbst Lilly und Felix konnten die außer Kontrolle geratenen Debatten ihrer Eltern nicht mehr länger ignorieren. Sie musterten Vater und Mutter mit jener Art Besorgnis, die Jugendliche ihren streitenden Eltern entgegenbringen konnten. Nicht ernsthaft sorgen, aber doch Grund genug haben, ein wenig darüber nachzudenken.

Der scharfe Ton wurde von Tag zu Tag schneidender. Der eigentliche Auslöser, die Frage nach dem Urlaubsziel, blieb dagegen weiterhin ungeklärt, obwohl nur noch wenige Tage bis Ferienbeginn verblieben.

»Am Ende werden wir überhaupt nichts mehr bekommen«, jammerte Johannes unermüdlich und studierte mittlerweile fast täglich die Last-Minute-Angebote. Von einer gezielten Suche nach Ruhe und Erholung konnte überhaupt keine Rede mehr sein.

»Mir egal«, war Paulas genervte Reaktion auf sein entschlossenes Flehen, sich endlich für irgendetwas zu entscheiden. Doch mittlerweile war es Paula tatsächlich egal, wann und wohin sie oder er verreisen würden. Selbst zu Hause zu bleiben besaß plötzlich einen ungewohnten Reiz. Aber nur so lange, wie sie sich vorzustellen versuchte, ihr Mann würde weit genug von ihr entfernt seine Urlaubstage verbringen. Überhaupt war für Paula vieles denkbar geworden. Allmählich wurde sie es nämlich leid, immer und immer wieder auf seine unnötigen und nervenaufreibenden Diskussionen einzugehen. Die Gelassenheit in ihr applaudierte immer öfter, was Johannes nur noch mehr verstimmte. Es bedurfte Mut zu sagen, was man dachte. Und bei einem Mann wie Johannes, der ihr verbal haushoch überlegen war, allemal. Doch mit der Zeit fand sie an der Abgeklärtheit, mit der sie argumentierte, sogar Gefallen. Nur die Normalität, mit ihrem Mann irgendwo zwei lange Wochen festzusitzen, gefiel ihr ganz und gar nicht mehr.

»Papa, Mama?«

Mit schriller Stimme stürmte Lilly durchs Haus, so als würde ihr Leben davon abhängen, von einem Elternteil erhört zu werden. »Oma ist am Telefon.«

»Ihr Leben hängt tatsächlich davon ab, den Hörer loszuwerden«, witzelte Paula in Gedanken. Das Küken der Familie machte nämlich keinen Hehl daraus, dass sie mit Oma Gerda auf keiner gemeinsamen Wellenlänge lag. Der Grund dafür lag nicht nur in der Ablehnung, die Lilly seit ihrer Geburt erfahren musste. Zuwider waren ihr auch die Ansichten, sie, Lilly, an feste Essensgewohnheiten binden zu wollen. Seit frühester Kindheit war das Mädchen eine schlechte Esserin gewesen und hatte im Laufe der Zeit panische Angst davor entwickelt, bei Gerda zu speisen. Das einfache Hinunterschlucken der Nahrung fiel ihr auch ohne Nötigung bereits nicht leicht, doch unter dem strengen Blick ihrer Oma blieb Lilly jeder Bissen förmlich im Halse stecken. Dementsprechend war die Abneigung zu Gerda bis heute geblieben, denn Lilly aß nach wie vor schlecht und Gerda nörgelte weiterhin unerbittlich darauf herum.

Johannes bemerkte, wie seine Tochter theatralisch die Augen verdrehte, als sie die Küche betrat, wo Paula und er stumm ihren Aufgaben nachgingen. Paula hatte gerade einen Kuchen für Anne gebacken, den sie ihrer Freundin morgen zu deren Geburtstag überreichen wollte. Er selbst hingegen grübelte über einem Artikel, der in wenigen Tagen erscheinen sollte und trotz mehrmaliger Korrektur immer noch Unstimmigkeiten aufwies und dementsprechend an seinen Nerven zerrte.

»Oma lässt fragen, ob sie heute vorbeikommen kann?« Dabei hielt Lilly den Hörer derart weit von sich, dass man befürchten musste, eine ansteckende Krankheit könnte unerwartet auf sie überspringen.

»Kann sie?« Lilly wurde zunehmend ungeduldiger und erwartete eine Antwort.

»Nein«, antwortete Paula entnervt. »Kann sie nicht!«

»Natürlich kann sie«, erwiderte Johannes und zuckte hilflos mit den Schultern.

»Natürlich kannst du *gerne* kommen, sagt Papa«, äffte Lilly in einem gespielt freundlichen Ton in den Hörer, der nahezu einstudiert wirkte. »Allerdings bin ich mir nicht so sicher, ob Mama sich auch darüber freut.« Lilly kicherte albern, während Paula heimlich in sich hinein schmunzelte.

»Bravo, Lilly«, lobte sie ihre Tochter in Gedanken, und beglückwünschte sie für deren Courage, auch wenn sie ihr das natürlich nicht zeigen, geschweige denn äußern durfte.

»Lilly!«, ermahnte Johannes seine Tochter streng. Selbst wenn er wusste, wie negativ das Verhältnis zwischen Oma und Enkelin war, konnte er nicht umhin, Lilly daran zu erinnern, dass eine gewisse Art von Höflichkeit, älteren Leuten gegenüber, durchaus angebracht war. Lilly verzog angewidert das Gesicht und verschwand.

Klack-Klack-Klack-Knall!

Das darauf folgende Schweigen stand anklagend im Raum und verdeutlichte ein ums andere Mal, dass ihre Beziehung mittlerweile mehr einer Zweckgemeinschaft, als einer ernstzunehmenden Partnerschaft glich.

»Lilly hat absolut Recht, Johannes«, platzte Paula schließlich der Kragen. »Und wenn du nur ein bisschen ehrlicher zu dir wärst, und ein bisschen mehr Verständnis *deiner* eigenen Familie entgegenbringen würdest, könntest du vielleicht auch verstehen, warum ich deine Mutter heute nicht ertragen kann.«

Damit warf Paula das karierte Geschirrtuch, mit dem sie gerade noch die Küche sauber machen wollte, in die Ecke.

»Wo willst du hin?«

Johannes Ton wurde sofort wieder eine Spur schärfer.

»Weg! Einfach nur weg von dir *und* ihr.«

»Aber ich hätte doch nicht schon wieder ...«

Doch Paula verwehrte ihm die Möglichkeit, den Satz zu Ende zu sprechen. Sie wollte seine fadenscheinigen Entschuldigungen gar nicht erst hören.

»Ich habe es so satt, Johannes. Ich habe es satt, dass du jedes Mal springst, wenn sie auch nur eine Augenbraue hebt. Ich habe es satt, wie sie mich von oben herab behandelt und die Menschen gegeneinander aufwiegelt. Und ich bin es so unendlich leid, ihre Nähe auch nur ertragen zu müssen.«

»Übertreibst du jetzt nicht ein wenig, Paula?«

»Wer etwas wirklich möchte, Johannes, findet einen Weg. Aber du suchst bestenfalls nach Gründen, um dich und deine herrische Mutter zu verteidigen.«

Mit diesen Worten ließ sie ihren Mann alleine in der Küche zurück.

Nicht zum ersten Mal war Paula wütend aus dem Haus gestürmt, um einer drohenden Eskalation zu entfliehen. Seit Neuestem fand selbst sie Gefallen daran, mit der Tür zu knallen, um damit ihren Unmut zu unterstreichen.

»Wie so oft in den letzten Wochen«, dachte Paula traurig, als sie in ihr Auto stieg. Dass Flucht nicht die allerbeste Lösung war, wusste sie längst. Doch allmählich fehlte ihr die nötige Energie und Gelassenheit, um sich den leidigen Diskussionen zu stellen. Der Tag hatte gerade erst begonnen, trotzdem fühlte sie sich bereits wieder müde und erschöpft. Sich einer Sache zu entziehen oder gar zu verdrängen, war eben leichter, als sie zu ertragen. Somit lag abermals ein Tag vor ihr, den sie nicht gewollt hatte, allerdings der logischen Folgerung ihren Missstimmungen entsprach. Johannes und Gerda glichen einer unliebsamen Kombination, der sie bereits an guten Tagen nur wenig abgewinnen konnte. Heute wäre diese Verbindung vergleichbar einer Knallgasexplosion. So gesehen, konnte Johannes ihr sogar dankbar sein, dass sie die Flucht ergriffen hatte.

Auch Johannes empfand die brisante Lage als hochexplosiv. Ohne Paulas Zutun brodelten seine Gefühle längst wie das Magma eines Vulkans, das seinen Weg nach draußen suchte. Missgestimmt räumte er die Geschirrspülmaschine ein und säuberte die Arbeitsplatte, um das Chaos zu beseitigen, das *seine Frau* nach ihrem Backwerk hinterlassen hatte. Normalerweise hätte er die Unordnung unbeachtet an Ort und Stelle belassen – schon um Paula damit zu ärgern. Doch er wusste genau, dass seine tadelnde Mutter es sofort zum Anlass nehmen würde, um Paulas Hausfrauenqualitäten zu kritisieren.

»Wie sich Paula wohl in diesem Moment fühlen mochte?«

Obwohl er diesen Gedankengang am liebsten nicht weiter verfolgt hätte, überkam ihn das schlechte Gewissen. Immerhin hatte er Gerda, seine Mutter, Paula, seiner Ehefrau vorgezogen. Er wusste doch ganz genau, dass seine Mutter der allerletzte Mensch auf diesem Planeten war, den Paula im Moment ertragen konnte.

»Papperlapapp«, tadelte er sich laut. Immerhin hatte er bereits vor wenigen Tagen eingelenkt und seine Mutter wieder ausgeladen, nachdem Paula heftige Kopfschmerzen vorgetäuscht hatte, nur um deren Besuch zu entgehen. Selbst Paula musste wissen, dass eine erneute Absage indiskutabel war.

»Wenn sich also jemand schlecht fühlen muss, dann sie und nicht ich.«

Gerda traf am frühen Nachmittag ein. Mit ihr zogen auch die ersten schwarzen Wolken auf, die ein herannahendes Gewitter heraufbeschworen.

»Paula würde die Situation gefallen«, dachte Johannes traurig, während er seine Mutter – mit der unheildrohenden Gewitterfront im Rücken – in die Arme nahm. Lilly hatte sich kurz nach Paula verabschiedet und Felix war von einem Fußballspiel noch nicht nach Hause gekehrt.

»Hallo Mutter«, begrüßte er sie wenig herzlich.

»Mein Sohn!« Wie eh und je lag unbändiger stolz in Gerdas Stimme, während sie ihr einziges Kind zweimal auf die Wange und schließlich auf den Mund küsste.

»Bist du etwa ganz alleine zu Hause?« Neugierig blickte sich Gerda um. Ohne auf eine Antwort zu warten, fuhr sie fort: »Zu unserer Zeit hätte es das nicht gegeben. Nicht wahr, Johannes? Erinnerst du dich noch, wie wir sonnabends immer etwas unternommen haben? Die ganze Familie. Papa, du und ich.«

Augenblicklich erinnerte er sich an die langweiligen Kricketspiele im parkähnlichen Garten der Familie oder an die Wandertouren, bei denen er sich nicht schmutzig machen durfte, weil anschließend noch in einem gepflegten Lokal eingekehrt wurde. Konnte er seiner Mutter heute sagen, wie mühsam er diese Wochenenden immer fand? Doch so rasch, wie er gekommen war, verwarf Johannes den Gedanken an ein Geständnis, denn seine Mutter erwartete ohnehin keine Antwort, sondern war bereits voll und ganz mit der Weiterentwicklung ihrer eigenen Gedankengänge beschäftigt.

»So, mein Schatz«, bemitleidete sie ihren alleingelassenen Sohn unverblümt. »Du setzt dich jetzt in den Garten und ich koche uns einen starken Kaffee.«

»Aber das Unwetter …«

»… ist noch meilenweit entfernt. Raus mit dir. Hopp, hopp.«

Mit harschen Worten scheuchte Gerda Johannes in den Garten, um das alleinige Refugium in Paulas Küche zu übernehmen. Kurze Zeit später balancierte sie auch schon ein Tablett mit Kaffee und Kuchen in den Garten.

»Mutter! Der Kuchen war eigentlich für Annes Geburtstag gedacht …«

»Die sicherlich nichts dagegen hat, wenn wir ein Stück davon probieren«, beschwichtigte Gerda. Ohne Umschweife schob sie sich auch schon den ersten Bissen den Mund.

»Und ob sie etwas dagegen hat!«, dachte Johannes und war felsenfest davon überzeugt, dass nicht nur dem Himmel, sondern auch seiner zwischenmenschlichen Beziehung ein unheilvolles Gewitter bevorstand.

»Mutter, Paula hat den Kuchen extra für …«

Mahnend klopfte Gerda auf seine Finger, als er die Teller nehmen und den Kuchen zurück in die Küche zu tragen wollte.

»Stell den Teller sofort zurück, Johannes-Maximilian«, befahl Gerda streng. »Diesen eingefallenen Käsekuchen wird *deine Frau* doch wohl nicht allen Ernstes als Geschenk überreichen wollen?«, spottete Gerda nahezu gehässig. »Darf ich dich nur an den steinharten Schokoladenkuchen erinnern, den sie uns zu Lillys Taufe vorgesetzt hat?«

»Nein, darfst du nicht.«

»Oder die zerflossene Sahnetorte am zweiten Geburtstag meines ersten Enkels?«

»Welch kleine Fehler sie noch ausgraben wird?«

»Und waren die Berliner Wurfgeschosse nicht ebenfalls von ihr?«

»Herrgott, daran würde sich außer Gerda doch niemand mehr erinnern.«

»Ich an deiner Stelle würde mich schämen, wenn ich mit diesem missratenen Kuchen der reizenden Anne gegenübertreten müsste.«

»Ich schäme mich aber nicht und Anne wird sich freuen, egal, wie der Kuchen aussieht.« Gerda schüttelte missbilligend den Kopf.

Mit schlechtem Gewissen kostete Johannes von dem Käsekuchen, der köstlich, fluffig und nach einem Hauch von Zitrone schmeckte und von dem er nicht mehr wusste, wem er nun gehörte. Paula, Anne, ihm oder gar seiner Mutter?

Paula hatte ihn für Anne gebacken. Unmissverständlich hatte sie dies klargestellt. Selbst für Felix hatte sie eine Nachricht hinterlassen.

»Finger weg vom Kuchen – für Anne!«, stand darauf. Zweifellos hätte Felix die Bitte seiner Mutter respektiert und sich stattdessen an etwas anderem, vielleicht einem Käsebrot, mit einer dicken Schicht Nussnougatcreme, bedient. Dass Gerda nun den Kuchen unter ihre Fittiche genommen hatte und damit Paulas Wunsch gänzlich unbeachtet ließ, wurmte ihn. Doch er verfügte weder über die Energie noch die Lust, sich dagegenzustellen. Lieber würde er später zur nächsten Konditorei radeln und einen Ersatz besorgen.

»Wäre Paula zu Hause geblieben, wäre das alles nicht passiert«, rechtfertigte er die vertrackte Situation.

»Soll ich dir noch ein Stück Kuchen bringen? Mein Gott, Schätzchen, du schlingst ja, als hättest du seit Tagen nichts zu essen bekommen. Vielleicht sollte ich ein ernstes Wörtchen mit *deiner Frau* wechseln. Wie blass du doch bist. Geht es dir nicht gut, mein Sohn?« Theatralisch fühlte Gerda die Stirn ihres Sohnes, um, wie bei einem kränkelnden Kleinkind zu prüfen, ob er fieberte.

»Es ist alles in Ordnung, Mutter.« Mit einer unwirschen Bewegung schob er Gerdas Hand genervt beiseite.

»Eigentlich bin ich gekommen, um mit dir über Weihnachten zu sprechen«, plauderte sie munter weiter, als hätte sie die verärgerte Geste ihres Sohnes gar nicht wahrgenommen.

»Über Weihnachten?« Johannes Gesichtsausdruck lag irgendwo zwischen Spott und Erstaunen. »Du meinst *das* Weihnachten? Also den 24. Dezember, der Tag ...«

»Herrgott, spreche ich usbekisch? Natürlich meine ich *das* Weihnachten.« Gerda wurde zunehmend ungeduldig. »Ich möchte einen kleinen Empfang geben. Nichts Großes, nur der engste Familienkreis und eine Handvoll Freunde. Ich dachte auch an ein paar Minister a.D. aus Papas altem Kabinett und ...«

Träumte er oder entsprach es der Wirklichkeit, dass seine Mutter Anfang August einen *Weihnachtsempfang* plante? Und deswegen hatte er Paula aus dem Haus getrieben und einen erneuten Streit in Kauf genommen? Wegen eines Weihnachtsempfangs, den sich seine egozentrische Mutter anmaßen würde, um aller Welt zu zeigen, wie glücklich und vollendet diese Familie war?

»Wäre die Situation nicht derart traurig, würden Paula und ich jetzt herzlich darüber lachen.«

Doch Johannes war alles andere als nach Lachen zumute. Er würde gezwungen sein, Paula zu erklären, weshalb Annes Geburtstagskuchen nicht mehr vollständig war. Und zu allem Übel war seine Mutter mit ihrem Vortrag auch noch nicht am Ende angelangt.

»Und da Papas siebzigster Geburtstag ohnehin vor der Tür steht, dachte ich, wir verbinden das Ganze mit einem großen Weihnachtsempfang.«

»*Aus dem kleinen Empfang vor wenigen Sekunden ist also bereits eine große Audienz geworden*«, überlegte Johannes bitter. Alles andere hätte ihn auch verwundert.

»Was hältst du davon?«

Erwartungsfroh strahlte Gerda ihrem Sohn entgegen.

»Nichts«, entgegnete er barsch, als ein erstes Donnergrollen zu vernehmen war. Wütend griff er nach dem Kaffeegeschirr, packte es unordentlich auf das Tablett und verschwand mit großen Schritten in die Küche. Gerda eilte sofort hinterher.

»Nichts?«, fragte sie ungläubig. »Ist das nicht ein bisschen zu wenig, was du darauf zu erwidern hast, *mein Sohn?*«

Die tadelnde, kursive Sprechweise, die normalerweise Paula vorbehalten war, galt nun also auch für ihn. Er ordnete das schmutzige Geschirr in die Spülmaschine und riskierte einen schuldbewussten Blick auf den Kuchen, der weitere Katastrophen heraufzubeschwören schien.

»Du kannst Papas Wunsch nach einem Empfang doch nicht so einfach übergehen. Johannes, ich bitte dich, denk darüber nach, wie dies in der Öffentlichkeit wirken könnte.«

»Doch Mutter, das kann ich. Zumal ich glaube, dass der Empfang bestenfalls deinem und keinesfalls Papas Wunsch entspricht. Zudem haben wir aktuell, und wenn ich mich nicht komplett irre, den vierten August. Es tut mir also leid, dass mich im Augenblick andere Sorgen beschäftigen, als dein klitzekleiner Weihnachtsempfang.«

Johannes holte Luft und kam nun richtiggehend in Fahrt.

»Außerdem werde ich keinerlei Zusagen machen, die ich nicht vorher mit *meiner* Familie abgesprochen habe. Und mit *meiner* Familie verbinde ich keineswegs dich oder Papa, sondern ausschließlich Paula, Lilly und Felix.«

Fassungslos betrachtete Gerda ihren Sohn, der vom einstigen, braven Verhalten eines Musterknaben meilenweit entfernt schien.

»Um Himmels willen, was ist denn mit dir los, mein Schatz?«

Entsetzt musterte sie ihren Knaben, dessen Verhalten so untypisch war. Immerhin war er der Sohn eines Diplomaten.

»Du fragst dich ernsthaft, was mit mir los ist?« Johannes wurde cholerisch. »Das Thermometer zeigt um die vierzig Grad, ein schweres Gewitter naht, mein Sohn ist irgendwo da draußen mit dem Fahrrad unterwegs.« Mit der Hand zeigte er in eine unbestimmte Richtung. »Zudem hast du Annes Geburtstagskuchen zerstört und Lilly kann dich so wenig leiden, dass sie sich eher in ein Entwicklungsland, als nach einem Weihnachtsempfang mit ihren Großeltern und euren sogenannten engsten Freunden sehnt. Von den Problemen, dass sie ohnehin kaum noch etwas zu sich nimmt, ganz zu schweigen.«

»Johannes! Ich verbitte mir diesen Ton. Was ist bloß los mit dir?«

»Was mit mir los ist? Das hier ist los.« Dabei deutete er in das Rund der Küche, in der so gar keine familiäre Freude herrschte.

»Ihr habt Probleme?«, schlussfolgerte seine Mutter zielgenau. »*Diese Frau* und du, habt Eheprobleme.«

Nahezu triumphierend blitzten Gerdas Augen bei dem möglichen Gedanken, dass sich *ihr Sohn* von *dieser Frau* trennen könnte.

»Hör endlich damit auf, Paula als *diese Frau* zu bezeichnen«, zischte Johannes angewidert. »Sie heißt Paula. P, A, U, L, A!«, buchstabierte er. »Ich möchte nie wieder etwas anderes, als ihren Namen aus deinem Mund hören. Haben wir uns verstanden, *Mutter*?« Seine Stimme überschlug sich.

»Ich habe es von Anfang gewusst, mein Liebling, dass *diese Frau* nicht die Richtige für dich ist. Habe ich es dir nicht immer wieder gesagt, mein Schatz? *Diese Frau* habe ich dir gesagt, bringt nur Unruhe in unsere Familie. Hochschwanger bei der Hochzeit. Mein Gott, was habe ich mich vor unseren Freunden geschämt. Im Erdboden wäre ich am liebsten versunken. Weiß Gott, was du jemals in *dieser Frau* gesehen hast, Johannes. Und dazu diese verrückten Schwestern. Oder der Vater. *Dieser Vater*«, sie schüttelte derart heftig den Kopf, dass Johannes ihr dafür ein Schleudertrauma an den Hals wünschte. »So ungepflegt und gewöhnlich, wie der immer war. Zum Glück musste ich *ihre Mutter* …«

»Schluss damit!«, brüllte Johannes, als wäre Paulas verstorbene Mutter jener letzte Tropfen, der das Fass endgültig zum Überlaufen brachte. Dabei hatte er schon seit geraumer Zeit die Nase voll, von dem gehässigen Tonfall seiner Mutter, den sie bei jeder erdenklichen Möglichkeit Paulas Familie gegenüber anschlug. Dass sie jetzt noch über seine viel zu jung verstorbene Schwiegermutter herzog, die niemand von ihnen gekannt hatte, aber von jedem, der sie kennenlernen durfte, geliebt wurde, brachte ihn letztendlich zum Explodieren.

»Ich möchte, dass du augenblicklich mein Haus verlässt. *Sofort*!«

Der Hass in seinen Worten war nun selbst für Gerda nicht mehr zu überhören.

»Wie bitte?«, fragte diese, als hätte sie ihn nicht verstanden, obwohl er bereits schrie. Allerdings war es kein akustisches Problem, das sie zögern ließ.

»Du hast mich schon richtig verstanden, *Mutter*.« Das letzte Wort spie er nur noch hervor. Es fühlte sich an, als würden all die Dinge nicht wirklich passieren. Tat er tatsächlich etwas, was er schon vor Jahren hätte tun müssen?

»Du willst mich aus deinem Haus werfen? Was bildest du dir eigentlich ein, *mein Sohn*. Immerhin haben Papa und ich das Geld für *dieses Haus* ...«

»Raus!«, brüllte er noch einmal und drängte seine Mutter zur Tür. In seinen Augen lag unbändiger Hass.

»Ich wusste immer, dass *diese Frau* unser aller Unglück ist«, entlud sich Gerda zusammen mit einem heftigen Donner, als läge der Zorn Gottes nicht nur in ihren Worten, sondern auch am Himmel. Voller Missachtung knallte Johannes die Tür, griff zum nächstbesten Gegenstand und schleuderte diesen mit voller Wucht gegen den großen Garderobenspiegel. Abertausende von kleinen Splittern verteilten sich im Nu auf Flur und Treppe.

Das Nächste, woran er sich später erinnern konnte, war, dass er zu einer Flasche Whiskey gegriffen hatte. Während er sich betrank, waren weder Felix noch Lilly, geschweige denn Paula nach Hause gekommen. Irgendwann am frühen Abend schleppte er sich ins Bett, betrunken und müde von der inneren Zerrissenheit und der aufkeimenden Sorge, um seine kleine Familie, die zu zerbrechen, drohte.

Paula verbrachte den unerwartet freien Nachmittag in einem kleinen Café in Meersburg. Sie hatte zu ihrem Buch gegriffen, das sich seit ihrer letzten Flucht vor wenigen Tagen, noch immer in der Tasche befand. Sie fühlte sich mit Gewalt entwurzelt und zog sich in die hinterste Ecke des kleinen Lokals zurück. Doch anstatt sich auf die Erzählungen des Autors zu konzentrieren, beobachtete sie das Gewitter, wie es unheildrohend über den See zog und sich dort, in einem heftigen Regenschauer, entlud.

»Wie das Wetter doch meinen Seelenzustand widerspiegelt«, grübelte Paula bedrückt. Sie sah den großen Tropfen dabei zu, wie sie auf den See niederprasselten, kleine Kreise hinterließen und sich anschließend mit dem aufgewühlten Wasser vermengten. Immer wieder schweiften ihre Gedanken zu Johannes und ihrer Schwiegermutter, die nun zu Hause saßen und sich über ihr beispielloses Verhalten ausließen. Paula bedauerte, dass ihr Mann es irgendwann aufgegeben hatte, sie zu verteidigen. Aber sie konnte es ihm auch nicht verübeln, denn Gerda war absolut resistent, was die Argumente anging, die sie, Paula, in einem positiven Licht erscheinen lassen könnten.

»Wie Johannes sich wohl gerade fühlen mag?«

Zweifelsohne hatte er diese Situation ebenso wenig gewollt wie sie. Das konnte sie deutlich spüren, als sie das Küchentuch auf den Tresen geworfen und seine niedergeschlagene Körperhaltung zur Kenntnis genommen hatte.

»Ob ich vielleicht einlenken und nach Hause fahren sollte?«

Nur kurz erwog sie diesen Gedanken, während der Regen sintflutartig vom Himmel peitschte. Als Kind hatte sie den Regen geliebt, wenn er auf das Hausdach prasselte und das Gefühl von Gemütlichkeit im warmen, sicheren Haus vermittelte. Indes verkörperte er jetzt Aufruhr und Kälte.

»Und wenn ich daheimgeblieben wäre?«, überlegte Paula. Doch ein ‚Wenn' ergab nur selten einen Sinn. Erst recht nicht im Nachhinein. Letztlich übernahm die gekränkte Eitelkeit, die sich imposant ihren Weg ins Bewusstsein gebahnt hatte, ihre Überlegungen. Der Gedanke, ihrer Schwiegermutter über den Weg zu laufen, war schier unerträglich.

So verbrachte Paula Stunden damit, Unmengen von Kaffee zu trinken, spazieren zu gehen – nach dem Gewitter hatte es sofort wieder aufgeklart – oder Enten mit Brot zu füttern, das sie in der Bäckerei eigens für diesen Zweck gekauft hatte.

Erst am späten Abend entschied sich Paula zur Rückkehr. Wenn sie Glück hatte, war Johannes beim Sport oder mit Jan in der nächsten Kneipe, um ein Bier trinken. Ob Felix schon zu Hause war? Bestenfalls würde sie in ihr kuscheliges Bett schlüpfen und einschlafen können, bevor ihre Familie nach Hause kam und womöglich Erklärungen forderte. Gleichzeitig entfloh sie damit auch der Möglichkeit, für ihre kindische Flucht kritisiert zu werden.

Doch das Bild, das sich Paula bei ihrer Rückkehr bot, war gänzlich anders, als jenes, das sie erwartet hatte. Kaum dass sie den Flur betreten hatte, knirschten unter ihren Füßen unzählige Scherben und erschrocken betrachtete sie den Spiegel, der kein Spiegel, sondern zu einem riesengroßen Scherbenhaufen geworden war. Kurz überkam sie Angst, jemand könnte verletzt worden sein. Doch ihr roter Absatzschuh sprach eine ganz andere Sprache. Demonstrativ lag er inmitten der vielen Splitter und Paula wusste sofort, dass Johannes ihn gegen die Spiegelwand geworfen haben musste.

Als sie in die Küche trat, um nach Schaufel und Besen zu greifen, fiel ihr Blick auf Annes Kuchen, der völlig zerstückelt auf dem Küchentresen lag. Wut keimte auf, denn sie wusste genau, dass weder Felix noch Lilly es gewagt hätten, Annes Geburtstagskuchen anzurühren, geschweige denn sich diesem auch nur zu nähern. Selbst Johannes hätte seine Finger von dem Kuchen gelassen. Dabei spielte es überhaupt keine Rolle, wie wütend er auf sie gewesen war. Innerhalb der Familie existierten gewisse Linien, die obwohl unsichtbar, niemals überschritten wurden.

Die Frechheit, sich an Annes Kuchen zu vergreifen, besaß im Grunde nur eine Person: ihre Schwiegermutter!

Oder war es womöglich doch Johannes? Deprimiert gestand sich Paula ein, dass sie ihn nicht mehr richtig einzuschätzen wusste. Hätte sie vor Monaten noch die Hand für ihren Mann ins Feuer gelegt, würde sie sich nun nicht mehr vorbehaltlos für ihn verbürgen.

»Wo war Johannes bloß?« Paula öffnete die Schlafzimmertür, wo ihr sofort ein ekliger Geruch von Alkohol und abgestandener Luft entgegenschlug. Rasch schloss sie die Tür, schlich in die Küche und ließ sich betrübt auf den Stuhl sinken.

War dies das Ende ihrer Ehe? Jedenfalls waren nun Dimensionen erreicht, die sie unruhig werden ließen. Dass ihr Mann derart außer Kontrolle geraten war, hatte sie noch nie erlebt. War mutwillige Zerstörungswut nicht *ihr* Repertoire, als sie das hässliche Familienerbstück zu Boden warf? Doch die Wut, die von Johannes Besitz ergriffen hatte, entsprach einer mit viel größerem Ausmaß. Um das zu erkennen, musste man auch kein Prophet sein. Dafür reichte einfacher Menschenverstand.

Am ganzen Körper zitternd, fegte Paula die Scherben notdürftig zusammen. Es war bereits weit nach Mitternacht, doch an Schlaf war ohnehin nicht zu denken. Um auch noch die kleinsten Splitter zu entfernen, wischte sie den Boden feucht, verletzte sich mehrmals an den scharfkantigen Glasstückchen und wusste am Ende nicht mehr, woher die vielen Tränen kamen, die ihr über die Wangen strömten. Ihre Nerven lagen blank und sie war enttäuscht und verärgert zugleich.

Völlig mit der Situation überfordert, lag sie auf der Couch und fror unter der dünnen Decke. Uns sie wusste etwas Neues über sich:

»Das hier ist zwar mein Zuhause, aber ich fühle mich hier nicht mehr wohl.«

Es waren ihre letzten Gedanken, bevor sie einschlief.

Als Paula später wach wurde, quälten sie böse Kopfschmerzen. Ein bitterer Vorgeschmack dessen, was ich ihr noch bevorstehen sollte.

Greif immer nach den Sternen

»Es wird eine Zeit kommen, in der ich ohne die Kinder meine wahre Identität finden muss.«

Mit diesem Satz, der nicht mehr aus meinem Gedächtnis weichen will, bin ich gestern Abend irgendwann weit nach Mitternacht eingeschlafen, zwei Stunden später wieder aufgewacht, nur um mich anschließend erneut mit stundenlangen Überlegungen munter zu halten.

So viel steht fest: Meine jahrelange Mutterschaft wird mir in Zukunft kein Schutzschild mehr bieten. Felix und Lilly sind ihrer Kindheit längst entschlüpft. In ein bis zwei Jahren werden sie die Obhut, die ich ihnen seit ihrer Geburt schenke, vermutlich mehr als Last empfinden und Dinge möglicherweise nur tun, weil ich sie mir wünsche. Felix liebäugelt schon seit geraumer Zeit mit einer Wohngemeinschaft, die er spätestens bei Studienbeginn beziehen möchte und Lilly ist ihren sechzehn Jahren ohnehin weit voraus.

»Bald werde ich als Vollzeitmutter nicht mehr gebraucht werden, sondern nur mehr als Ratgeberin fungieren, wenn die beiden mich brauchen«, denke ich traurig. Nicht nur für meine Kinder beginnt ein neuer Lebensabschnitt. Auch für mich selbst. Ich werde noch einmal ‚erwachsener' und reifer werden müssen. Es war ein Irrtum, zu glauben, ich hätte diese Phase bereits längst hinter mir gelassen.

Ich wollte nie zu einer Mutter werden, die hartnäckig an ihren Kindern festhält. Meine Schwiegermutter zeigt mir deutlich, wie würdelos es sein kann, für allezeit an seinem Kind zu kleben. Doch auch bei mir haben sich mit der Zeit, Sorge und Fürsorge zu einer Einheit vermischt, die nicht mehr so leicht voneinander zu trennen sind. Während Felix bereits zu Beginn seiner Pubertät neue Erfahrungen sammeln durfte, zwänge ich Lilly zunehmend stärker ein, und beeinflusse sie damit deutlich in ihren Entscheidungen. Nur will ich mir dies nicht allzu gerne eingestehen, denn es ist alles andere als fair. Doch je länger ich mich um meine Kinder kümmern darf, desto länger werde ich auch an der Rolle als Mutter, die ich aus dem Effeff beherrsche, festhalten können.

»Ich muss endlich damit beginnen, loszulassen.« Felix und Lilly müssen ihren eigenen Platz auf dieser Welt finden und dieser wird nur noch bedingt an meiner Seite sein. Ich habe mit vielem gerechnet: Trennungsangst, Leere, Einsamkeit. Nur, dass ich schon vor der eigentlich Abnabelung bereits den Schmerz und die Zerrissenheit verspüre, habe ich nicht vorhergesehen.

Hielt meine Mutterschaft vielleicht sogar jene Risse meiner Ehe verborgen, die in den letzten Wochen immer deutlicher in den Vordergrund traten? Haben Johannes und ich schlichtweg verlernt, uns miteinander zu beschäftigen? Viel öfter waren wir im vergangenen Jahr wieder Mann und Frau gewesen. Fällt es meinem Mann womöglich ebenso schwer, seine Rolle des beschützenden Vaters loszulassen? Ist er, geprägt durch seine klammernde und um Liebe heischende Mutter, womöglich sogar genetisch verdorben?

Wir sahen uns stets als modernes, junges Paar. Doch als Eltern haben wir womöglich den Zeitpunkt übersehen, als glückliches Pärchen zu funktionieren. Oder fiel unsere Partnerschaft irgendwann einfach durch das Raster der Normalität, weil wir uns zu stark auf die Liebe zu unseren Kindern konzentriert haben?

Aber wie passen diese Zweifel, diese Verlustängste zu meinem Wunsch nach Freiheit und Unabhängigkeit? Es fühlt sich an, als würde das Wasser in mir nach dem Feuer verlangen und umgekehrt. Dass sich die Gleichgewichte in meinem Leben verschieben könnten, daran habe ich nie gedacht. Aber die Wirklichkeit besteht aus Kompromissen, erst recht, wenn man von einer Lebensphase in die Nächste übergeht.

»Herrgott!«, rüge ich mich laut. »Es kann doch nicht sein, dass ich alles in Zweifel ziehe, was ich in den letzten zwanzig Jahren getan oder nicht getan habe. Man kann sich auch wirklich zu Tode analysieren.«

Ich schlage mir mit den Handflächen auf die Wangen, so als könnte ich damit die letzten unliebsamen Gedanken aus mir heraus tätscheln. Dabei berühre ich auch meine Lippe und verspüre noch immer einen leichten Schmerz.

»Ihr drei fehlt mir«, flüstere ich traurig. Und irgendwie stimmt es auch.

Doch bei aller Sehnsucht wollen die negativen Gedanken an Johannes einfach nicht weichen. Ohne Zweifel hatte meine Ehe mit den Jahren missglückte Spuren hinterlassen, die allein deshalb sichtbar wurden, weil wir plötzlich dazu gezwungen wurden, das Augenmerk wieder auf uns zu richten. Unsere Ehe funktioniert schon lange nicht mehr so harmonisch und voller Zuneigung, wie zu Beginn unseres Familienlebens. Auch wenn ich es mir gerne anders wünschen würde, komme ich nicht umhin, mir diesen Irrtum einzugestehen. Der Verlust meines Selbstvertrauens ist nur ein Beispiel dafür. Meine Unzufriedenheit ein weiteres Indiz. Ich fühle mich abhängig und an Johannes und seine Entscheidungen gebunden. Es ist nicht richtig, sich an einen Menschen gefesselt zu fühlen. Liebe wäre der einzig akzeptable Grund für diese Verbundenheit. Doch an Liebe denke ich nicht. Und ich fühle sie auch nicht mehr.

Dabei kommt mir ein Satz meiner Mutter in den Sinn.

»Paula, du musst nach den Sternen greifen«, hatte sie mir, ein paar Wochen vor ihrem Tod zugeflüstert, als wir, in warmen Decken gepackt, am Seeufer auf einer alten Matratze lagen und den klaren Sternenhimmel betrachteten. Sie wusste, dass sie uns Kindern weise Ratschläge mit auf den Weg geben musste, auch wenn wir den Sinn ihrer Worte noch gar nicht verstehen konnten. Aber uns allen blieb keine Zeit, auf den richtigen Zeitpunkt zu warten. Den Tod vor Augen musste eben alles ein wenig schneller gehen. Auch Tonis, Emilias und meine Entwicklung.

»Aber wenn diese Sterne viel zu hoch hängen?«, habe ich sie gefragt, weil mich die Möglichkeit ins Leere zu greifen, in Angst versetzte.

»Darunter kannst du immer noch bleiben, Schatz«, hauchte sie damals in die Nacht, in der – immer abwechselnd – eine von uns Mädchen an ihrer Seite liegen durfte.

Ich gestehe mir ein, dass ich bis heute nicht genau verstehe, was meine Mutter mir damals sagen wollte. Konnte ich auch mit einer nicht so perfekten Familie und einem nicht so makellosen Ehemann glücklich werden? Ist ein wenig Liebe auch in Ordnung? Und wie weit unten ist ‚darunter'?

Mir schwirrt der Kopf. Böse Kopfschmerzen lauern und ich rüge mich selbst dafür. Kein Wunder, dass ich mich ständig schlapp, ausgelaugt und müde fühle. Ich muss diese wirren Gedanken loslassen. Und wenn es nur für eine Weile ist.

Eilig schlüpfe ich in Jeans und Pulli, binde meine Haare zu einem Zopf, spritze mir kaltes Wasser ins Gesicht und öffne, während ich mir die Zähne putze, die Fensterläden. Der Südostwind bläst zunehmend stärker, reinigt die Stadtluft und verschafft Abkühlung.

Gleich werde ich zu den Magellanpinguinen aufbrechen, die nur eine halbe Stunde Busfahrt von hier entfernt, in einer Kolonie siedeln. In den letzten Tagen war ich bereits des Öfteren nach Simon's Town, einer kleinen Stadt, etwa dreißig Kilometer südöstlich von Kapstadt, gefahren, um Zeit in dem Touristenstädtchen zu verbringen.

Dabei hielt ich mich die meiste Zeit am Boulders Beach bei den Pinguinen auf. Ich habe sogar einen Abschnitt gefunden, der von den zahlreichen Touristen, wenn überhaupt, nur sehr wenig betreten wird. Hier kann ich in Ruhe nachdenken. Und so paradox es klingen mag: An diesem Ort, umgeben von Hunderten Pinguinen und dem ganzen Lärm, den man diesen kleinen Wesen gar nicht zutrauen würde, fühle ich mich ganz nah bei mir selbst. Dort gelingt es mir, mit meinen Empfindungen, wenn auch nur für eine begrenzte Zeit, ins Reine zu kommen. Der Eindruck, aufgehoben und mit etwas Größerem verbunden zu sein, funktioniert im Einklang mit der Natur und an diesem Platz beinahe spielend.

Ich erreiche das Städtchen zur Mittagsstunde, sehe Massen von Touristenbussen und verdrehe genervt die Augen. Dass ich selbst Urlauberin bin und magisch von den Tieren angezogen werde, ignoriere ich bereitwillig.

In einem gemütlichen Straßencafé bestelle ich mir, trotz der nahenden Mittagszeit, ein Frühstück und beobachte die Menschen, wie sie hektisch an den Strand strömen, der auf mich im Augenblick so wenig verlockend wirkt, wie eine Invasion auf dem Mars.

Deshalb dauert es auch eine Weile, bis ich mich endlich an den Strand, der in Wirklichkeit ein Nationalpark ist, begebe. Ich habe herausgefunden, dass der frühe Nachmittag ein guter Zeitpunkt für einen Besuch dort ist. Die ersten Touristenbusse sind bereits wieder zu einem der zahlreichen, anderen Ziele unterwegs, und die nächste Schar Reisender befindet sich noch auf dem Weg hierher. Somit bleiben mir ein, zwei Stunden, in denen die Bucht beinahe ausgestorben wirkt. Von den Hunderten Pinguinen, die sich hier über insgesamt drei Buchten verteilen, einmal abgesehen.

Ich bezahle fünfundvierzig Rand, umgerechnet etwa vier Euro Eintritt und schlängle mich über die schmalen Holzstege durch die Kolonie. Die Pinguine veranstalten einen unglaublichen Lärm, das dem Wiehern einer riesigen Eselsherde in keinster Weise nachsteht. Ich lächle und bilde mir ein, dass mich die Tierchen bereits erkennen und mich freundlich begrüßen. Am Ende des Stegs betrete ich den Strandabschnitt, in dem sogar Baden erlaubt ist, verziehe mich allerdings in die letzte Ecke und breite meine Decke aus.

Hastig klettere ich wagemutig auf einen Felsen, um eine ganz spezielle Familie, zu deren vollwertigem Mitglied ich mich seit gestern zähle, zu begrüßen. Vergnügt schnattern sie mir zu, so als hätten sie tatsächlich schon auf mich gewartet. Ich werfe ihnen etwas Nahrung zu, für das ich an der Kasse bezahlt habe, und ärgere mich zugleich, dass ich mich damit keineswegs von den anderen Touristen unterscheide. Mein Verstand weiß, dass es nicht gut sein kann, die Tiere zu verköstigen, doch mein Mutterinstinkt ist größer, will füttern.

»Das ist das letzte Mal, dass ihr etwas bekommt«, erkläre ich meiner Ersatzfamilie. »Ihr seid wirklich groß genug, um euch selbst zu versorgen.«

Eiskalt erwischt mich der Satz und lässt mich, trotz der angenehmen Temperaturen, frösteln. Mit meinen Gedanken bin ich längst bei Lilly und Felix (und auch ein wenig bei Johannes) und erkenne, dass auch sie alt genug sind, um sich alleine am Leben zu erhalten.

»So einfach ist es also«, denke ich, als ich mich auf meiner Decke niederlasse. Ich darf meine Kinder beim Flüggewerden beobachten. Ich kann mich auch kümmern, wenn sie meine Hilfe benötigen. Aber Lilly und Felix müssen selbst entscheiden, wie viel Hilfe sie dabei in Anspruch nehmen wollen. Es ist nicht mehr meine Entscheidung.

Ich wische mir Tränen aus den Augen, erkenne aus dem Augenwinkel, dass ein Pinguin nur wenige Zentimeter äußerst mutig an mir vorbeimarschiert. Ob Mama oder Papa weiß ich nicht, denn ich habe keinen blassen Schimmer, wie man Weibchen und Männchen unterscheidet. Doch die Vorstellung einer fürsorglichen, nach Nahrung suchenden Mama, gefällt mir in diesem Augenblick besser. Also beobachte ich, wie Mama Pinguin zielstrebig an den Rand des Wassers watschelt.

»Besitzt zwei Füße und kann nicht richtig laufen. Zwei Flügel hast du auch, aber richtig fliegen kannst du auch nicht«, philosophiere ich.

»Hey«, rufe ich dem Pinguinweibchen hinterher. »Würdest du tauschen wollen? Anstatt in den Tiefen des Ozeans zu tauchen, könntest du dann hoch durch die Lüfte fliegen. Wäre das was für dich?«

»Interessante Frage.«

Erschrocken drehe ich mich um und starre geradewegs in ein Paar tiefblaue Augen, die sich samt zugehörigem Körper von hinten an mich herangeschlichen haben.

»Verzeihung, ich wollte Sie nicht erschrecken«, entschuldigt sich der Heranschleicher.

»Keine Ursache«, lüge ich, denn mein Herz klopft immer noch bis zum Hals. Zudem schäme ich mich für meine mittelmäßige Aussage, die ganz nebenbei für ein Gespräch mit einem Pinguin und nicht für einen Menschen bestimmt war.

»Ein nettes Plätzchen haben Sie sich hier ausgesucht«, sagt er. »Ich komme nachmittags gerne hierher, um meine Pause abseits der Touristenmassen zu verbringen.«

»Kann ich verstehen«, antworte ich mitfühlend und weil ich es auch wahrhaftig verstehen kann.

»Zudem muss ich ihnen gestehen«, fährt er fort, »dass ich Sie bereits des Öfteren hier gesehen habe. Nur wirken Sie derart in sich gekehrt, dass ich es nicht wagen wollte, Sie anzusprechen. Als Sie allerdings jetzt mit diesem afrikanischen Pinguinmännchen deutsch gesprochen haben, konnte ich nicht anders. Es ist schön, eine Stimme aus der Heimat zu vernehmen.«

»Paula. Paula Herbst«, sage ich, weil mir nichts Besseres einfällt.

»Matthias! Aber hier nennen mich alle nur Matt. Freut mich, Sie kennenzulernen, Paula.« Er reicht mir höflich die Hand und setzt sich neben meine Decke in den Sand. »Machen Sie hier Urlaub?«, will er wissen.

»Gewissermaßen ja«, gebe ich zu. »Und ich liebe diese Tiere«, rechtfertige ich mich, obwohl dies gar nicht nötig wäre. Aber irgendwie übermannt mich das unangenehme Gefühl, die Vielzahl meiner Besuche erklären zu müssen.

»Sie arbeiten hier?«

Ich deute auf sein Namensschildchen, auf dem ein großes Matt prangt und meine Frage sofort wieder überflüssig macht.

»Ja. Vor etwa fünf Jahren hat es mich als Volontär hierher verschlagen, und als ich ein halbes Jahr später nach Deutschland zurückkehrte und dort nur Eis und Schnee vorfand, habe ich meine Sachen sofort wieder eingepackt und bin hierher zurückgekommen. Seitdem sitze ich hier quasi fest.« Er lächelt.

»Es gibt schlimmere Orte, um festzusitzen.« Dabei deute ich auf die kleinen, türkisfarbenen Buchten, die sich um uns gruppieren.

»Ja, da haben Sie recht. Bonn im Winter, zum Beispiel«, schmunzelt er.

Es entsteht eine kleine Pause und wir beobachten die Pinguine bei ihrem Bestreben, den Nachwuchs oder sich selbst zu versorgen.

Meine Pinguinmama, die eigentlich ein Papa ist, habe ich allerdings aus den Augen verloren.

»Interessante Frage, die Sie da vorhin geäußert haben, Paula.«

»Ob Sie hier arbeiten?«, stelle ich mich dumm.

Matt lächelt höflich und mustert mich von der Seite. Ich riskiere einen kurzen Blick in seine umwerfend blauen Augen und kann nicht umhin, ein klitzeklein wenig darin zu versinken.

»*Er sieht gut aus*«, denke ich beinahe schwärmerisch. Gesunde, schöne Haut, von der Sonne gebleichte blonde Haare, Stoppelbart um die Mundwinkel. Wie alt Matt wohl ist?

»Ob Pinguine gerne fliegen würden«, unterbricht Matt meine anzüglichen Gedanken, von denen er zum Glück nichts ahnt.

»Sie haben die Pinguine etwa noch nicht befragt?«, wende ich mich empört an ihn und lächle nun ebenfalls.

»Das mit der Sprache ist so eine Sache«, verrät er mir schelmisch. »Trotzdem finde ich die Frage außerordentlich … beflügelnd.« Er lächelt über sein Wortspiel. »Was denken Sie, Paula? Würden Pinguine gerne fliegen können?«

»Das fragen Sie ausgerechnet *mich*? *Sie* sind hier der Experte, Matt. Nennt man das Teil«, dabei imitiere ich den Flügelschlag mit meinen Armen, »eigentlich Flügel?«

»In der Wissenschaft nennen wir das Teil Flosse. Weil Pinguine aber Vögel sind, werden beide Flossen irrtümlich gerne als Flügel bezeichnet«, erklärt er mir. »Allerdings sind diese Flossen viel zu schwer, um auch als Flügel zu dienen. Aber ich nehme an, dass ihre Frage ohnehin mehr hypothetisch war?«

Er zwinkert mir zu und ich kann nicht umhin, werde rot und blicke auf den Ozean, um dort mein Pinguinweibchen auszumachen.

»Sind Sie Wissenschaftler?«, frage ich. »Oder Veterinär?«

»Von beidem ein bisschen«, antwortet Matt, ohne genauer auf meine Frage einzugehen.

»*Flirtet er etwa gerade mit mir? Oder ich mit ihm?*«

»Und Sie …?«, will er wissen.

»Hausfrau und Mutter«, unterbreche ich seine Frage, ohne mir darüber im Klaren zu sein, was genau er eigentlich von mir wissen möchte. Erneut werde ich verlegen. Immerhin habe ich ihm damit bereits den Wind aus den Segeln genommen und meine Familienverhältnisse offengelegt.

»Dann sind Sie also mit ihrer Familie hier?«

»Wie Sie in den letzten Tagen sicherlich beobachten konnten, war ich immer alleine.«

Mein Ton klingt feindlich und augenblicklich bereue ich meine harschen Worte.

»Das eine schließt das andere nicht unbedingt aus«, folgert Matt.

»Da haben Sie recht. Und um ihre Frage ehrlich zu beantworten: Ich mache alleine Urlaub. Oder nennen wir es besser Auszeit«, lege ich nach, »denn für einen Urlaub bin ich wohl schon zu lange hier.«

Matt ist klug genug, um darauf nichts zu erwidern, nickt freundlich und blickt wieder zum Wasser. Jede weitere Frage wäre einfach zu persönlich.

»Haben Sie Lust, eine Aufzuchtstation für Pinguine zu besuchen, Paula?«

»Babys«, quietsche ich erfreut und befördere mich damit geradewegs in die nächste unangenehme Situation.

»*Mein Gott, ich wusste gar nicht, dass ich mich so peinlich benehmen kann*«, rüge ich mich verschämt.

»Ja. Babys«, lächelt er. »Normalerweise sind Pinguine ganz gewissenhafte Eltern, die sich unheimlich liebevoll um die Aufzucht ihres Nachwuchses kümmern. Aber ab und zu geht eben doch etwas schief, und, um die Kleinen zu retten, bringen wir sie in die Station, damit sie die Möglichkeit bekommen, in der Obhut von Menschen groß zu werden. Es ist die zweitbeste Möglichkeit, die wir ihnen damit bieten können.«

Wie vom Donner gerührt, denke ich an meine Mutter. Hatte ich mich vor wenigen Stunden nicht genau mit dieser Frage beschäftigt? Die zweitbeste Möglichkeit konnte demnach immer noch gut genug sein. Dieser Augenblick wirkt auf mich beinahe übernatürlich und ich blicke verwundert in Matts Augen.

»*Wer hat dich geschickt?*«, möchte ich ihn fragen, behalte es aber zum Glück für mich. Er betrachtet mich ebenfalls und seine Augen erscheinen mir noch eine Spur sanfter. Matt klopft sich den Sand von der Hose und reicht mir zum Abschied die Hand.

»Haben Sie morgen Zeit, Paula? Mein Dienst endet um vier und ich könnte Sie anschließend mit in die Station nehmen. Was halten Sie davon?«

»Ich fände es fantastisch«, und meine es auch so. »Vielen Dank, Matt.«

»Dann bis morgen.« Dabei blickt er auf meine Decke und anschließend in meine Augen. Mein Nicken genügt ihm als Antwort. Als er weggeht, dreht er sich noch einmal um und schenkt mir ein strahlendes Lächeln.

»*Er flirtet ganz sicher mit mir*«, lobe ich meinen erstklassigen Spürsinn und die Eitelkeit schielt mit roten Wangen bereits um die Ecke.

Kurz darauf sehe ich, wie Papa Pinguin dem Wasser entsteigt und beinahe wirkt es, als würde er lächelnd und feixend an mir vorbeischnattern.

»*Was war das denn eben?*«, frage ich mich in Gedanken. »*Zufall oder ein vom Schicksal arrangiertes Ereignis?*«

Beziehungskiller

Wenn man während eines Nachtfluges keine Minute Schlaf findet, spielt es auch keine große Rolle mehr, ob die Zeitumstellung einen halben Tag oder wie in meinem Fall, nur lächerliche zwei Stunden beträgt.

Als ich das Flughafengebäude verlasse, fühle ich mich wie gerädert. Nur vage kann ich mich an mein Auto erinnern, wie ich es vor wenigen Tagen irgendwo hier abgestellt habe. Mit letzter Kraft und der Mobilisierung aller Gehirnzellen schaffe ich es tatsächlich, das Fahrzeug zu finden, den Parkschein zu lösen und das Gelände zu verlassen.

Daran, wie ich mich in den Münchner Ringverkehr einfädle, erkenne ich, dass ich im Grunde gar nicht am Steuer sitzen dürfte. Folglich lenke ich das Auto auf den nächstbesten Rastplatz, besorge mir einen doppelten Espresso und eine Kleinigkeit zu essen und finde einen ruhigen Platz in der hintersten Ecke des Restaurants.

Ich fühle mich nur begrenzt besser, als ich nach einer halben Stunde den Rastplatz verlasse, ermutige mich aber, indem ich mir versichere, dass ich die nächsten zwei Stunden, die ich bis nach Hause in etwa benötige, überstehen werde.

»Zu Hause«, denke ich, *»das so gar kein zu Hause mehr ist, weil der wichtigste Teil meiner Familie dort fehlt.«*

Sarkastisch gratuliere ich meinem Unterbewusstsein zu diesem Gedankenspiel und vermisse die positive Energie, welche mir irgendwo zwischen Kapstadt und München in zehntausend Meter Höhe abhanden gekommen ist und nicht wiederkehren wird, solange ich mit stoischer Beharrlichkeit an der Opferrolle festhalte.

Als ich die Haustür öffne, registriere ich, dass das wilde Durcheinander, das ich verursacht und erwartet habe, wie vom Erdboden verschwunden ist. Die leeren Bierflaschen sind genauso unauffindbar wie die dreckige Wäsche. Das Geschirr ist gespült und ordentlich im Schrank verstaut. Selbst der Mülleimer verströmt keinen unangenehmen Geruch. Ein kurzer Blick durch die breite Fensterfront genügt, um zu bemerken, dass der Rasen frisch gemäht und die Blumen stetig gewässert wurden. Alles sieht aus wie immer und einen kurzen Wimpernschlag später bin ich versucht, zu glauben, dass Paula sich in einem der Zimmer befindet und mir gleich freudig um den Hals fallen wird. Doch leider bleibt es bei diesem Trugbild. Paula ist weg und das Haus wirkt ohne sie und die Kinder, fremd und tot.

Dank Annes und Jans Bemühungen, hier Ordnung zu schaffen, bleiben mir ganze drei Stunden, bis ich Lilly vom Bahnhof abholen soll. Im Grunde müsste ich mich sofort bei meinen Nachbarn bedanken, aber ich bin dermaßen müde, dass sich bereits alles um mich herum dreht. Ich stelle den Wecker, schließe die Rollläden und lasse mich auf unser Bett fallen. Kurz wehre ich mich gegen die Bilder, die mein Kopf bei den Gedanken an unser gemeinsames Schlafzimmer produziert, lasse los und schlafe ein, noch ehe ich mir die Schuhe abstreifen kann.

Drei Stunden später schaut die Welt keineswegs besser aus, doch ich fühle mich nicht mehr ganz so erschöpft. Kurz halte ich meinen Kopf unter den kalten Wasserstrahl, putze mir die Zähne und bemerke, dass ich mich seit Tagen nicht mehr anständig rasiert habe. Da auch jetzt keine Zeit dafür bleibt, bringe ich das Ganze nur etwas in Form, zerzause ohne System meine Haare, wechsle die Kleidung und mache mich auf den Weg zum Bahnhof.

Unterwegs besorge ich rasch noch einige Lebensmittel und erlaube mir erst dann, über das bevorstehende Gespräch mit Lilly nachzudenken, als ich am Auto gelehnt – und nicht bei den anderen Eltern am Bahnsteig stehend – auf meine Tochter warte und meine Konzentration gar keine andere Möglichkeit mehr findet, sich anderweitig zu beschäftigen. Meine vor Müdigkeit geröteten Augen verberge ich hinter einer Sonnenbrille und schmerzlich schweifen meine Erinnerungen zu Paula, als wir gemeinsam und vor einigen Tagen, Lilly an gleicher Stelle verabschiedet haben. Obwohl seitdem keine drei Wochen vergangen sind, erweckt es den Anschein, als wäre ich um Jahre gealtert.

»Dad!«, schreit Lilly und reißt mich letztlich aus den Gedanken. Sie winkt, lacht, ruft und zerrt ihren Koffer über die Straße. Alles gleichzeitig. Am Bürgersteig lässt sie ihren Koffer einfach stehen und fällt mir ganz uncool in die Arme.

»Danke Dad, dass du hier wartest und nicht so albern am Bahnsteig stehst wie diese ganzen anderen Erzeuger. Ist ja megapeinlich.«

Sie verdreht die Augen und deutet in die Richtung der Gleise. »Der Urlaub war so mega, Papa.« Sie strahlt mit der Sonne um die Wette und die Worte sprudeln aus ihr heraus und überholen den Verstand. Sie erzählt von einer endsgeilen Bucht, dem megatollen Meer und der duften Kneipe, in der eine Boyband jeden Abend einen Gig gab.

Kurz bin ich versucht, zu glauben, man könnte Lilly in den letzten Wochen zum Stillschweigen verbannt haben, weshalb ihre Worte nun ganz dringend an die frische Luft mussten. Allerdings ist diese Vorstellung so irreal, dass ich sie sogleich wieder verwerfe. Lilly ohne ihre Sprache – undenkbar. Und ganz und gar utopisch in Kombination mit ihrer Busenfreundin Klara.

Mühsam lächelnd trage ich ihren Koffer zum Auto, wissend, dass ich gleich zum ‚Mörder' einer Familie werde. Und Lilly, meine Tochter, ist Teil dieser Familie.

Ich fahre nicht auf direktem Wege nach Hause, sondern mache einen kleinen Umweg und steuere einer Eingebung folgend auf unseren Stammitaliener zu. Meine Tochter hat in ihrem Überschwang noch gar nicht bemerkt, dass wir uns nicht schnurstracks auf dem Heimweg befinden, sondert plappert ungeniert weiter und blickt erst dann verwundert auf, als ich anhalte und im Begriff bin, auszusteigen.

»Ich dachte zur Feier des Tages gönnen wir uns eine Pizza«, versuche ich es fröhlich und merke, dass alleine der Versuch, gelassen zu klingen, kläglich scheitert.

»Und Mama?«, fragt Lilly.

»Mama ist nicht zu Hause, Süße. Aber ich soll lieb von ihr grüßen«, schwindle ich.

»Mama ist nicht zu Hause?« Ungläubig und ein wenig traurig blickt mir Lilly mit ihren großen, treuen Rehaugen entgegen. Sie ahnt bereits, dass etwas an der Situation ganz und gar nicht stimmen kann.

»Papa? Was ist los?«

»Lilly, bitte lass uns eine Kleinigkeit essen gehen. Wir unterhalten uns nebenbei«, beharre ich weiter. »Sag mal, gab es auch süße Jungs an der Costa del Sol?«, versuche ich meine Tochter mit dieser Frage zu ködern. Doch Lilly springt nicht darauf an.

»Wo ist Mama?«, will sie beharrlich wissen.

»In Südafrika.«

Ich resigniere, gehe in die Knie und erkenne, dass der Augenblick nun gekommen ist. Wenn ich meine Familie überhaupt noch retten kann, dann nur mit schonungsloser Ehrlichkeit.

»In Südafrika?«, kreischt Lilly. »Und warum bist du nicht bei ihr?«

»Lilly ...«, entgegne ich sanft, so als könnte leises Sprechen meine negativen Antworten positiv beeinflussen.

»Mama ist doch nichts passiert oder? Ist sie krank? Papa, ...«

»Beruhige dich, Schatz«, tröste ich meine Tochter. »Mama geht es gut. Jedenfalls tat es dies, als ich sie das letzte Mal gesehen habe.«

»Das letzte Mal?«

Die Stimme meiner Tochter wird immer hysterischer.

»Komm. Lass uns ein wenig am See entlanglaufen.«

Ich lege den Arm um die Schulter meiner Tochter und ertaste sofort die spitzen Knochen ihres Schlüsselbeins. Schlagartig fällt mir auf, wie dünn Lilly in den letzten Monaten geworden ist. Oder war sie schon immer so hager? Hatte Paula nicht irgendwann erwähnt, dass sie sich Sorgen um unseren Sprössling machen würde? Wieder einmal fühle ich mich schuldig und erkenne einmal mehr, dass ich nur selten aufmerksam zugehört habe, wenn es um Familienprobleme ging. Allerdings hilft es mir nun wenig, mich gerade jetzt selbst zu läutern.

Beschämt erzähle ich Lilly daraufhin die ganze Wahrheit und bin mir sicher, dass ich mich noch nie in meinem Leben so jämmerlich gefühlt habe.

»Du hast *was?*«, schreit meine Tochter, wie ich ihr beichte, weshalb ihre Mutter im meilenweit entfernten Kapstadt Abstand sucht.

»Lilly ...«, versuche ich zu beschwichtigen, indem ich sie in meine Arme ziehen möchte.

»Fass mich nicht an!« Ein kalter, brutaler Ausdruck liegt in ihren Augen. Nichtsdestoweniger sehne ich mich danach, sie zu trösten. Auch um ihr zu versprechen, dass alles gut werden kann.

Doch erneut wehrt sie ab, hasserfüllt und mit schroffen Gesten, die mich erschrocken innehalten lassen. Ihre Augen füllen sich mit Tränen und ich muss all meine Kraft mobilisieren, um nicht das zu tun, nachdem jeder noch so kleinste Trieb meines Vaterdaseins verlangt.

»*Bitte, lass mich dein Held sein, meine Kleine*«, flehe ich in Gedanken um Gnade. Doch meine Tochter gibt sich unerbittlich.

»Warum, Papa? Warum?«

Lillys Unterton wechselt von wütend zu klagend.

»Ich kann es nicht erklären, Lilly. Es ist einfach passiert. Ich wollte das alles nicht und bereue es zutiefst. Bitte glaub mir das.«

»Einfach ... so ... passiert?«

Ich kann die Anführungszeichen um das Wort ‚passiert' förmlich hören. »Hat sich einfach so ergeben, nicht wahr? Kommt eben vor ...«, peinigt sie mich weiter.

Und obwohl ich diese Demütigung unzweifelhaft verdient habe, kann ich nicht umhin, sie in die Schranken zu weisen.

»Lilly, jetzt ist es genug«, maßregle ich meine Tochter.

»Nein, es reicht noch lange nicht, Papa. Du bist so ein Idiot!«

»Lilly! Es reicht jetzt wirklich!«, ermahne ich sie streng. Doch meine Tochter wähnt sich weiterhin im Recht.

»Was reicht, Papa? Passiert es sonst wieder? Einfach so? Na?«

Herausfordernd funkeln mir ihre Augen entgegen, taxieren jede Regung und wirken nun gar nicht mehr so treuherzig wie vor wenigen Augenblicken.

»Ich hasse dich, Papa«, brüllt sie, als läge der Teufel in diesen Worten. Doch zum Glück strafen Tränen ihrer Worte Lügen.

»*Sie ist verzweifelt und sieht ihre Familie, die auseinanderzubrechen droht. Aber sie hasst mich nicht. Zwischen Verbitterung und Hass liegen Welten*«, beruhige ich mich selbst.

»Weiß Felix davon?« Sie wendet sich ab und scharrt mit ihren Füßen an den Steinen des naturbelassenen Feldweges. Dagegen vergrabe ich meine Hände tief in den Hosentaschen, weil ich nicht weiß, wohin mit den Armen, die Lilly einfach nur umarmen und trösten möchten. Auch ich sehne mich nach einer Umarmung und nach Nähe und Geborgenheit.

Genau genommen brauche ich jemanden, der mir sagt, dass alles wieder in Ordnung kommen wird. Es von meiner 16jährigen Tochter zu erwarten, ist falsch. Trotz alledem spaziert der Gedanke in mein Bewusstsein und richtet sich dort häuslich ein. Eine Sehnsucht nach Trost, die nicht mehr weichen will.

»Nein«, antworte ich auf ihre Frage. »Felix weiß es noch nicht.«

»Fahr mich zu Anne«, bittet Lilly, obwohl ihre Stimme anklagend und befehlshaberisch klingt. Auch ist sie lauter, als es für diese Bitte notwendig ist.

»Lilly …«, flehe ich. »Lass uns …«

»Fahr mich augenblicklich zu Anne, Papa«, unterbricht sie mich schroff.

Ich resigniere und wir gehen zurück. Ich öffne Lilly die Autotür und chauffiere uns kurz darauf auf direktem Weg nach Hause.

Dort angekommen, verlässt meine Tochter ohne ein weiteres Wort das Auto, klingelt bei ihrer Patentante und fällt dieser verzweifelt in die Arme.

Annes Blick sucht den meinen und signalisiert mir, dass ich Geduld aufbringen muss. Lilly braucht Zeit – ebenso wie Paula.

Als beide im Haus verschwunden sind, trete ich gegen die Autotür und schlage mit der Faust aufs Dach meines Fahrzeuges. Liebe und Wut sind zu meinen zuverlässigsten Begleitern geworden und das Wort Geduld zu meinem größten Feind.

Der Wind, das Geschrei der Möwen, die weißen Segel, die sich im Wind aufblähen wie übergroße Bettlaken. Das kühle Nass, die noch immer wärmende Abendsonne. Alles zusammen tut mir gut.

Ich sitze auf einem Steg und lasse meine Füße im Seewasser baumeln. Körper und Geist sind zwei wunderbare Mechanismen. Sie halten nicht nur den Qualen stand, sie erholen sich auch wieder davon. Eben noch fühlte ich mich allein. Dagegen empfinde ich jetzt meinen Rückzug als wahren Segen.

Die Wut ist verschwunden, die negative Energie verpufft. Aus der Explosion ist ein Knallfrosch geworden. Vorerst muss ich keine Lösung finden. Auch keine Antwort. Was ich benötige, ist Geduld und Einsicht. Ich erkenne, dass zu kämpfen nicht immer der richtige Weg sein muss.

»*Nicht alles im Leben muss zurechtgerückt werden*«, denke ich und erinnere mich an den schiefen Turm von Pisa, der gerade wegen dieses Fehlers zu einer Besonderheit wurde. Ich werde auf das Schicksal vertrauen müssen, bis meine Frau mir jenen Ball zuwirft, den ich auffangen kann und der mich wieder ins Spiel bringen wird. Ein gequältes Lächeln umspielt meine Lippen. Für die nächsten Stunden bin ich frei. Muss mich um nichts anderes, als um mich kümmern. Ich, der Kämpfer, bin machtlos.

»*Zu warten und zu vertrauen, ist besser als gar nichts*«, tröste ich mich. Es ist schön, sich nicht mehr ganz so unglücklich zu fühlen. Und ein kleines Unglück ist immer noch besser als ein Großes.

»Johannes?«

Jemand ruft meinen Namen.

»Johannes Herbst? Ich glaube es nicht.«

Ich drehe mich um.

Und halte inne.

»Bettina?«

Was an dem unheilvollen Tag geschah …

Der Morgen nach dem Spiegelvandalismus war ein Desaster gewesen. Johannes war derart schlecht gelaunt, dass er sich bereits kurze Zeit nach dem Aufstehen, mit der Begründung an tierischen Kopfschmerzen zu leiden, wieder ins Bett verzogen hatte.

Paula war wieder einmal klug genug, ihn nicht auf den gestrigen Tag anzusprechen, denn ihr schwante, dass sie damit nur den nächsten Streit vom Zaun gebrochen hätte. Obwohl es unter ihren Nägel brannte, vertraute sie darauf, mit ihrem Stillschweigen das Richtige zu tun. Wenn ab morgen Mittag beide Kinder aus dem Haus wären, könnten sie in Ruhe damit beginnen, ihre angeschlagene Ehe zu restaurieren.

Schließlich war sie nachmittags alleine zu Anne gegangen, um mit ihr und Jan deren Geburtstag zu feiern. Wütend berichtete sie von dem Kuchenunglück und ließ es sich nicht nehmen, kein gutes Haar an Gerda zu lassen. Auch der zerschmetterte Spiegel blieb nicht unerwähnt. Anne war über Johannes blinde Zerstörungswut genauso erstaunt wie ihr Ehemann, und beide versprachen, ihn in den nächsten Tagen darauf anzusprechen.

Am frühen Abend wurde Felix schließlich von seinen Freunden abgeholt. Johannes hielt es nicht für nötig, sich von seinem Sohn zu verabschieden, als dieser zu seiner Reise nach Kroatien aufbrechen wollte. Nachdem das Gepäck verstaut war, verabschiedete sich Paula von ihrem Großen, nicht ohne ihm noch ein paar extra Geldscheine, als zusätzliches Taschengeld, zuzuschieben.

Sie freute sich, als Felix sie vor den gaffenden Augen seiner Freunde in die Arme nahm und zum Abschied auf beide Wangen küsste. Kurz darauf stieg er ins Auto. Paula lächelte tapfer, denn keinesfalls wollte sie ihren Sohn in Verlegenheit bringen. Aus dem Inneren des Autos drang schrecklich laute Musik und Paula kam nicht umhin, sich um Felix zu sorgen, obwohl dieser das heimatliche Grundstück noch gar nicht verlassen hatte. Wie würde es erst morgen bei Lilly werden?

Als der Morgen, an dem Lilly nach Spanien abreisen sollte, angebrochen war, saßen Paula und Johannes zunächst schweigsam am Frühstückstisch. Niemand wusste so recht ein Gespräch zu beginnen, bis Johannes die unerträgliche Situation irgendwann unterbrach, indem er Paula anbot, nach Lillys Abreise das Spiegel- und Kuchendesaster von vorgestern zu erklären.

»Lass uns bitte versuchen, Lilly ein sicheres Gefühl vor ihrer Abreise zu geben«, bat Paula daraufhin ihren Mann, der sofort einwilligte und sich überhaupt recht reumütig zeigte.

»*Er leidet*«, dachte Paula. »*Vielleicht sollte ich doch einlenken und ihm das geben, was er sich so sehr wünscht.*«

»Mum?«, ertönte es schallend aus dem oberen Stockwerk und unterbrach damit Paulas Gedanken. »Ich kann meinen blauen Bikini nicht finden!«, schrie Lilly panisch.

»In der Küche ist er nicht, Lilly«, rief Paula spontan und im gleichen Singsang ihrer Tochter nach oben, woraufhin Johannes zu lächeln begann. Paula schmolz dahin. Da war es, dieses umwerfende Johanneslächeln, das irgendwo in seinen großen, braunen Augen begann und in den Mundwinkeln still und verschmitzt endete.

»*Ich liebe ihn doch noch*«, dachte Paula im Stillen, nicht unglücklich über diese zärtlichen Empfindungen.

»Maaaamaaaa?«, bat Lilly nun erneut um Hilfe. Wie viele ‚A' sie doch in ein einziges Wort pressen konnte.

»Kommst du mal? Bitte, bitte, bitte.«

Paula verdrehte belustigt die Augen, stellte die Kaffeetasse beiseite, schob ihren Stuhl zurück und stand auf.

»Brauchst du Hilfe, Maaaamaaaa?«, lächelte Johannes zaghaft, fast schüchtern.

»Kann sicherlich nicht schaden«, grinste Paula zurück.

Gemeinsam begaben sie sich auf den Weg nach oben in Lillys Zimmer, wo entsetzliches Chaos herrschte. Lässig lehnte Johannes am Türrahmen, blickte auf seine Armbanduhr und gab seiner Tochter unmissverständlich zu verstehen, dass ihr nur noch knappe zwei Stunden bis zur geplanten Abfahrtszeit blieben.

»Ja, Papa. Jetzt nerv mich bitte nicht.«

»Dieses Chaos wird beseitigt, nur damit das klar ist, Lilly«, ermahnte Paula ihre Tochter streng, »und zwar *vor* deinem Urlaub.«

»Ihr seid ja heute wieder echt witzig. Ich lach mich tot.« Theatralisch ließ sich Lilly auf einen Berg von Klamotten fallen.

»Sag mal Töchterchen, hast du vor, bis zu deinen Wechseljahren wegzubleiben?«, fragte Johannes seinen Sprössling amüsiert.

»Mama! Sag Papa, er soll verschwinden.«

»Sag es ihm doch selber. Aber sei dir darüber im Klaren, dass dieser monströse Koffer auch irgendwie nach unten getragen werden muss.« Sie blinzelte ihrem Ehemann zu und es gefiel ihr, wie sie sich spielerisch gegen ihre Tochter verschworen.

»Dieser blöde Koffer ist mega viel zu klein.«

»Lilly, das ist der Größte, den wir besitzen.«

»Dann besitzen wir eben nur megakleine Koffer«, stellte diese auf stur.

»Für was brauchst du so viele Schuhe?«

»Mama, das verstehst du nicht. Du bist schließlich keine …«

»Frau?«, fragte Paula und konnte sich das Lachen nun nicht mehr verkneifen.

»Vierzehn Tage sind übelst lang, Mama.«

»Gewöhnlich halten meine Schuhe länger als vierzehn Tage.«

Paula zog die Augenbrauen nach oben und tat, als würde sie überlegen, wie lange ihre Schuhe für gewöhnlich hielten.

»Oh Mann! Bitte geht aus meinem Zimmer. Ich habe mich geirrt. Ich schaff das alles alleine. Ich bin mir ganz, ganz sicher.«

Lilly drückte ihre Eltern aus der Tür und verschloss diese rasch, als hinge ihr Leben davon ab, sich in Sicherheit zu bringen.

»Dann sehen wir uns in zwei Stunden am Auto«, rief Johannes noch durch die geschlossene Tür.

»Ich liebe dich auch, Dad.«

»Paaapaaaa.« Lilly konnte also nicht nur in Mama, sondern auch in das Wort Papa Unmengen von ‚A' packen. Vermutlich genauso viele, wie sich Klamotten in ihren Koffer befanden.

»Hast du etwas gehört?«, fragte Johannes lächelnd seiner Frau zugewandt. Sie standen bereits seit fünf Minuten am Auto und warteten auf ihre Tochter.

»Nein, ich glaube nicht«, schmunzelte Paula.

»Paaapaaaa. Mann! Jetzt komm endlich, der Koffer ist mega viel zu schwer.« Auffällig langsam schlenderte Johannes zum Haus zurück und trat kurze Zeit später mit dem *Mega*-Koffer in der Hand wieder heraus.

»Dir ist bewusst, dass du den Koffer am Zielort selbst tragen musst, Lilly.«

»Bist du bescheuert?«, entfuhr es dem Mädchen.

Lilly zuckte zusammen, weil sie wusste, dass ihr Vater diese Antworten, die gar nicht so gemeint waren, wie sie klangen, nicht allzu sehr mochte.

»Entschuldige Papa«, besänftige sie ihren Vater sofort. »Aber am Zielort gibt es doch die Jungs.«

Bereits die Andeutung, dass auch Jungs mit von der Partie waren, drehte Paula den Magen um. Plötzlich sehnte sie sich gar nicht mehr danach, dass ihre Kinder alleine in den Urlaub aufbrachen. Johannes, der ihre Unruhe zur Kenntnis genommen hatte, legte beruhigend die Hand auf das Knie seiner Frau, als sie am Bahnhof vorfuhren.

Wie nicht anders zu erwarten, reihten sich dort bereits eine Horde Teenager auf. Während die Jungs ihre Habseligkeiten in einfachen Rucksäcken und Sporttaschen transportierten, schleppten die Mädchen allesamt große Rollkoffer mit sich, so als würden sie nicht in den Urlaub fahren, sondern geradewegs nach Spanien auswandern.

»Mach keinen Unsinn, Kleines.« Johannes umarmte seine Tochter herzlich.

»Nein, Dad«, leierte Lilly, weil sie bereits ihrer Mutter in den letzten Minuten gefühlte hundertmal dasselbe versichert hatte.

»Und du hast auch alles? Geld, Ausweis, Reiseunterlagen, Krankenversicherungskarte?«

»Ja, Dad. Würdest du mich *bitte* wieder loslassen? Die Jungs gaffen ja schon. Nicht dass die noch denken, du wärst mein Lover.«

»Wäre das so schlimm?«, lachte Johannes.

»Igitt, Papa. Du bist megaalt.«

Paula öffnete die Arme, um ihre Tochter ebenfalls zu verabschieden.

»Nein Mama, bitte nicht. Das sieht doch noch uncooler aus als mit Papa.«

Paula versetzte es einen kleinen, schmerzhaften Stich, dennoch respektierte sie Lillys Wunsch. Es war ihr seit jeher zuwider, um die Zuneigung ihrer Kinder zu betteln. Daran hatte sich auch bis heute nichts geändert. Sie verabscheute Sätze wie ‚Gib Mama ein Küsschen' oder ‚Drück Papa ganz fest' und hatte es immer vermieden, auf diese Art der Aufforderung zurückzugreifen, auch wenn sie sich, wie in diesem Augenblick, nach einer liebevollen Umarmung nahezu sehnte. Zum Ausgleich legte Johannes seinen Arm zärtlich um Paula.

»*Er kennt mich und weiß, was ich jetzt brauche*«, dachte sie dankbar. Tatsächlich fiel auf, wie einige Mütter ungeniert in ihre Richtung blickten. Sie bezweifelte jedoch, dass diese Blicke Lilly oder ihr galten. Wie vor zwanzig Jahren zog Johannes, auch heute noch, die schmachtenden Blicke vieler Frauen auf sich.

»Gib mir doch wenigstens kurz die Hand«, bat Paula ihre Tochter.

»Oh Mann«, stöhnte Lilly. »Wenn es denn unbedingt sein muss.«

Widerwillig streckte Lilly ihre Hand entgegen und Paula ließ, wie tags zuvor bei Felix, ein paar Scheine darin verschwinden. Sie hatte, ohne Zustimmung ihres Mannes, das gemeinsam festgelegte Taschengeld ein wenig erhöht.

»Oh cool. Danke, Mum«, brüllte Lilly und zählte ungeniert die Geldscheine.

Paula verdrehte die Augen und Johannes schmunzelte. Lilly hatte das Fettnäpfchen mal wieder ohne Umwege gefunden.

Als sie ihre Tochter verabschiedet hatten und der Zug vom Bahnsteig abgefahren war, machten die beiden sich auf den Weg nach Hause. Schweigsam saßen sie nebeneinander und hingen den eigenen Gedanken nach.

»*So fühlt es sich also an, ohne Kinder zu sein*«, dachte Paula.

»*Früher wären wir schnurstracks nach Hause gefahren und sofort im Bett gelandet*«, waren Johannes Gedanken. Aber, die Zeit war nicht mehr die gleiche und ihre Leidenschaft nicht mehr mit jener von einst zu vergleichen.

»Wollen wir am See einen Kaffee trinken?«, fragte Johannes seine Frau freundlich, vermutlich auch, um das unliebsame Schweigen zu brechen. Doch Paula ahnte, dass es mehr einer höflichen Einladung, als seinem freien Willen entsprach.

»Wenn es für dich in Ordnung ist, würde ich gerne nach Hause fahren«, antwortete Paula deshalb ehrlich. »Ich befürchte, ich bekomme schon wieder hässliche Kopfschmerzen.«

»Kein Problem«, gab sich Johannes beleidigt und strafte damit seiner Worte Lügen. Ohne Umweg fuhr er nach Hause, machte aber keine Anstalten auszusteigen, sobald er vor dem Garagentor stand.

»Möchtest du nicht aussteigen?«, fragte Paula verwundert.

»Ich fahr noch in die Redaktion.«

»Weshalb das denn? Ich dachte, du hättest ab heute Urlaub.«

»Ich habe ihn verkürzt.«

»Verkürzt?« Paula konnte es nicht glauben.

»Ja. Du hast doch ohnehin nicht vor zu verreisen und schon gar nicht mit mir, wie du mir vor wenigen Tagen eindrucksvoll vermitteln wolltest. Also habe ich beschlossen, ein wenig länger zu arbeiten. Zumindest diese Woche werde ich noch in der Redaktion gebraucht.«

Paula klappte die Kinnlade herunter. Obwohl Johannes sich durchaus auf ihre Worte bezog, hätte sie niemals erwartet, dass er es tatsächlich für möglich hielt, seine freie Zeit nicht mit ihr verbringen zu wollen.

»Das glaub ich jetzt nicht.«

»Wirst du aber müssen, Paula. Wenn du bitte aussteigen würdest. Ich habe in einer halben Stunde einen wichtigen Termin.« Er fasste an ihr vorbei und öffnete ihr die Autotür. Ein deutliches Zeichen, das Paula zwang, endlich das Fahrzeug zu verlassen.

Niedergeschlagen stieg sie aus dem Wagen, knallte die Tür zu und verschwand wütend im Haus. Überzeugt davon, etwas zerschmettern zu wollen, war sie froh, dass der große Spiegel bereits zerbrochen war.

»*Was bildete sich Johannes bloß ein?*« Ihre Eitelkeit stemmte die Hände in die Hüften und gab sich beleidigt.

Ohne sich die Schuhe auszuziehen, ließ sie sich aufs Bett fallen und begann hemmungslos zu weinen. Ihre beiden Kinder befanden sich auf Reisen. Ihr Ehemann gab ihr zu verstehen, dass er seine freie Zeit lieber im Büro, als mit ihr verbringen wollte. Zu allem Übel bekam sie auch noch ihre Tage, auf die sie, seit einigen Monaten, zunehmend weinerlicher reagierte.

»*Habe ich ihn tatsächlich dazu getrieben, von mir Abstand zu suchen?*«

Eine Frage, die sich in Paulas Seele brannte.

Am späten Nachmittag setzte sie sich vor den Fernseher. Geborgte Gefühle und Emotionen direkt von der Mattscheibe waren bequem, wenn man sich dem wirklichen Leben nicht stellen wollte.

Wie gewohnt kam Johannes gegen fünf Uhr nach Hause.

»*Der Herr des Hauses gibt sich die Ehre*«, dachte Paula zynisch. Sie verfolgte gerade eine Daily Soap, in der ein arroganter Mistkerl mit seiner Sekretärin ins Bett oder besser gesagt, auf den Schreibtisch stieg.

»Gibt es heute nichts zu essen?«

Johannes Frage kam anklagend. Vermutlich war der Nachmittag in der Redaktion nicht so verlaufen, wie er es sich gewünscht hatte.

»Keine Zeit«, antworte Paula betont gelassen. »Und auch keine Lust. Ich habe schließlich Urlaub.«

»Du benimmst dich wieder einmal unglaublich kindisch, Paula.«

»Und du benimmst dich leider wie immer, *Schatz*.«

Wehmütig dachte sie an die netten Stunden am Vormittag, wo sie sogar ein wenig miteinander geflirtet hatten.

»*Oder war er nur so nett gewesen, weil ich ihn darum gebeten habe?*« Unglaublich, aber mittlerweile stellte sie jede seiner Reaktionen sofort infrage. Jedenfalls war von der trauten Zweisamkeit des Morgens nichts mehr übrig geblieben.

»Gibt es nun etwas zu essen?«

Betont schleppend schlich Paula in die Küche, griff zu einer tiefgefrorenen Lasagne und stellte sie in die Mikrowelle.

»Sag mal, spinnst du?«, war Johannes Reaktion, als sie ihm einige Minuten später das Essen auf den Tisch knallte, sodass ein wenig davon überschwappte. »Das Fleisch ist bereits tot, Paula. Du musst es also nicht noch erst zu Boden werfen.«

»Wie unsere Ehe!«

Es war ihr herausgerutscht. Sie hatte es nicht sagen wollen. Sie hatte es gedacht, ja. Immer und immer wieder an diesem Tag. Aber sie wollte es nicht sagen. Schon gar nicht so emotionslos, wie es ihr eben über die Lippen gekommen war. Vielmehr war es ein quälender Gedanke, der sich aus dem Unterbewusstsein ins Bewusstsein schob und direkt aus dem Mund gesprudelt kam.

Verbittert nahm Johannes sein Essen, schleuderte es in den Mülleimer und drohte Paula mit dem Finger und einem hasserfüllten Blick.

»*Du*, du denkst also, unsere Ehe ist tot?«

»Nicht tot.«

»Sondern?«

»*Irgendwie* tot.«

Früher war es jener Augenblick, an dem beide aufgrund Paulas unbeholfenen Worten in schallendes Gelächter ausgebrochen wären. Jetzt war es der Punkt, an dem jeder einen Schritt hätte zurücktreten können, um die Situation nicht weiter eskalieren zu lassen. Doch dieser noch erreichbare Moment verstrich ungenutzt.

»Man ist nicht ein bisschen tot, Paula. Das müsstest selbst *du* wissen.«

»Danke, dass du mich erneut für dumm verkaufst.«

»Was ist nur los mit dir?« Johannes schüttelte traurig den Kopf.

»Mit *mir*?«, schrie Paula.

»Hast du etwa deine Tage? Seit wann reagierst du so melodramatisch, Paula?«

Sie verdrehte müde die Augen. Wer war hier nun kindisch?

»Ich habe ganz einfach das Gefühl, dass wir uns nichts mehr zu sagen haben.«

»Wir reden doch! Und wir können auch über unsere Ehe reden, Paula«, lenkte Johannes ein, trat einen Schritt nach vorne, um seine Frau zu umarmen. Doch er wusste, dass es das Letzte war, was Paula in diesem Moment gewollt hätte.

»Fass mich nicht an!«, spie sie ihre Worte heraus.

»Schon gut.« Johannes zog sofort zurück. »Wir müssen reden, Paula.«

»Du redest ja schon. Aber wir sagen uns dabei nichts mehr. Du nimmst dir überhaupt nicht mehr die Zeit für ein Gespräch. Wie war das heute Morgen? Ich erkläre dir alles, Paula. Du hast es versprochen, obwohl du wusstest, dass du nach Lillys Abreise sofort in die Redaktion fahren würdest. Das ist nicht fair, Johannes. Ganz zu schweigen von unseren sogenannten *gemeinsamen* Entscheidungen. Seit Langem triffst du sie nämlich alleine, mein Lieber. Oder deine Mutter tut es. Ihr unterscheidet euch gewissermaßen kaum noch. Ihr seid beide herrisch und streitsüchtig. Dazu benehmt ihr euch auch noch derart selbstgefällig, als hättet ihr gemeinsam mit Jesus am Heiligen Gral geleckt.«

Paula konnte sehen, wie ihre Beleidigungen trafen. Vor allem der Vergleich mit Gerda hatte Johannes einen schmerzhaften Stich versetzt.

»*Gut so*«, dachte sie beleidigt, auch wenn es natürlich völlig indiskutabel war. Ihr Mann war charakterlich noch meilenweit von seiner Mutter entfernt.

»Wir sollten das Gespräch dringend beenden, Paula.«

Johannes drehte sich um und war im Begriff die Küche zu verlassen, doch Paula stürmte ihm hinterher. So schnell wollte sie nicht klein beigeben. Wer wusste schon, wann sie wieder den Mut für ein derartiges Gespräch finden würde.

»Warum willst du plötzlich nicht mehr reden? Weil ich die Wahrheit sage? Um das Ende einer Beziehung zu verkraften, bedarf es Selbsterkenntnis, Johannes. Eine Eigenschaft, die *du* allem Anschein nach nicht besitzt. Dich selbstkritisch zu hinterfragen, liegt dir nämlich überhaupt nicht. Aber du bist nicht Gott, mein Lieber, auch wenn du ihn nur allzu gerne spielst. Für dich ist es viel einfacher wegzulaufen oder einer anderen Person den Schwarzen Peter zuzuschieben.«

»Hör damit auf, Paula«, warnte Johannes seine Frau. »Ich habe nämlich keinen Bock auf dein nervendes Psychodrama.« Er gestikulierte, dass Paula sich gefährlich einer unsichtbaren Linie näherte.

»Dann lauf weg! Diskussionen, die du nicht gewinnen kannst, sind dir ein Gräuel, stimmt´s? Aber das hier ist nicht eben mal ein Hundertmetersprint, Johannes. Auch wenn du vor den Tatsachen gerne die Augen verschließen würdest, wird es dir nichts bringen.«

Paula hielt ihren Mann an der Schulter fest, bevor er tatsächlich die Möglichkeit zu gehen, für sich in Anspruch nehmen konnte. Doch dies war ein Fehler. Sie wusste es schon, als sie ihn beging. Diese eher harmlose Geste brachte das Fass endgültig zum Überlaufen. In einer schallenden Ohrfeige entlud Johannes seine ganze Wut. Paula taumelte, prallte gegen das Treppengeländer und stürzte zu Boden.

Die Stille, die daraufhin entstand, war grausam.

»Paula«, stammelte Johannes, schockiert über seine Tat. Doch seine Gedanken verhedderten sich schon beim Sprechen.

»Paula, ... Leid ... ich wollte, es tut ..." Egal, welche Wörter ihm zur Verfügung standen, es waren ganz sicherlich die falschen.

Paula berührte ihre Lippe, erschrak über das viele Blut an ihren Fingern und blickte stumm und anklagend in Johannes Gesicht. Sie musste nichts sagen. Ihre aufgeplatzte Oberlippe war Vorwurf genug.

Lautlose Tränen rannen über ihr hübsches Gesicht und in Johannes wuchs die Erkenntnis, dass ihre Ehe schon lange Zeit vor dieser Zerreißprobe gestanden hatte.

Niemand fühlte sich imstande, irgendetwas zu sagen. Dafür saß der Schock viel zu tief. Es war kein Stummsein im Sinne von geräuschlos, sondern vielmehr ein Schweigen, das einem dann überfiel, wenn man erkannte, dass man sich nichts mehr zu sagen hatte. Paula wirkte dabei so unglaublich verletzlich und Johannes hätte sie gern in den Arm genommen, um sie zu trösten und ihr zu versichern, dass es nie, nie wieder passieren würde. Sollte er es einfach versuchen? Seine Gefühle spielten verrückt.

»Verzeih mir«, flehte er seine Frau an.

Doch dieser Moment brauchte keine Worte. Ihr vorwurfsvoller Blick beschrieb deutlich, was sie fühlte.

Als er es nicht länger ertragen konnte, wich er ohnmächtig zurück und stürmte in den Garten. Weg von seiner geliebten Paula, seiner fahrlässigen Tat und seiner unglaublichen Aggressivität.

»*Sie wird mir vergeben*«, beruhigte er sich. »*Aber sie wird es niemals vergessen.*«

»*Ich muss mit ihr reden*«, war sein nächster Gedanke. »*Bestimmt ist sie nur kurz sauer; ich kann es ihr schließlich erklären. Und mich entschuldigen.*«

Doch er wusste genauso gut wie Paula, dass sie von heute an und für lange Zeit überhaupt keine Worte mehr brauchen würden.

Emotionale Distanz

»*Die weite Entfernung von meinem Zuhause verschafft mir eine emotionale Distanz«*, und ich wünsche mir im Moment kaum etwas sehnlicher, als könnte ich mir diese Ausrede auch glauben.

»*Außerdem habe ich kein Date, sondern lediglich eine Besichtigung. Es ist nichts anderes, als eine einfache Touristenführung.«*

Warum versuche ich überhaupt, mich zu rechtfertigen?

»Sie sind heute aber früh auf den Beinen, Paula«, begrüßt mich Maria freundlich in ihrer Küche. »Haben Sie gut geschlafen?«, will sie weiter wissen. »Sie sehen so frisch und rosig aus. Die viele frische Luft tut ihnen gut.«

Sie freut sich aufrichtig über meinen trügerischen Seelenzustand und reicht mir eine Tasse heißen Kaffee, an der ich nippe und mir prompt die Zunge verbrenne.

»Ich habe gestern eine Bekanntschaft am Strand von Simon's Town gemacht. Matt stammt aus Deutschland und arbeitet dort in der Boulders section des Table Mountain Nationalparks. Er will mir heute die Aufzuchtstation für Pinguine zeigen.«

Ich lehne mich gegen die überhäufte Frühstückstheke, greife nach einem Hörnchen und blicke geradewegs in Marias wache Augen.

»Was ist?«, frage ich lächelnd. »Warum sehen Sie mich so an?«

»Wie sehe ich Sie denn an, Liebes?«, will Maria wissen.

»Wie, wie … naja, als ob ich eine Terroristin wäre oder so. Eine von der Sorte, die gerade im Begriff ist, ein schwerwiegendes Verbrechen zu begehen.«

Maria lacht schallend, nimmt sich ebenfalls eine Tasse Kaffee und lässt sich auf einem Stuhl nieder.

»Himmel, Paula. Sie müssten mich nun wirklich schon besser kennen. Sie wissen genau, dass ich weder zum Moralapostel neige noch Dinge in etwas hineininterpretiere, die ich nicht zu beurteilen habe.«

»Dann darf ich also am Abend wieder nach Hause kommen, ohne dass Sie mich hinter dem nächstbesten Gebüsch lynchen?«

»Paula, Paula«, dabei schüttelt sie den Kopf und wischt sich eine Träne aus den Augenwinkeln. »Wer in Südafrika etwas Verbotenes tut, wird nicht gleich automatisch am übernächsten Baum aufgehängt«, erklärt sie mir.

»Wer behauptet denn, dass ich Verbotenes tue?«, schlage ich nun zurück.

»Paula!«, rügt sie mich, »Sie ganz allein haben das Gespräch auf diese Ebene gebracht. Nicht ich!«

Maria hat recht, doch die Gedanken, die mich seit gestern beschleichen, wollen einfach nicht weichen. Aus irgendeinem Grund fühlt sich diese Verabredung verboten an. Obwohl daran rein gar nichts unerlaubt und auch nichts verwerflich ist.

»Auch Zeus hatte seine Fehltritte, Liebes«, lacht Maria. »Und *der* war immerhin ein Gott.«

Dass Maria nun Zeus' zahlreiche Liebschaften ins Gespräch wirft, ärgert mich, obwohl sie es bestimmt anders meint, als es klingt. Als sie meinen Gesichtsausdruck richtig deutet, rudert sie sogleich zurück.

»Paula, Sie müssen sich doch aufgrund einer Verabredung nicht gleich schuldig fühlen. Vertrauen Sie sich selbst. Sie tun genau das Richtige und werden nicht umhinkommen, sich aus dieser Zwangsjacke zu befreien. Erst wenn Sie sich wieder wie Sie selbst fühlen, werden Sie Entscheidungen treffen können, die ihr weiteres Leben beeinflussen. Wenn ihnen dabei ein Gespräch zwischen uns hilft, ist es gut. Aber es ist genauso in Ordnung, wenn ein attraktiver Ranger ihnen seine Pinguine zeigen möchte.«

Ich schmunzle. Früher waren es Briefmarken, die Jungs gerne vorzeigten. Bei Johannes war es schon ein Kaffeevollautomat und nun sind es eben Pinguine. Na und?

»Es gibt in ihrem Fall kein falsch, Paula«, fährt Maria fort. »Alles was Sie für richtig halten, ist es auch.«

»*Aber irgendwie fühlt es sich nicht richtig an*«, denke ich vehement.

»Jeder benötigt im Leben jemanden, der ‚Ja' zu einem sagt, Liebes. Dabei spielt es überhaupt keine Rolle, wer dieser Jemand ist. Ich, Johannes, ihre Kinder oder dieser Pinguinmann! Shit happens, Paula. Sie sollen nicht ständig über ihre Vergangenheit nachdenken, sondern mitunter auch einen Schritt in die Zukunft setzen.«

Es entsteht eine kleine Pause und ich nippe verlegen an meinem Kaffee, weil ich nichts darauf zu antworten weiß.

»Jede Wahl, die wir heute treffen, beeinflusst die Entscheidung, die wir vielleicht morgen oder erst Jahre später zu treffen haben. Aber es ist falsch zu warten, bis wir wissen, ob sich durch diese Einwirkung hinterher etwas zu Wertvollem oder doch Ergebnislosem entwickelt. Verstehen Sie, was ich meine?«

Ich nicke, schüttle den Kopf und fühle mich geistlos.

»Machen Sie sich auf den Weg, Paula. Husch, weg mit ihnen«, scheucht sie mich aus der Küche. »Und genießen Sie den Tag in vollen Zügen«, ruft sie mir noch hinterher.

Wie in den letzten Tagen bezahle ich den Eintritt, lasse dieses Mal das angebotene Tierfutter – schweren Herzens – an Ort und Stelle und schlendere zu meinem Platz, der nicht mehr mein Platz, sondern seit gestern ‚unser' Platz ist. Sofort überfallen mich wieder moralische Bedenken und ich rüge mich, weil dieses ‚unser' sich einfach aufdrängt und anders darstellt, als es in Wirklichkeit ist.

Als Erstes riskiere ich einen neugierigen Blick auf meine Pinguinfamilie, die nicht vollzählig ist, weil Mama oder Papa sich gerade beim Fischen befindet. Zurück auf meiner Decke verbiete ich mir für den Rest des Tages weitere Gedanken an Johannes. Ich lese in meinem Buch, mache ein kleines Nickerchen und wehre mich immer wieder gegen die aufkommenden Gedanken.

»*Es geht gar nicht um ein entweder/oder, sondern vielmehr um ein sowohl/als auch*«, denke ich. Ich besitze das Recht, einen netten und interessanten Tag mit einem Menschen zu verbringen. Und dabei spielt es überhaupt keine Rolle, dass ich verheiratet bin. Ich muss mich überhaupt nicht dafür rechtfertigen, und wenn ich es bereits tue, ist es falsch.

»Guten Tag. Schön, dass Sie gekommen sind«, begrüßt mich Matt freundlich.

»Hatten Sie daran etwa Zweifel?«

Matt überlegt, verzieht den Mund zu einem schrägen Grinsen und zieht die Schultern nach oben.

»Vielleicht«, grinst er. »Die Masche mit den Babys zieht nicht immer, wissen Sie?«

»Verstehe. Sie versuchen dieses »Babyding« also öfter?«

»Gelegentlich«, schmunzelt er, steht dabei immer noch vor mir und schützt mit seinem Körper meinen Blick vor den einfallenden Sonnenstrahlen.

»Wollen wir los?« Er reicht mir die Hand und hilft mir auf die Beine.

In Gedanken verabschiede ich mich von meiner tierischen Familie, denn es wäre ein wenig befremdlich, würde ich flugs zu dem Nest eilen, um Lebewohl zu sagen. Stattdessen krame ich meine Habseligkeiten zusammen, stecke sie in meine blau-weiß gestreifte Strandtasche und folge Matt zu den Stegen. Unterwegs erklärt er mir das eine oder andere Detail zum Park oder verweist auf ein besonders interessantes Tier. Ich beobachte ihn, wie er sich ein Tierchen greift, es liebevoll betrachtet und es anschließend wieder ins Nest zurücksetzt.

Ich schätze Matt auf Anfang dreißig oder sogar ein wenig darunter. Auf jeden Fall ist er jünger als ich. Er wirkt nicht ganz so groß wie Johannes. Einen Meter achtzig, vielleicht. Seine blonden Haare sind von Natur aus dicht und füllig und stehen etwas struppig nach oben. Jedenfalls erscheint er nicht eitel. Oder aber er weiß, wie gut er ohne weiteres Zutun auf sein weibliches Umfeld wirkt. Heute trägt er eine ausgebleichte Jeans und ein olivgrünes T-Shirt, das ihm lässig über den Hosenbund hängt. Wenn er sich streckt, kann ich seine braune Haut am Hosenbund erkennen. Seine Bartstoppeln funkeln rotblond in der Sonne und seine Augen strahlen ähnlich wie gestern. Blau wie das Meer, das hinter ihm keinen Kontrast, sondern vielmehr einen Vergleich aufwirft.

Schweigend folge ich ihm, während er den einen oder anderen Mitarbeiter grüßt oder zum Abschied winkt. Zuvorkommend öffnet er mir die Tür seines Jeeps, eines Cherokee, in dem blankes

Chaos herrscht. Lächelnd entschuldigt Matt sich für die Unordnung, erklärt mir, dass die Autos von allen Mitarbeitern genutzt und diese Unordnung nicht von ihm stammen würde. Ich lächle und er weiß genau, dass ich es ihm nicht glaube.

»Woher kommen Sie, Paula?«, fragt er mich, als er den Motor startet und sich geschickt in den Linksverkehr einfädelt.

»Aus dem Süden Deutschlands, Bodenseeregion.«

»Schöne Gegend. Meine Eltern haben ihre Urlaube gerne in Lindau verbracht. Zwangsläufig wurde ich natürlich mitgeschleppt.«

»Das klingt, als hätte ihnen die Umgebung nicht unbedingt gefallen.«

»Naja, für einen pubertären Jungen gibt es schönere Plätze als bayrische Seen und Berge. Zumal meine Klassenkameraden immer an die Nord- oder Ostsee reisen durften.«

»Verstehe«, entgegne ich und erinnere mich sofort an die langweiligen Museumstouren mit meinem Vater.

»Heute sehe ich das ein bisschen anders«, lacht er. »Bayern ist toll.«

»Aber Sie sind trotzdem hier gelandet?«

»Ja. Mehr oder weniger. Lange Geschichte, aber nicht sehr interessant«, wiegelt er ab, blickt kurz zu mir und zieht die Schultern nach oben. Eine Geste, die ich nicht zu deuten weiß, aber vermutlich ist er sich selbst nicht im Klaren darüber, ob er mir die mehr oder weniger langweilige Geschichte erzählen möchte.

Ich nicke und widerstehe dem Drang, ihn weiter auszufragen.

»Und Sie? Sind Sie ganz gezielt nach Simon's Town geflüchtet?«

»Wer behauptet denn, dass ich auf der Flucht bin?«, will ich von ihm wissen.

»Liege ich falsch?«

Ich beobachte ihn von der Seite und erkenne, dass er schmunzelt. Soweit ich Matt bis jetzt kennengelernt habe, ist er höflich genug, um nicht weiter zu fragen.

»Mich hat es nach Kapstadt verschlagen«, betone ich, um von vornherein klarzustellen, dass weitere Fragen ziemlich unerwünscht wären.

»Gefällt es ihnen dort?«

»*Braver Junge«*, denke ich. Er hat es verstanden, dass ich nicht weiter darüber sprechen will.

»Eine tolle Stadt. Auch wenn ich in den drei Wochen, die ich bereits hier bin, noch nicht all zu viel gesehen habe. Aber der Strand und vor allem das Kap sind traumhaft. Und natürlich Simon's Town, samt seiner Pinguine. *Und seiner Pfleger.«* Die letzten drei Worte denke ich mir aber nur.

»Wie kommt es, dass Sie sich für diese Tiere begeistern? Normalerweise kommen unsere Besucher einmal, in den seltensten Fällen zweimal in den Park. Oft reicht schon ein spektakuläres Foto und weg sind sie.«

Es macht den Anschein, als würde Matt an dieser Art der Touristenattraktion wenig Gefallen finden. Vermutlich ist der Nationalpark aber genau auf diese Besucher und deren Eintrittsgelder angewiesen.

»Ich finde die Tiere schon seit meiner Kindheit toll«, lüge ich, denn keinesfalls wünsche ich mir, mit Matt über meine pinguinlastigen Hochzeitstage zu sprechen. Ganz so, als wolle er sich vergewissern, dass ich die Wahrheit spreche, blickt er mir geradewegs in die Augen.

»Glauben Sie mir etwa nicht?«, frage ich empört.

»Wieso sollte ich ihnen nicht glauben, Paula?«

Seine rechte Augenbraue wandert nach oben.

Ich lächle, fühle mich ertappt, aber nicht verlegen. Kurz beiße ich mir auf die Unterlippe und ziehe ebenfalls eine Augenbraue nach oben. Amüsiert schüttelt Matt den Kopf und schmunzelt. Wieder einmal lobe ich ihn in Gedanken, weil er es geschickt versteht, nicht weiter in einen Menschen vorzudringen.

»Wir sind da.« Er hält vor einem kärglichen, in die Jahre gekommenen Haus, und für einen kurzen Augenblick bin ich enttäuscht. Zum Glück scheint es Matt nicht zu bemerken.

»Ich besorge ihnen schnell einen Besucherausweis. Warten Sie einfach hier.« Während mein Begleiter in einer Seitentür verschwindet, klappe ich die Sonnenblende nach unten und überprüfe mein Aussehen. Ich öffne meine zusammengebundenen Haare, schüttle sie kräftig durch und bändige sie erneut zu einem Zopf.

Meine Sommersprossen leuchten mit meinen Haaren um die Wette, und nicht zum ersten Mal in meinem Leben ärgere ich mich über die vielen Punkte, die sich über mein Gesicht verteilen. Als Kind mochten sie noch als niedlich gegolten haben, aber als Erwachsene sind sie mir nur lästig. Sorgfältig trage ich knallrote Farbe auf meine Lippen, um den Fokus von den widerlichen Sommersprossen abzulenken. Gerade noch rechtzeitig verstaue ich alles in meiner Tasche.

Matt öffnet die Tür und reicht mir die Hand zum Aussteigen. Wieder erscheint dieses verschmitzte Lächeln auf seinem Gesicht, während er etwas unbeholfen den Besucherausweis an meine Bluse heftet. Die Eitelkeit in mir lacht herzlich. Meine Zufriedenheit applaudiert und meine Gedanken verraten mir, dass ich mich hier und jetzt am genau richtigen Ort befinde. Ich bereue nichts.

»Bereit für die Babys?«, fragt er.

»Aber so was von bereit«, antworte ich, lasse meine Tasche im Auto und folge ihm. Meine anfängliche Enttäuschung ist der puren Neugierde gewichen.

»Diese Aufzuchtstation ist eine Institution, die sich hauptsächlich aus Spendengeldern und Freiwilligenarbeit finanziert. Also erwarten Sie hier keinen Luxus, Paula.«

Er rechtfertigt sich für die Kargheit der Einrichtung und ich schäme mich für meine ernüchternden Gedanken. Was hatte ich erwartet? Eine hochmoderne Aufzuchtstation?

»Wir erhalten nur geringe finanzielle Zuschüsse vonseiten der südafrikanischen Regierung und einen verschwindend niedrigen Anteil aus dem Sealife Wildschutzprogramm. Diese Subventionen reichen gerade einmal aus, um die Fixkosten der Festangestellten zu decken. Wir sind leider noch lange nicht dazu in der Lage, für die Vögel das zu tun, was wir gerne tun würden und auch könnten.«

Plötzlich wirkt Matt niedergeschlagen. Fast ein wenig traurig.

»Südafrika ist ein überfülltes Land, was die Vielzahl von geschützten Tierarten betrifft. Das Geld will hier gut verteilt sein. Leider bleibt keine allzu verschwenderische Summe für diese Station übrig. Aber die Sache mit den Volontären läuft gut. Zum Glück entscheiden sich immer mehr Jugendliche, nach ihrer Schullaufzeit, ein paar Monate Freiwilligenarbeit einzulegen. Sie bekommen hier ein kostenloses Zimmer und drei Mahlzeiten am Tag. Mehr können wir ihnen allerdings nicht bieten.«

»Von woher kommen diese Jugendlichen?«, will ich wissen.

»An und für sich aus der ganzen Welt. Es sind viele Amerikaner hier. Aber es gibt immer mal wieder auch deutsche Volontäre.«

»Wie alt muss man dafür sein?«

»Am liebsten ist es uns natürlich, wenn die Volljährigkeit erreicht ist. Aber wir sind aus besagten Gründen nicht besonders wählerisch. Daher beschäftigen wir bereits auch Sechzehnjährige in unserem Programm.«

Ich kann nicht umhin, mir Lilly in dieser Organisation vorzustellen, einen halben Erdball von mir und ihrem Zuhause entfernt. Ein beinah unerträglicher Gedanke.

»Wie alt sind ihre Kinder?«, fragt Matt, ganz so, als hätte er meinen Gedanken an Lilly soeben erraten.

»Wollen Sie mir meine Sprösslinge abwerben?«

»Natürlich nicht. Ich hatte nur eben das Gefühl, dass Sie an zu Hause denken.«

»Ihr Gefühl täuscht nicht, Matt. Ich habe tatsächlich gerade an meine Kinder gedacht. Meine Tochter Lilly ist sechzehn und Felix wird bald volljährig und die Schule im nächsten Jahr verlassen.«

Rasch wende ich mich ab, weil ich nicht möchte, dass Matt erkennt, wie verletzlich ich mich bei den Gedanken an meine Familie fühle. Gedankenverloren blicke ich auf ein Gehege, in dem Pinguine mit einem Schlauch gefüttert werden.

»Kommen Sie, ich zeige ihnen unsere jüngsten Exemplare.«

Dankbar nickend folge ich ihm.

Am Ende verbringe ich zwei Stunden in der Aufzuchtstation und freue mich, dass ich ein besonders zahmes Tier im Arm halten und streicheln durfte. Ich bin gerührt und bewundere diese Menschen, die sich uneigennützig um den Erhalt dieser Meeresvögel kümmern. Viel zu schnell bricht die Dunkelheit herein und ich bitte Matt, mich an der Bushaltestation von Simon's Town aussteigen zu lassen.

»Ich würde gerne in Kapstadt sein, bevor es dunkel ist«, gebe ich zu und schäme mich, in einem Land, das zu seiner Wahlheimat geworden ist, Angst zu empfinden.

»Ich kann Sie gerne nach Kapstadt fahren, Paula. Unterwegs könnten wir ..."

»Danke«, wehre ich eilig ab. »Aber ich würde wirklich gerne den Bus nehmen.«

»Kein Problem«, antwortet Matt, »Ich bringe Sie zur Busstation. Kommen Sie.«

Er legt den Arm um meine Hüfte und geleitet mich charmant zum Auto. Währenddessen ärgere ich mich bereits beim Einsteigen, diese vergleichsweise bequeme Fahrt zur Pension abgelehnt zu haben. Doch als sich vorhin Johannes Bild drohend vor mein inneres Auge schob, war es unmöglich für mich geworden, Matts freundliches Angebot anzunehmen.

»Sehen wir uns wieder, Paula?«

Die ganze Fahrt über saßen wir schweigend, und jeder in seinen eigenen Gedanken versunken, nebeneinander. Ich weiß nicht, was ich antworten soll, zumal ich mich erschlagen von der Frage und den ganzen Eindrücken dieses Tages fühle.

»Wie?«, erkundige ich mich geistesabwesend.

»Ich würde Sie gerne wiedersehen.«

Matt lehnt seinen Arm auf meine Kopfstütze und blickt mir unmissverständlich in die Augen. Dagegen habe ich noch nicht einmal bemerkt, dass wir bereits am Ziel angekommen sind.

»Ich weiß nicht«, stottere ich und erkenne, dass er dieses Mal meine Entscheidung nicht so ohne Weiteres hinnehmen wird. »Mein Bus, ich glaube, er kommt ...«

Hastig öffne ich die Beifahrertür, steige aus und greife zu meiner Tasche, die sich noch im Fußraum des Wagens befindet. Blitzschnell schnappt Matt nach meiner Hand und hält sie fest.

»Bitte, Paula«, haucht er und ich ahne, dass ich den Kampf bereits verloren habe. Ein winzig kleines Lächeln umspielt seine Lippen, während unsere Augen einander festhalten und seine Hand die meine. Seine Stimme kriecht unter meine Haut und lässt mich, trotz der noch angenehmen Temperaturen, frösteln.

»Ich bin verheiratet, Matt. Ich habe einen Mann und Kinder zu Hause.«

»Ich weiß«, lächelt er. »Und trotzdem bitte ich Sie um ein Abendessen. Mutig oder?«

Ich schüttle den Kopf und weiß aufgrund seiner Schlagfertigkeit nichts zu sagen. »Der Bus ...«, bettle ich.

»Ich warte morgen um 19.00 Uhr dort drüben an der Bar auf Sie.«

Ich folge seinem Blick zur offenen Veranda, auf der sich eine gemütliche Theke befindet. »Bis dahin haben Sie genügend Zeit, es sich zu überlegen, Paula.«

»Danke«, sage ich und meine es auch ehrlich. Ich bin ihm dankbar für diesen unglaublichen schönen Tag und sein Verständnis, mich nicht in die Enge zu treiben, die eine spontane Entscheidung verlangt, die ich jetzt nicht treffen kann und möchte.

»Wie viele sind es denn?«, ruft mir Matt noch hinterher, als ich im Begriff bin, den Bus zu besteigen.

»Wie viele von was?«, frage ich durchs geöffnete Autofenster zurück.

»Sommersprossen?«

Ich verdrehe die Augen.

»Dieses Rätsel müssen Sie schon selbst lösen«, werfe ich ihm keck entgegen und steige in den völlig überfüllten Autobus.

»Ich nehme Sie beim Wort, Paula«, höre ich ihn noch rufen.

Hatte ich ihm damit – ganz unbewusst – soeben ein nächstes Treffen versprochen?

Begegnungen

»Bettina?«

Wie vor den Kopf geschlagen, stehe ich da und registriere, wie meine erste große Liebe strahlend vor mir steht. »Wie lange ist es her, seit wir uns zuletzt gesehen haben?«

»Eine ganze Weile«, lächelt Bettina.

»Erwachsen bist du geworden«, scherze ich.

»Du aber auch. Gut siehst du aus, Johannes.«

»*Sie lügt«*, denke ich, widerspreche aber nicht. Dafür bin ich viel zu eitel.

Gelassen steuert sie auf mich zu und nimmt mich in den Arm, unwissend, was sie mit dieser harmlosen Geste bei mir bewirkt.

»*Hier ist sie also, die Umarmung, nach der ich mich so sehne«*, urteile ich in meinem Kopf zynisch.

»Wie geht es dir? Und was machst du hier?«

Schmunzelnd schüttle ich den Kopf und fühle mich wie Lilly, die vorhin ohne Punkt und Komma gesprochen hatte und deren Worte sich vor Aufregung fast überschlugen.

»Ich begutachte hier einige Locations.«

»Locations. So, so.«

Spitzbübisch lächelnd stelle ich mir die Frage, woher meine gute Laune plötzlich kommt. »Eventmanagerin?«, frage ich.

Bettina nickt.

»Und du?«, will sie wissen. »Noch im Zeitungsverlag?«

Jetzt bin ich es, der die Frage bejaht.

»Wie lange bleibst du?«, frage ich interessiert und nicht ganz uneigennützig.

»Nur bis morgen.«

Für ein paar Sekunden geraten wir in Verlegenheit, bis ich lächle und erneut verwundert den Kopf schüttle.

»Bettina Radekamp. Heißt du noch so?« Ich wuschel mit der Hand durch meine Haare.

Bettina nickt erneut. »Und du?«

»Ich heiße immer noch Herbst«, ulke ich viel zu übertrieben und viel zu auffällig. Was ist plötzlich los mit mir?

»Hast du Familie?«, will sie wissen.

Ein schlechteres Thema hätte sie im Augenblick kaum finden können. Kurz davor zu lügen, denke ich an Paula und den Ball, der mich wieder ins Spiel bringen wird, und nicke.

»Ich habe sogar zwei Kinder. Felix und Lilly.«

»Wow«, stutzt Bettina und es erweckt den Anschein, als entspreche es bei Gott einer erstaunlichen Tatsache, ihren jugendlichen, draufgängerischen Liebhaber mit dem Bild eines fürsorglichen Familienvaters in Einklang zu bringen.

»Und deinen Eltern geht es gut? Ist dein Vater immer noch in der Politik aktiv?«

Ich zögere, doch Bettina kennt mich zu gut, um meine unscheinbare Reaktion zu übersehen.

»Kein gutes Thema?«, erkundigt sie sich freundlich und verzieht entschuldigend den Mund.

»Du kennst ja meine Mutter«, antworte ich und sie lacht.

»Jedenfalls war es schön, dich wiederzusehen, Jo.«

Es ist eigenartig, meinen alten Spitznamen aus ihrem Mund zu hören. Sie drückt meine Hand und will gehen.

»Warte«, rufe ich hinterher. »Hast du heute Abend schon was vor? Ich meine, hast du vielleicht Lust, eine Kleinigkeit zu essen oder zu trinken?«

»Musst du nicht nach Hause?«

Wieder bemerkt sie dieses kurze Zaudern. »Oh je, auch ein übles Thema?«

Ich bestätige ihren Verdacht und nicke. Oder lächle. Oder verziehe den Mund. Ich weiß nicht genau, wie ich es darstelle, aber ich ahne, dass meine Mimik erbärmlich, bestenfalls albern wirkt.

»Bist du mit dem Auto hier?«, frage ich deshalb schnell.

»Ja, bin ich. Gibst du mir eine halbe Stunde? Strandhaus?«

»Strandhaus«, willige ich ein und freue mich.

Eine halbe Stunde später sitzen wir auf der Terrasse unserer ehemaligen Stammkneipe und blicken auf den See, hinter dem die Sonne langsam verschwindet. Einträchtig sitzen wir nebeneinander, nippen an unserem Wein und genießen die idyllische Atmosphäre dieses Sonnenuntergangs.

»Hat sich ganz schön viel verändert hier«, bemerkt Bettina.

»Früher war es gemütlicher«, finde ich.

»Und billiger«, lächelt sie. »Kannst du dich noch erinnern, weshalb wir ausgerechnet immer hierher gekommen sind?«

Sie lächelt und ich entsinne mich, dass wir hier, an diesem Ort, den billigen mitgebrachten Rotwein heimlich in unsere Gläser nachfüllen konnten, ohne dass es von dem meist sehr jungen Personal bemerkt wurde. Zumindest wurden wir nie darauf angesprochen.

»Früher war vieles besser«, sinniere ich und bemerke, wie Bettina ihre perfekt gezupfte Augenbraue nach oben zieht und mich argwöhnisch mustert. Sie hat sich verändert. Aus dem hübschen Mädchen von einst ist eine erwachsene, selbstsichere Frau geworden.

»*Sie strahlt Erfolg aus«*, denke ich. Ihre langen, blonden Haare von damals sind einer eleganten Kurzhaarfrisur gewichen. Ihr Körper dagegen ist immer noch wunderschön. Lange schlanke Beine und Kurven an den richtigen Stellen. In ihrem edlen hellbraunen Kostüm wirkt sie irgendwie verkleidet, aber vielleicht nur deshalb, weil sie früher konservative Kleidung rigoros verabscheut hatte. Ihre makellosen Beine sind übereinandergeschlagen und ich schäme mich, weil ich überlege, was sie darunter tragen könnte.

»Wie lange bist du damals eigentlich noch in New York geblieben?«, frage ich sie, um meine Gedanken auf unverfänglichere Themen zu lenken und unsere Konversation wieder in die Gänge zu bringen.

»Nachdem du abgereist bist, waren es noch fast zwei Jahre. Kaum zu glauben oder?«

»Kaum zu glauben. In der Tat.«

Bettina und ich waren kurz nach unserem Abitur nach New York gegangen. Zuerst war sie wenig begeistert von der Idee, eine so lange Zeit in den Staaten auszuharren. Aber wir waren verliebt und es erschien uns unmöglich, auch nur einen einzigen Tag getrennt voneinander zu verbringen. Ich hatte mein Volontariat bereits seit Monaten in der Tasche und konnte diese Chance, die sich bot, unmöglich ungenutzt verstreichen lassen. Welch 19jähriger bekam schon die Möglichkeit, bei der ‚*New York Post*' Erfahrungen sammeln zu dürfen? Selbst bei aller Blindheit, die mich damals zu Beginn unserer Beziehung überfallen hatte, war selbst mir klar, dass dies eine einzigartige Möglichkeit darstellte, in meinen Traumberuf rasch Fuß zu fassen. Ein Praktikum bei einer der größten und renommiertesten Zeitungen der Welt würde meinem weiteren Werdegang stets einen positiven Impuls geben.

Dagegen wollte Bettina nach dem Abitur Jura studieren. Unserem jungen Verhältnis zuliebe opferte sie Zeit, um mich nach New York zu begleiten. Um das Jahr nicht nutzlos verstreichen zu lassen, besserte sie ihr zukünftiges Studium finanziell mit kleinen Jobs auf. Für unseren Unterhalt in den Staaten sorgten ohnehin meine Eltern.

So verließen wir im Sommer nach dem Abitur Deutschland und zogen in ein kleines Appartement im New Yorker Stadtteil *Brooklyn*. Zuerst bedeutete dieser Umzug für uns nichts anderes als ein riesengroßes Abenteuer. Emsig schrieb ich an kleineren Kolumnen, die von Zeit zu Zeit sogar veröffentlicht wurden.

Bettina fand einen Halbtagsjob in einem *Diner* und besserte ihr Einkommen auf, indem sie drei Mal die Woche am *Broadway* jobbte, wo sie Programmhefte verteilte oder Tickets kontrollierte. An den wenigen freien Tagen unternahmen wir Ausflüge, besuchten Museen oder lagen einfach nur im Central Park, wo wir die Nähe zueinander und das Feeling, Teil einer Millionenstadt zu sein, genossen.

Doch mit der Zeit verblasste das aufregende Gefühl. Bettina kam immer häufiger genervt von der Arbeit nach Hause, woraufhin ich zunehmend mehr Zeit in der Redaktion verbrachte, um ihre übellaunige Stimmung nicht ertragen zu müssen. Wenn ich mir also heute die Frage stelle, ob ich schon immer ein konfliktscheuer Mensch gewesen bin, dann kann ich dies nur bejahen. Ich wählte die Flucht und vertraute darauf, dass sich mit der Zeit alles von alleine klären würde.

Doch kurz bevor unser gemeinsames Jahr in New York zu Ende ging und ich mir sicher war, dass sich unsere Beziehung wieder einrenkte, sobald wir zuhause wären und Bettina eine richtige Aufgabe hätte, verliebte sich meine Freundin in einen Kollegen und zog Hals über Kopf aus unserem gemeinsamen Appartement.

Ich kämpfte nicht um unsere Beziehung, denn für mich bedeuteten Problemgespräche damals wie heute nur eines: Stress! Das Rückflugticket schon in der Tasche ging also nicht nur meine Beziehung, sondern auch mein Volontariat zu Ende.

Bis ich – vier Jahre später – Paula kennenlernte, war ich kein längeres Verhältnis mehr mit einer Frau eingegangen. Die Ära nach Bettina verbrachte ich mit gelegentlichen Beziehungen, die nie sehr lange hielten und mehreren Affären, deren Unverbindlichkeit ich genoss. Von meiner einstigen Jugendliebe hatte ich bis heute nichts mehr gehört, denn unseren Jahrgangsstufentreffen war sie aus irgendwelchen Gründen fern geblieben.

»Zwei Jahre sind eine lange Zeit, wenn man nur widerwillig nach New York zieht", zwinkere ich ihr zu. »Warst du denn die ganze Zeit mit George zusammen?«

Sie nickt und lächelt.

»Und das geplante Jurastudium?«, frage ich ehrlich interessiert.

»Abgebrochen. Als ich nach Deutschland zurückkehrte, erkannte ich relativ schnell, dass ich nicht mehr der gleiche Mensch gewesen bin, der von zu Hause wegging. Jura stellte sich plötzlich als staubtrocken und langweilig dar.«

»Und Betriebswirtschaft war lebendiger?«, frage ich spitz.

»Wie man´s nimmt«, lächelt sie. »Ich habe mich zeitig für den Studiengang Tourismus und Eventmanagement entschieden. Damit lief es ganz gut.«

»Und jetzt reist du durch die Gegend und findest *Locations*?«

»So ähnlich. Ich bin bei einer großen, internationalen Künstleragentur angestellt und entwerfe Konzepte für diverse Veranstaltungen.«

»Klingt interessant. Und alles andere als staubtrocken.«

Mein Gesicht umspielt ein Lächeln, ein winzig kleiner Flirt. Immerhin hatte ich mit dieser Frau vor über zwanzig Jahren die Liebe entdeckt. Zwar verlor ich damals nicht meine Unschuld – diese hatte ich zwei Jahre vor Bettina an meine Klassenkameradin

Monika verschenkt – aber Bettina Radekamp war unumstritten eine Frau, die mein weiteres Leben beeinflusst hatte.

»Ich kann es einfach nicht glauben, dich nach so vielen Jahren wiederzusehen.«

»Unglaublich, nicht wahr«, grinst sie. »Das Leben spielt manches Mal schon verrückt oder?«

»Und du hast nie geheiratet?«

»Gott bewahre«, scherzt Bettina. »Nach der Zeit mit George wurde mir zunehmend bewusst, dass dauerhafte Beziehungen nicht mein Ding sind. Ich bin viel zu gerne frei und unabhängig und lebe im Grunde sehr gut damit. Außerdem bin ich viel und oft und lange unterwegs. Ich möchte mich nicht mehr einengen und in ein Schema pressen lassen, das ich nicht ausfüllen kann und auch überhaupt nicht ausfüllen möchte. Zur liebevollen Mutter und emsigen Hausfrau bin ich nicht geboren.«

Obwohl sie lacht und zweifellos glücklich mit ihrer Entscheidung ist, wende ich den Blick ab, denn ihre Aussage ‚sich in ein Schema pressen zu lassen', gefällt mir nicht. Habe ich Paula etwa genau in dieses Schema gepresst?

»Und deine Kinder?«, fragt sie. »Wie alt sind sie?«

»Felix wird achtzehn und Lilly ist sechzehn.«

»Achtzehn?«

Sie blickt erstaunt in meine Augen, rechnet nach und schüttelt den Kopf. »Dann bist du ja schon mit …"

»… vierundzwanzig Vater geworden«, helfe ich ihr auf die Sprünge.

»Wer hätte das gedacht? Johannes Herbst, der Draufgänger und Luftikus, den alle Mädchen unseres Jahrgangs zum Freund haben wollten, wird mit Mitte zwanzig zum Familienmenschen.«

Ihre Worte wirken auf mich befremdlich. Wir blicken auf den See, der nun dunkel und ruhig vor uns liegt.

»Die Mädchen der beiden Jahrgänge unter uns waren übrigens auch in dich verliebt«, lächelt sie. »Niemand hätte es damals in Erwägung gezogen, dass du dich einmal so schnell binden würdest.«

Ich ziehe die Schultern nach oben, als wollte ich mich dafür entschuldigen.

»Möchtest du darüber reden?«

»Worüber«, frage ich.

»Über die unschönen Themen.«

Einen kurzen Augenblick denke ich darüber nach und schüttle den Kopf.

»Nein …, nein, ich glaube nicht.«

Sie mustert mich, schätzt ab, ob sie es dabei belassen soll, und wendet daraufhin den Blick von mir ab.

»Jedenfalls ist es schön, dich wiederzusehen, Jo.«

Nach einem weiteren Glas Wein begeben wir uns wieder auf ungefährliches Terrain, machen Small Talk, eine oberflächliche Unterhaltung über belanglose Themen, und feiern ein Comeback unserer Erinnerungen. Ganz ehrlich sind wir dabei nicht, denn wir sprechen nur über die schönen Erlebnisse, die genauen Details, die ein ungutes Gefühl erzeugen könnten, schieben wir beiseite. Aber das macht nichts.

Unser Abend endet schließlich gegen Mitternacht und ich begleite Bettina zu ihrem Auto. In den letzten Stunden haben wir unzählige Anekdoten wiederauferstehen lassen. Die Schwere und Distanz der anfänglichen, oft ungeschickten Fragen, war mehr und mehr der Leichtigkeit gewichen. Wir hatten unglaublich schöne Augenblicke aus unserer Zeit in den Staaten gezogen, darüber gelacht und, wie wir uns am Ende versicherten, auch nicht bereut.

»Lass dich mal wieder blicken«, bitte ich sie, während wir an ihrem Auto stehen. »Ich meine es ernst. Ich würde dich gerne wiedersehen«, beweihräuchere ich unseren Abschied und fühle mich wie ein Idiot.

»Der Abend muss noch nicht enden, Jo.«

Ich schaue zu Boden und scharre mit den Füßen, so wie Lilly vor wenigen Stunden, als sie mir nicht in die Augen blicken wollte.

»Doch, ich denke, der Abend wird hier enden«, höre ich mich sagen und erkenne sofort, wie wenig überzeugend es in Bettinas Ohren klingen muss.

»Denkst du oder weißt du es?«, fragt sie auch prompt.

Selbstbewusst tritt sie einen winzigen Schritt an mich heran und dezimiert damit den ohnehin schon geringen Abstand zwischen uns. Ihre rot geschminkten Lippen nähern sich den meinen, küssen mich ohne große Leidenschaft, aber mit einem Retroeffekt, der mich sofort in unsere stürmische Zeit zurückkatapultiert. Meine Hand wandert in ihren Nacken, mein männlicher Instinkt verlangt sofort nach mehr, woraufhin Bettina sich nicht lange bitten lässt und ihre Lippen öffnet.

Eine natürliche Regung macht sich in mir breit und ich schmecke den Rotwein, den wir zusammen getrunken haben. Ein verräterischer Teil von mir erwacht zum Leben und ich bedaure diese Erektion, weil Bettina sie spüren kann und mit Leidenschaft zur Kenntnis nimmt. Mit Verstand hat diese Aktion nichts zu tun, vielmehr ist es ein Impuls, dem ich folge.

Und augenblicklich, wie aus dem Nichts kommend, denke ich an Paula. Der Gedanke an die möglichen Konsequenzen drängt sich hartnäckig in mein Vergnügen. Um meine Jugendfreundin nicht weiter zu verletzen und ihr eine Demütigung zu ersparen, schiebe ich sie sanft von mir.

»Ich weiß es«, hauche ich in ihr Ohr, küsse sie auf die Wange und gehe zu meinem Auto, ohne mich auch nur noch einmal umzusehen.

»Verstehe«, ruft mir Bettina hinterher, nicht enttäuscht, auch nicht boshaft oder sarkastisch. Vielmehr erscheint es mir, als könnte sie in der Tat verstehen, weshalb ich den Rückzug antrete. Aber ich weiß, dass es nicht stimmt. Sie kann es gar nicht wissen. Ich verstehe es ja selbst nicht.

Bei meinem Fahrzeug angekommen, atme ich einmal kräftig durch.

»Ich bin ein Idiot«, fluche ich, schlage aufs Lenkrad und fühle mich noch mieser als heute Nachmittag. Bis eben habe ich nie darüber nachgedacht, ob es eine Abstufung eines ‚miesen Zustands' geben kann. Doch die Einsicht, dass es sehr wohl möglich ist, wirkt bitter.

»*Beschissen ist nicht gleich beschissen*«, denke ich. Es gibt immer wieder Situationen, die einen noch elendiger fühlen lassen können.

Hier ist so ein Moment, wo das Wort ‚mies' in ungeahnte Dimensionen fällt. Als hätte ich nicht bereits genug Probleme am Hals.

Als ich kurz darauf vor unserem Haus ankomme, sehe ich Lilly, die mit Leika an der Leine um die Ecke schlendert. Gleich wird sie mich fragen, woher ich um diese Zeit komme. Ich blicke kurz in den Spiegel, denn verräterische Lippenstiftspuren wären das Allerletzte, was ich jetzt noch gebrauchen könnte.

»Na, schönen Abend gehabt?«, tönt es auch schon sarkastisch aus dem Mund meiner Tochter. Dagegen schmeichelt Leika um meine Beine, wedelt mit dem Schwanz, worauf ich sie hinter dem Ohr kraule.

»*Wenigstens du verstößt mich nicht*«, denke ich und erkenne, weshalb ein Hund tatsächlich der beste Freund eines Menschen werden kann.

»Dein neuer Sprachstil steht dir nicht, Lilly«, ermahne ich meine Tochter streng. Viel zu streng, wie ich sogleich bemerke. Ihre Reaktion lässt nicht lange auf sich warten.

»Du kannst ihn gerne aus mir herausprügeln, Papa.«

Für kurze Zeit stockt mir der Atem, aufgrund ihrer verletzenden Aussage und der gehässigen Mimik, die meine Tochter mir eiskalt entgegenbringt.

»Ein Fausthieb ist nicht die einzige Möglichkeit, einen Menschen k.o. zu schlagen, Lilly.«

»Sagt *wer*? Der Mann, der Frauen schlägt?«

»Ich *schlage* keine Frauen, das weißt du ganz genau.«

Geradewegs die Worte ausgesprochen, merke ich bereits, dass es die falschen sind. »Lilly«, versuche ich es erneut. »Lass uns morgen und mit Felix in Ruhe darüber sprechen. Es ist spät und wir sind beide aufgewühlt. Gib mir die Möglichkeit, es euch in Ruhe zu erklären. Bitte.«

Stillschweigend sehen wir einander in die Augen.

»War´s das?«, fragt Lilly spitz. »Oder folgt noch eine Pointe?«

»Ich habe dir bereits gesagt, dass mir dein Sarkasmus nicht gefällt.«

Ich beobachte, wie sie den Mund öffnet, einen Augenblick später und ohne etwas zu sagen wieder schließt, sich umdreht und kurz darauf im Nachbarhaus verschwindet.

Die anschließende Nacht verbringe ich auf dem Sofa. Undenkbar mich ins Bett zu legen und darauf zu vertrauen, Schlaf zu finden. Bereits morgen, im Laufe des Tages, wird Felix nach Hause kommen und von den Ereignissen erfahren, die mich meiner Tochter zufolge, zum Monster diskreditieren. Wie wird Felix reagieren? Wird er mich ebenso abweisen? Ich begreife, dass ich meine Familie nicht mehr einzuschätzen weiß.

Was an dem unheilvollen Tag noch geschah …

Nachdem Johannes aus dem Haus gestürmt war, gelang es Paula nur mühsam, und am ganzen Körper zitternd, aufzustehen. Fest an das Geländer geklammert, zog sie sich mit Ach und Krach nach oben, so als würde sie einen Felsen und nicht die Treppen ins obere Stockwerk erklimmen. Sie verriegelte die Tür zum Badezimmer von innen, griff zu einem Handtuch, befeuchtete dieses mit kaltem Wasser und betupfte die blutende Lippe.

Sie betrachtete sich im Spiegel. Die blasse Haut, die sich deutlich von der geröteten Wange abzeichnete. Weinend sank Paula daraufhin zu Boden. Völlig unfähig zu denken, konnte sie nicht glauben, was soeben geschehen war. Zweifellos stand sie unter Schock. Obwohl es unfehlbar eine Ohrfeige im Affekt gewesen war, riet ihr der Instinkt, schnellstens von hier zu verschwinden. Nicht, weil sie geglaubt hätte, Johannes würde noch einmal gewalttätig werden, denn bisher war er noch nie handgreiflich geworden. Doch insgeheim wusste Paula, dass diese Möglichkeit bestand und sie sich darauf zubewegt hatten, in den letzten Wochen.

In seinen Augen hatte sie deutlich erkennen können, wie erschrocken er über seinen Ausbruch gewesen war. Aber Paula erkannte, dass der Zeitpunkt nun gekommen war, an dem Abstand die einzig vernünftige Lösung für sie darstellte. Sie fühlte sich unendlich gedemütigt und würde es keine Minute länger dulden, in die Augen ihres Mannes zu blicken, geschweige denn, seine unmittelbare Nähe zu ertragen.

Als sie die Blutung notdürftig gestillt hatte, wechselte Paula das Zimmer. Umständlich zerrte sie einen Koffer aus dem begehbaren Kleiderschrank, der dem elterlichen Schlafzimmer angeschlossen war, warf ihn aufs Bett und griff gedankenlos zu einer Handvoll Kleider. Ohne darauf zu achten, was sie auswählte, beförderte sie nur das Nötigste in das Gepäcksstück, kramte nach ihrem Reisepass und steckte sich ein wenig Bargeld, das sich, wie ihr Ausweis, im Tresor befand, in die Handtasche.

Mechanisch griff sie im Bad nach einigen Toilettenartikeln und stand kurz darauf wieder im Flur. Ihr Koffer war überraschend leicht und hinterließ den Eindruck, kaum etwas eingepackt zu haben. Aber es war auch egal, wie viel oder wenig sie mit sich nahm. Die tonnenschwere Last an Problemen, die sie ohnehin mit sich schleppte, waren an Ballast genug.

Ein kurzer Blick nach draußen verriet ihr, dass sich Johannes noch immer im Garten befand. In sich zusammengesunken, saß er auf der alten Steinmauer und hatte den Kopf in die Hände gestützt.

»Pass auf dich auf«, flüsterte Paula traurig. Ungehemmt flossen Tränen über ihre Wangen. Zum einen wünschte sie ihn zum Teufel, doch gleichzeitig sehnte sie sich nach ihm. Noch nie hatte Paula ihren Ehemann so verzweifelt und zerbrochen erlebt. Als wäre die Sorge um Johannes nicht schon groß genug, besaß sie zudem keinen Schimmer, wohin sie wollte und wann sie wieder zurückkehren würde.

Nach seiner ungeheuren Tat war Johannes in den Garten geeilt und seitdem auf dem Rasen auf- und abgeirrt. Schließlich hatte er sich auf der alten Steinmauer niedergelassen. Um sein Zittern zu unterdrücken, lag sein Kopf abgestützt in seinen Händen. Was hatte er bloß getan? Wie konnte es nur so weit kommen? Gewiss, Paula hatte ihn provoziert. Trotz alledem gab es nicht die geringste Entschuldigung für seine Entgleisung. Immer noch erschrocken konnte er keinen klaren Gedanken mehr fassen.

Er musste zur Ruhe finden, bevor er seiner Frau wieder gegenübertreten konnte. Unüberlegte Worte würden die Situation nur noch verschlimmern. Ob er für ein paar Tage wegfahren sollte? Entsetzt vernahm er das Geräusch einer zuschlagenden Autotür, dem ein Anlassen des Motors folgte. Augenblicklich stürmte er ums Haus, erfasste aber gerade nur noch, wie Paula die Straße hinunterfuhr. Resigniert sah er ihr hinterher.

Ein Blick in den Rückspiegel hatte genügt, um Johannes ein letztes Mal zu sehen. Niedergeschlagen stand er am Straßenrand, die Hände tief in seinen Hosentaschen vergraben. Seine sonst so breiten Schultern hingen kraftlos herunter. Sie konnte seine Bekümmertheit förmlich mit Händen greifen und wusste trotz dieser Vertrautheit, dass sie das Richtige tat.

Erstaunlicherweise hatte Paula bereits einen Entschluss gefasst. Sie würde mit dem Auto bis nach Kempten fahren, am Bahnhof das Auto abstellen, und mit dem Zug nach München weiterreisen. Dort konnte sie sich ein Hotelzimmer nehmen und in aller Ruhe überlegen, was sie weiter unternehmen sollte.

War die Entscheidung erst mal getroffen, fiel es ihr bereits leichter, die beklemmende Situation zu ertragen. An einer roten Ampel begutachtete sie ihre mittlerweile dick angeschwollene Lippe. Zum Glück war die Blutung gestoppt. Trotzdem sah sie aus, als hätte sie einen weit gefährlicheren Kampf, als den mit der Hand ihres Mannes, hinter sich gebracht.

Als Paula kurz darauf am Bahnhof eintraf, parkte sie das Auto im hintersten Winkel des Parkplatzes und ermahnte sich dazu, besonnen zu agieren. Sie griff zu einer angebrochenen Wasserflasche, tränkte mehrere Taschentücher auf einmal und versuchte, so gut es ging, ihr Gesicht zu säubern. Gegen die starken Kopfschmerzen schluckte sie zwei Aspirin, schloss für kurze Zeit die Augen und vertraute darauf, dass die Wirkung gleich einsetzen würde. Entschlossen zog sie kurze Zeit später das Handy aus der Tasche, ignorierte, dass Johannes bereits zwei Mal versucht hatte, sie zu erreichen und wählte die Nummer ihrer Freundin Anne.

»Paula«, meldete sich Anne erfreut. »Was gibt´s denn?«

Sie wusste noch nichts von dem Unglück.

»*Gut so*«, dachte Paula. »*Das wird es mir leichter machen.*«

»Anne, hör mir bitte zu und stelle keine Fragen.«

»Paula?«

»Bitte, Anne. Es ist wirklich wichtig. Pass auf. Mein Auto steht am Bahnhof in Kempten. Du hast ohnehin einen Schlüssel für das Fahrzeug. Bitte hol es in den nächsten Tagen dort ab und stell es zu Hause in die Garage.«

»Paula, was ..."

»Bitte, Anne. Vertrau mir einfach. Nur dieses eine Mal«, flehte Paula eindringlich. »Falls ich in zwei Wochen noch nicht zu Hause sein sollte, kümmere dich bitte um Felix und Lilly. Vor allem um

Lilly. Johannes wird dir alles erklären. Ich kann dich jetzt nur darum bitten, mir zu vertrauen. Und mach dir bitte keine Sorgen. Alles wird gut. Ich verspreche es dir.«

Es entstand eine Pause, als müssten beide Frauen die eben gesagten Worte überdenken. »Ich kann jetzt nicht länger telefonieren, Anne. Wenn möglich, melde ich mich in den nächsten Tagen nochmal bei dir. Mein Handy schalte ich bis dahin aus.«

»Paula, bitte, was ist los? Ich mache mir ernsthafte Sorgen.«

»Vertrau mir, Anne.«

»Paula, bitte ... Paula? ... Paula?«

Doch Paula hatte bereits aufgelegt. Noch im selben Moment schaltete sie das Handy aus, verschloss das Auto, zog die Schirmmütze, die sie eben im Kofferraum entdeckt hatte, tief ins Gesicht und transportierte ihren Koffer in die Bahnhofshalle. Der nächste Zug nach München fuhr bereits in sieben Minuten ab. Sie löste eine einfache Fahrt am Schalter und brach kurz darauf in eine unbekannte Zukunft auf.

»Johannes? Kannst du mich hören? Johannes? Mach bitte auf.«

Ungestüm klopfte Anne an die Haustür ihres Nachbars.

»Ich möchte alleine sein, Anne. Hau ab ...«

»Aber Paula, ...«

»Anne bitte, lass mich jetzt alleine!«

»Himmel, Herrgott nochmal. Was soll das Ganze? Mach jetzt sofort auf.«

»Verschwinde!«

Johannes wollte mit niemandem sprechen. Schon gar nicht mit Anne, die sich sofort auf Paulas Seite schlagen würde.

Erst, als er Anne versichert hatte, Jan und ihr am Abend alles erklären zu wollen, gab sie klein bei und verließ bockig das Grundstück.

Mittlerweile hatte er mit seinen selbstzerstörerischen Bemühungen begonnen. Eine halbe Flasche Whisky war bereits geleert und nach und nach wurde die Situation für ihn erträglicher. Ob er vielleicht seine Mutter anrufen sollte? Doch so schnell, wie dieser gekommen war, verwarf er den Gedanken auch wieder.

»Niemals«, schwor er sich lauthals.

Er verriegelte die Tür doppelt, ließ den Schlüssel stecken, damit Anne mit dem Ersatzschlüssel nicht ins Haus dringen konnte, und schloss die Jalousien. Er brauchte nichts anderes als Ruhe, Dunkelheit und ein klitzeklein wenig Alkohol.

In der Zwischenzeit war Paula in München eingetroffen. Genauer gesagt befand sie sich am Flughafen, dessen Richtung, sie einem Impuls folgend, eingeschlagen hatte. Verloren hatte sie zunächst in der Abflughalle gestanden und sich irgendwann an den Schalter eines Last-Minute Reiseunternehmens gewagt.

»Geht es ihnen gut?«, fragte die Mitarbeiterin am Schalter höflich, gleichzeitig aber auch besorgt. Paula wusste, dass ihr äußeres Erscheinungsbild einen üblen Anblick bieten musste.

»Danke«, entgegnete sie zurückhaltend und ignorierte die Frage nach ihrem Gesundheitszustand. »Hätten Sie vielleicht noch einen freien Flugplatz für heute Abend?«

»Sie sollten einen Arzt aufsuchen. Sie sehen …"

»Bitte«, flehte Paula. »Mir geht es wirklich gut. Ich bin nur unglücklich gestürzt.«

»*Himmel, ich höre mich an, als wäre ich in eine billige Seifenoper geraten.*«

»Wie Sie meinen. Ich sehe kurz nach, was ich für Sie tun kann. Einen kleinen Augenblick, bitte.«

»Danke.«

Die Erleichterung war Paula förmlich anzuhören.

»Kurz-, Mittel- oder Langstrecke?«, wollte die Angestellte nun wissen.

»So weit weg wie möglich«, rutschte es Paula über die Lippen, woraufhin die Dame am Schalter irritiert den Kopf hob und ihre aufgemalten, viel zu schmalen Augenbrauen, zu Fragezeichen formte.

»Sind Sie sicher, dass Weglaufen die richtige Lösung ist?«, vergewisserte sich die Angestellte und mischte sich damit in eine Angelegenheit, die sie, wie Paula fand, nicht das Geringste anging.

»Ich finde sicherlich auch eine andere Reisegesellschaft, die mir weiterhelfen wird.«

Als Paula bereits im Begriff war zu gehen, bat die fremde Frau sie höflich um Entschuldigung. Und nachdem sich die Dame erneut am Bildschirm informiert hatte, fuhr sie fort:

»Das Weiteste, das ich ihnen für heute Abend anbieten kann, ist ein Flug nach Kapstadt. Ist das weit genug für Sie?«

Kurz war Paula erschrocken, als die Angestellte Kapstadt, wohin sie mit Johannes so gerne hätte reisen wollen, als mögliches Ziel vorschlug. Dabei umspielte ein zaghaftes Lächeln die Mundwinkel der Angestellten. Ob sie sich mit ihrer Aussage auf Paulas Seite schlagen wollte oder belustigt auf ihren vermeintlichen Scherz reagierte, blieb ungeklärt.

»Ich hätte auch noch einen Flug nach Portugal«, erklärte die Reiseverkaufsfrau, als sie Paulas Zögern bemerkt hatte.

»*Vielleicht ist es sogar ein Wink des Schicksals*«, dachte Paula still. »*Bestimmt ist es ein Zeichen. Eine Art gutes Omen.*«

»Kapstadt wäre perfekt«, hörte sich Paula sagen.

»Sie haben einen gültigen Reisepass bei sich?«

Paula nickte.

»Visum benötigen Sie keines. Aber ich muss Sie darauf hinweisen, dass Sie sich lediglich dreißig Tage in Südafrika aufhalten dürfen. Danach müssten Sie sich in der deutschen Botschaft eine Aufenthaltsgenehmigung besorgen.«

»Das wird nicht nötig sein. Danke.«

»Ihr Flug geht in fünfzig Minuten. Sie sollten sich also, nachdem ich ihnen das Ticket ausgestellt habe, sofort zum Zoll und zum Abfluggate begeben. Ihren Koffer händigen Sie bitte direkt dem Bordpersonal aus. Damit gehen wir kein Risiko ein, dass er nicht mehr rechtzeitig in den Flieger kommt. Wenn Sie mir nun bitte ihre Daten geben, fliegen sie noch heute mit *Lufthansa* über Johannisburg nach Kapstadt.«

Exakt zu dem Zeitpunkt, als Paulas Flug aufgerufen wurde, lag Johannes bereits völlig betrunken auf dem Sofa ihres gemeinsamen Wohnzimmers. Sein letzter Gedanke galt Paula.

‚Die Zeit heilt alle Wunden', hatte ihm seine Mutter immer wieder gepredigt, wenn er allzu enttäuscht vom Leben gewesen war. Doch heute fiel es ihm schwer, an diesen tröstenden Worten festzuhalten.

»Die Zeit heilt alle Wunden«, lallte er.

»Aber dieses Mal wird sie Narben hinterlassen.«

Das Morgen ist schon im Heute vorhanden

Weiß man wirklich nicht, ob man etwas tun soll?

Oder weiß man es und hat nur Angst davor, dass es nicht das Richtige sein könnte?

Immer und immer wieder stelle ich mich dieser Frage. Ich liege auf dem Bett, den Blick zum Fenster gewandt, an dem eine Fliege unermüdlich versucht, ins Freie zu gelangen. Obwohl das Tierchen langsam kapiert haben müsste, dass es ihm nicht glücken wird, versucht es unverdrossen nach draußen zu gelangen.

»*Sie folgt dem Weg des Lichts*«, denke ich mir. »*Und weil es nicht funktioniert, wird sie panisch und versucht es immer wieder.*«

Mir ergeht es ähnlich, denn ich weiß immer noch nicht, ob ich heute Abend zu der Verabredung mit Matt gehen soll. Ein letztes Mal, schwöre ich mir, werde ich versuchen, eine Antwort auf *die* Frage zu finden, die mir seit Stunden auf der Seele, im Magen, im Kopf und überall in meinem Körper brennt.

Erkenne *ich* wirklich nicht, ob *ich* zu dem Date gehen soll, oder weiß *ich* es längst und habe nur Angst, dass es falsch sein könnte?

Alleine die Umgestaltung dieses Satzes in die Ich-Perspektive verdeutlicht, dass *ich* mich bereits entschieden habe. Was mich hingegen bremst, ist die Angst, dass es weder das Richtige für mich noch für meine Familie und vermutlich auch für Matt sein könnte.

Doch Matt ist alt genug und für sein Handeln selbst verantwortlich. Ich habe ihm nichts vorgespielt und er weiß, dass ich verheiratet bin und Verantwortung für meine Familie trage. Aus diesem Grund streiche ich ihn sogleich wieder von der Liste.

Auch meine Familie als Beweggrund abzustempeln, ist falsch, denn die Liebe zu meinen Kindern wird auch nach einem Treffen mit Matt keineswegs eine andere sein. Letztlich geht es ausschließlich um Johannes, denn auch für mein Leben trage ich die alleinige Konsequenz.

Ist das die Freiheit, nach der ich mich gesehnt habe? Mich zwischen A und B entscheiden zu können?

»*Nein*«, denke ich, »*denn eine absolute Freiheit gibt es nicht. Sie wird genau dort enden, wo sie das Recht eines anderen Menschen berührt.*«

Meinem Mann wird diese Verabredung missfallen, genauso – wie im umgekehrten Falle – sie auch mir nicht gefallen würde. Aber war es nicht er, der meine Rechte – auf eine sehr schmerzhafte Art und Weise – missbraucht hatte?

Johannes hat mich verletzt! Er hat mich geschlagen und gedemütigt. Auch wenn es keine Gewalttat, sondern eine Handlung im Affekt gewesen war, hat er mir wehgetan. Ich bin sogar vor ihm geflohen und damit meiner Überzeugung gefolgt. Auf und davon, weil ich erkannt habe, dass wir an einem Scheideweg unserer Ehe angekommen sind. Und durch diese Flucht versuche ich etwas herauszufinden, was ich allerdings immer noch nicht weiß.

»*Prima, Paula*«, lobe ich mich sarkastisch für eine Denkweise, die mich keinen Schritt weiter, dafür immer tiefer in verworrene Überlegungen stürzt. Gleichzeitig öffne ich das Fenster, um zumindest der verzweifelten Fliege die Möglichkeit der absoluten Freiheit zu schenken.

Und wenn Matt mein Fenster wäre? Bietet er mir mit diesem Treffen eine Möglichkeit, das Leben aus einem anderen Blickwinkel zu betrachten, als aus dem der sich unentwegt kümmernden Mutter und fürsorglichen Ehefrau?

»*Schluss damit*«, rüge ich mich. »*Ich werde zu dieser Verabredung gehen. Nicht weil mein Verstand es mir rät, sondern weil ich es schlicht und einfach will!*«

So einfach können Entscheidungen sein, wenn man sich erst einmal dazu entschlossen hat, sie zu treffen.

Kurze Zeit später laufe ich durch Kapstadts Einkaufsmeile. Es ist toll, wenn eine Entwicklung im eigenen Kopf entsteht und einem nicht von außen aufgezwungen wird. Mir ein Kleid zu kaufen fällt jedenfalls in die neue Kategorie ‚Wahlfreiheit'. Ebenso die neuen Schuhe und die Designertasche, die Tasse Espresso und der süße Schokorosinenmuffin. Dass ich alles mit Johannes Geld bezahle, verschafft mir zwar keine Genugtuung, aber mein schlechtes Gewissen hält sich – zumindest für diesen Augenblick – in Grenzen.

Plötzlich fühle ich mich mitten im Leben. In den letzten Wochen beschlich mich vermehrt das Gefühl, die Welt mit all seinen Menschen würde sich immer schneller drehen und ich zurückbleiben, da ich mangels Kraft und Lebensfreude nicht mehr Schritt halten konnte. Dagegen empfinde ich nun Einklang mit den Menschen neben mir und um mich herum. Ich stecke sozusagen mittendrin. Bin Teil eines natürlichen Rhythmus. Die Leere, die seit Wochen in meinem Inneren herrscht, ist etwas anderem gewichen. Einem Etwas, das ich noch nicht beschreiben, aber ertasten kann. Aber diese Winzigkeit schleicht sich in mein Bewusstsein und will nicht mehr loslassen. Vielleicht ist es nur die Gegenwart, die mich positiv stimmt. Das Heute und Jetzt. Vielleicht ist es aber auch schon ein wenig von meiner Zukunft, der Anfang einer Verwandlung ohne Reue. Egal was es ist, es fühlt sich gut an. Das Bedürfnis zu fliehen, hat vor mir die Flucht ergriffen.

»Liebes, Sie sehen fantastisch aus.«

Stolz drehe ich zwei Pirouetten vor Maria und bleibe, mit weit von mir gestreckten Armen, lächelnd vor ihr stehen.

»Was ist denn mit ihnen passiert?«, fragt sie mich, erwartet allerdings keine Antwort, sondern spricht kurzerhand weiter. »Lassen Sie mich raten? Dieser Ranger …«

»Matt …« füge ich hastig ein, weil mir Ranger irgendwie schlüpfrig erscheint. So ähnlich wie Gärtner oder Bademeister. Oder Tennislehrer.

»Dieser Matt führt Sie also zum Abendessen aus?«

»Sieht man das so deutlich?«

»Na hören Sie mal. Seit drei Wochen blasen Sie Trübsal, verfallen von einer Melancholie in die nächste, sodass es einem das Herz zerreißt und man befürchten muss, dass Sie demnächst in einer handfesten Depression feststecken. Sehen Sie sich doch an, Paula. Selbst ihre Körpersprache ist heute eine ganz andere.«

»Ach, nur äußerlich«, wiegle ich ab. »Ich bin noch lange nicht überm Berg«, schmunzle ich und glaube es mir selbst nicht so recht. Trotz meiner zweifelnden Floskeln habe ich endlich erkannt, dass ich beginnen muss, mein Leben aufzuräumen, um wieder ins ‚normale' Leben einziehen zu können.

»Unterschätzen Sie niemals die Wirkung dieser nonverbalen Botschaften, Paula. Gerade deswegen sind sie so machtvoll. Fahren Sie wieder nach Simon's Town?«, möchte Maria nach einer kurzen Pause wissen. Ich nicke und bediene mich an einer Karaffe, gefüllt mit köstlichem Eistee.

»Wenn dieser Matt Sie nicht nach Hause fährt, Paula, tun Sie mir bitte den Gefallen und nehmen sich ein Taxi. Ich hätte sonst keine ruhige Minute.«

»Maria, Sie hören sich an wie eine Mutter«, scherze ich und habe gleichzeitig Sehnsucht nach diesem Gefühl, das meiner Mutter und mir leider verwehrt geblieben ist. Maria lächelt wehmütig und mich beschleicht die Angst, etwas Falsches gesagt zu haben.

»Ich muss ihnen noch etwas mitteilen, Paula.«

Der Eistee schmeckt köstlich, kalt und erfrischend. »Ich werde für ein paar Tage nach Durban reisen müssen. Der Mann einer guten Freundin ist nach langer Krankheit verstorben und ich möchte ihr bei den Vorbereitungen zur Trauerfeier beiseitestehen.«

»Oh Gott, Maria, das tut mir leid. Natürlich kann ich das verstehen. Wenn Sie möchten, ziehe ich für ein paar Tage in ein Hotel. Das ist wirklich kein Problem für mich.« Ich trete auf sie zu und lege meinen Arm um ihre Schultern. Eine Geste, die sie hoffentlich tröstet.

»Nein, nein, Liebes«, beschwichtigt sie. »Das müssen Sie nicht. Sie können gerne weiterhin hier wohnen bleiben. Natürlich nur, wenn Sie damit einverstanden sind, sich in diesen Tagen selbst zu versorgen. Ich werde nur zwei, drei Tage weg sein, Paula. Sie können sich in dieser Zeit hier ganz wie zu Hause fühlen.«

»Ich fühle mich hier bereits zu Hause, Maria.« Ein Satz, der direkt aus meinem Herzen kommt und förmlich aus dem Mund sprudelt. Maria lächelt freundlich und traurig zugleich.

»Ich würde sehr gerne hierbleiben und ich freue mich, dass Sie mir dieses vertrauensvolle Angebot unterbreiten, Maria. Kann ich noch irgendetwas für Sie tun?«

»Nein danke, Liebes. Sie müssen sich hier um nichts kümmern. Der Garten wird weiterhin von John versorgt und seine Frau Rena wird ab und zu nach dem rechten sehen. Warten Sie, ich gebe ihnen die Schlüssel, dann brauche ich Sie morgen früh nicht zu wecken.« Schwerfällig tippelt Maria über den Flur, holt einen Schlüsselbund und drückt ihn mir in die Hand.

»Danke, Maria und alles Gute für ihre Freundin.«

Ich kann nicht anders und umarme die Frau, die mir so sehr ans Herz gewachsen ist, liebevoll.

»Ich bin in ein paar Tagen wieder hier. Passen Sie bis dahin gut auf sich auf, Paula.«

»Keine Sorge«, versichere ich ihr. »Übrigens habe auch *ich* etwas beschlossen.«

Ich wundere mich über diesen spontanen Entschluss, der so gar nichts mit ausgefeilten Überlegungen gemein hat, sondern einer Eingebung folgend, gerade in mir entstanden ist und bereits den Wunsch nach Freiheit verspürt.

»Ich werde nächste Woche nach Hause reisen.«

Maria sieht mich an, gleichermaßen wissend, dass der Tag der Abreise irgendwann kommen musste.

»Ich muss das in Ordnung bringen. Oder auch nicht. Jedenfalls werde ich Entscheidungen treffen müssen. Und dafür muss ich mit meinem Mann sprechen. Das bin ich ihm schuldig. Und meinen Kindern auch. *Hier* eine Antwort zu finden, ist ganz und gar unmöglich.«

»Eine kluge Entscheidung, Paula. Auch wenn ich es natürlich bedaure, dass Sie uns verlassen werden. Das alles hier«, sie blickt sich um, ohne dabei irgendeinen Punkt zu fixieren, »ist ein Weg, Paula. Dass ihr Ziel zu Hause in Deutschland bei ihrer Familie liegt, mussten Sie selbst erkennen. Aber nun genießen Sie die Zeit, die noch bleibt. Sie haben viel zu lange Trübsal geblasen und ein Recht darauf, glückliche Urlaubstage zu verbringen, Liebes.«

Noch einmal umschließe ich meine Pensionswirtin, wünsche ihr eine gute Reise und mache mich auf den Weg zur Bushaltestelle. Dabei komme ich mit Marias Ratschlag überein und vereinbare mit mir, die restlichen Tage in Südafrika voll und ganz auszukosten. Der Graben, der mich von Johannes trennt, erscheint zum ersten Mal nicht mehr ganz so tief und unüberwindbar, obwohl ich mich gerade auf dem Weg zu einem Date mit einem anderen Mann befinde. Fast bin ich versucht, darüber zu lachen.

Als ich in Simon's Town ankomme, sehe ich Matt bereits an der Bar stehen. Die Türen, die die komplette Vorderfront einnehmen, sind weit geöffnet, sodass ich schon von der gegenüberliegenden Straßenseite einen Blick ins Innere werfen kann.

Matt trägt Jeans und ein hellblaues Hemd, lehnt seitlich am Tresen und unterhält sich angeregt mit einem anderen Gast. Ängstlich, dass mich gleich der Mut verlassen könnte, nutze ich eine Lücke im Verkehr, um flugs über die Straße zu eilen. Matt, der mich aus dem Augenwinkel erspäht haben muss, wendet abrupt den Kopf und mustert mich, als wäre ich ein Gespenst, das soeben die Bar betritt.

Allerdings habe ich mit dem Bild des milchig-weißen Gespensts wenig gemein. Allein mein Haar, das ich heute zum ersten Mal offen trage, dürfte ähnlich leuchten wie ein glutroter Feuerball, und damit dem Trugbild eines Geistes auf ganzer Linie widersprechen. Vielleicht liegt der Grund seiner Verwunderung aber auch an dem neuen Kleid. Oder an der Designerhandtasche, obwohl ich berechtigte Zweifel daran hege, dass Matt sie als solche erkennen wird. Er entschuldigt sich bei seinem Gesprächspartner und kommt mir strahlend entgegen, wofür ich ihm dankbar bin.

»Paula«, haucht er. »Sie sehen fantastisch aus.«

Mein Ego freut sich riesig über dieses unerwartete Kompliment.

»Danke«, erwidere ich verlegen und strahle mit der untergehenden Sonne um die Wette.

»Was möchten Sie trinken?«, fragt Matt und ich bin ihm – einmal mehr – dankbar, dass er unkomplizierte Fragen stellt und ein Gespräch beginnt, das mich nicht vom ersten Moment an in die Bredouille manövriert.

»Ein Glas Weißwein. Bitte«, höre ich mich sagen.

»Setzen Sie sich nach draußen, Paula. Ich bringe ihnen den Wein sofort.« Damit wendet er sich ab und geht zurück an die Bar.

Ich kann nicht umhin, ihn dabei zu beobachten, denn er sieht fantastisch aus. Seine blonden Haare wirken heute weniger struppig. Ein wenig eitel scheint er also doch zu sein. Auch heute ist er unrasiert, was mich allerdings nicht im Geringsten stört. Das hellblaue Hemd betont seine Augen und ich glaube, dass er sich deren Wirkung durchaus bewusst ist. Seine gebräunten Arme wirken muskulös, aber nicht so übertrieben wie bei jemandem, der hart dafür trainiert hat. Ich bin mir sicher, dass er surft. Möglicherweise liegt diese Vermutung darin, dass Wellenreiten in Südafrika Nationalsport ist. Vielleicht hängt die Erkenntnis aber auch an einem Lederband, das, mit einem Surfbrett als Anhänger, um seinen Hals baumelt. Verlegen senke ich den Blick, als er auf dem Stuhl gegenüber von mir Platz nimmt.

»Trinken wir auf ihr Kommen, Paula.«

Er hebt sein Glas, gefüllt mit Campari oder Bourbon oder irgendetwas in diese Richtung. Was auch immer es ist: Es ist kein Frauengetränk.

»Danke für die Einladung«, erwidere ich und streiche mir die Strähne meines Haares hinter das Ohr.

»Sie haben fantastische Haare«, lächelt Matt.

»L'Oréal Kupfer, Nummer vierundsiebzig«, scherze ich und freue mich über seinen perplexen Gesichtsausdruck.

»Nein, alles Natur«, revidiere ich schnell und er schmunzelt.

»Matt, mir ist es ein Bedürfnis, ihnen etwas mitzuteilen.«

Er blickt auf und geradewegs in meine Augen. »Ich werde nächste Woche nach Hause fliegen. Mir ist wichtig, dass Sie dies vor unserem gemeinsamen Abend wissen. Ich habe das Gefühl, ihnen diese Ehrlichkeit schuldig zu sein.«

Ich weiß, dass ich damit das Richtige tue. Mein Ego dagegen schlägt sich mit der flachen Hand und voller Wucht gegen die Stirn. Doch ich vertraue darauf, dass er meine Worte verstehen und richtig deuten wird.

»Diese Tatsache wird nichts an diesem Abend ändern, Paula.«

Ich blicke in diese blauen Augen, unsicher, ob seine Worte der Wahrheit entsprechen. Als würde er meine Unsicherheit spüren, spricht er weiter. »Paula, ich wusste von Anfang an, dass Sie gebunden und hier mehr oder weniger gestrandet sind, weil Sie sich vor etwas auf der Flucht befinden. Sie sind mir absolut nichts schuldig. Genauso wenig wie ich ihnen. Sie sind eine tolle, faszinierende Frau und ihr Mann ist ein Idiot, Sie hier alleine durch Südafrika spazieren zu lassen. Aber das war es auch schon. Wir sind erwachsene Menschen.«

Seine Moralpredigt gefällt mir nicht. Sie ist vernünftig, ohne Zweifel, aber sie findet trotz alledem nicht meinen Gefallen. Was will ich eigentlich? Mein Ego aufpolieren? Ich kann es förmlich vor mir sehen, wie es nickt und nach Beachtung heischt.

Die Dunkelheit ist längst hereingebrochen, als wir das Pub verlassen. Matt führt mich am Arm und steuert einem Lokal entgegen, das direkt am Ende von Boulders Beach liegt. Eine Holzterrasse ragt weit über das Meer. Die kleinen Tische sind mit weißen Läufern gedeckt und wirken alles andere als stabil, doch zu meiner Verwunderung bleibt das erwartete Knarren und Ächzen aus, als ich mich auf den Stuhl setze, den mir Matt, ganz Gentleman, zurechtrückt.

Ein junges Mädchen tritt an unseren Tisch, entzündet zwei Kerzen und stülpt ein Glasrohr darüber, um der Flamme Schutz vor dem Luftzug zu geben, den das Meer auf die Terrasse trägt. Die Beleuchtung des Lokals ist so spärlich, dass man durchaus auch annehmen könnte, es hätte geschlossen. Ich blicke mich um und entdecke allerdings noch weitere Tische, an denen einzelne Pärchen oder ganze Familien sitzen. Dennoch ist es unglaublich leise und ich höre lediglich das Rauschen des Wassers, wie es gegen die Pfeiler plätschert.

»Ein tolles Plätzchen haben Sie ausgesucht, Matt«, schwärme ich.

»Warten Sie´s ab, Paula. Nicht nur das Ambiente ist toll. Das Essen hier ist fantastisch. Zwar ist die Auswahl eher bescheiden, doch ich schwöre ihnen, dass es, egal, wofür Sie sich entscheiden, einem Gaumengenuss gleichkommen wird.«

Ein kurzer Blick in die Karte genügt, um Matt zu glauben. Alles hier, selbst die kleine, bescheidene Speisekarte wurde mit Liebe gestaltet. Ich zweifle keine Minute daran, dass hier auch jemand mit größter Hingebung kocht.

Nachdem Matt die Bestellung aufgegeben hat, greife ich zum Weinglas, drehe es gedankenverloren in meinen Händen, so, als müsste ich erst überlegen, was ich Matt sagen möchte. Dabei weiß ich ganz genau, dass ich ihm unendlich dankbar für diesen Abend bin.

»Danke für diesen wunderschönen Abend, Matt«, flüstere ich und wundere mich, dass ich mich ganz automatisch der vermeintlichen Stille dieses Ortes anpasse. Alles um uns herum scheint hier eine Spur entspannter und ruhiger zu sein. Wir nippen an dem Wein, der fruchtig, kühl und einfach ganz hervorragend schmeckt. Ich bin sogar davon überzeugt, nie einen besseren getrunken zu haben. Unbesonnen drehe ich das Etikett der Flasche in meine Richtung und beginne, daran zu zupfen.

»Denken Sie gerade an ihren Mann, Paula?«

Matts Frage trifft mitten ins Herz und erwischt mich auf dem falschen Fuß. Tatsächlich habe ich in den letzten Minuten einmal mehr an Johannes gedacht. Ich schäme mich und wende den Blick zu dem dunklen Meer, nur um Matt nicht in die Augen blicken zu müssen.

»Sehen Sie mich an, Paula.«

»Damit Sie es noch deutlicher spüren können?« Mich bedrängt das Gefühl, dass sich all mein Kummer bereits in mein Gesicht, für alle sichtbar, eingegraben haben könnte.

»Erzählen Sie mir von ihren Kindern«, fordert Matt mich auf.

Verblüfft blicke ich in seine Augen, schmunzle, weil er damit genau das erreicht hat, was er wollte und beginne zu lächeln. »Ich wette, ihre Tochter hat das gleiche Haar wie Sie.«

»Lilly ist ein ganz außergewöhnliches Mädchen.«

»Weshalb?«, fragt Matt interessiert.

»Weil Sie so ist, wie ich gerne sein würde«, erwidere ich spontan. »Selbstbewusst, gradlinig und sehr, sehr ehrlich.«

Ich verziehe den Mund zu einem Grinsen, weil ich daran denke, wie unangenehm Lillys Ehrlichkeit bisweilen sein kann.

»Und Sie glauben, das sind Eigenschaften, die ihnen fehlen?«

»Nein, nicht fehlen«, überlege ich. »Ich habe diese Eigenschaften nur unterwegs verloren.«

»Dann wird es Zeit, dass Sie diese wiederfinden, Paula.«

»Ich bin einfach zu jung Mutter geworden, Matt«, platzt es aus mir heraus. »Ich war erst neunzehn, als ich Felix zur Welt brachte. Verstehen Sie mich bitte nicht falsch. Ich bereue nichts, aber wenn ich mich noch einmal entscheiden könnte, würde ich meine Kinder erst viel später bekommen. Ich war damals gerade dabei, mich selbst zu finden und ich glaube, ich war auf einem sehr guten Weg dorthin, wenn Sie verstehen, was ich damit meine.«

Ich denke über meine Worte nach und Matt unterbricht diese Überlegungen nicht. »Plötzlich war ich schwanger und auf die Hilfe vieler Menschen angewiesen. Und um diese Hilfe zu bekommen, habe ich mich in ein Schema pressen lassen, das weit entfernt von meiner eigenen Charakterbestimmung war.« Dabei denke ich vor allem an Gerda.

Es entsteht eine Stille, die weder durch Worte noch durch Gesten unterbrochen wird.

»Aus wie vielen Blickwinkeln kann man einen Menschen betrachten, Matt?«

»Für mich ist *er* nur ein Idiot«, lächelt Matt und ich bin erstaunt, dass mein Gegenüber verstanden hat, auf wen sich meine vielen Blickwinkel beziehen. Mein Ego triumphiert, doch die Wirklichkeit lässt keinen Jubel zu.

»Im Moment fühle ich mich wie menschliches Treibgut. Das Leben strömt an mir vorbei und ich weiß nicht mehr, wo mein Platz ist. Mal treibe ich meilenweit von meiner Familie entfernt und fühle mich unendlich frei dabei. Doch dann bleibe ich an einer Erinnerung hängen, sodass ich den Schmerz nur noch mit Mühe ertragen kann, weil ich meine Familie über alles vermisse.«

Wieder entsteht eine Pause. Gefüllt wird sie mit dem Rauschen des Wassers, dem hohen Klang eines Windspiels und dem Flackern der Kerzen im Wind.

»Ich sollte Sie wohl fragen, ob Sie ihren Mann noch lieben, Paula. Aber ich bin leider egoistisch genug, um ihre Antwort in diesem Moment nicht wissen zu wollen.«

Matt lächelt entschuldigend und ich bin dankbar, dass er mir so gar kein schlechtes Gewissen bereitet, sondern mich dem Hier und Jetzt wieder näher bringt.

»Wenn sich Probleme immer nur in eine Richtung verirren, Paula, findet man selten eine Lösung. Vielleicht müssen Sie ihre vielen Fragen ganz einfach loslassen. Manchmal ist es leichter, auf sein Bauchgefühl zu hören. Und dieses Bauchgefühl hat bereits eine Entscheidung getroffen.«

Fragend blicke ich ihm entgegen.

»Dass Sie nach Hause fahren wollen, Paula, ist eine Tatsache, die Sie nicht mit dem Verstand getroffen haben. Vielmehr befinden Sie sich auf dem Wege zu akzeptieren, was zwischen ihnen und ihrem Mann oder ihrer Familie passiert ist. Andernfalls würden Sie nicht den Wunsch verspüren, nach Hause zurückzukehren.«

»Was passiert ist, gefällt mir so gar nicht, Matt. Und es wird auch niemals mein Wohlwollen finden, egal, wie sehr ich meinen Mann auch liebe. Bestenfalls kann ich es irgendwann akzeptieren.«

»Sie werden es herausfinden, Paula. Aber nicht damit (dabei tippt er mit einem Finger an seinen Kopf), sondern hiermit.« Er klopft auf sein Herz, nimmt meine Hand und streichelt mit seinem Daumen sanft über meinen Handrücken. Eine Geste, die mich berührt.

Es ist weit nach Mitternacht, als Matt vor der Pension die Autotür aufhält und mich zum Eingang begleitet. Verlegen krame ich nach dem Schlüssel und fühle mich wie ein Teenager, der mit dieser Situation nicht umzugehen weiß. Beinahe triumphierend halte ich sogleich den Haustürschlüssel in den Händen, lächle verlegen und bedanke mich bei meinem Begleiter für diesen schönen Abend.

»Sie wissen, dass ich Sie jetzt gerne küssen würde«, lächelt Matt.

Doch sein Lächeln wirkt nicht echt. Seine Finger umspielen eine meiner Locken. Eine Geste, die ich schon unzählige Male erlebt habe. Bei Johannes oder den Beziehungen davor. Irgendwie scheinen meine widerspenstigen Locken, Männerhände magisch anzuziehen.

»Ich werde Sie nicht küssen, Paula.«

»*Er muss meine Angst förmlich spüren*«, denke ich.

»Nicht, weil ich es nicht möchte, sondern weil ich Sie nicht in einen weiteren Gewissenskonflikt stürzen möchte. Ich denke, Sie haben auch so schon genug mit sich zu kämpfen.«

»Matt, ich …«

»Psst …«, unterbricht er mich. Dabei legt er einen Finger auf seine Lippen, um ihn anschließend sanft auf die meinen zu legen. Mit einem behutsamen Griff zieht er mich in seine Arme und sein Kinn liegt auf meinen Haaren. Wir verharren eine Weile und ich rieche ihn. Seine sonnengewärmte Haut, sein Aftershave, den köstlichen Weißwein.

»Morgen Abend um sieben?«, fragt er leise.

Ich nicke, nehme seine Hand und lasse sie nur widerwillig los, als er gehen will.

Er blickt sich nicht mehr um und ich verharre noch an der Haustür, als sein Auto nicht mehr zu sehen und seine Nähe nicht mehr zu spüren ist. Unendliche Dankbarkeit durchströmt mich. Verbundenheit, dass er nicht getan hat, was er gerne hätte tun wollen.

Obwohl es schon viel zu spät dafür ist, schreibe ich Lilly noch eine SMS.

Als sie mir kurz darauf antwortet, rufe ich sie an und weiß sofort, dass mich meine Tochter braucht.

Johannes

Wo viel verloren wird, ist auch manches zu gewinnen

Am frühen Morgen schrecke ich schweißgebadet aus dem Schlaf. In meinem erschütternden Traum befanden sich Paula, Lilly und Felix in großcr Not. Sie riefen verzweifelt um Hilfe, während ich mich seelenruhig mit Bettina in einem überdimensionalen Bett vergnügte.

»*Der neue Tag ist bereits mein Freund*«, denke ich sarkastisch und verabscheue diese negativen Gedanken, wenn sie mich von der ersten Stunde an überfallen.

Ich trete zum Fenster und begrüße den Morgen, der überhaupt noch kein richtiger Tagesanbruch, allerdings auch keine Nacht mehr ist. Die ersten Vögel zwitschern, picken im Morgentau nach Wasser und blicken sich immer wieder ängstlich nach möglichen Gefahren um. Anders als ich, denn ich habe in meinem gottverlassenen Haus nichts zu befürchten, weil bereits alle vor *mir* geflohen sind. Ich fühle mich in meinem Heim wie ein Gefangener, der sich nach der Freiheit sehnt.

Überwältigt von der Angst und dem einhergehenden Herzklopfen, werfe ich das verschwitzte T-Shirt zuerst aufs Sofa, danach meinem Gewissen folgend in den Wäschekorb. Ich öffne die Fenster, um genügend Luft zu bekommen und trete neben den Kamin, in dem jeden Winter ein gemütliches Feuer prasselt. Im Sommer dekoriert ihn Paula dagegen mit vielen bunten und fröhlichen Bildern der Familie. Wahllos greife ich zu einem Foto und erinnere mich nur schemenhaft daran, wann es aufgenommen wurde. Es zeigt Lilly und Felix im Mickymauskostüm vor einem Märchenschloss.

»*Disneyland Paris*«, denke ich. Ein Urlaub, den ich nicht gewollt habe, aber meinen Kindern – ein wenig auch Paula zuliebe – letztendlich nicht verwehren wollte. Beide strahlen mit Micky um die Wette, obwohl ich mich vage entsinnen kann, dass Felix eher ängstlich auf diese überdimensionale, verkleidete Maus reagiert hatte. Anders als Lilly, die Micky freudestrahlend an die Hand nahm und gar nicht mehr loslassen wollte. Sie hatte sogar darauf bestanden, mit der Figur durch den Park zu spazieren. Nur unter Tränen und der Andeutung vieler Versprechungen konnten wir sie damals von der Maus – zu deren Erleichterung – loslösen.

Das nächste Foto, zu dem ich greife, zeigt Paula und mich in Venedig. Eng umschlungen sitzen wir in einer Gondel vor der berühmten Rialtobrücke. Waren wir letztes Jahr in Venedig gewesen oder liegt diese Reise bereits zwei Jahre zurück? Ich schäme mich, dass ich mich an jedes Fußballweltmeisterschaftsergebnis, aber nicht an die Jahreszahlen unserer gemeinsamen Erlebnisse erinnern kann.

Das nächste Foto, das meine Aufmerksamkeit findet, entstand während eines Skiurlaubs in den Tiroler Alpen. Zu viert liegen wir im Schnee, jeder von uns hat das nasse Weiß in den Haaren, eine rote Nase aufgrund der frostigen Temperaturen und wir lachen ausgelassen. Doch die bittere Erkenntnis, dass es diese Familie so nicht mehr geben wird, erdrückt mich.

Es ist eine neue Erfahrung. Eine, auf die ich gerne verzichtet hätte. Es gibt Menschen, die machen alles falsch. Sie sind unbeliebt, verhalten sich schändlich oder provozierend. Diese Leute können derartige Situation vermutlich gut ertragen, weil sie sich immerzu damit konfrontiert sehen. Sie kommen zurecht damit. Anders als ich. Die Grube, die ich mir selbst gegraben habe, ist zu tief, als dass ich sie einfach verlassen könnte. Ich bin es nicht gewohnt, abgelehnt zu werden. Für mich ist es eine Katastrophe. Ein Diplomatensohn, der darauf angewiesen ist, dass andere ihm die Hand zur Versöhnung reichen.

Nachdem ich mich ausreichend bedauert und anschließend mein Selbstmitleid unter dem Strahl einer kalten Dusche abgespült habe, fahre ich auf einen kurzen Sprung in die Redaktion, um dort nach dem Rechten zu sehen.

Viel zu schnell bin ich allerdings wieder zu Hause. Bei der Zeitung geht alles – sehr zu meinem Bedauern – seinen gewohnten Gang. Mein Fehlen wird von den Kollegen nahezu perfekt kompensiert. Nun sitze ich bei einer Tasse Kaffee am Küchentisch und warte darauf, dass Felix in seiner vertrauten Umgebung eintrifft.

»*Vertraute Umgebung*«, denke ich zynisch, weil hier überhaupt gar nichts mehr vertraut auf die Kinder wirken wird.

»*Am wenigsten werden die beiden mir glauben*«, denke ich und möchte vor Scham im Erdboden versinken. Ich ärgere mich, dass ich nicht den Mumm besitze, zu meinen Freunden zu gehen, um unter deren Aufsicht mit Lilly ein Gespräch zu führen. Als es schließlich an der Tür klopft, springe ich entgeistert auf und treffe auf meine Tochter, die mir mit verheulten Augen in die Arme fällt.

»Papa«, schluchzt sie. »Papa, warum hast du das getan?«

Meine Antwort besteht darin, sie in den Arm zu nehmen und zu trösten. Ich halte sie mit all meiner Liebe und Kraft und verspreche ihr, dass ich alles tun werde, damit ihre Mutter wieder nach Hause kommt.

»Ich habe mit Mama gesprochen«, schluchzt Lilly.

Einen kurzen Moment bin ich eifersüchtig auf ihr Gespräch mit Paula, bevor ich mich einen Idioten schimpfe und mich für meine Tochter freue.

»Das ist gut, Lilly. Mama lässt dich nicht im Stich.«

»Sie kommt nach Hause«, weint Lilly.

»Sie kommt …«

Mir stockt der Atem und ich bemerke, wie mein Herz stolpert.

»Sie sagt, sie kommt am Wochenende nach Hause, Papa.«

»Das ist doch schön oder?«

»Sie sagt aber auch, dass sie nicht weiß, ob sie *hierher* zurückkehren kann.«

»Vielleicht braucht Mama einfach noch ein wenig Zeit, Lilly. Fürs Erste sollten wir dankbar sein, dass sie überhaupt wieder in meiner Nähe sein möchte«, tröste ich meine Tochter und ein wenig auch mich selbst.

»Und wenn sie *nie* mehr hierherkommen will, Papa?«

»Psst …«, besänftige ich meine Tochter, obwohl ich mir diese Frage natürlich auch schon Hunderte Male gestellt habe. »Mama ist kein Mensch, der vorschnelle Entscheidungen trifft, Lilly. Und schon gar nicht, wenn ihr Entschluss auch dich und Felix betrifft. Wir werden versuchen miteinander zu reden und abwarten, was sich daraus ergibt. Geht es Mama ansonsten gut?«

»Ich glaube schon«, schluchzt Lilly. »Sie beobachtet eine Pinguinkolonie und sie hat eine neue Freundin gefunden, bei der sie wohnt.«

»Das ist gut.«

Ich merke, wie eine tonnenschwere Last von mir fällt. Zumindest die Sorge um Paulas körperliches Wohlergehen bin ich los.

»Lilly, ich muss dir noch etwas sagen.«

Erschrocken hebt meine Tochter den Blick und ich erkenne die Unsicherheit, die sich in ihren Augen widerspiegelt. So rasch wie möglich fahre ich fort, um ihre Angst, nicht unnötig in die Länge zu ziehen.

»Ich war vor einigen Tagen für kurze Zeit in Kapstadt und habe Mama dort gesucht. Als ich sie gefunden habe, bin ich wieder abgereist, ohne mit ihr zu sprechen.«

»Wieso?«, will meine Tochter wissen.

»Weil Mama Zeit braucht, um das zu verarbeiten, was ich ihr angetan habe. Womöglich hätte ich sie bedrängt, mit mir nach Hause zu kommen und sie damit nur weiter von mir weggetrieben. Sie hat es verdient, ihre eigene Entscheidungen zu treffen, Lilly, und wenn Mama den Abstand für nötig hält, dann soll sie ihn auch bekommen. Ich glaube, es ist sehr wichtig für deine Mutter, dass wir ihr in Zukunft ein wenig mehr Unabhängigkeit zugestehen.«

»Du kämpfst nicht?«

»Doch«, lächle ich bitter. »Ich kämpfe um sie, indem ich mit *mir* kämpfe.«

Ich suche nach den richtigen Worten, bevor ich fortfahre.

»Oft weiß man nicht, was Verlust bedeutet, Lilly, weil man nie im Leben etwas so Wertvolles verloren hat. Bitte glaube mir, dass es mir unglaublich schwerfällt, einfach abzuwarten. Aber für Mama ist es ganz bestimmt das Richtige. Sie soll selbst entscheiden dürfen, wann sie wieder nach Hause kommen möchte.«

»Warum hast du mir nicht gesagt, dass du nach Mama gesucht hast. Vielleicht wäre ich dann nicht ganz so garstig zu dir gewesen.«

Lillys Stimme zittert immer noch, und ab und zu entwischt ihr ein lauter Seufzer, der mir aufzeigt, dass sie die halbe Nacht geweint haben muss.

»Du hattest das Recht, auf mich wütend zu sein, Lilly. Und dieses Recht besitzt du immer noch. Davon abgesehen fand ich gar keine Möglichkeit, für mich zu sprechen«, necke ich sie.

»Weiß Oma eigentlich, dass Mama nicht hier ist?«

Zögernd stellt meine Tochter diese Frage und ich vermute, dass sie sich vor meiner Antwort ängstigt. Aber in diesem Fall kann ich mich getrost auf meine Intuition verlassen, die mir vor Tagen zugeflüstert hatte, Gerda gänzlich aus dem Spiel zu lassen. Beifallsheischend gratuliere ich mir, das Richtige getan zu haben, auch wenn ich weiß Gott keinen Applaus verdiene.

»Nein«, antworte ich. »Oma weiß nichts davon und wir werden uns gut überlegen, was wir ihr erzählen.«

»Sie wird Mama dafür hassen, dass sie einfach so weggelaufen ist.«

»Es wird uns egal sein, was sie über Mama denkt. Davon abgesehen ist deine Mutter nicht *einfach so* weggerannt. Sie besitzt dafür die beste Berechtigung überhaupt.« Meine Tochter ist erstaunt.

»Magst du Oma etwa nicht mehr?"

»Manchmal kommt eine Erkenntnis reichlich spät, Lilly. Natürlich mag ich Oma noch. Sie ist meine Mutter.«

Ich zucke mit meinen Schultern, ganz so, als würde ich mich für diese Tatsache bei ihr entschuldigen wollen. »Aber sie nimmt seit jeher zu viel Einfluss auf unser Familienleben. Das wird sich ändern, das verspreche ich dir. Wenn Oma früher ein ganzes Toupet in der Suppe gefunden hat, wird sie nun kein einziges Haar mehr darin finden. Wir werden ihr diese Möglichkeit einfach nicht mehr geben.«

»Das wird Oma aber nicht gefallen.«

Zum ersten Mal seit Lilly bei mir ist, erkenne ich ein zaghaftes Lächeln auf ihrem hübschen Gesicht.

»Es wird uns auch egal sein, ob es ihr gefällt oder nicht.«

»Papa …«

Sprachlos fällt mir meine Tochter um den Hals und hinterlässt ihre bedingungslose Liebe, die ich gar nicht verdient habe. Aber Kinder sind so. Schuld, Rache, Strafe und Verzeihen gehören in ihren Augen zusammen.

Plötzlich erinnere ich mich an einen Satz, den Paula immer wieder gepredigt hatte, wenn es Streit innerhalb der Familie gab.

»Rache ist süß«, beteuerte sie den Kindern immer wieder, »aber zu verzeihen ist gesund.« Ich erkenne in Lilly meine geliebte Paula wieder und diese Tatsache rührt mich zu Tränen.

Im Laufe des Nachmittags wird aus dem Felsen in der Brandung, der ich für meine Kinder stets sein wollte, ein unscheinbares Kieselsteinchen am Bachlauf. Ich habe Angst. Angst vor meinem Sohn, der seiner SMS folgend, in etwa einer halben Stunde zu Hause eintreffen wird. Lilly hantiert derweilen geschäftig in der Küche. Um sie von ihren traurigen Gedanken abzulenken, habe ich angeboten, gemeinsam zu kochen, um Felix damit zu überraschen. Seitdem fuhrwerken wir beide in Paulas Küche, die so gar nicht unser Terrain zu sein scheint.

Als Lillys Handy läutet, blicke ich zu ihr. Sie zuckt mit den Schultern, signalisiert mir ein stummes »Klara«, deutet nach oben und verlässt eilig die Küche. Doch ich bin in Gedanken ohnehin bei Felix.

»*Überraschungen wird er genug bekommen*«, bedauere ich in Gedanken meinen Sohn. Obwohl sein derzeitiges Alter keine Emotionen zulässt, wird er über meine Tat wütend und über Paulas Flucht tieftraurig sein. Zu Recht wird er mir die Schuld geben und seine Traurigkeit hinter dieser Wut verstecken.

Und so kommt es letztendlich auch.

Felix fällt Lilly und mir in die Arme und erkundigt sich sofort nach seiner Mutter.

»Wo ist Paula?«, fragt er.

»*Hoppla? Seit wann nennt er seine Mutter Paula?*«, durchfährt es mich. »*Bestimmt ist das Wort Mama in den letzten beiden Wochen auf einer Art Out-Liste gelandet.*«

»Mama ist in Kapstadt«, platzt es aus Lilly heraus, obwohl wir vereinbart hatten, Felix erst mal ins Haus zu bitten.

»Cool«, staunt dieser.

»*Er missversteht die Lage*«, denke ich. Klar, Paula hatte schließlich in den letzten Wochen immer wieder von ihrem Traumland geschwärmt.

»Gar nicht cool, du Hirni«, motzt Lilly.

»Komm doch erst mal rein. Wir haben gekocht. Wie war es in Kroatien? Hattet ihr schönes Wetter?«

Ich überhäufe meinen Sohn mit einer Fülle an Fragen, nur um nicht mit der Wahrheit herausrücken zu müssen.

»Cool«, erwidert Felix und beantwortet damit alle Punkte gleichzeitig.

Es macht unheimlich Spaß, seinen Kindern Fragen zu stellen.

»Bei Mama schmecken die Nudeln anders. Davon bekommt man ja Sprühwurst«, kommentiert er kurz darauf unsere Kochkünste.

»*Es macht auch unheimlich Spaß, für seine Kinder zu kochen*«, denke ich sarkastisch.

»Dann koch doch selber, Vollpfosten«, wettert Lilly und es scheint, als hätte sie das größere Übel – mich und meine schändliche Tat – bereits vergessen.

»Wegen Mama«, beginne ich zaghaft.

»Genau. Warum bist du eigentlich hier? Solltest du nicht auch in Kapstadt sein? Oder hat Paula ihren Aufenthalt dort ohne dich verlängert«, scherzt er und boxt mich in die Seite, als sei ich mehr ein neuer Kumpel und weniger sein Vater.

»*Ohnehin wird er mich gleich Johannes nennen*«, denke ich. »*Falls er überhaupt noch mit mir sprechen wird.*«

»Hör zu …«

»Soll ich es ihm erklären?«, prescht Lilly hervor. Meiner Tochter geht es wieder einmal zu langsam.

»Nein, nein«, wiegle ich ab. Das hätte mir gerade noch gefehlt. Lilly würde das Ganze in zwei Sätzen auf den Punkt bringen.

»*Papa hat Mama geschlagen und daraufhin ist Mama nach Südafrika abgehauen. Sie würde es sogar in einem Satz über die Bühne bringen*«, denke ich frustriert.

»Würde mir mal einer von euch beiden bitte erklären, was los ist?«

Lilly zeigt mit der Gabel auf mich und stochert weiter appetitlos in ihren Nudeln. »*Das Essensgespräch mit Lilly über ihre viel zu geringe Nahrungsaufnahme steht mir auch noch bevor*«, erinnere ich mich und fühle mich augenblicklich überfordert.

»Mama, also ich meine, Paula und ich … wir hatten einen Streit und …«

»Ist ja nicht *so* außergewöhnlich«, kommentiert Felix gleichgültig. »In den letzten Wochen hattet ihr ja öfter auf diese Form der Kommunikation zurückgegriffen.«

»Felix«, beginne ich zaghaft. »Ich habe Ma, Paula«, verbessere ich mich rasch, obwohl es völlig gleichgültig ist, wie ich seine Mutter nenne, »ich habe sie, …«, wieder stocke ich, um das Unvermeidliche nur nicht aussprechen zu müssen. »Es war eine Kurzschlusshandlung. Ich wollte das nicht, Felix«, entschuldige ich mich bei meinem Sohn für etwas, das ich ihm noch gar nicht gestanden habe.

»Du hast *was*?«

Plötzlich erscheint mir Felix unerbittlich. Er ahnt es schon, das sehe ich ihm deutlich an. Aber er will, dass ich es ausspreche.

»Ich habe sie … ge … schlagen«, kommt es endlich über meine Lippen. Es ist raus und hängt unheilvoll in der Luft.

»Einmal nur«, füge ich schnell hinzu, als wäre diese eine Entschuldigung.

»Weiter!«

»*Jetzt verhört er mich.*« Hilfesuchend blicke ich zu Lilly. Wie erbärmlich ich doch bin. Felix sucht meinen Blick, aber ich kann ihn nicht erwidern. Ich schäme mich zu sehr.

»Daraufhin ist Mama nach Kapstadt geflogen«, zögere ich.

»Papa war auch dort und hat sie gesucht, aber als er sie gefunden hat, wollte er Mama Zeit für sich geben«, springt mir meine Tochter zur Seite. »Das war doch unheimlich klug von ihm, nicht wahr, Felix?«

»Oder er war zu feige sie anzusprechen«, erwidert dieser.

Seine Stimme klingt anklagend.

»Hör zu, Felix. Ich wollte das alles nicht.«

»Stimmt. Du wolltest ja auf die Seychellen.«

»*Jetzt wird er sarkastisch*«, denke ich und erahne, wie Paula unter meinem Zynismus gelitten haben muss.

»Es war falsch, deiner Mutter ihren Wunsch, nach Südafrika zu reisen, abzuschlagen. Das weiß ich heute auch. Aber es ist zu spät, um diesen Fehler rückgängig zu machen. Leider. Ich verspreche euch, dass ich alles, wirklich alles versuchen werde, damit Mama rasch wieder nach Hause kommt.«

Nun suche ich doch seinen Blick und hoffe, dass er die richtigen Schlüsse daraus ziehen kann.

»Mein Vater schlägt Frauen.«

»*Er zieht die falschen Schlüsse. Aber den Versuch war es wert*«, denke ich.

»Ich fasse es nicht. Wäre doch eine tolle Schlagzeile für deinen Verlag. Oder Papa? Bayerischer Ministersohn verprügelt seine Frau. Oder Ex-Frau.«

Felix´ Stimme wird eine Spur höher und einen Tick schriller.

»Du hast das Recht, auf mich wütend zu sein, Felix. Aber ich habe Paula nicht *verprügelt*. Und ich schlage auch keine anderen Frauen«, füge ich noch, völlig überflüssig hinzu.

»Weißt du was? Ich kann deine elende Heuchelei nicht mehr ertragen. Ehrlich gesagt geht sie mir schon seit geraumer Zeit gehörig auf die Senkel. Meinetwegen kannst du Lilly damit einlullen, aber bei mir funktioniert das nicht.«

Er holt Luft oder Mut oder sonst irgendetwas, bevor er fortfährt. Vielleicht sucht er aber auch nur nach noch verletzenderen Worten, als er sie bis jetzt ohnehin schon geäußert hat.

»Lauf doch zu Oma, Papa, und heule dich bei ihr aus. Sicherlich wird sie dein Ego bauchpinseln und ihr Mustersöhnchen in den Armen wiegen.«

Ich schlucke, obwohl ich weiß, dass er nicht ganz unrecht mit seinen Aussagen hat. Als Felix nichts mehr zu sagen hat, steht er auf, greift wütend zu seiner eben abgestellten Tasche und verschwindet daraufhin aus dem Haus, in dem er erst vor ein paar Minuten angekommen ist.

»Du musst ihm nachlaufen, Papa«, fordert mich meine Tochter auf.

»Gib ihm etwas Zeit, Lilly. Du wolltest doch vor ein paar Tagen auch nur weg von mir.« Entschuldigend blickt meine Tochter zuerst zu mir, dann auf ihren noch vollen Teller.

»Das muss dir nicht unangenehm sein, Kleines. Felix wird sich bestimmt bald wieder melden. Ganz bestimmt«, beruhige ich sie. »Schon um mir zu sagen, was für ein Idiot ich bin«, füge ich noch hinzu. »Ich befürchte nämlich, dass er mit seiner Ansprache noch nicht fertig ist.«

Lilly lächelt zaghaft. Vielleicht fand sie es sogar cool, dass Felix sagen durfte, was ihm auf der Seele lag.

»Was hältst du davon, wenn wir uns eine Pizza bestellen und eine DVD einlegen?«, frage ich sie und schiebe die in der Zwischenzeit kalt gewordenen Nudeln beiseite. »Wir müssen Mama unbedingt fragen, wie sie Nudeln kocht, wenn sie nach Hause kommt.«

Lilly kichert.

»Sie schmecken wirklich ekelig«, gibt sie zu.

»Hast du sie überhaupt probiert?«, frage ich.

Lilly begutachtet zuerst ihren Teller und daraufhin ihre Fingernägel, als stünde die Antwort darauf geschrieben. Sie ahnt selbst, dass sie viel zu wenig isst.

Derweil beschließe ich, das Essensgespräch auf einen späteren Zeitpunkt zu verschieben.

Was zur Zeit der Ankunft in Südafrika noch geschah …

Paula war am Morgen in Kapstadt gelandet. Der lange Flug war ruhig und emotionslos verlaufen. Stundenlang hatte sie aus dem Fenster ins dunkle Nichts gestarrt, bis ihr irgendwann doch die Augen zugefallen waren. Jetzt fühlte sich Paula wie gerädert. Die steife Sitzhaltung, die unerträglichen Kopfschmerzen und ihre pulsierende Wunde taten das Übrige. Sie würde dringend einen klaren Kopf bekommen müssen, um die nächsten Entscheidungen treffen zu können.

Kurz nach der Ankunft hatte sich Paula an einen der zahlreichen Informationsschalter gewendet. Insgeheim beglückwünschte sie sich zu ihrem Entschluss, in den letzten Jahren einige Fernsprachenkurse absolviert zu haben, was ihr nun ermöglichte, problemlos mit der Flughafenangestellten zu kommunizieren. Dabei erkundigte sie sich nach einem Waschraum und wollte wissen, wohin sie sich wenden musste, um eine Hotelübernachtung zu buchen.

Anschließend hatte sie zur Kreditkarte gegriffen, um sich mit einer größeren Summe südafrikanischer Rand einzudecken. Paula bezahlte die geforderte Gebühr für den Duschraum und war froh, als sie endlich die Tür hinter sich verschließen konnte, um sich von der Welt auszusperren. Umständlich zerrte sie einige Kleidungsstücke aus dem Koffer, rollte sie zu einem Kissen, schluckte zwei Aspirin, legte sich auf den kalten, steril gefliesten Boden und schloss erschöpft die Augen.

»*Nur einen kurzen Augenblick*«, versprach sie sich im Stillen.

Kurze Zeit später ließen die Kopfschmerzen bereits deutlich nach. Das Dröhnen war einem dumpfen Pochen gewichen und würde nach einer warmen Dusche endgültig verschwunden sein. Sie schlüpfte aus ihren Kleidern, stellte sich unter den Strahl und ließ zuerst warmes, später kaltes Wasser auf sich niederprasseln. Danach setzte sie sich erneut auf den Boden und beobachtete die Flüssigkeit, wie sie kreiselnd im Abfluss verschwand.

»*Wenn man Probleme doch auch so einfach verschwinden lassen könnte*«, dachte sie traurig.

»*Wie es meinem Mann wohl heute ergehen mag?*«

Als Johannes mittags die Augen öffnete, benötigte er einen kurzen Moment, um seine diffuse Situation vollkommen zu erfassen. Was war nur passiert? Und wo war Paula?

»Wir hatten einen Streit«, erinnerte er sich und sprach mit sich selbst, nur um die beklemmende Stille im Haus damit auslöschen zu können.

»Und ich habe Paula geschlagen. Versehentlich. Trotzdem ist sie anschließend vor mir weggelaufen und ich habe ...«, dabei blickte er sich angewidert um, »angefangen zu trinken".

»*Sie hat es sich selbst zuzuschreiben*«, dachte Johannes bitter. »*Hätte sie mich nicht gereizt, hätte ich auch nicht die Beherrschung verloren. Nichts von alledem wäre passiert.*« Er bemerkte, wie sich ein Kloß in seiner Kehle bildete, aber er schluckte ihn hinunter. Gleichzeitig rollte eine leere Bierflasche über den Tisch und fiel zu Boden. Als er sich anschließend mühsam aufgerichtet hatte, spürte er sofort Übelkeit in sich aufsteigen, schaffte es gerade noch auf die Gästetoilette und übergab sich.

Erschöpft kroch er ins Wohnzimmer zurück, legte sich auf das Sofa und stellte das Fernsehgerät an. Ohne irgendeine Art von Unterhaltung würde er verrückt werden. Er zappte wahllos durch die Kanäle und blieb zum Schluss bei einem Nachrichtensender hängen, der ihn vierundzwanzig Stunden lang mit immer wiederkehrenden Informationen einlullen würde. Mehr sollte er vorerst an Unterhaltung nicht benötigen. Nur oberflächlich ließ er die Ereignisse der letzten Nacht auf sich wirken.

In München waren nach einem heftigen Gewitter die Ampelanlagen ausgefallen.

Bei der Wahl in der Türkei hatte Ministerpräsident Erdogan seine absolute Mehrheit eingebüßt.

Lewis Hamilton gewann den Großen Preis von Kanada und hatte damit seinen Vorsprung in der Weltmeisterschaftswertung ausgebaut.

»*Ich muss in die Redaktion*«, dachte Johannes. Doch er besaß nicht einmal die Kraft, um sich krankzumelden, geschweige denn, dort hinzufahren. An konzentrierte Arbeit war erst recht nicht zu denken.

»*Ob eine Frauenleiche in der Region entdeckt wurde?*«

Mit einem Ruck saß er aufrecht auf dem Sofa, bekam Herzrasen und Panik und versuchte beides, so gut es ging, zu unterdrücken. Seit wann fühlte er sich so unendlich zerbrechlich. Er wollte schon loslachen oder losheulen oder beides auf einmal. Er besaß keine Kontrolle mehr darüber. Zu welchem Idioten war er nur in den letzten Tagen mutiert? Sein Herz zog sich zusammen und hinterließ einen stechenden Schmerz. Er würde den Abend gewiss nicht mehr erleben. Nicht in dieser Einsamkeit, nicht in der Öffentlichkeit und erst recht nicht ohne Paula.

Ob er in den Krankenhäusern der Region nachfragen sollte? Oder in Frauenhäusern? Dorthin flohen die Weiber doch, die gewalttätige Ehemänner zu Hause hatten oder? Seine Gedanken waren nüchtern und erdrückend.

Und voller Sarkasmus.

»Vogel fliegt, Fisch schwimmt, Johannes trinkt.« Mit diesen Worten griff er zur angebrochenen Whiskeyflasche, die sich von gestern noch auf dem Tisch vor ihm befand, und stürzte einen kräftigen Schluck aus der Pulle hinunter. Sich zu betrinken war weitaus angenehmer, als an Einsamkeit zu sterben.

Paula hatte sich reichlich Zeit gelassen. Sie hatte für eine Stunde bezahlt und sich geschworen, das Bad nicht eher zu verlassen, als dass sie, so weit wie möglich, eine Art von Wohlbefinden verspüren konnte. Sie untersuchte ihre Lippe, die immer noch geschwollen war und bereits eine verdächtig blaue Farbe angenommen hatte. Sie übertünchte die Stelle, so gut es ging, mit Make-up, trocknete ihre Haare und griff zu sauberer Kleidung, die ihr eben noch als Kopfstütze gedient hatte.

»*Ich werde mir etwas kaufen müssen*«, kommentierte sie in Gedanken die bescheidene Auswahl der mitgebrachten Klamotten, wusste aber, dass dies nur ein kleinerer Punkt auf ihrer endlosen langen Problemliste war.

Bevor sie den Weg zum Fremdenverkehrsbüro antreten wollte, hielt sie an einem Kaffeeshop inne, bestellte sich einen doppelten Espresso und zwang sich dazu, ein viel zu weich gewordenes Käsesandwich hinunterzuwürgen. Nach einem Glas kalten, frisch gepressten Orangensaft waren ihre Kopfschmerzen endgültig verschwunden.

Im Anschluss hatte sie bei der freundlichen Dame des Touristenbüros ein Einzelzimmer im Zentrum von Kapstadt gebucht. Zwar hasste Paula derart große Hotelkomplexe, doch für die nächsten Tage schien ihr Anonymität das Beste, was ihr passieren konnte.

»*Einsamkeit und Unabhängigkeit liegen in der Tat oft nah beieinander*«, dachte Paula sarkastisch. Wie oft hatte sie in den letzten Monaten von dieser Unabhängigkeit geträumt? Jetzt, da sie diese Freiheit besaß, fühlte sie sich auf einmal unendlich einsam. Aber sie vertraute darauf, dass sich das gute Gefühl noch einstellen würde.

»*Wenn einem etwas Aufregendes passiert, erreichen einen die Gefühle dafür oft erst viel später*«, tröstete sie sich, als sie im Taxi saß und pragmatisch aus dem Fenster starrte, wo ihr einstiger Traum von Südafrika vorbeizog. Die Häuserfassaden, die Villen, die Palmen, die sie passierte, wirkten plötzlich wie sepiabraun.

»*Ein Farbton für Vergangenheit*«, dachte Paula bitter. Sollte die Zukunft nicht vielmehr rosafarben sein? Sie wollte doch die Zeit ohne die Kinder genießen. Warum zum Teufel hing sie nun in dieser endlos erscheinenden Zeitschleife fest? Auf die Gegenwart musste die Zukunft folgen und nicht entgegengesetzt, so wie sie es im Augenblick empfand. Paulas Welt stand Kopf.

Johannes Welt dagegen schwankte.

Er hatte bereits wieder genug getrunken, um den schmerzlichen Verlust seiner Ehefrau nicht mehr zu fühlen. Sein Herzklopfen war verschwunden. Auch seine Panik hatte sich verabschiedet. Nur die Unordentlichkeit und eine kleine Staubschicht, die sich bereits auf dem Fernsehgerät gebildet hatte, waren deutlich sichtbare Spur dessen, dass Paula fehlte.

»Zum Teufel mit dir, Paulababy.«

Johannes begutachtete die leere Whiskeyflasche und warf sie unbeherrscht gegen die Wand. Hatte er tatsächlich alles ausgetrunken? Seit dem Aufwachen war doch kaum Zeit vergangen? Die Beständigkeit der Nachrichten hatte sich jedenfalls noch nicht geändert. Erdogan verlor zum hunderttausendsten Mal die absolute Mehrheit in der Türkei. Hamilton hatte schon wieder gesiegt. Und die Ampelanlagen in München funktionierten immer noch nicht vollständig.

»Versager«, schrie Johannes. »Allesamt Versager.«

Wen genau er damit gemeint hatte, blieb dahingestellt. Die Münchner Stadtwerke, denen es nicht gelang, Strom in die Millionenstadt zu transportieren, den türkischen Ministerpräsidenten oder die gut zwanzig Formel-1-Piloten, die daran scheiterten, einen Lewis Hamilton zu besiegen. Erst ganz zuletzt dachte er an sich selbst. Die Niete, die seine Frau geschwängert, geschlagen und vertrieben hatte. Bitterkeit stieg in ihm auf und entlud sich zu einem unheilvollen Lachen. Sein Mut zu kämpfen war weg. Auf und davon wie der Inhalt seiner leeren Whiskey-Flasche.

»Würden Sie bitte nach der Ampel kurz anhalten?«, bat Paula den Taxifahrer, der sie ins Zentrum der Stadt bringen sollte, freundlich. Dieser nickte und stoppte das Fahrzeug kurz darauf, wie versprochen.

Paula trat über die Straße und zog die Jacke enger um sich. Sie wusste nicht, ob es daran lag, dass das Wetter plötzlich umgeschlagen hatte oder, ob es einer anderen Art des Fröstelns entsprach, das sie in diesem Augenblick überfiel. Dennoch erkannte sie dieses Gefühl, das sich immer an einem ganz bestimmten Ort in ihr entwickelte. Lange hatte sie es nicht mehr vernommen, zuletzt, als sie sich als junge Familie nach einem geeigneten Baugrundstück umgesehen hatten. Hier vernahm sie diese Empfindung genauso deutlich wie damals, als sie den Grund ihres zukünftigen Häuschens betraten. Suchend blickte Paula sich um. Aber sie konnte diese Regung an keinem bestimmten Gegenstand festmachen.

Fünf Minuten später – es hätten aber auch drei Stunden sein können – ging sie zum Taxi zurück. Gerade im Begriff wieder ins Fahrzeug einzusteigen, sprang ihr das Schild ins Auge, das vor einem Haus in einer Seitengasse angebracht war.

»Zimmer frei«, stand darauf geschrieben. Schwarze Buchstaben auf weißem Untergrund, in dieser Reihenfolge und ihrer Heimatsprache.

»Einen kleinen Augenblick noch, bitte«, gestikulierte sie dem Taxifahrer, der immer noch freundlich nickte. Rasch ging sie zu dem Haus, betrachtete den kleinen, bunten Vorgarten und die vollkommene Unvollkommenheit, die dieses Häuschen ausstrahlte. Ein Fensterladen hing schief in den Angeln. Die Wurzel eines Baumes hatte sich an die Oberfläche gekämpft und war nur notdürftig zurechtgeschnitten worden. Auf dem Weg zur Eingangstür hatten sich ein paar Pflastersteine gelockert und standen nun gefährlich nach oben hin ab.

»Dieser Weg symbolisiert meine Gedanken. Ein Weg voller Hindernisse, der noch vor mir liegt.«

Und plötzlich kam ihr wieder eine Sternguckernacht mit ihrer kranken Mutter in den Sinn. Obwohl die Erinnerungen daran immer mehr verblassten, drängte sich die sanfte Stimme ihrer verstorbenen Mutter ins Bewusstsein.

»Meine liebe, süße, widerspenstige Paula«, hatte ihr diese damals prophezeit. »Es gibt immer zwei Arten von Menschen. Die, die vorangehen und dabei etwas erleben oder die, die hinterhertrotten und sich anschließend darüber ärgern, nichts erlebt zu haben.«

Paula wusste nun sofort, was zu tun war. Ihre Empfindungen hatten sie nicht getauscht. Sie eilte zum Taxi, bezahlte die Fahrt, die damit früher, als gedacht beendet war, und gab dem Fahrer, als kleine Entschädigung, ein großzügiges Trinkgeld.

Kurz darauf läutete sie an der Türglocke ihres neuen Zuhauses, ohne zu wissen, wen oder was sie dahinter erwarten würde. Doch sie wollte hierbleiben. Für die nächsten Tage oder so lange, wie es eben dauern würde.

»Verschwindet«, brüllte Johannes durch die verschlossene Tür.

»Einen Dreck werden wir tun«, schrie Anne nicht weniger giftig zurück. »Wenn du nicht sofort aufmachst, rufe ich die Polizei. Nur dass dies klar ist, mein Lieber.«

»Johannes, bitte«, versuchte es Jan diplomatisch. »Wir machen uns doch nur Sorgen um dich. Was ist denn passiert?«

»Das geht euch überhaupt nichts an.«

»Wir sind doch auf deiner Seite, Johannes.«

Hysterisches Lachen drang daraufhin nach draußen.

»Das glaubst du doch selbst nicht, Jan.«

»Doch, das glaube ich. Und ich glaube, du bist betrunken«, stellte Jan angewidert fest. Sein Freund trank im Allgemeinen sehr wenig und derart alkoholisiert hatte er Johannes noch gar nie erlebt.

»Na und? Möchtest du meinen Ausweis sehen, um zu kontrollieren, ob ich rechtlich befugt bin, mich vollaufen zu lassen?«

Bitterkeit und Sarkasmus lagen in Johannes Stimme.

»Johannes, bitte«, bat Jan seinen Freund inständig, während bei Anne allmählich alle Geduldsfäden rissen.

»Ich sag es euch noch einmal: Verpisst euch!«

»Ist das deine neue Lebensphilosophie? Oder wieso wiederholst du sie ständig?«

»Weil ihr es, allem Anschein nach, nicht verstehen wollt.«

Wieder dieses hysterische Lachen.

»Zu verschwinden ist wohl vielmehr das Lebensmotto meiner lieben, süßen Ehefrau.«

Nun ergriff Anne das Wort, denn sie sorgte sich seit deren Anruf um ihre Freundin.

»Wo ist Paula?«

»Verschwunden.«

Wieder dieses eiskalte Lachen, in dem nicht die geringste Spur von Wärme oder Bedauern lag. »Erdogan hat die Wahl in der Türkei verloren. Wusstet ihr das schon?«

»Es hat keinen Sinn, Anne. Er ist viel zu betrunken, um ein vernünftiges Gespräch mit uns zu führen.«

Jan zupfte am Ärmel seiner Frau, ein untrügliches Zeichen dafür, dass er sich abwenden wollte. Die Betrunkenheit seines

Freundes widerte ihn an, übertrug auf ihn die Wirkung von Fremdschämen. Dagegen war Anne nicht ganz so empfindlich. So rasch wie ihr Mann, wollte sie sich jedenfalls nicht geschlagen geben.

»Er hat sie nicht verloren, sondern nur die absolute Mehrheit verfehlt, du Idiot«, rief sie angeekelt durch die Haustür.

»Da interpretierst du in Nebensächlichkeiten aber Gewaltiges hinein, liebste Anne.«

»Sein Zynismus funktioniert jedenfalls noch ausgezeichnet«, richtete Anne das Wort an ihren Mann, der nach wie vor im Begriff war zu gehen.

»Ich kann dich hören, Anne.«

»Das ist mir scheißegal. Im Übrigen auch, dass die halbe Nachbarschaft uns verstehen kann.«

»Dann verschwindet endlich!«

Mit einem lauten Knall hatte Johannes eine Weinflasche gegen die Haustür gedonnert. Erschrocken blickten Anne und Jan einander an. Was war nur passiert, dass ihr Freund, der für alles und jeden stets ein Einsehen hatte, so derart außer Kontrolle geraten konnte? Eines war jedenfalls sicher: Hier hatte kein harmloser Ehestreit stattgefunden. Es ging um sehr viel mehr, als um den Zwist zweier Leute, die in ein paar Tagen bereits wieder darüber lachen konnten.

»Wie wäre es mit einem starken Kaffee und einem Rührei mit Speck?«

Anne versuchte, einen anderen Weg einzuschlagen. Vielleicht konnte sie, ähnlich wie eine Maus, ihren Freund und Nachbarn mit dem Angebot von Essen locken?

»Ich habe bereits eine Mutter, Anne. Eine ganz Fantastische noch dazu. Du musst mich also nicht bemuttern.«

»Du wirfst gerade dein ganzes Leben um, Johannes. Hast du dir das auch wirklich gut überlegt?«

»Gut überlegt?«

Johannes Stimme klang brutal. »Paula ist seit zwei Tagen verschwunden. Die Zeit ist zu kurz, um mir irgendetwas vernünftig zu überlegen.«

»Und aus diesem Grund besäufst du dich bis zur Besinnungslosigkeit?«

»Es ist eben meine Art, die Dinge zu verarbeiten. Und jetzt verschwindet endlich von meinem Grundstück.«

Das Glück kommt nur selten von außen

Als ich im Morgengrauen erwache, verspüre ich eine ungewohnte Hektik in mir. Während ich mich die letzten Wochen von Tag zu Tag treibenlassen konnte, muss ich nun Dinge erledigen, die keinen Aufschub mehr dulden. Ich husche ins Bad, stelle mich unter die Dusche und ermahne mich gleichzeitig, nichts zu überstürzen. Trotzdem lasse ich Marias Küche unangetastet, rufe mir stattdessen ein Taxi, um damit zum Flughafen zu eilen. Das Gespräch mit meiner Tochter hat mir verdeutlicht, dass ich schnellstens nach Hause reisen muss. Das bin ich den Menschen, die mich lieben, schuldig.

Am Flughafen angekommen, versuche ich mein Glück zuerst bei den deutschen Fluggesellschaften. Da ich bereits mit *Lufthansa* angereist bin, werde ich bevorzugt behandelt und für den Nachtflug in zwei Tagen auf die Warteliste gesetzt. Weil sich mein Name nun ganz oben auf der Liste befindet, stehen die Chancen gut, am Samstagabend nach München zu fliegen. Ich hinterlege meine Handynummer, bedanke mich und gönne mir zum ersten Mal an diesem Tag eine kleine Verschnaufpause.

Der Kaffee schmeckt himmlisch. Ich wende mein Gesicht der Sonne zu und genieße die Wärme, die sie abgibt, obwohl es hier eigentlich Winter ist. In Gedanken überlege ich mir die nächsten Schritte. Lilly anrufen steht auf dieser Aufstellung ganz oben, Einkäufe erledigen als Nächstes. Ich weiß bereits, dass ich meine beiden Kinder mit Geschenken überhäufen werde und lächle bei dem Gedanken an eine ausgedehnte Shoppingcentertour. Die Erinnerungen an Johannes dränge ich fürs Erste in den Hintergrund. Im Augenblick kann ich alles Nötige mit Lilly klären. Mehr ist vorerst nicht notwendig. Ich zweifle keinen Augenblick daran, dass meine Tochter ihren Vater auf dem Laufenden halten wird.

Dann ist da noch Maria! Ich muss sie anrufen und darauf hoffen, dass sie vor meiner Abreise nach Hause kommt. Der Gedanke, dass ich ohne Abschied das Land verlassen müsste, ist mir unerträglich. Diese Frau hatte mich wie eine Tochter bei sich aufgenommen. Umgehend drängt sich Maria vor Lilly auf die Liste der Dringlichkeit. Ich werde sofort mit ihr sprechen und wenn nötig, meinen Rückflug um einen Tag verschieben. Das bin ich der Frau, die mir vom ersten Moment an so selbstlos gegenübertrat, schuldig.

Überdies wandern meine Gedanken zu Matt. Ich denke verträumt an ihn und mein Herz beginnt heftig zu klopfen, gleichwohl wissend, dass es keine gemeinsame Zukunft für uns geben wird.

Und kann.

Bestenfalls werden wir uns in regelmäßigen Abständen über einem Bildschirm zulächeln und uns über dies und jenes auf dem Laufenden halten. Trotz der traurigen Aussicht bin ich dem Schicksal dankbar, dass es mir die Möglichkeit gab, ihn kennenlernen zu dürfen. Ich bin mir sogar sicher, dass meine Bekanntschaft mit Matt den Prozess, den ich gerade durchlaufe, positiv beeinflusst. Jedenfalls verspreche ich mir, die verbleibenden Stunden mit ihm zu genießen.

Wann wollte er heute Abend kommen? Ob er sich freuen würde, wenn ich für ihn koche? Oder sollte ich ihn zuerst anrufen? Auch um ihm zu sagen, dass ich bereits in zwei Tagen abreisen werde und mein ‚demnächst' nun mit einem konkreten Datum verbunden ist? Damit könnte ich ihm erneut die Möglichkeit geben, vor mir zu fliehen. Oder soll ich ihn am Abend einfach vor vollendete Tatsachen stellen? Doch Egoismus war noch nie meine Stärke und so beschließe ich, Matt noch vor Maria und Lilly auf meinen Tagesplan zu setzen. Eine eigenwillige Art, Dinge in eine geordnete Reihenfolge zu bringen. Die Priorität meiner Anordnung überrascht selbst mich.

»Hallo?«, meldet sich Matt, als ich ihn anrufe.

»Matt, hier ist Paula. Guten Morgen.«

»Guten Morgen, Paula. Es ist schön, Ihre Stimme zu hören.«

»*Können wir dieses Sie nicht einfach in ein du verwandeln? Immerhin hätten wir uns gestern beinahe geküsst. Vielleicht ist es aber auch gut so, selbst wenn nur dazu, den Abstand zwischen uns zu wahren«*, denke ich leise.

»Sagen Sie mir nicht, dass Sie unser Treffen für heute absagen wollen, Paula.«

Er deutet meine Pause falsch und denkt vermutlich, dass ich nicht den Mut besitze, das Treffen am Abend ausfallen zu lassen.

»Nein Matt, das möchte ich nicht. Ganz im Gegenteil. Ich würde Sie gerne zum Essen in meiner Pension einladen. Ich habe dort für zwei Tage das alleinige Refugium in der Küche meiner Gastgeberin und würde gerne selbst kochen.«

»Hört sich gut an. Ich nehme die Einladung natürlich sehr gerne an.«

»Allerdings ist da noch etwas, Matt, das ich unbedingt loswerden möchte.«

»Sie können in Wahrheit gar nicht kochen?«

»*Er ist so ahnungslos und wirkt so treuherzig«*, denke ich.

»Paula? Sind Sie noch am Apparat? Dies war selbstverständlich nur ein Scherz«, entschuldigt er sich.

Ich räuspere mich, bevor ich antworte.

»Matt, ich habe gestern Nacht noch mit meiner Tochter telefoniert. Sie leidet. Ich muss nach Hause und das so schnell wie möglich.«

Es entsteht eine unheilvolle Pause und ich befürchte, dass Matt sich nun von mir abwenden wird. Gleichzeitig versuche ich bereits, seine Abfuhr nicht allzu persönlich zu nehmen.

»Matt?«, frage ich ängstlich. »Mein Flug geht Samstagabend. Wenn Sie also …«

»Paula«, entgegnet er entschieden und wirkt nun gar nicht mehr so naiv, wie ich es ihm noch vor wenigen Sekunden unterstellt habe. »Wie oft muss ich ihnen noch versichern, dass meine Beweggründe Sie zu treffen, nichts mit ihrer Familie zu tun haben?«

Richtig gut gefällt mir der Satz nicht, dennoch bin ich erleichtert über seinen Sportsgeist, auch wenn meine Eitelkeit beleidigt die Arme verschränkt und zu motzen beginnt.

»Ist neunzehn Uhr in Ordnung? Oder soll ich früher kommen, um ihnen bei den Vorbereitungen zu helfen?«

»Neunzehn Uhr ist völlig in Ordnung.«

»Dann sehen wir uns heute Abend, Paula.«

»Ich freue mich, Matt. Ich freue mich wirklich sehr.«

Als wir uns verabschieden, spüre ich, dass es keine Floskel ist, die ich da von mir gebe, sondern, dass ich mich wirklich auf den gemeinsamen Abend freue.

Nachdem Maria mir hoch und heilig versprochen hat, samstags zur Mittagszeit zu Hause zu sein, bestelle ich mir erneut ein Taxi und fahre in das größte Shoppingcenter von Kapstadt. Ich habe vor, ein kleines Vermögen auszugeben. Und zwar ganz ohne Reue. Lilly anzurufen, wandert weiter in den Hintergrund und ich wundere mich darüber, wie leicht es mir fällt, die Rolle der sich ständig sorgenden Mutter hinter mir zu lassen. Etwas Verantwortung an meinem Mann weiterzugeben gefällt mir. Das Fünkchen schlechtes Gewissen, das sich in mir regt, verdränge ich ins Abseits. Zum einen, weil ich weiß, dass ich später mit meiner Tochter sprechen werde, zum anderen, weil ich ihr Dinge kaufen möchte, die sie über vieles hinwegtrösten wird.

Kurz darauf treffe ich im *Cavendish Square* ein. Die Mall ist riesig und das Angebot verführerisch. Ich bin mir sicher, all jenes zu bekommen, was ich mir im Laufe der Fahrt hierher überlegt habe.

Da Felix´ Geschmack das größere Problem darstellen dürfte, führt mein Weg mich zuerst in ein Sportgeschäft. Doch meine Sorge ist unbegründet. Binnen einer Stunde kaufe ich ein paar Turnschuhe, zwei Shirts und ein hochmodernes Fitnessarmband, das ihm sicher gefallen wird. Er wird es vielleicht sogar ‚feiern', wie er sich ausdrückt, wenn ihm etwas gut gefällt. Ich bin erstaunt, wie leicht es mir fällt, auf Englisch zu kommunizieren und freue mich, dass ich selbst Fachbegriffe halbwegs gut verstehe, zumindest jedoch erahnen kann.

Für Lilly ist es noch einfacher, etwas Passendes zu finden. Es gibt Shorts, Shirts, Taschen und Tücher in Hülle und Fülle. Weniger problemlos ist es deshalb, ein gewisses Maß an Fülle von Mitbringseln einzuhalten. Sie bekommt ein paar schicke Sneakers und eine Jeans, dazu Shorts, Shirt, Tasche und Tuch, sodass ein Outfit entsteht, das der neusten Mode entsprechen dürfte. Als ‚en vogue' würde es meine Tochter bezeichnen.

Gerade verstaue ich meine Tüten in einem Schließfach, als mein Blick auf ein Fachgeschäft für Surfer fällt und mich augenblicklich an Matt und unsere wenigen gemeinsamen Stunden erinnert. Als ich den Laden betrete, weiß ich mit den meisten Gegenständen nichts anzufangen, bis ein wunderschönes Armband in einer beleuchteten Vitrine meine Beachtung findet. Die Lederkordel ist wunderbar verarbeitet und dreifach gewickelt. Schmale rote Fädchen durchziehen das braune Band und greifen am Ende einen goldenen Anker.

Im Grunde weiß ich sofort, dass es ein passendes Geschenk für ihn ist, dennoch zweifle ich daran, ob es nicht zu persönlich erscheinen könnte. Ich lege es wieder beiseite, um mich weiter im Laden umzusehen. Doch mein Blick kehrt immer wieder zu dem schönen Schmuckstück zurück. Folglich trete ich kurz darauf an die Kasse. Ich habe beschlossen, später spontan zu entscheiden, ob ich die Geste für angebracht halte oder sie mir letzten Endes doch zu übertrieben erscheint. Das Armband kostet kein Vermögen und ich bin mir sicher, dass auch mein Sohn Gefallen daran finden könnte.

Bei einer eisgekühlten Cola und einem knusprig belegten Brötchen überlege ich mir schließlich, wie ich Matt heute Abend kulinarisch verwöhnen möchte. Dabei schließe ich Fisch von vornherein aus. Merkwürdigerweise ist mir die Zubereitung dieses Meeresgetiers noch nie besonders gut gelungen, obwohl ich mit der Zeit zu einer ganz passablen Köchin geworden bin. Ich hege berechtigte Zweifel daran, dass es mir ausgerechnet heute gelingen könnte, Fisch auf den Punkt zuzubereiten. Dagegen erscheint mir die gute alte deutsche Hausmannskost zu spießig. Ganz am Ende entscheide ich mich für einen italienischen Abend, als mein Handy den Eingang einer Kurznachricht ankündigt.

»*Rot- oder Weißwein?*« möchte Matt wissen und ich schmunzle, weil er sich ebenfalls Gedanken über den Abend macht.

»*Rot*«, schreibe ich ihm daraufhin zurück.

Als ich in der Pension eintreffe, ist es bereits Nachmittag. Ganz am Ende meiner Shoppingtour hatte ich noch eine Jeans und eine wunderschöne dunkelgrüne Bluse entdeckt, mich sofort in diese Kleidungsstücke verliebt und schamlos zugegriffen, obwohl es sich dabei um zwei Designerstücke handelte und demzufolge auch nicht ganz preiswert waren. Jetzt hängt das viel zu teure Ensemble, das ich am Abend tragen möchte, an der Schranktür.

»*So etwas Kostspieliges habe ich mir nur gekauft, wenn Johannes mich dazu gedrängt hat*«, überlege ich und freue mich darüber, dass auch diese Art von »neuem Leben« zu funktionieren scheint. Meine Eitelkeit vollführt einen Salto und klatscht begeistert in die Hände, in freudiger Erregung, was noch kommen wird.

In der Küche setze ich flugs die Bolognese an, weil diese ein bis zwei Stunden vor sich hin köcheln sollte. Mit einem gekühlten Eistee spaziere ich in den Garten, setzte mich auf eine Liege und lege meine Füße hoch. Dann wähle ich die Nummer meiner Tochter.

»Mama?«

»Hallo meine Süße. Störe ich dich gerade? Du klingst so gehetzt?«

»Nein, das heißt, wir kochen gerade Nudeln für Felix … Mama, warte mal kurz, ja? Ich sprinte mal eben nach oben in mein Zimmer.«

»*Aha, daher weht der Wind*«, denke ich mir und erkenne sofort, dass Lilly wieder zu Hause und Johannes in ihrer Nähe ist. Kurz bin ich versucht, ihn dafür zu beneiden, rufe mich aber schnell wieder zur Ordnung. Immerhin habe ich den Abstand – auch den zu meinen Kindern – selbst gewählt.

»Du bist wieder zu Hause?«, frage ich.

»Ähm … ja …«, stottert meine Tochter ganz so, als müsste sie sich dafür entschuldigen.

»Lilly. Du musst deswegen kein schlechtes Gewissen haben. Es ist vollkommen in Ordnung, dass du bei Papa bist.«

»Wirklich?«

»Natürlich!«

»Papa ist auch ganz arg traurig und er denkt viel nach …«

»Lilly?«, unterbreche ich sie. »Können wir über etwas anderes sprechen als darüber, was Papa sagt und denkt? Ich glaube, dass er mir selbst erklären muss, was in ihm vorgeht und was er fühlt.«

»In Ordnung«, sagt Lilly, aber ich erkenne, dass sie anderer Meinung ist und nur zu gerne zwischen Johannes und mir vermitteln würde. Aber das möchte ich nicht. Und hoffentlich hält sich mein Mann ebenfalls an diese moralische Grenze.

»Lilly, ich fliege Samstagabend ab und komme Sonntagmorgen in München an.«

Die Fluggesellschaft hatte mir vor wenigen Minuten bestätigt, dass ich soeben auf die Passagierliste vorgerückt war. »Ich lande gegen zehn Uhr. Aber ihr müsst mich nicht abholen. Ich nehme den Zug und später ein Taxi.«

»Am Sonntag? Ich freue mich so, dich zu sehen, Mama.«

Dieses Mal meint Lilly es ehrlich. »Und wie geht es den Pinguinen?«, fragt sie interessiert.

»Gut hoffe ich. Ich muss mich morgen unbedingt noch verabschieden. Den heutigen Tag habe ich nämlich ausnahmslos in einem riesigen Shoppingcenter verbracht.«

Bei dem Wort »Shopping« ist meine Tochter augenblicklich hellwach.

»Hast du mir etwas gekauft, Mama?«

»*Meine liebe Lilly, ehrlich und direkt wie eh und je.«* Mich überflutet eine Welle der Zuneigung und bedingungslosen Liebe für meine, vor Selbstbewusstsein strotzende Tochter.

»Ja, habe ich, mein Engel. Aber bis Sonntagmittag wirst du darauf noch warten müssen.«

»Und wenn ich dich doch am Flughafen abhole?«, schmunzelt sie.

»Lilly!«, ermahne ich meine Tochter spielerisch.

»Können wir heute Abend vielleicht nochmal telefonieren, Mama? Mir ist nicht ganz wohl bei dem Gedanken, dass Papa alleine in der Küche steht«, lacht sie und ihre Sorgen von gestern scheinen wie weggeblasen.

»*Sie ist eben doch noch ein Kind«*, philosophiere ich. Dennoch beschließe ich, ihr die Wahrheit zu sagen.

»Das geht nicht, Lilly. Ich bin heute Abend zum Essen verabredet und vermutlich wird es spät werden«, entscheide ich mich für einen diplomatischen Mittelweg. »Aber ich kann dich gerne morgen Vormittag anrufen, wenn du möchtest.«

»Aber nicht so früh«, lächelt sie und ich bin erleichtert, dass sie keine weiteren Fragen zu meiner Verabredung stellt. Wir verabschieden uns und ich verspreche ihr, sie morgen gegen Mittag anzurufen.

Als ich zurück in Marias Küche gehe, verfolgt mich der Gedanke, ob ich den heutigen Abend mit Matt für ein Telefonat unterbrochen hätte, falls meine Tochter darauf bestanden hätte. Ganz so einfach, wie gedacht, finde ich dafür aber keine Lösung. Wenn Lilly, so wie gestern leidet, wäre es keine Frage, die mich vor die Entscheidung stellen würde. Aber so gut gelaunt, wie sie mir heute erschien, entsteht eine ganz neue Situation.

»*Nein*«, denke ich mir. »*Ich würde den Abend nicht unterbrechen.*«

Meine Kinder müssen lernen, dass die Zukunft eine andere Rolle für mich vorsieht, als die einer Mutter, die immer und überall für sie und ihren Probleme bereitsteht.

Lässig lehnt Matt am Abend am Türrahmen. Sein Lächeln ist umwerfend und sein Duft betörend. In der Hand hält er eine Flasche südafrikanischen Rotwein. Er küsst mich auf beide Wangen, bedankt sich für die Einladung und folgt mir in die Küche.

»Es duftet bereits herrlich, Paula.«

»Ich hoffe, Sie mögen italienisches Essen?«, frage ich.

»Ich liebe es«, schwärmt er. »Kann ich irgendwie behilflich sein?«

»Sie könnten den Wein öffnen«, schlage ich vor, während ich das Baguette mit der vorbereiteten Bruschetta bestreiche.

Kurz darauf sitzen wir in dem wunderschönen Garten, wo es allmählich dunkel wird und zahllose Kerzen dem leisen Windhauch trotzen.

»Wie kommt´s?«, fragt Matt und deutet in den Garten.

»Ein Anflug von Romantik«, scherze ich.

Matt lacht und verdreht die Augen.

»Dass Sie hier ganz alleine wohnen?«

»Maria, der diese Pension gehört, musste überraschend für ein paar Tage verreisen«, erkläre ich ihm. »Und sie war so lieb, mich nicht rauszuwerfen.«

»Ein tolles Häuschen.«

»Es ist traumhaft«, schwärme ich. »Ich werde sicherlich noch ganz oft hier Urlaub machen.«

»Ach ja?« Matt zieht eine Augenbraue nach oben und lächelt. »Wie geht es ihrer Tochter?«

»Sie erschien mir heute viel zuversichtlicher als gestern. Dennoch muss ich nach Hause. Mein Sohn wird heute ebenfalls dort eintrudeln. Er weiß also noch gar nichts von dem ganzen Durcheinander, das er dort vorfinden wird. Es ist meine Aufgabe, die Dinge in Ordnung zu bringen. Auch um meinetwegen.«

Matt ist still, hört mir zu und nippt an seinem Wein. Schließlich ergreift er das Wort.

»Haben Sie schon eine Entscheidung getroffen, Paula?«

»Wie es mit meiner Familie weiter geht?«

Unsere Blicke treffen sich und ich blicke in zwei wunderschöne blaue Augen.

»Nein«, gebe ich zu. »Aber ich weiß, dass ich es hier auch nicht entscheiden kann. Ich muss ihm gegenüberstehen, ihm dabei in die Augen sehen können.«

»Ich halte ihn auch heute noch für einen Idioten«, lächelt Matt.

»Er war nicht immer so. Aber zuletzt fühlte ich mich nur noch selten entspannt und glücklich in seiner Nähe. Können Sie verstehen, was ich meine?«

Er nickt und ich bewundere ihn dafür. Er kann schweigen und er stellt keine Fragen, obwohl ihm deutlich anzusehen ist, dass er gerne welche stellen möchte. Eine Gabe, für die er meine Anerkennung erhält.

»Ich möchte nicht bei ihm bleiben müssen, nur weil es das Beste für meine Kinder sein könnte. Allerdings will ich auch nicht, wenn die beiden in ein paar Jahren das Haus verlassen und mir immer noch die Frage stellen, was eigentlich *ich* möchte.«

»Ich glaube ihnen, dass es nicht leichtfällt, Entscheidungen zu treffen, die so viele Menschen in eine andere Dynamik versetzen könnten, Paula.«

»Falls ich mich dazu entscheide, bei meinem Mann zu bleiben, kann ich meinen Kindern dann diese bedingungslose, ehrliche Liebe vorleben, auch wenn sie vielleicht nur auf einer Lüge basiert? Ich habe mich stets darum bemüht, Lilly und Felix die Wahrheit vorzuleben und möchte dies auch weiterhin tun.«

»Wir können unsere Lebenspläne nicht immer alleine bestimmen, Paula. Aber Sie sind in einer guten Position, um *ihrer* Zukunft eine neue Umlaufbahn zu geben.«

Ich ziehe die Augenbraue nach oben und denke über seine Worte nach.

»Sie werden es herausfinden, Paula. Geben Sie sich Zeit und vertrauen Sie auf ihren gesunden Menschenverstand. Im Übrigen zweifle ich keinen Augenblick daran, dass Sie die richtige Entscheidung für sich *und* ihre Kinder treffen werden.«

»*Er urteilt nicht«*, denke ich. »*Und er glaubt an mich.«*

»Neuinszenierungen funktionieren oder sie funktionieren eben nicht. Das ist wie bei einem Remake eines guten, alten Liedes. Manchmal wird es durch Hinzugabe von neuem Wissen besser, ein anderes Mal weiß man dagegen sofort, dass es trotz der Neuerungen nicht klappen wird. Vertrauen Sie auf ihr Bauchgefühl. Es wird ihnen bestimmt sagen, was richtig ist.«

Er hat recht. Ich werde es nur entscheiden können, wenn ich es fühle.

Oder eben nicht.

Aus der Ferne vernehme ich leise das Rauschen des Ozeans. Ich bilde mir sogar ein, ihn riechen zu können.

»Erzählen Sie mir mehr von sich, Matt«, bitte ich ihn. Nicht nur, weil es mich ehrlich interessiert, sondern um letzten Endes auch das Thema zu wechseln.

Während wir unsere Nudeln, den Salat und am Ende das Dessert genießen, erzählt mir Matt von seiner Kindheit, seinen Geschwistern, den Ländern, in denen er beschäftigt war und wie er schließlich in Kapstadt gelandet ist. Seine lebhaften, mit Gesten untermauerten Erzählungen sind köstlich, ich entspanne mich zunehmend und genieße den Abend in vollen Zügen. Eine Flasche Wein ist bereits geleert, und als ich den Kaffee serviere, halte ich eine zweite Flasche in der Hand. Dabei gestikuliere ich in seine Richtung, ob er auch dazu bereit ist, diese Flasche noch zu öffnen.

»Seien Sie mir bitte nicht böse, Paula, aber ich glaube, ich sollte nichts mehr trinken. Immerhin muss ich später nach Simon's Town zurückfahren.«

Er wollte es nicht wie eine Frage klingen lassen, das spüre ich deutlich. Trotzdem hängt seine Aussage unausgesprochen zwischen uns. Ich beantworte sie damit, indem ich die Flasche selbst öffne und damit beginne, unsere leeren Gläser zu füllen.

»Maria hat sicherlich nichts dagegen, wenn Sie eines ihrer Gästezimmer benutzen«, höre ich mich sagen.

Ist dies meine Art, aufkommende Probleme zu beseitigen oder habe ich mir damit nur das nächste aufgebürdet? Ehrlich gesagt ist es mir egal. Weder wollte ich alleine sein noch, dass Matt geht. Vielleicht war Egoismus doch eine unterschätzte Eigenschaft in mir? Die Göttin in mir jubelt, mein schlechtes Gewissen sucht dagegen das Weite. Letztendlich kann ich meine Entscheidung nicht erklären, aber es gelingt mir ausgesprochen gut, sie zu ignorieren.

Diplomatie ist die Kunst des Verhandelns

Der Film ist albern. Kreischende Teenies und hohle Sprüche sind die einzigen roten Fäden, die sich durch diese lächerliche Komödie ziehen. Dennoch genieße ich den Abend mit Lilly. Ich kann mich nicht daran erinnern, wann ich zuletzt so viel Zeit mit meiner Tochter verbracht habe. Zwar bin ich nach wie vor meilenweit von einem Bilderbuchvater entfernt, dennoch beruhigt sich mein Gewissen für den Augenblick. Lilly hat während des Films sogar eine dreiviertelte Pizza gegessen, doch diese Tatsache entspricht sicherlich nicht meinem Verdienst. Vermutlich hatte sie einfach nur Hunger.

»Magst du mir erzählen, was Mama heute am Telefon gesagt hat?«, frage ich sie, nachdem der Film zu Ende ist und sie den Eindruck erweckt, ins Bett gehen zu wollen.

»Dass wir sie am Sonntag nicht abzuholen brauchen.«

»Mama kommt bereits am Sonntag nach Hause?«

Mein Herz stolpert, während Lilly zustimmend nickt. An ihrer Mimik erkenne ich deutlich, dass sie überlegt, was sie mir noch erzählen könnte und was sie am liebsten für sich behalten sollte.

»Lilly, du musst mir nichts weiter erzählen. Wenn du möchtest, dass das Gespräch zwischen euch bleiben soll, dann ist es auch für mich in Ordnung.«

»Sie war shoppen«, lächelt Lilly und strotzt vor Stolz, eine unverfängliche Antwort gefunden zu haben.

»Bestimmt für dich und Felix«, sage ich.

»Ja«, grinst sie, doch sogleich wird ihre Miene wieder undurchsichtig.

»*Ihr liegt etwas auf dem Herzen und sie hadert damit, ob sie es mir verraten soll oder nicht*«, denke ich voller Bedauern.

»Du, Papa«, beginnt sie zögernd, »also Mama hat gesagt, dass sie heute Abend zum Essen verabredet ist.«

Ein bittersüßer Schmerz durchfährt mich, aber ich versuche mir, diesen Stich nicht anmerken zu lassen. Lilly sorgt sich auch ohne meine eifersüchtigen Empfindungen schon genug um unsere Familie.

»Sieh mal, Lilly. Du hattest mir gestern doch erzählt, dass Mama eine neue Freundin gefunden hat«, beruhige ich sie und am meisten mich selbst. »Bestimmt gehen die beiden essen, um sich voneinander zu verabschieden, weil Mama doch bald nach Hause fliegt.«

»Aber wenn Mama, ich mein, wenn sie dir noch sehr böse ist und …«

»Lilly«, beginne ich entschieden, ziehe meine Tochter jedoch sanft in die Arme, um den strengen Tonfall sofort zu entschärfen. »Ich kann verstehen, dass du dir Sorgen machst. Aber du solltest dir keine Gedanken machen, die im Grunde nur Mama und mich betreffen. Wir werden das klären. Gib uns beiden die Chance, darüber zu sprechen und dann können wir gemeinsam überlegen, wie es weitergehen soll. Mama fällt keinen leichtfertigen Entschluss, den sie hinterher nur bereuen würde. Schon deshalb nicht, weil diese Entscheidungen womöglich auch dich und Felix betreffen.«

Lilly überlegt und in ihren Augen bildet sich ein kleiner See.

»*Die Wahrheit kann manches Mal grausam sein*«, urteile ich in Gedanken.

»Lilly, es nützt nichts, wenn wir uns hier verrückt machen. Mama wird das tun, was sie für richtig hält. Vertrau ihr. Und mir. Egal, wie die Sache am Ende ausgehen wird, es wird sich überhaupt nichts an unserer Liebe zu dir oder Felix ändern.«

»Ich habe trotzdem Angst, Papa.« Ich küsse meine Tochter auf die Stirn und verschweige ihr, dass ich ebenfalls voller Sorge bin.

Ja, ich habe Angst, dass meine Frau mich verlassen könnte.

Als Lilly im Bett ist, suche ich Zuversicht im weltweiten Netz, denn mit meiner Tochter verabschieden sich auch die Worte »es nützt nichts, wenn wir uns hier verrückt machen.«

Ich mache mich nämlich verrückt!

Ich bin sogar verrückt vor Sorge.

Und vor Angst.

Und vor allem voller Zweifel.

»Paula. Bitte tue nichts Unüberlegtes«, beschwöre ich meine Frau über zwei Kontinente hinweg. Daran, dass ich vor zwei Tagen meine einstige Jugendliebe voller Leidenschaft geküsst habe, verschwende ich natürlich keinen Gedanken.

Ich wende mich an die Seite unseres Kreditkarteninstitutes und erschrecke, weil ich dazu imstande bin, meiner Frau skrupellos hinterher zu spionieren. Doch meine moralischen Bedenken reichen nicht aus, um meine Beklommenheit auszulöschen.

Wie von Lilly vorhergesagt, war Paula heute einkaufen. Erstaunt über die Summen, die auf dem Bildschirm erscheinen, weiß ich nicht so recht, ob ich lachen oder vielmehr weinen soll. Knappe dreihundert Euro hat Paula in einem Sportgeschäft ausgegeben. Weitere Zweihundert in einem Fashionstore, dessen Label mir unbekannt ist. Eine andere Abbuchung beläuft sich auf annähernd vierhundert Euro. Mit neunhundertsiebzehn Euro belastet *Lufthansa* unser Konto. Sicherlich hat sie damit ihren Rückflug bezahlt. Doch meine Aufmerksamkeit bezieht sich gänzlich auf die sechsunddreißig Euro und fünfundzwanzig Cent, die meine Frau in einem Surferladen ausgegeben hat.

»*Was zum Teufel hast du in einem Surferladen zu suchen?*«, fluche ich in Gedanken. Ungeduldig klicke ich mich durch unsere letzten Registrierungen, um weitere Verdächtigungen gegen meine Frau zu finden. Doch alle vorausgegangenen Abbuchungen wurden entweder von mir selbst vorgenommen oder sind durchschaubar. Nur einmal hatte Paula noch in einem – wie ich vermute – Modegeschäft eingekauft.

»*Verdammt, Paula*«, denke ich verärgert. »*Was treibst du da in Kapstadt?*«

Ich erschrecke über meine barschen Gedanken und bemerke, dass sich ein Blatt achtlos zerknülltes Papier in meiner Hand befindet. Ich halte verbissen daran fest, sodass meine Knöchel bereits weiß hervortreten und meine Hand zu zittern beginnt. Ist es bereits wieder eine Form von Aggression, die ihren Weg an die Oberfläche sucht?

»Herrgott«, ärgere ich mich und werfe den Papierball wütend in den Raum.

»Papa?«

Erschrocken drehe ich mich um und entdecke meine Tochter, die sich ängstlich an den Türrahmen klammert. Ich schließe die Augen, atme tief durch, fühle mich hilflos und schüttle bedauernd den Kopf.

»Alles in Ordnung, Lilly. Alles in Ordnung«, beruhige ich sie – und gleichzeitig auch mich – nehme sie an die Hand und bringe sie ins Bett, so als sei sie nicht sechzehn, sondern sechs.

»Legst du dich noch ein bisschen zu mir?«, fragt sie beinahe schüchtern, als wir in ihrem Zimmer angekommen sind.

»Klar«, antworte ich und weiß nicht, wem ich damit mehr helfe. Ihr oder mir selbst?

»Dad?«

»Hm?« Ich streichle meiner Tochter liebevoll einige Haare aus dem Gesicht.

»Warum streitet ihr nur noch?«

»Mama und ich?«, frage ich überflüssigerweise.

Lilly nickt.

»Ich glaube, dass Mama etwas fehlt, Lilly. Etwas, das sie schon längere Zeit zurückhaben möchte, aber sich bisher nicht getraut hat, es zu äußern.«

»Aber, wir haben doch alles. Sogar über einen eigenen Pool wurde schon nachgedacht.«

Ich lächle über Lillys kindliche Naivität.

»Hör zu, ...«

»Machst du bitte das Licht aus, Papa?«

Ich gehorche und bin froh, dass sie in der Dunkelheit meine Mimik nicht mehr deuten kann, während ich ihr erkläre, warum ich glaube, dass ihre Mutter unglücklich ist.

»Mama hatte nie die Möglichkeit, ihrem Beruf nachzugehen. Ihre Aufgaben lagen immer innerhalb der Familie, Lilly. Sie war viele, viele Jahre nur für uns da. Sie hat sich immer um alles gekümmert.«

»Du meinst, ihr ist die Decke auf den Kopf gefallen?«

»Hm. So ähnlich. Wir sind Mamas Lebensmittelpunkt. Vielleicht reicht ihr das nicht mehr. Du und Felix, ihr geht bereits eigene Wege. Mit euren Urlaubsreisen ist Mama das vielleicht zum ersten Mal deutlich geworden.«

»Aber, wenn ich das gewusst hätte, dann …«

»Lilly«, ermahne ich meine Tochter. »Das ist der Lauf der Zeit. So ist es eben nun mal und ich glaube, dass Mama sehr stolz darauf ist, dass ihr euer Leben allmählich in die eigenen Hände nehmt. Es war immer unser Ziel, dass ihr Euch zu eigenständigen Persönlichkeiten entwickelt. Ich glaube nicht, dass Mama *deswegen* traurig ist. Aber sie wünscht sich vermutlich eine neue Aufgabe. Eine, die sie erfüllt. Und sie braucht Möglichkeiten, ihre Meinungen und Ansprüche vertreten zu dürfen. Leider habe ich in den letzten Jahren zu oft über sie hinweg bestimmt.«

»Klingt ganz schön kompliziert«, antwortet meine Tochter.

»Ist es aber eigentlich gar nicht. Wenn, … wenn man den Zeitpunkt, an dem sich diese beide Lebenswege kreuzen, nicht verpasst.«

»Und ihr habt diese Kreuzung verpasst?«

»Ja, das haben wir, Lilly.«

»Dann geht doch einfach zurück zu der Stelle, an der sich eure Wege teilen.«

»So einfach ist es leider nicht, Süße. Denn an genau dieser Stelle habe ich Mama sehr verletzt.«

»Und deshalb geht Mama jetzt alleine?«

»Deshalb geht Mama jetzt alleine!«, bestätige ich meiner Tochter.

»Wenn du mit ihr in den Urlaub gefahren wärst, wäre bestimmt alles anders gekommen«, hadert Lilly mit dem Schicksal.

»Diese Frage habe ich mir auch schon gestellt, Lilly. Aber ich glaube, dass es dann einen anderen Punkt gegeben hätte, der diesen Zwiespalt ausgelöst hätte. Ein gemeinsamer Urlaub hätte vermutlich daran nichts geändert. Die Urlaubsfrage lag schon weit hinter der Kreuzung.«

»Dann geht ihr schon lange getrennte Wege?«

»So bitter das klingt, aber ja, wir gehen schon sehr lange getrennte Wege. Wir wollten es uns nur nicht eingestehen und dachten, es würde sich ändern, wenn wir es lange genug ignorieren.«

»Ich möchte nicht erwachsen werden, Papa.«

»Du bist es bereits, Lilly. Auf eine gewisse Art jedenfalls.«

»Ich glaube nicht, dass, wenn ich bei *Google* »erwachsen« eingebe, mein Name erscheint«, kichert Lilly.

»Ich glaube, meiner wäre auch eher unter Idiot oder Macho zu finden.«

Lilly kuschelt sich in meine Arme.

»Ich hab dich lieb, Papa.«

»Ich dich auch, Lilly. Sehr, sehr lieb.«

Irgendwann in der zweiten Nachthälfte werde ich wach. Immer noch in Lillys Bett liegend, versuche ich, mir die letzten Stunden ins Gedächtnis zu rufen. Vorsichtig, um meine Tochter nicht zu wecken, stehe ich auf, tapse in mein Büro und stelle fest, dass der Laptop eigenständig auf Standby gewechselt hat, jedoch immer noch in den Buchungen unseres Bankkontos festhängt. Entschlossen schließe ich daraufhin das Gerät. Was ich Paula vor drei Wochen angetan habe, ist bereits unverzeihlich. Ihr jetzt noch hinterher zu spionieren, macht die Sache nicht unbedingt besser.

Weil an Schlaf ohnehin nicht mehr zu denken ist, trete ich raus in den Garten und betrachte die Sterne. Die Stille der Nacht hängt in der Luft wie zäher Nebel. Nur ganz vereinzelt dringt ein leiser Laut in meine Ohren. Der Ruf eines Tieres oder ein Auto, das langsam durch unsere Wohngegend rollt.

Meine wirren Gedanken schweifen zu meiner Mutter, die mir seit frühster Kindheit unermüdlich eingebläut hatte, niemals Fehler zu begehen, die sich nicht wieder in Ordnung bringen ließen. Nahezu verbissen habe ich versucht, mich daran zu halten und nur selten unüberlegt gehandelt. Vielleicht wurde ich deshalb von ihr heiliggesprochen. Dies ist eine der negativen Seiten, die die Rolle als Einzelkind mit sich bringt. Ich habe keine Geschwister, die Fehler wiedergutmachen können.

Und nun dies! Dieser abscheuliche Fehler. Hätte ich nicht einfach über eine rote Ampel fahren können? Oder meinetwegen auch eine kleinere Summe Steuern hinterziehen? Selbst eine Anzeige wegen falscher Berichterstattung wäre mir lieber gewesen als das, was ich tatsächlich getan habe. Doch an der Wahrheit gibt es nichts zu rütteln: Meine Ehe steht vor dem Aus! Weil ich meine

Frau geschlagen habe. Und gerade eben demonstriere ich wieder unüberlegtes Handeln, indem ich in Paulas Privatsphäre trete und sie auskundschafte. Ich wünschte, es wäre anders. Aber das ist es leider nicht.

Um meiner neuen, hitzigen Art Einhalt zu gebieten, muss ich unbedingt herausfinden, wann die ersten Anzeichen für meine Ausraster auftauchten. Meinen Eltern gegenüber bin ich nur sehr selten ausfallend geworden. Sieht man von der pubertären Phase einmal ab. Und bis auf die kleinen Sticheleien zwischen Paula und mir gab es auch später kaum einen Anlass, streitsüchtig zu handeln. Selbst in der Redaktion bemühe ich mich, taktisch klug zu agieren. Dagegen beherberge ich nun ein Gefühl, das mich direkt in den Gazastreifen katapultiert. Wo unbedarfte Worte schnell eskalieren und in Form einer Bombe explodieren.

»*Was zum Teufel trieb Paula und mich so unendlich weit auseinander?*«, flüstere ich in die kühle Nacht, von der ich nicht wirklich eine Antwort erwarte.

»*An welchem Punkt haben sich unsere Wege getrennt?*« Mein Frieren lenkt mich nur kurzweilig ab und ich greife zur Decke.

Haben Paula und ich uns gefunden, weil wir uns ähnlich waren, oder sind wir uns in den letzten Jahren einfach nur ähnlich geworden? Zu Anfang unserer Beziehung war Paula mein Gegenpol gewesen. Aus genau diesem Grund habe ich mich so unsterblich in sie verliebt.

Doch wie ist es heute? Paula hat sich, im Laufe der Jahre, meiner, von mir festgelegten Lebensart immer mehr angepasst. Nur selten traf sie noch ihre eigenen Entscheidungen und ihre vielen Ideen vertrat sie nur noch selten. Zwar habe ich diese Veränderung an meiner Frau durchaus bemerkt, allerdings auch gerne verdrängt. Und vermutlich nur deshalb, um mich mit dem Wandel nicht auseinandersetzen zu müssen. Wenn es für die letzten Minuten also eine Erkenntnis gibt, dann die, dass Paula nicht mehr jene Frau ist, in die ich mich einst verliebt habe. Und: Ich bin auch nicht mehr derselbe Mann wie am Anfang unserer Beziehung.

»*Sie hat ihre Unbedarftheit verloren«*, denke ich niedergeschlagen. Früher habe ich sie gerne als *Alice im Wunderland* bezeichnet, wenn sie mit großen Augen die Welt erkundete. Doch von Alice und dem einstigen Wunderland ist nicht mehr viel übrig geblieben und ich bin nicht ganz unschuldig an dieser Tatsache.

Wie oft habe ich von ihr erwartet, dass sie sich meinem Leben anpasst? Paula tat dies, indem sie meine Handlungen nie verurteilte. Aber nichts zu tun, war eben auch eine Art von Handlung. Irgendwann ist aus den Kompromissen, die wir zu Anfang unserer Ehe geschlossen haben, stille Akzeptanz geworden.

Mit dem Wunsch nach Südafrika zu reisen, widersetzte sich Paula zum ersten Mal nach langer Zeit meinem Willen. Damit war sie wieder zu der Paula geworden, die ich kennen und lieben gelernt hatte. Allerdings wollte ich Idiot dies nicht erkennen, habe sie für stoisch und kindisch gehalten und beleidigt. Doch meine Frau hatte mit dem Zaunpfahl gewunken, indem sie auf diesem Urlaub beharrte. Erst jetzt, als ein ganzer Baumstamm der Erkenntnis vor meinem Gesicht wedelt, begreife ich es. Doch jetzt ist es zu spät. Die Reime, die ich mir auf Paulas Reaktionen gemacht habe, reimten sich eben nicht immer.

Ich weine stumm in die Nacht.

Und ich zähle die Stunden. Die Stunden, die es dauert, bis Paula wieder bei mir sein wird. Bis ich sie sehen, küssen und halten kann. Oder, bis der Zeitpunkt kommt, an dem sie sich von mir lossagen wird.

Mein Körper krampft, mein lautloses Weinen geht in ein Wimmern über, und plötzlich strömen die Tränen aus meinen Augen. Es ist Befreiung und Entspannung zugleich. Irgendwann schlafe ich schließlich ein.

»Papa?« Lilly rüttelt sanft an meiner Schulter. »Ist alles in Ordnung mit dir?«, fragt sie ängstlich und ich hasse mich dafür, dass ich es auch heute nicht schaffe, ihr ein sicheres Gefühl zu geben.

»Papa, ich würde gerne zu Klara gehen. Wir wollen Urlaubsfotos tauschen, aber wenn du möchtest, dass ich hierbleibe, mache ich uns selbstverständlich Frühstück. Ich dachte nur, weil Mama und Felix ja nicht hier sind …«

»Schon gut, Lilly. Geh ruhig zu deiner Freundin. Schöne Grüße. Bis wann kommst wieder nach Hause?

»Wir simsen«, ruft sie im Gehen und winkt mit ihrem Handy. Mit ihren Gedanken ist sie längst woanders.

»In Ordnung«, sage ich mehr zu mir selbst und versuche meine verkrampften Muskeln zu lockern, bevor ich mich dazu zwinge, aufzustehen.

»*Eine Laufrunde wäre bestimmt nicht die schlechteste Idee*«, kämpfe ich mit mir. Doch mein innerer Schweinehund gewinnt. Stattdessen steige ich aufs Fahrrad und erledige einige Einkäufe. Immerhin kommt Paula bald nach Hause.

Paula kommt tatsächlich nach Hause!

Erst als ich mir dies ins Gedächtnis rufe, überfällt mich betriebsame Hektik. Meine Frau sollte ein sauberes Heim bei ihrer Rückkehr vorfinden. Und auch *beide* Kinder. Aus diesem Grund sende ich eine SMS an Felix und bitte ihn, bis spätestens Sonntagvormittag nach Hause zu kommen.

»Vielleicht«, schreibt er zurück, aber ich weiß, dass er pünktlich erscheinen wird. Er liebt seine Mutter und selbst, wenn ich mich auf seiner Beliebtheitsskala irgendwo zwischen Jürgen Klopp, Oliver Pocher und Frau Hartmann – seiner verhassten Geschichtslehrerin – befinde, würde *er* seine Mutter niemals enttäuschen.

Auch wenn zu ihm eine Schwester gehört, die seinen Fehler wiedergutmachen kann.

Was noch geschah …

»Guten Tag. Mein Name ist Paula. Paula Herbst.«

Paula reichte der Frau, die ihr gerade die Tür geöffnet und sie mit einem Lächeln begrüßt hatte, die Hand. »Ich bin eben in Kapstadt gelandet und habe durch Zufall das Schild mit dem Hinweis auf ein freies Zimmer entdeckt. Wäre es möglich für ein paar Tage hier zu wohnen?«

Die ältere Frau – Paula schätzte sie auf über sechzig – musterte sie zuerst fragend, dann lächelnd und bat sie zuletzt mit einer freundlichen Geste ins Haus. Dort roch es ein wenig modrig und auch im Flur herrschte dieses Durcheinander, das bereits im Garten seinen Anfang gefunden hatte. Es stapelten sich allerlei alte und neue Gegenstände, sodass Paula kurz in Erwägung gezogen hatte, womöglich doch die falsche Entscheidung getroffen zu haben. Aber sie vertraute darauf, dass ihre Empfindungen im Normalfall die richtigen waren. Aber was war an ihrer Situation schon noch normal?

»Sie sehen mitgenommen aus«, stellte die Pensionswirtin fest, was allerdings keiner großen Kunst entsprach. »Aber dies bringt ein so langer Flug eben mit sich«, half sie Paula sofort aus der Verlegenheit. »Sie kommen doch direkt aus Deutschland oder?«

Paula nickte.

»Nennen Sie mich einfach Maria, Paula.«

»Sehr gerne, Maria.«

Als wollte sie ihren Entschluss, hierzubleiben, bekräftigen, reichte sie Maria ihre rechte Hand.

»Setzen Sie sich doch einen Moment, bevor ich Ihnen Ihr Zimmer zeige.«

Einladend deutete die Wirtin auf einen abgesessenen, deshalb umso gemütlicheren Ohrensessel, der sich vor einem verrußten, offenen Kamin befand.

»Möchten Sie etwas trinken?«

»Gerne«, antwortete Paula und setzte sich vorsichtig in den Sessel, der wenig Vertrauen, was seine Stabilität betraf, heraufbeschwor.

Während Maria in die Küche verschwand, betrachtete Paula den Raum näher. Er glich einem Sammelsurium aus vielem. Kaum ein Gegenstand passte zu einem anderen. Selbst die Bilder an der Wand unterschieden sich auf höchst eigentümliche Weise. Während auf einem das südafrikanische Kap zu sehen war, prangte auf einem anderen der Kölner Dom. Ein weiteres Bild ordnete Paula am ehesten der Kunstepoche ‚Art Deco' zu. Ein Wirrwarr aus geraden Strichen und unterschiedlichen Blautönen. In einer braunen Obstschale befand sich allerhand frisches Obst. Dagegen wirkte die rote Vase, in der ein alter Trockenblumenstrauß vor sich hin staubte, vergänglich. Das Fernsehgerät, das in der Ecke auf einer Art Serviertischchen stand, stammte vermutlich aus dem vorangegangen Jahrhundert und Paula bezweifelte, ob es überhaupt noch funktionieren würde.

»Er funktioniert noch ausgesprochen gut«, lächelte Maria, die eben ins Zimmer getreten war und Paulas Gedanken offenbar sofort erraten hatte.

Paula lächelte verlegen und griff dankbar nach dem Glas, in dem sich, neben einer bräunlichen Flüssigkeit, auch einige Eiswürfel befanden.

»Woher kommen Sie, Paula?«

»Direkt aus München. Allerdings stamme ich ursprünglich aus der Bodenseeregion.«

»Ein friedliches Fleckchen Deutschland«, philosophierte Maria.

»Ja, das ist es«, stimmte Paula gedankenverloren zu, obwohl ihr ihre Heimat in den letzten Wochen so gar nicht harmonisch vorgekommen war. Bestimmt konnte Maria ihr, die widersprüchlichen Empfindungen, die das Wort Heimat bei ihr auslösten, ansehen. Doch wenn es so war, ließ es sich die alte Dame nicht anmerken.

»Kommen Sie, Paula, ich zeige ihnen das Zimmer. Ruhen Sie sich aus und bleiben Sie so lange, wie Sie es für nötig halten.«

Dankbar folgte Paula ihrer Vermieterin nach oben. Dass sie die richtige Entscheidung getroffen hatte, wusste sie spätestens zu diesem Zeitpunkt.

Bei Johannes sah es dagegen ein wenig anders aus. Von richtigen Entscheidungen, geschweige denn einem annähernd normalen Alltag, war er meilenweit entfernt. Es bedurfte schon einer kosmischen Maßeinheit, um seinen Zustand mit der von Normalität zu vergleichen. Er fühlte sich, als wäre sein altes, geregeltes Familienleben Lichtjahre entfernt. Der gestrige Streit, den er mit seinen Freunden ausgefochten hatte, kam Johannes in den Sinn. Er würde das schnellstmöglich in Ordnung bringen müssen. Auch das Durcheinander hier, das er angewidert betrachtete. Zudem stank es im Flur erbärmlich nach Alkohol, sodass er bereits wieder zu würgen begann.

»Eines nach dem anderen«, ermahnte er sich streng. Zum Multitasking war vielleicht Paula fähig, *er* würde daran nur scheitern. Er benötigte Ruhe und ein gewisses Management an Zeit, um alles auf die Reihe zu bekommen. Vielleicht würde es ihm damit gelingen, ein wenig Stabilität in seinen verwahrlosten Alltag zu bringen.

»*Duschen*«, dachte er. »*Damit fange ich an.*«

Und hinterher würde er zu Anne und Jan hinübergehen. Er musste dringend mit jemandem über seine Situation sprechen. Sonst würde er noch verrückt werden.

Kurz darauf warf er seine eben gefassten Gedanken bereits wieder über den Haufen.

»*Emilia und Toni*«, drängten sich in seine Gedanken. Warum hatte er nicht schon früher daran gedacht? Seine Frau war sicherlich zu einer seiner beiden Schwägerinnen geflüchtet. Bestimmt saßen sie bereits zu dritt zusammen, um seine Tat aufs Heftigste zu verurteilen. Normalerweise waren seine Schwägerinnen ihm gut gesonnen, doch wurde eine aus dem Schwesterntrio verletzt, hatte man automatisch die ganze Meute gegen sich. Der Gedanke, seine Frau in Sicherheit zu wissen, versetzte Johannes ein kurzes Glücksgefühl, dem er sofort nachgehen wollte. Dabei war es ihm auch egal, wie schändlich Toni und Emilia sein Verhalten finden könnten.

Doch seine anfängliche Freude wurde jäh gedämpft. Bei Emilia war Paula jedenfalls nicht aufgetaucht. Und somit schwand auch die Zuversicht, dass seine Frau sich bei Antonia befinden konnte, denn die Schwestern hätten sich untereinander gewiss verständigt.

»Johannes?«, fragte Antonia, als er, aller Wahrscheinlichkeit zum Trotz, doch noch bei seiner älteren Schwägerin angerufen hatte. »Was ist denn los? Paula verschwindet doch nicht einfach so?«

Allerdings besaß er nicht genug an Mut, um Paulas Schwester die Wahrheit zu sagen. Vielmehr flüchtete er sich in Ausreden und legte auf, bevor diese weitere Fragen stellen konnte. Zitternd fuhr er sich durch die Haare und kratzte sich am Kinn, weil er sich seit Tagen nicht rasiert hatte.

»*Die Dusche kann warten«*, entschied er spontan. Er musste Jan und Anne unbedingt noch erwischen, bevor diese zur Arbeit aufbrachen. Anderenfalls würde er wahnsinnig werden, wenn er bis zum Abend warten müsste. Ohnehin tigerte er in seiner Wohnung auf und ab, als hätte man ihn, in einen viel zu engen Käfig eingepfercht.

»Oh, der Trunkenbold gibt sich die Ehre.«

Mit Annes Sarkasmus hatte er gerechnet. Damit, dass es ihn verletzen könnte, nicht. Doch seine Freundin besaß jedes Recht auf eine verbale Herabsetzung, denn er hatte sich unmöglich benommen. Angewidert wandte sich Anne ab, ließ die Tür aber offen, sodass Johannes es als Zustimmung für sein Eintreten auffassen konnte.

»Dein Saufkumpan ist da«, rief Anne nach oben, woraufhin Jan an der Treppe erschien und nach unten lief, um seinem Freund beschwichtigend die Hand auf die Schulter zu legen.

»Kaffee?«, fragte Anne, obwohl es mehr nach Sarkasmus, als einem lieb gemeinten Angebot klang.

»Du riechst widerlich«, teilte sie ihm wenig später mit und knallte die Tasse vor ihm auf den Tisch, wodurch ein wenig von der braunen Flüssigkeit überschwappte und auf dem Tisch landete. »Und jetzt raus mit der Sprache.«

»Wir hatten Streit«, begann Johannes zögerlich. »Einen ziemlich heftigen Streit«, verbesserte er sich, trank einen Schluck von dem schwarzen Kaffee und verzog angewidert das Gesicht. »Hättest du vielleicht ein wenig Milch für mich?«

»Nein«, kam es prompt von seiner Nachbarin.

Jan hingegen stand auf, ging zum Kühlschrank und griff zu einer Tüte Milch, was Johannes dankbar, Anne eher zähneknirschend zur Kenntnis nahm.

»Um was ging es denn bei eurem *heftigen* Streit?«

Mit Anne war heute nicht gut Kirschen essen.

Und auch nicht gut Kaffee trinken.

»Es ging wieder um diese alberne Urlaubsfrage.«

Anne verdrehte genervt die Augen. »Aber irgendwie kamen wir davon ab und ein Wort gab das andere und kurz darauf flüchtete ich den Garten, um meine Gefühlswelt ein wenig unter Kontrolle zu bringen. Paula ging indes nach oben und irgendwann ...«

»*Ich Lügner*«, dachte Johannes. »*Und Feigling. Was ich hier von mir gebe, glaubt mir doch kein Mensch.*«

»Und irgendwann ...?« Anne wurde ungeduldig.

»*Ich besitze nicht den Mut, meinen Freunden die Wahrheit sagen.*«

»Irgendwann hörte ich, wie Paula ins Auto stieg und wegfuhr. Seitdem habe ich nichts mehr von ihr gehört.«

»Jetzt hör mal gut zu. Paula verschwindet nicht einfach. Was ist tatsächlich zwischen euch vorgefallen?«

»Das ist die Wahrheit. Ich schwöre es«, log Johannes.

»Und das ist wirklich alles?« Johannes ignorierte diese Frage. Zu schweigen war in seinen Augen deutlich besser, als zu lügen.

»Und du hast nichts mehr von ihr gehört? Hast du denn überhaupt versucht, sie zu erreichen?«, brachte sich Jan ins Gespräch mit ein.

»Einmal?«, antwortete Johannes verwundert. »Tausendmal habe ich es versucht. Aber immer das Gleiche. Es meldet sich nur die Mailbox. Inzwischen dürfte auch diese voll sein.«

»Hast du bei Lilly oder Felix nachgefragt?«

»Wie stellst du dir das vor? Hallo hier ist Papa. Mama ist abgehauen, nachdem ...«, erschrocken unterbrach er sich und hoffte, dass Anne nicht nachhaken würde, was *nachdem* in Wirklichkeit zu bedeuten hatte.

»Nein«, bedauernd schüttelte Johannes den Kopf. »Damit würden sich die beiden nur die ganzen Ferien über verrückt machen.«

»Und Emilia oder Antonia? Die müssten doch Bescheid wissen.«

»Nichts.«

Bedauernd schüttelte er abermals den Kopf.

»Herrgott!« Auch Anne verlor zunehmend die Nerven. »Das ist doch überhaupt nicht Paulas Art.«

»Und du weißt wirklich nicht, wo sie ist, Anne?« Mit aller Sanftmut, die seine aufgewühlte Haltung noch zutage fördern konnte, wandte Johannes sich an seine Freundin.

»Spinnst du jetzt völlig? Würde ich hier sitzen und mir Sorgen machen, wenn ich wüsste, wo sie steckt?«

»Wenn ihr mich fragt, sucht Paula einfach nur etwas Abstand. Vielleicht möchte sie ein paar Tage alleine sein, um sich über irgendetwas klar zu werden.«

Missbilligend betrachtete Anne ihren Mann. Zu fliehen war zwar durchaus eine seiner Charaktereigenschaften, doch so gänzlich untypisch für ihre Freundin Paula.

»Hast du eine Affäre, Johannes?«, unterbrach Anne die Stille mit einem Paukenschlag.

»Wie bitte?«

Johannes konnte nicht glauben, was er da soeben gehört hatte.

»Hast du Paula betrogen?«

»Ich denke, ich sollte jetzt besser gehen.«

Er versetzte seinem Freund einen leichten Klaps auf die Schulter, bevor er sich verächtlich zu Anne drehte und ihren giftigen Blick nicht weniger bissig festhielt.

»Das glaubst du doch selbst nicht oder?«

»Was *ich* glaube, spielt hier keine Rolle. Deine Frau hat *dich* verlassen, Johannes, und dafür muss es einen ganz gewichtigen Grund geben. Eine Affäre wäre jedenfalls nicht die schlechteste Erklärung dafür.«

»Du bist ja total übergeschnappt«, kommentierte Johannes Annes Folgerung und verließ wütend das Haus.

Als sie wach wurde, wusste Paula anfangs nicht so richtig, wo sie sich befand. Erst nach und nach kehrten ihre Gedanken zurück. Der Streit, der Schlag, ihre Flucht und damit auch der dumpfe Schmerz. Unermüdlich lag die Qual über ihr. Nur im Schlaf hatte sie ein wenig Erholung gefunden.

Ein Blick auf die Uhr verriet ihr, dass sie zwanzig Stunden geschlafen haben musste. Sicher würde sich Maria bereits um sie sorgen. Obwohl der Gedanke verlockend war, verzichtete Paula auf eine heiße Dusche, schlüpfte stattdessen in frische Kleidung und begab sich auf die Suche nach ihrer Vermieterin.

»Guten Morgen, Paula. Sie haben lange geschlafen. Bestimmt sind Sie hungrig?«

»*Geschlafen ja*«, dachte Paula. »*Dank der Zugabe einiger Schlaftabletten. Hungrig? Nein!*«

»Setzen Sie sich nach draußen. Ich mache ihnen rasch ein paar Sandwichs und einen starken, südafrikanischen Bohnenkaffee. Sie sehen aus, als würden Sie diesen dringend benötigen. Vertrauen Sie mir, Liebes. Dieser Kaffee erweckt Tote zum Leben«, lächelte sie freundlich.

»*Tot*«, genau so fühle ich mich. »*Kalt, taub und gefühlslos. Warum Johannes, warum?*«

Kurz darauf servierte Maria auf einem kleinen Tablett ihre Köstlichkeiten. Und sie bestand darauf, dass Paula etwas aß.

Um Maria nicht zu enttäuschen und um wenigstens etwas guten Willen zu zeigen, biss Paula in ein Sandwich und griff zur gefüllten Tasse mit Kaffee, der wirklich sehr, sehr stark und auch sehr heiß war. Maria saß ihr schweigend gegenüber, trank ebenfalls Kaffee und musterte sie aufmerksam. Nach einigen Bissen legte Paula das Sandwich zurück und zuckte entschuldigend mit den Schultern. Sie hatte einfach keinen Appetit.

Am Ende wusste Paula nicht mehr, weshalb sie Maria alles erzählt hatte. Vielleicht, weil die Situation dadurch greifbarer wurde. Vielleicht wollte sie die tonnenschwere Last auch einfach nur loswerden oder auf diese Art und Weise teilen.

Zuerst hatte sie vorgehabt, Maria nicht die ganze Geschichte zu erzählen. Aber es wäre nicht richtig gewesen, ihr irgendwas zu verschweigen. Und plötzlich war es auch ganz leicht gewesen, *alles* auszusprechen.

Es gab Menschen, die die Fähigkeit besaßen, dass Leute sich ihnen öffneten und Dinge preisgaben, die sie eigentlich für sich behalten wollten. Maria war so ein Mensch. Vielleicht war es blindes Vertrauen, das Paula ermutigt hatte, alles von sich abzuschütteln. Jedenfalls fühlte sie sich erleichtert. Die Last auf ihrer Seele wog nicht mehr ganz so schwer. Und ob am Ende Vertrauen oder Anonymität den Ausschlag gegeben hatte, war nicht weiter von Bedeutung.

»... und dann hat er mich geschlagen«, beendete Paula, mittlerweile unter Tränen, ihre traurige Geschichte. »Er wollte es nicht. Ich konnte es in seinen Augen sehen. Er war ebenso erschrocken darüber wie ich.«

»Aber er hat es dennoch getan, Paula. Nehmen Sie ihren Mann nicht in Schutz, indem Sie sich einzureden versuchen, er hätte aus Versehen zugeschlagen. Entscheidend sind am Ende die Tatsachen und keine Vernunftwahrheiten, die sie sich zusammenreimen.«

»Vernunftwahrheiten?«

»Vermutlich weiß ihr Mann selbst, dass er unvernünftig gehandelt hat, was seine Tat aber nicht vernünftiger erscheinen lassen darf. Ihre Lippe, Paula, ist ein deutlicher Beweis für seine ungeheuerliche Tat.«

»Das ist das Ende meiner Ehe", weinte Paula.

»Oder aber der Anfang von etwas Neuem«, entgegnete Maria.

Wütend knallte Johannes die Tür ins Schloss.

»Verdammt«, schrie er hilflos, enttäuscht und mit sich selbst hadernd. Er eilte zum Schrank, öffnete den oberen Schubladen und zog die Flasche, gefüllt mit einem uralten Brandy, hervor, den sein Vater ihm irgendwann geschenkt hatte. Bisweilen gönnten Paula und er sich ein Gläschen davon. Allerdings nur zu ganz besonderen Anlässen. Jetzt trank er das teure, dafür äußerst bittere Gesöff, direkt aus der Flasche. Er musste seine Gedanken und sein aufkommendes Zittern beruhigen. Schnell und unkompliziert. Erst dann konnte er weitere Entscheidungen treffen.

Seine guten Vorsätze vom Morgen waren gänzlich verschwunden. Aber so war es eben. Gedanken verlaufen nicht immer parallel und selbst, wenn er wusste, dass er falsch handelte, indem er sich erneut betrank, musste das nicht automatisch bedeuten, dass sein Körper auch danach handeln würde. Anne hielt ihn ohnehin schon für völlig verrückt, also konnte er sich auch so benehmen.

Damit erklärte Johannes den heutigen Tag zu seinem persönlichen Feiertag. Dem Tag der »Verrückten Alkoholiker.«

Wenn Pinguine fliegen könnten

»Sie sehen müde aus, Paula.«

»*Wie recht er hat«*, denke ich und gähne, will aber den Abend noch nicht beenden.

Matt steht auf, bläst die Kerzen aus, nimmt unsere Gläser und stellt sie in die Küche. Als ich die Unordnung zur Kenntnis nehme, lächle ich.

»Was denken Sie?«, will Matt wissen.

»Es sieht aus, als hätte Maria hier gefuhrwerkt. Ist Chaos ansteckend, Matt?«

»Ich glaube nicht«, schmunzelt er. »Aber wir beseitigen es trotz alledem erst morgen.«

Mit seinem Vorschlag bin ich einverstanden.

»Kommen Sie, ich zeig ihnen, wo Sie schlafen können.«

Verlegen stehen wir kurz darauf an der Tür zu dem Zimmer, das gegenüber dem meinen liegt und das ich meinem Begleiter zugewiesen habe.

»Gute Nacht, Matt und vielen Dank für diesen wunderschönen Abend. Ich habe ihn außerordentlich genossen.«

Zärtlich greift er nach meiner Hand und führt sie an seine Lippen.

»Du ahnst, dass ich dich nicht so einfach gehen lassen kann oder?«

»*Zum ersten Mal duzt er mich.«*

Ein Schaudern erfüllt meinen Körper und für einen kurzen Augenblick durchdringt mich die Erkenntnis, womöglich einen verbotenen Bereich zu betreten. Zumindest ist es nur noch ein kleiner Schritt in den Gefahrenbereich.

»Ja«, flüstere ich und weiß, dass es für einen geplanten Rückzug ohnehin zu spät ist. Er hebt mein Kinn, sodass ich ihm in die Augen blicken muss. Ich fühle mich berauscht. Vom Wein, von seinem Blick, seiner Nähe, seinem Geruch, von was auch immer.

Dann küssen wir uns.

Voller Vorsicht und Zögern, als könnte der Zorn Gottes augenblicklich über uns niederprassen, weil wir uns auf sündigem Terrain befinden. Trotz all dieser Bedenken ist es dennoch kein Kuss, der ‚Danke' sagt oder eine ‚Gute Nacht' wünscht. Vielmehr verspüre ich eine Berührung, die nach ‚Oh mein Gott, ich will mehr davon!' schreit. Ein Kuss, der Kontinente entstehen und Meere überschäumen lässt. Der mich mit Leichtigkeit erfasst, an die ich mich kaum noch erinnern kann. Matt zieht mich ins Zimmer, umarmt mich, küsst meinen Hals und fährt mit seiner kräftigen Hand durch mein Haar. Er zieht daran, sieht mir in die Augen und küsst mich erneut. Unsere Zungen treffen sich nur, um zu explodieren.

»Lass uns aufhören«, flüstere ich.

Jeder unvorsichtige Schritt konnte einer zu viel sein.

»Hm?«, brummt er. Eine Antwort, bei der ich nur mutmaßen kann, ob es sich um ein Ja oder ein Nein handelt.

»Wir sollten aufhören«, hauche ich zwischen seine weichen Lippen. Lippen, die mich küssen und begehren.

»*Wann hatte mich Johannes zuletzt … weg damit*«, ermahne ich mich streng. »*Verschwinde aus meinen Gedanken.*«

»Und wenn es gar nicht wir sind, die das hier tun, Paula? Lass es einfach zwei andere sein. Fremde.«

Sein Vogelperspektivendenken gefällt mir, trotzdem bin ich diejenige, die sich hingibt und womöglich ihren Mann betrügen wird.

Oder es bereits schon tut.

»Kannst du ihnen nicht sagen, dass sie aufhören sollen?«, frage ich deshalb zaghaft.

»Schon probiert«, haucht er und küsst mich weiter im Gesicht, auf den Hals, an den Wangen, auf meinen Mund.

»Sie wollen nicht aufhören?«

»Nein, wollen sie nicht!«

Mein Verstand versucht, die Leidenschaft einzuholen. Hechelt hinterher, stolpert, rappelt sich auf, läuft weiter und erreicht sie trotzdem nicht.

»*So etwas passiert doch nur in Filmen. Die Situation ist vollkommen irreal*«, denke ich. Doch meine Lust ist deutlich zu spüren.

Sie verrät mich.

Und straft meine Gedanken Lügen.

»Matt?«

»Hm?«

»Sag es ihnen noch einmal.«

»Ich habe keinen Einfluss auf die beiden. Sie handeln nach Gefühl und haben die Vernunft aus den Augen verloren, Paula.« Seine Lippen wandern hinter mein Ohr und alle Nervenenden entladen sich in einem Feuerwerk.

»Egoisten?«, frage ich.

»Und wie«, flüstert er und ich erahne ein Lächeln, als er sanft an meiner Unterlippe knabbert.

Doch mein Verstand holt auf und befindet sich nun auf Augenhöhe mit dem Rausch der Erregung.

»*Es ist nicht richtig, was ich hier tue*«, schreit die Einsicht voller Inbrunst und in Gedanken entsteht ein Bild, das meinen Mann niedergeschlagen am Straßenrand zeigt. Es entspricht haargenau der Erinnerung, die ich von Johannes im Gedächtnis behalten habe. Mein Körper reagiert prompt, zögert nur für einen kleinen Augenblick, doch Matt bemerkt es und entlässt mich daraufhin sanft aus seiner Umarmung.

»Paula«, sagt er. »Ich möchte dich nicht zu etwas drängen, was dir womöglich als falsch und zu schnell erscheint. Aber uns bleibt keine Zeit, um uns in Ruhe anzunähern. Wir können unser Tempo nicht bestimmen, denn das Schicksal lässt uns dafür keine Zeit. Entscheide dich, ob du dazu bereit bist. Ob du es wirklich möchtest oder, ob es dich später nur belasten wird. Ich möchte auf gar keinen Fall, dass du hinterher irgendetwas bereust. Weil es nämlich nicht von Dauer sein wird. Das hier, meine ich.« Er zeigt auf uns, das Bett, den Raum. »Ich begehre dich. Ich begehre dich so unglaublich, dass es schmerzt, dich nicht berühren zu dürfen, aber ich werde nichts machen, was dir später wehtun wird.«

Ich trete zu ihm, umarme ihn. Er vergräbt seine Finger in meinem Haar. Seine Hand liegt auf meinem Rücken. Ich spüre seinen Herzschlag.

»*Poch, Poch, Poch.*« Es klingt wie eine Art Countdown. So sehr ich mich nach diesem Körper sehne und egal, was ich mir einzureden versuche, es ist die Lust, die diesen Mann besitzen möchte.

Nicht das Herz.

Es ist eine impulsive Sehnsucht nach Leidenschaft, die mich überwältigt. Doch eine Nacht oder gar eine Affäre mit Matt wird meine Probleme zu Hause nicht lösen. Es wäre nur ein Kick. Ein wundervoller, aufregender Augenblick. Ein kurzzeitiges Wagnis. Mehr nicht! Und dafür ist der Mensch in ihm zu wertvoll.

Ich schaue in Matts Augen und löse den Blick, weil ich darin keine Antwort finden werde, die uns beiden gefällt. Tränen stehen in meinen Augen und es kostet mich all meine Kraft, mich von ihm zu lösen. Es fällt mir nicht leicht, eine gewisse Grenze nicht zu überschreiten.

»Sollte es jemals in meinem Leben ein Art Versuchung geben, dann wärst du der einzige Mann, mit dem ich sie erleben möchte.«

Ich fühle mich schrecklich, weil mir nichts Sinnvolleres einfällt. Etwas, das meine Sehnsucht nach ihm und seinem Körper besser beschreiben könnte. Aber es misslingt mir. Ich mache kehrt und gehe aus dem Zimmer. Ich bin nicht bereit, meiner Ehe den Todesstoß zu versetzen. Noch nicht. Dabei spielt es auch keine Rolle, was Johannes mir angetan hat. Mit Matt zu schlafen, ist keine Art, sich dafür zu revanchieren und doppeltes Unrecht ergibt noch lange kein Recht. Ich muss erst Altes beenden, bevor ich mit etwas Neuem beginnen kann.

»Kann ich bei dir schlafen, Matt? Oder verletze ich dich damit? Ich möchte dir nicht wehtun, weißt du. Es ist nur, …«, stammle ich und stehe mutlos am Türrahmen, ganz so, als würde ich meinen Entschluss bereits wieder bereuen. Zuvor hatte ich mich zwei Stunden im Bett hin und her gewälzt, bis ich letztendlich aufgestanden war, nur um jetzt dummlich vor seiner Zimmertür zu stehen.

»Na klar, komm her«, unterbricht er mein Zögern. Er hebt die Bettdecke und ich schlüpfe zu ihm ins Bett. Auf dem Rücken liegend, versuche ich meine Gedanken und Gefühle neu zu ordnen. Es ist ein Spiel mit dem Feuer. Ich möchte mich nicht verbrennen, aber die Wärme, die es abgibt, ist zu verführerisch, um nicht näher heranzutreten.

Matt ruht auf der Seite, eine Hand stützt seinen Kopf. Er streicht mir eine widerspenstige Strähne aus dem Gesicht. Eine Geste, die ich zur Genüge von Johannes kenne. Doch allein *seine* Gegenwart bedeutet für mich in diesem Augenblick pures Glück. Auch wenn es einer äußerst interessanten Art entspricht, mein Glück zu beschreiben.

»Du bist wunderschön, Paula.«

Meine Eitelkeit reibt sich die Hände und mein Gesicht strahlt.

»Wie alt bist du eigentlich?«, frage ich ihn.

»Neunundzwanzig«, antwortet er.

»Oh mein Gott, ich bin beinahe zehn Jahre älter«, stelle ich fest.

»Ich steh eben auf reifere Frauen«, platzt es aus ihm heraus und ich knuffe ihn in die Seite. Er küsst mich sanft und zufrieden kuschle ich mich in seine Arme.

»*So fühlt sich Geborgenheit an*«, denke ich und wundere mich, dass meine geradezu animalischen Empfindungen einem neuen Gefühl gewichen sind.

»Wirst du dich bei mir melden, wenn du wieder zu Hause bist?«, fragt er.

Verzweifelt suche ich nach einer diplomatischen Antwort. Obwohl ich mir die letzten zwei Stunden darüber ebenso den Kopf zerbrochen habe, weiß ich es nicht.

»Würdest du dich freuen?«

»Kommt darauf an«, schmunzelt er und ich ahne, dass Matt sich ebenfalls unschlüssig darüber ist, wie unser weiterer Kontakt aussehen soll.

»Irgendwann werden wir es wissen, Paula«, verspricht er mir.

»Hm«, nuschle ich und weiß dieses Mal selbst nicht, ob es ja oder nein bedeutet.

Als ich am Morgen langsam die Augen öffne, liege ich alleine im Bett. Matt ist verschwunden und erschrocken über diesen Umstand setze ich mich auf, suche hektisch nach einem Abschiedsbrief und lasse mich erleichtert zurück in die Kissen fallen, als ein Poltern aus der Küche zu mir nach oben dringt.

»Du hast zu viele Hollywoodfilme gesehen«, schimpfe ich, schlüpfe in meine dicken Wollsocken und gehe damit nach unten. Dort riecht es bereits verführerisch.

»Guten Morgen!«, strahlt Matt.

»*Er nimmt mir nichts übel*«, denke ich erleichtert. Er hat den Tisch auf der Terrasse gedeckt und Brötchen aufgebacken. Auf dem Herd befindet sich eine Pfanne mit Spiegeleiern.

»Du magst doch Eier zum Frühstück oder?«, fragt er.

Ich nicke, während Matt mich amüsiert betrachtet. Habe ich irgendetwas an mir übersehen, als meine Eitelkeit vor wenigen Minuten einen flüchtigen Blick in den Spiegel geworfen hat?

»Was ist?«, frage ich spielerisch.

»Ich frage mich, wo du mit den Wollsocken hin möchtest, Paula?«, lächelt er. »Du befindest dich immerhin in Afrika. Einem nicht ganz so bitterkalten Teil unserer Erde.«

»Die Socken haben mehr symbolischen Wert«, flachse ich empört zurück. »Ich trage sie immer nach dem Aufstehen. Egal, wo auf der Welt ich mich gerade befinde.«

Eine Antwort, die er mit einem Grinsen zur Kenntnis nimmt.

Ich blicke mich um. Das Chaos, welches wir gestern hinterlassen haben, ist zum größten Teil bereits verschwunden. Er muss schon seit einer Ewigkeit in der Küche stehen.

»Kann ich dir helfen?«, frage ich mit einem leichten Anflug von schlechtem Gewissen.

»Nein. Alles fertig.«

Wir treten hinaus auf die Terrasse und Matt reicht mir den Korb mit den frischen Brötchen.

»Matt, wegen gestern …«

»Nicht«, sagt er und legt einen Finger auf seine verschlossenen Lippen. »Lass uns kein unnützes Wort darüber verlieren«, bittet er. »Ich möchte die letzten Stunden mit dir zusammen sein, ohne darüber zu diskutieren, was war oder hätte sein können. Wir sind ohnehin nicht dazu fähig, vernünftige Entscheidungen zu treffen. Nicht nach gestern. Lass uns einen arglosen Tag miteinander verbringen, Paula. Sofern du es möchtest und kannst.«

»Nimm die Geschenke, die das Leben dir macht, dankbar an«, denke ich und erschrecke, als ich bemerke, dass ich es auch laut geäußert habe.

Matt blickt mir fragend entgegen.

»Hat meine Mutter immer gesagt«, erkläre ich ihm.

Er überlegt, ob er darauf etwas sagen soll, doch am Ende schweigt er. Tatsächlich erscheinen mir die letzten Stunden, die ich mit ihm verbringen darf, wie ein wertvolles Geschenk. Die Aufmerksamkeit, die er mir entgegenbringt und die Art, wie er mich akzeptiert, wird mir die nächsten Wochen Kraft spenden. Bei dem Gedanken, dass mir ein Armband als unangemessenes Geschenk erscheinen konnte, schmunzle ich. Matt gibt mir weit mehr, ohne dafür etwas zu fordern.

»Es sind zweiundfünfzig«, flüstert er zärtlich.

Ich werde rot und schenke ihm ein Lächeln.

Er hat sie gezählt.

Heute Nacht.

Etwas Schöneres hätte er in diesem Augenblick gar nicht zu mir sagen können.

Nach dem Frühstück gehe ich ins Bad und packe anschließend meine Tasche, während Matt die Küche in Ordnung bringt. Während er unter der Dusche steht, sitze ich im Garten. Ein Blick auf die Uhr verrät, dass es bereits später Vormittag ist. Allerdings noch zu früh, um Lilly anzurufen. Ob ich den Anruf einfach vergessen konnte?

»*Nein*«, beschließe ich. Meine Tochter würde sich nur überflüssigerweise sorgen und das möchte ich nicht. Ich werde später mit ihr telefonieren. Ich weiß, dass ich Matt nichts verschweigen muss, am allerwenigsten ein Gespräch mit meiner Tochter.

Sowie er frisch geduscht die Terrasse betritt, bin ich erneut versucht, der Leidenschaft nachzugeben. Die Venus in mir reibt sich schon genüsslich die Hände und wartet darauf, dass der Widerstand zusammenbricht. Doch Matt greift mir hilfreich unter die Arme, indem er ein unverfängliches Gespräch beginnt.

»Was möchtest du heute unternehmen, Paula?«

»Ich möchte zu den Pinguinen«, sage ich, obwohl ich glaube, dass er seinen freien Tag gerne auf andere Art verbringen würde, als an seinem Arbeitsplatz rumzuhängen. Falls er meine Gedanken erraten hat, lässt er sich nichts anmerken. Im Gegenteil. Er lächelt und reicht mir galant seinen Arm.

Am Boulders Beach angekommen, begeben wir uns wie selbstverständlich zu jener Stelle, an der wir uns das erste Mal begegnet waren.

»Erinnerst du dich noch?«, fragt er zärtlich. »Du wolltest wissen, ob Pinguine fliegen können?«

Er breitet die Decke aus, schlüpft aus den Schuhen und nimmt darauf Platz. Mit seinem Arm signalisiert er, dass ich mich zu ihm legen soll. Er drückt einen Kuss auf meine Haare und seufzt, als er daran riecht.

»Würdest du gerne fliegen können?«, fragt er mich.

»Ich?« Erstaunt blicke ich zum beinahe wolkenlosen Himmel.

»Ja, du. Würdest du gerne fliegen können?«

»Ich weiß es nicht«, gebe ich zu. »Manches Mal vielleicht.«

»Wenn es aber keine Frage von Beliebigkeit wäre?«

»Du meinst, wenn ich mich entscheiden müsste? Zum Beispiel, ob ich für immer gehen oder lieber durch die Luft schweben möchte?«

»So in etwa.«

Ich überlege erneut.

»Nein, dann nicht. Ich glaube, ich würde mich fürs Gehen entscheiden. So wie es die Evolution für uns vorhergesehen hat.«

»Jedem von uns sind bestimmte Möglichkeiten gegeben«, beginnt Matt fast philosophisch. »So wie ein Pinguin nur von einem Flug übers Meer träumen kann, bleiben auch unsere Fähigkeiten begrenzt. Der Pinguin kann probieren, was er will, es wird nur ein kläglicher Versuch bleiben. Egal wie sehr er es sich auch wünscht, er wird an seinem Vorhaben zu fliegen, nur scheitern.«

»Irgendwie ist das traurig«, antworte ich.

»Ich glaube nicht, dass die Pinguine aufgrund dessen traurig sind. In ihnen stecken dafür andere, nahezu meisterhafte Fähigkeiten. Unter Wasser zum Beispiel. Wenn sie tauchen, vermittelt es den Anschein, als würden sie unter der Wasseroberfläche schweben. An Land befinden sich kaum Feinde, die sie zu fürchten brauchen. Es ist für sie also gar nicht notwendig, schnell zu laufen oder gar zu fliegen. Vielmehr tasten sie sich zum Wasser und entfalten dort alle positiven Eigenschaften. Sie würden das hier«, er deutet auf den Ozean, die Felsen und den Strand, »niemals aufgeben wollen, Paula. Der Pinguin weiß, dass er in dieser Umgebung erblühen kann. Und sei es nur der Instinkt, der ihm dies einbläut. Ich glaube nicht, dass er glücklicher wäre, wenn er durch die Luft schweben könnte. Um dies rein anatomisch möglich zu machen, müsste er nämlich auf viele seiner anderen Fähigkeiten gänzlich verzichten.«

Ich denke über Matts Worte nach.

»*Der Pinguin möchte also gar nicht fliegen? Er weiß, wohin er gehört und muss sich nicht zwischen etwas entscheiden, das ihn womöglich gar nicht glücklicher machen würde. Ist es das, was Matt mir damit sagen möchte?*«

»Würdest du etwas in deinem Leben eintauschen wollen?«, fragt er auch prompt. »Deine Kinder, zum Beispiel oder die Fähigkeit, als Mutter für sie da zu sein?«

»Nein«, antworte ich spontan und beginne erst dann zu überlegen, als Matt nichts erwidert. Dieser Umstand verschafft mir ausreichend Zeit, meine Antwort möglicherweise zu korrigieren. Doch das Ergebnis bleibt auch mit Bedenkzeit das Gleiche.

»Ich würde mich immer wieder für meine Kinder und mein Umfeld als Mutter entscheiden.«

Und plötzlich verstehe ich auch die Pinguine. Sie würden ihre Leidenschaft unter Wasser nicht aufgeben wollen. Nicht, um dafür besser laufen zu können und schon gar nicht, um durch die Lüfte zu schweben. Sie streben an, was ihnen Freude bereitet. Dabei beobachte ich ein Pärchen, wie es gemeinsam zum Meer watschelt. Sobald ihre Füße das Nass berühren, tauchen sie unter, patschen mit den Flossen und freuen sich über den Umstand, dem Meer zu trotzen und darin zu versinken.

»Danke«, sage ich und setze mich auf.

»*Ob ich ihn küssen kann?*«

Noch während ich mir diese Frage stelle, greift Matt in meine Haare und zieht mich sanft zu sich hinunter. Er küsst mich zärtlich. Nahezu traurig. Ein Kuss, der verdammt nach Abschied schmeckt.

»Wenn Pinguine fliegen könnten, Paula, wären sie nicht glücklicher. Genauso wenig, wie du ohne deine Familie glücklich sein wirst.«

Die Pinguine hatten uns soeben eine Antwort gegeben.

Wenn die Welt aus ihren Fugen gerät

Den gestrigen Tag hatte ich ausnahmslos mit Einkaufen, Putzen und Rasenmähen verbracht. Sogar Lillys schmutzige Urlaubswäsche befand sich bereits in der Waschmaschine, obwohl es pädagogisch sicherlich ein Fehler war, meiner Tochter hinterherzuräumen. In vierundzwanzig Stunden wird meine Frau in München landen. Sofern sie nicht mit sich zaudert und sich umentscheidet. Ich habe ihre Flugdaten recherchiert und eine kleine Überraschung für sie vorbereitet, die sie bestimmt nicht ablehnen wird, und sich vielleicht sogar darüber freuen kann.

Doch jetzt liegt noch der ganze Tag – und eine ganze unheilvolle Nacht – vor mir. Lilly ist immer noch bei Klara und ich stelle mir die Frage, ob die beiden ihre Urlaubsfotos von Hand abmalen. Illegale Downloads erledigt meine Tochter jedenfalls in Sekundenschnelle. Weshalb es mit den Bildern so lange dauert, bleibt mir unverständlich. Vermutlich will sie dem Elend einfach nicht mehr in die Augen blicken müssen, obwohl ich mir seit gestern die größte Mühe gebe, einigermaßen aufgestellt zu agieren. Felix ist dagegen noch gar nicht nach Hause gekommen. Ob ich ihn nochmal daran erinnern sollte?

»*Lieber nicht*«, denke ich und lege mein Smartphone zurück auf den Tisch. Ich möchte ihn nicht unter Druck setzen. *Er* soll eigene Entscheidungen treffen. Mir wird übel, wenn ich bedenke, dass ich *ihm* diese Möglichkeit einräume, während ich dies Paula meistens verwehrt habe.

»*Ich könnte Sport treiben, lesen, ein wenig schlafen oder fernsehen*«, denke ich, ohne zu wissen, was ich tatsächlich möchte. Jedenfalls sind es Dinge, mit denen ich mich gerne beschäftigte und mich oftmals sogar danach sehne. Doch jetzt erscheinen sie mir unbedeutend und sogar langweilig. Was wirklich zählt, ist meine Familie. Und plötzlich drängen sich ganz andere Gedanken in mein Gedächtnis.

Gedanken, die ich lange Zeit von mir fernhielt und die mich nun mit Wärme und Sehnsucht erfüllen. Gedanken, die bereits beim Denken schmerzen.

Gerne *würde* ich jetzt mit meiner Familie frühstücken. Mit Paula flirten und Felix die Haare zerzausen, wenn er wieder einmal hoffnungslos alberne Wortfetzen in die Runde wirft. Hinterher *würde* ich mit Lilly Karten spielen und später zum Fußballplatz eilen, um Felix anzufeuern. Am Abend *könnten* wir grillen, und Jan und Anne *würden* sich zu uns setzen. Wir *würden* ausgelassene Gespräche führen und später *könnten* Paula und ich miteinander schlafen. Zärtlich *würden* wir uns im Bett wälzen, hinterher eng aneinander schmiegen, den Tag Revue passieren lassen und letztendlich glücklich und zufrieden einschlafen.

»*Ein perfekter Tag*«, *würde* ich denken und meine Frau spüren lassen, wie dankbar ich ihr für dieses Leben bin.

Doch mit dem Wort »*würde*« war es so eine Sache. Es besitzt leider einen allzu faden Beigeschmack. Vielmehr sollte ich mir die Frage stellen, »weshalb ich in den letzten Jahren nicht hatte« oder »in Zukunft vielleicht nicht werde.«

»*Auch das mit meiner Mutter würde ich in Ordnung bringen müssen*«, grüble ich im Stillen und ärgere mich, dass ich bereits wieder etwas möchte, es aber nicht tue.

Zwei Stunden und einige unerbittliche Kämpfen mit meinem Unterbewusstsein später befinde ich mich tatsächlich vor der Tür zu meinem Elternhaus. Dass beide zu Hause sind, erkenne ich an den Fahrzeugen, die im Hof parken. Ich atme tief durch, spreche mir noch einmal selbst Mut zu und betrete viel beherzter, als ich in Wirklichkeit bin, das Haus.

»Mutter, Vater?«, rufe ich. »Ich bin´s. Wo steckt ihr denn?«

»Auf der Terrasse«, kommt es lauthals von meiner Mutter, die ich seit unserem Streit nicht gesehen und somit auch nicht mehr gesprochen habe. Ob ich mich dafür noch entschuldigen sollte?

Zögernd trete nach draußen. Mein Vater blättert in der Zeitung und begrüßt mich mit einem kurzen Kopfnicken. Der Blick meiner Mutter richtet sich dagegen stoisch auf ein Blumenbeet.

»Hast du uns etwas mitzuteilen?«, fragt sie sogleich schnippisch.

Aha. Daher weht der Wind. Meine Mutter ist also immer noch beleidigt. Doch ich bin viel zu dünnhäutig, um einer Diskussion, die kalt und spöttisch verlaufen würde, Stand zu halten. Deshalb schlucke ich die ironische Antwort, die mir soeben noch auf der Zunge liegt, hinunter und beginne stattdessen mit dem, weshalb ich hergekommen bin.

»Paula und ich haben den Urlaub getrennt verbracht.«

»*Der Anfang ist gemacht. Jetzt muss ich mich nur noch der Wahrheit annähern*«, denke ich unruhig.

»Wie du bei unserem letzten Gespräch schon geahnt hast, Mutter, hatten Paula und ich Streit. Zuletzt zankten wir immer öfter.«

»Gespräch nennst du das? *Du* bezeichnest unsere letzte Begegnung tatsächlich als Gespräch?«

Ich verbiete mir erneut eine bissige Antwort, denn ihr Verhalten ist typisch. Ihr geht es wieder einmal mehr um ihre eigenen gemarterten Gefühle, als darum, dass meine Ehe vor dem Aus stehen könnte.

»Ich habe Paula geschlagen«, sage ich, ohne lange um den heißen Brei herumzureden. Anders wird es mir ohnehin nicht gelingen, die hohlen Gefühle meiner Mutter in den Hintergrund zu drängen. Dafür braucht es schon einen echten Paukenschlag. Und urplötzlich habe ich die volle Aufmerksamkeit von *beiden* Elternteilen.

»Ich wollte es nicht, aber ich habe es getan«, mache ich ihnen deutlich, weil es auch den ungeschönten Tatsachen entspricht.

»Sie wird es schon herausgefordert haben!«, antwortet meine Mutter und zuckt gleichgültig mit den Schultern.

Ich dagegen kann kaum glauben, was ich soeben gehört habe. Augenblicklich wird mir speiübel und eine Art Gruppenlähmung setzt ein. Meinem Vater scheint es ähnlich zu ergehen. Entsetzt blickt er zuerst zu mir, bevor er sich voller Abscheu an seine Ehefrau wendet.

»Jetzt mach mal einen Punkt, Gerda. Nichts auf der Welt gibt einem das Recht, jemand anderen zu schlagen«, schreit er und knallt die Zeitung, die bis vor Kurzem noch seine volle Aufmerksamkeit genossen hat, auf den Tisch. »Du würdest überhaupt nicht mehr leben, wenn ich mich für deine Herausforderungen jemals bei dir revanchiert hätte«, schreit er ironisch.

»*Hoppla*«, denke ich. Dass mein Geständnis diesen Zweifacheffekt besitzen könnte, hatte ich nicht bedacht.

»Und du mein Sohn, bist das Allerletzte. Du bringst das in Ordnung«, befiehlt er mir. »Hast du mich verstanden?«

Es bleibt mir nichts anderes übrig, als zu nicken, obwohl es vermutlich nicht meine Entscheidung sein wird, ob *es* wieder in Ordnung kommt. Augenblicklich fühle ich mich wie ein unartiges Kind, das sich einen Streich auf Kosten anderer erlaubt hat und nun dafür gemaßregelt wird. Doch die Standpauke meines Vaters ist noch nicht zu Ende.

»Paula ist eine wundervolle Frau. Ich bewundere sie dafür, dass sie es mit dir und vor allem auch mit dir (dabei deutet er auf seine Frau) so lange ausgehalten hat. Unsere Enkelkinder sind prächtig geraten und das ist ganz alleine der Verdienst deiner Frau, Johannes«, wendet sich mein Vater mit herrischem Ton an mich.

Meine Mutter versucht etwas zu sagen, doch bevor der erste Ton über ihre Lippen kommt, ergreift er erneut das Wort.

»Du bist jetzt ruhig«, schreit er und ich ahne, warum er sich derart lange auf dem politischen Bankett halten konnte. Diplomatie besaß eben auch Grenzen. Mit meiner Tat habe ich diese unsichtbare Grenze eindeutig überschritten. Fast bin ich versucht zu lächeln. Als Zeichen der Freude, meinen Vater derart erleben zu dürfen.

»Jahrelang hast du dich über die Familie unseres Sohnes gestellt«, faucht er über den Tisch hinweg und untermauert seine Worten mit Gesten, indem er mit flacher Hand auf den Tisch schlägt. Aber neben dir und *deinen* Gefühlen war immer alles Weitere belanglos. Lilly, Paula, Nachbarn, Freunde. Alles irrelevant. Und weil dir dies immer noch nicht reicht, raubst du einem auch noch die Luft zum Atmen, Gerda. Du benimmst dich wie eine herrschsüchtige Königin.«

Er steht auf, geht um den Tisch und bleibt vor mir stehen.

»Und du, mein lieber Sohn? An dir ist immer alles *super*. Deine Zeitung verzeichnet *super* Umsätze. Felix schreibt *super* Noten. Dein Ruf als Journalist ist *super*, du hast *super* Pläne für den Urlaub. Aber dieser *Super*held, der du gerne sein möchtest, Johannes, der bist du weiß Gott nicht. Genauso wenig wie deine Mutter eine Königin ist.«

»*Autsch*«, denke ich, erkenne aber, dass es stimmt, was er von sich gibt. Doch das Schlimmste steht mir noch bevor.

»Du bist ein wirklich guter Journalist, Johannes, keine Frage. Allerdings bist du das nur deshalb geworden, weil Paula dir stets den Rücken freigehalten hat. Und Felix *und* Lilly sind nur deshalb so stattliche Jugendliche, weil Paula die beiden mit all ihrer Liebe erzogen hat. Wobei Lilly bestimmt die Stärkere und Mutigere ist, obwohl ihr beide das immer wieder bestreitet und Felix in eine Sphäre hebt, die er gar nicht verdient.«

Er unterbricht sich für eine kurze Pause, doch meine Mutter und ich, trauen uns nicht, diese für einen Einspruch zu verwenden. Außerdem hat er nicht unrecht mit dem, was er sagt.

»Und Paula?«, fährt mein Vater fort. »Sie tanzt auf dem gesellschaftlichen Bankett, weil sie dir und uns damit Freude machen möchte. Nicht, weil sie Spaß daran findet, sich zur Schau zu stellen. Nebenbei macht sie das ganz ausgezeichnet. Und mit Würde. Würde, die Dir«, er deutet auf meine Mutter, »gänzlich fehlt. Sie hat aus Johannes gemacht, was er heute ist. Geschickt hat sie auf ihn Einfluss genommen, wo wir als Eltern versagt haben.«

Ich staune mit offenem Mund, blicke zu meiner Mutter, die ruhig und teilnahmslos auf ihrem Stuhl sitzt.

Oder thront.

Doch in ihr brodelt es wie im Inneren eines Vulkans. Äußerlich lässt sich dagegen keine Regung erkennen. Ob sie Vaters Worte einfach aussperrt? Vielleicht schützt sie sich aber auch nur vor seinem Gefühlsausbruch, um ihre eigenen Emotionen in den Griff zu bekommen? Immerhin ist es ein starkes Stück Unmut, das mein Vater uns entgegenschleudert. Seine ganze Haltung entspricht einem Abkapseln gegen die Familie.

»Paula hat wirklich alles bei dir versucht, Gerda. Doch du hast sie mit all deiner Bitterkeit abgewehrt. Sie hat sich jahrelang darum bemüht, die Schwiegertochter zu sein, die deinen Gefallen findet. Doch Paula hätte dir zu Füßen liegen können, du wärst trotzdem auf sie getreten. Dabei hätte sie es mehr als verdient gehabt, eine einzige Chance zu bekommen. Ich schäme mich dafür, dass ich ihr nicht früher dabei geholfen habe, den Stellenwert in unserer Familie einzunehmen, den sie sich seit langer Zeit bereits verdient hat.«

Mein Vater schreitet um den Tisch und bleibt erneut auf meiner Höhe stehen. Ich starre auf einen Punkt, der gar nicht da zu sein scheint.

»Deine Selbstbeweihräucherung hat nun ein Ende, mein lieber Sohn. Du wirst das wieder in Ordnung bringen, und, wenn Paula sich gegen die Familie entscheidet, wirst du sie gehen lassen. *Mit* den Kindern. Hast du mich verstanden?«

Ich schäme mich, weil mir seine Worte nicht gefallen. Aber er hat recht. Wenn ich etwas aus der Welt schaffen kann, dann darf ich Paula nichts aufzwingen und erst recht nichts verweigern. Ich schlucke und nicke.

»Und du meine Liebe«, dabei klingt es sehr, sehr feindlich, »wirst die beiden in Ruhe lassen. Hör endlich damit auf, dich überall einmischen zu müssen.«

Pure Entschlossenheit steht in den Augen meines Vaters.

»Ich werde mich scheiden lassen«, kommt es theatralisch aus dem Mund meiner Mutter. Sie besitzt die Gabe, aus einer zweifellos unangenehmen Situation, einen Weltuntergang entstehen zu lassen. Ich blicke zu meinem Vater und sehe, dass er ebenfalls so wie ich, schmunzelt.

»Wenn du denkst, dass eine Scheidung für mich einen Weltuntergang bedeuten könnte, dann nur zu, meine Liebe. Ich kann dir allerdings prophezeien, dass ich ohne dich genauso wenig untergehen werde, wie die Erde aus dem Universum verschwindet. Wenn ihr mich jetzt bitte entschuldigt?« Spricht's und ist sogleich verschwunden.

Die Stille am Tisch ist unheilvoll. Ich küsse meine Mutter auf die Wange, gehe durch den Garten zu meinem Auto und atme erst wieder, als ich mich im Wageninneren befinde. Ich wollte doch nur meinen Fehltritt gestehen. Doch nun ist die Welt in der Tat ins Wanken geraten. Auch wenn mein Vater recht behält, dass die Welt nicht untergehen kann, so bebt sie nunmehr gewaltig. Und dabei ist Paula noch nicht einmal zu Hause.

Im Grunde genommen möchte ich sofort nach Hause fahren, um die Rede meines Vaters zu verdauen. Ich muss lange zurückdenken, um einen Zeitpunkt zu finden, bei dem er je so deutlich geworden ist. So sehr ich mich bemühe, fällt mir überhaupt nur ein Ereignis ein, bei dem ich seinen ganzen Unmut zu spüren bekam.

Damals hatte ich es, zusammen mit einer Handvoll Freunden, auf die Titelseite des ‚*Tagblatt Bodensee*‘« geschafft. Vollkommen betrunken waren wir auf einen Sendemasten geklettert, um dort Parolen gegen den Walfang in Japan anzubringen. Anstatt eines Wales hatten wir allerdings eine dicke Frau illustriert, die mit Handschellen fixiert, an einer Angel zappelte. Als sich Michael, mein damaliger bester Freund, bei dieser Aktion schwer verletzte, war aus einem Dummejungenstreich schlagartig bittere Realität geworden.

Mein Vater war damals natürlich wenig von dieser Schlagzeile begeistert: ‚Ministersohn geht auf Wa(h)lfang‘, stand dort in dicken Lettern. Anders als er fand ich die Schlagzeile allerdings ziemlich beeindruckend. Vielleicht gab sogar jene Einwirkung den Ausschlag, die mich später zum Journalisten werden ließ. Als unsere Aktion dann auch noch Beachtung im ‚Münchner Merkur‘ fand, war die Kacke so richtig am Dampfen.

Doch bis eben war dies wirklich der einzige Vorfall innerhalb der Familie, der meinen Vater jemals aufbrausen ließ. Umso mehr sind für mich die letzten Minuten von Bedeutung.

Jetzt sitze ich immer noch in meinem Auto und blicke auf unser kleines Bootshäuschen, in dem mein Vater gerade verschwunden ist.

»Ob ich ihm hinterher gehen soll?«

Vermutlich wäre es besser, nach Hause zu fahren. Hier werde ich mir wahrscheinlich nur eine weitere Standpauke abholen. Andererseits habe ich meinen Vater noch nie so offen gegenüber seinen Gefühlen zu Paula erlebt. Ihn als Paulas Fürsprecher zu erleben, gefällt mir. Und meiner Frau würde es auch gefallen. Also steige ich aus, gehe über den gepflegten Rasen und betrete das Bootshaus.

Wie eh und je riecht es modrig. Das eine oder andere Hochwasser hat nicht nur sichtbare Spuren, sondern auch einen muffigen Geruch hinterlassen. Dennoch liebt mein Vater dieses Häuschen. Vielleicht nur deshalb, weil meine Mutter es hasst.

Ich trete durch den spärlich möblierten Raum hinaus auf den Anleger, auf dem zwei Stühle, ein Tisch und ein großer gelber Sonnenschirm stehen. Mein Vater entledigt sich gerade seiner Kleider, vermutlich möchte er eine Runde im See schwimmen. Irgendwann in den letzten Jahren ließ er dafür eine kleine Schwimmbadtreppe anbringen. Zum kopfüber ins Wasser zu springen fehlt ihm allen Anschein nach mit zunehmenden Alter der Mut. Auch das Herausziehen aus dem Wasser dürfte ihm zunehmend Schwierigkeiten bereiten. Meine Eltern werden alt und ein Gefühl von greifbarer Vergänglichkeit überfällt mich.

»Hat Felix dir erzählt, dass er demnächst seinen achtzehnten Geburtstag hier feiern möchte?«, beginnt mein Vater ein unverfängliches Gespräch, setzt sich auf den Stuhl und verschiebt seine sportliche Aktivität auf einen späteren Zeitpunkt.

»Nein«, antworte ich erstaunt.

»Aber passend, denn hier wurde er vor achtzehn Jahren und neun Monaten gezeugt«, schwelge ich in Erinnerung. Ausnahmsweise in einer, die mich glücklich macht.

Mein Vater schüttelt den Kopf und ich erkenne, dass er es bereits vorhergesehen hat, dass ich mich wieder einmal nicht für die Pläne meines Sohnes interessiert habe.

»Das habe ich mir schon gedacht«, erklärt er auch prompt.

»Und?«, frage ich.

»Natürlich kann er hier feiern, wenn er das möchte. Paula will sich um das Catering kümmern. Aber vielleicht sollte ich das erledigen. Immerhin wird mein Enkel volljährig.«

»*Wie schnell wir doch wieder auf das Thema Kinder, Paula und Familie kommen*«, denke ich. Als hätte mein Vater zwanzig Jahre dafür gebraucht, endlich darüber sprechen zu dürfen.

»Weißt du«, beginnt er ruhig, »ich habe mich schon lange gefragt, wann es bei euch zum Streit kommen würde. In den letzten zwei, drei Jahren hat Paula sich sehr verändert und immer weiter zurückgezogen. Sie hat Dingen zugestimmt, denen sie gar nicht zustimmen wollte. Es war also nur eine Frage der Zeit, bis sie die Flucht ergreifen würde.«

»Wenn du es geahnt hast, warum hast du mich nicht gewarnt?«, will ich wissen. Verärgert darüber, dass mein Vater mich in offene Messer laufen ließ.

»Das habe ich, Johannes. Aber *du* wolltest es gar nicht hören.«

Erneut versuche ich mich zu erinnern, aber mir kommt keine seiner Vorwarnungen in den Sinn.

»Kannst du dich noch erinnern, als ich Paula für die Leitung einer gemeinnützigen Stiftung vorgeschlagen habe? Du und deine Mutter hattet nichts Besseres darauf zu äußern, als in verächtliches Gelächter auszubrechen. Paula hat euch beide angesehen und letztlich mitgelacht, obwohl ihr zum Heulen zumute gewesen sein musste. Sie lächelte nur, um ihr Gesicht vor euch zu wahren.«

»Warum hast du dich nicht einfach durchgesetzt?«, erkundige ich mich. »So wie vorhin?«

»Um Paula vor euch zu brüskieren?« Ich überlege und weiß, dass es stimmt, was er sagt. Mein Vater hatte richtig gehandelt, indem er Paula eine eigene Meinung zugestand. Nur durch sein Stillschweigen konnte Paula sich nichts anmerken lassen. Beinahe bin ich an einem Punkt angekommen, an dem ich meinen Vater bewundere.

»Weißt du, Johannes, ich habe es dir vielleicht nicht oft genug gesagt, aber Paula ist eine ganz außergewöhnliche Frau.«

»*Du hast es mir überhaupt nie gesagt*«, verurteile ich ihn, spreche es aber nicht aus, weil es uns nicht weiterbringen wird.

»Sie ist ein wundervoller Mensch und ich hoffe wirklich von ganzem Herzen, dass es dir gelingen wird, eure Ehe wieder in Ordnung zu bringen.«

Mein Vater klettert ins Wasser und ich bleibe sitzen, blicke über den See, auf dem Tausende kleine Wassertropfen in der Sonne um die Wette funkeln.

Auf dem Weg nach Hause besorge ich den größten Blumenstrauß, den ich jemals gekauft habe und weiß, dass materielle Dinge nicht ausreichen werden, um die schwankende Welt wieder in eine stabile Umlaufbahn zu bringen.

Paula

Der erste Schritt ist immer der Schwierigste

Ich befinde mich am Flughafen von Kapstadt. Die große Tür öffnet sich, nimmt Leute auf oder spuckt sie aus. Es herrscht ein wirres Gedränge, und weil ich zögere, schubst mich jemand zur Seite.

Ich muss mich vorwärts bewegen, mit dem Strom schwimmen, aber noch hadere ich mit mir, ob ich die Tür auch wirklich durchschreiten möchte. Trotz des quirligen Menschenauflaufs fühlt sich alles um mich herum leblos an, als würde ich meine Umgebung durch die Augen eines anderen betrachten. Meine Emotionen lösen nur ein Empfinden aus: Schmerz.

»*Wenn ich mich jetzt umdrehe, werde ich meinen Flieger verpassen*«, denke ich.

»*Falsch*«, gestehe ich mir noch im selben Augenblick ein.

»*Ich würde ihn nicht verpassen, sondern mit Absicht nicht erreichen wollen.*«

Ich schließe die Augen, trete in die nüchterne Betonlandschaft und setze einen Fuß vor den anderen. Langsam und wie in Zeitlupe. Vorsichtig, aber beharrlich. Mit jedem Schritt entferne ich mich weiter von dem Mann, den ich mir ersehne, weil er mich sein lässt, wie ich bin. Jeder Schritt bringt mich aber auch dem Mann näher, an dem einst meine ganze Liebe hing und der den Mittelpunkt meiner Familie verkörpert.

Doch schließlich werde ich eins mit dem Strom der Menschen, als wäre ich Statist in einem Film, dessen Rolle es ist, beharrlich nach vorne zu schreiten. Je weiter ich mich vom Eingang entferne, desto leichter fällt es mir, meinen eingeschlagenen Weg beizubehalten. Ich verwende meine ganze Konzentration darauf vorwärtszugehen, um nicht zu straucheln, indem ich mitten in der Bewegung innehalte. Das unsichtbare Band, das Matt und mich verbindet, dehnt sich und gibt am Ende nach. Der Widerstand, den ich zu Anfang deutlich vernommen habe, wird leichter und erträglicher.

Es ist das Ende einer Reise. Nicht einer Reise im üblichen Sinne. Vielmehr ist es das Ende einer Geschichte. Eine besondere Beziehung zu einem Mann, der mich aufgefangen hat, als ich dem Boden zu nahe gekommen bin. Matt hat mir zurück geholfen. Hat reagiert, indem er für mich da war. Jetzt liegt es an mir, mich neu zu erfinden. Wie will ich sein? Heute. Morgen. Den Rest meines Lebens.

Am Schalter der *Lufthansa* reiche ich einer jungen Afrikanerin meinen Buchungsbeleg. Ich habe mich nicht mehr umgedreht. Das Band zwischen Matt und mir hat sich gelöst, nachdem sich die Tür für uns beide geschlossen hat. Ich begreife es in dieser Minute und spüre den schmerzlichen Verlust. Mir ist zum Heulen zumute. Allerdings bleibt mir keine Zeit, um den Emotionen freien Lauf zu lassen.

»Vielen Dank«, sagt die freundliche Frau, ohne zu wissen, wie sehr mich die Trauer um Matt überwältigt.

»Wenn Sie ihr Gepäck bitte auf das Band stellen würden.«

Sie tippt meine Daten ein und zögert.

»Gibt es Probleme?«, frage ich. Hoffe ich.

Nur zu gerne würde ich dem Schicksal glauben wollen, dass es mich hierbehalten will. Eine Fügung, die nicht getroffen werden muss, sondern einfach die Regentschaft der Situation übernimmt.

»Nein, nein«, wiegelt sie eilig ab. »Ihr Flug wurde upgegradet. Wussten Sie das?«

»Nein«, gebe ich verwundert zu. »Wie ist das möglich? Ich habe nur für Economyclass bezahlt.«

»Einen kleinen Moment«, bittet die Lufthansafrau und hämmert wild auf ihre Tastatur. »Ihr Flug wurde gestern Morgen von München aus aufgewertet«, erklärt sie schließlich. »Seien Sie glücklich darüber«, rät sie mir, als es ihr gelingt, meinen überraschten Gesichtsausdruck richtig zu deuten. »Ein Flug von Kapstadt nach München ist lang.«

Trotz der widersprüchlichen Gefühle, die in mir toben, lächle ich. Johannes möchte mir die Rückkehr so angenehm wie möglich gestalten, auch wenn dies bedeutet, dass er sich erneut in Dinge einmischt, die ich in Zukunft selbst entscheiden möchte.

Fürs Erste aber zwinge ich mich dazu, den Ratschlag der Lufthansafrau anzunehmen und freue mich über den unerwarteten Komfort, der mich die nächsten elf Stunden erwarten wird.

Während ich an meinem Abfluggate gedankenverloren die Start- und Landebahn betrachte, schleicht sich die Szene des Abschieds von Maria in mein Gedächtnis.

Unser Auseinandergehen war herzlich, allerdings auch sehr tränenreich, wozu ausnahmslos *ich* beigetragen hatte. Zuerst saßen wir im Garten, plauderten über Belangloses, genossen den köstlichen, kühlen Eistee und ließen erst am Ende, als der Abschied unweigerlich näher rückte, die letzten Wochen Revue passieren. Obwohl ich mir einzureden versuchte, dass unser Abschied ein schnelles Wiedersehen finden würde, wurde es mir schwer ums Herz, als ich Maria und diesem eigenartigen, liebevollen Haus den Rücken kehren musste.

Doch mein Versprechen, sie so rasch wie möglich mit Lilly zu besuchen, tröstete mich ein wenig. Später, auf dem Weg zum Flughafen, nahm ich Matt das Versprechen ab – indem ich ihn bat – Maria von Zeit zu Zeit zu besuchen. Er willigte ein. Ob er Wort halten wird, werde ich wahrscheinlich nicht erfahren.

Sobald ich im Flugzeug sitze, freue ich mich über das Upgrade. Den Wein trinke ich aus einem Weinglas und nicht, wie üblich, aus einem Plastikbecher. Auch mein Teller besteht aus Porzellan. Das Essen macht einen weitaus appetitlicheren Eindruck, als der auf Plastik servierte Matsch der Economyclass, den ich normalerweise während eines Fluges gewohnt bin. Allerdings hält sich mein Hunger auch hier in Grenzen, sodass es am Ende gleichgültig ist, auf welcher Art von Material meine Mahlzeit im Abfall verschwindet. Weil der gezeigte Spielfilm so gar nicht mein Interesse findet, schlucke ich einen leichten Tranquilizer, kippe meinen Sitz nach hinten, lasse mir Kissen und Decke reichen und versuche zu schlafen. Der ungewöhnliche Komfort hilft mir dabei, in den Schlaf zu finden.

Als ich nach dem Erwachen meine Augen öffne, befinden wir uns über Europa. Die freundliche Flugbegleiterin reicht mir heiße

Handtücher sowie eine kleine Kosmetikbox, die mit allem möglichen Krimskrams zur Gesichtsbearbeitung gefüllt ist. Ich bin eitel genug, um sie auch in Anspruch zu nehmen.

Während der Landeanflug auf München beginnt, wird mir bewusst, dass ich mir keine Szenarien ausgemalt und demzufolge auch keinen Plan habe. Ich werde also rein intuitiv entscheiden müssen. Normalerweise keine schlechte Alternative. Allerdings fehlt mir die Erfahrung, auf die ich gewöhnlich gerne vertraue, denn ich war noch nie so lange von meiner Familie getrennt gewesen. Damit erübrigt sich die Möglichkeit, auf intuitives Erfahrungswissen zurückzugreifen. Andererseits bleibt für weitere Spekulationen auch kaum noch Zeit.

»Ob es sein kann, dass ich Johannes sogar in die Arme falle?«, denke ich und konzentriere mich, aufgrund dieser verwirrenden Gedanken, ganz auf die Landung, so als müsste ich den Vogel selbstständig auf Münchener Boden aufsetzen.

Kopf sagt ja, Herz ruft nein

Das Letzte, was ich von Paula sehe, sind ihre leuchtend roten Haare. Doch irgendwann sind auch diese im Trubel der Abflughalle verschwunden. Obwohl ich von Anfang an gewusst habe, dass diese Frau in absehbarer Zeit wieder aus meinem Leben verschwinden wird, fällt es mir nun schwer, sie gehen zu lassen.

»*Dreh dich noch einmal um*«, beschwöre ich Paula in Gedanken, »*und ich lass dich nie wieder los.*« Doch mein frommer Wunsch bleibt unerfüllt. Sie behält ihren Schritt bei und fast bewundere ich sie, wie sie sich langsam von mir entfernt. Ich kann nur erahnen, wie schwer es ihr fällt, aber Paula ist eine gradlinige Frau, die ihren Weg sucht und auch finden wird. Eine Eigenschaft, die mich an Frauen besonders fasziniert. Doch heute wird *ihre* Bestimmtheit zu *meinem* Verhängnis.

Unerwartet und nur der Liebe zu den Pinguinen wegen, ist Paula in mein Leben getreten. Zuerst war sie nichts weiter als eine Gestalt, die ich tagelang am Strand beobachtet habe. Später war es ihre Stimme, die mir ein Schaudern über den Rücken jagen ließ. Und erst ganz am Ende … habe ich mein Herz an sie verloren.

»*Stimmt nicht*«, denke ich bitter. »*Ganz am Ende habe ich sie ganz verloren.*«

Es war richtig, Paula nicht zu drängen. Wenn uns mehr als Freundschaft verbindet, wird sie irgendwann hierher zurückkehren. Liebe kann man nicht erkämpfen. Egal wie man es anstellt. Zugleich ist es ohne Frage die wertvollste Sache, die man besitzen kann? Wenn es sich für die Liebe nicht lohnt zu kämpfen, wofür dann?

Anders als bei einem Kreuzworträtsel gibt es eben nicht immer nur eine einzige richtige Lösung. Doch trotz dieser Weitsicht und bei aller Vernunft, die mein Kopf mir zu vermitteln versucht, beginne ich mit mir zu hadern. Hätte ich vielleicht doch um Paula kämpfen sollen? Plötzlich erscheinen mir alle Wörter unverständlich und jegliches Tun und Handeln undurchschaubar. Ich muss mit jemandem darüber sprechen. Jemanden der Paula kennt.

»*Maria*«, denke ich. Ich hatte Paula ohnehin versprochen, ab und an nach ihr zu sehen. Warum also nicht gleich?

Während ich zurück ins Zentrum von Kapstadt kehre, schweifen meine Gedanken zu unserem gestrigen, letzten gemeinsamen Tag. Lange Zeit hatten wir am Strand von Boulders Beach gesessen. Irgendwann ließ ich Paula alleine, damit sie von ihrem Pinguinpärchen und dem Meer Abschied nehmen konnte. Ganz ungezwungen und ohne meine neugierigen Blicke fürchten zu müssen, gab ich ihr Zeit, eine Welt hinter sich zu lassen, die sie gerade erst entdeckt zu haben schien.

»Wie geht es dir?«, hatte ich sanft gefragt, nachdem die Sonne bereits untergegangen war und es anfing, merklich kühler zu werden. Ihre tapfere Fassade brach daraufhin zusammen. Paula weinte. Ich zog sie in meine Arme und drückte sie fest an mich. Ich wollte das Gefühl von Sicherheit vermitteln, ohne ihr dabei zu nahe zu treten. Ich wollte ihr die Nestwärme eines Mannes schenken, der ich nicht für sie sein durfte.

Unerwartet war es aus Paula herausgebrochen, während ich sie in den Armen hielt. Aufgelöst und schluchzend erzählte sie mir von ihrem Mann und seinem Fehltritt. Sie erwähnte sogar seinen Namen. Einen Namen, den ich gar nicht wissen wollte, weil der damit eine Persönlichkeit bekam, die ich ihm gar nicht einräumen wollte. Johannes. Bis zu diesem Zeitpunkt war er immer nur ein Idiot für mich gewesen. Jetzt wurde er zu einem Täter, der seine Frau geschlagen und verschmäht hatte. Der sie zügelte, obwohl sie frei sein wollte.

Doch wie sehr ich seine Tat auch verabscheue: Ich durfte Paula in ihrer Entscheidung nicht beeinflussen. Es fiel mir schwer, ruhig zu bleiben, aber ich wusste, dass ich mich keinen Deut besser verhalten würde, wenn ich mich einmischen und ihr dabei das Gefühl aufzwingen würde, sie könne keine selbstständigen Entscheidungen treffen. So sehr es mir auch missfällt: Paula besitzt das Recht, ihn zu treffen, um *mit* ihm gemeinsam eine Lösung zu finden. Sie darf um ihre Familie kämpfen, und wenn sie glaubt, ihm verzeihen zu müssen, dann besitzt sie auch dafür das Recht.

Ich begreife es heute, genauso wie ich es gestern begriff. Auch wenn mein Herz »Nein« schreit, sagt der Kopf doch »Ja«. Was mir bleibt, ist die Hoffnung. Eine Zuversicht, die mich daran glauben lässt, dass Paula sich von ihrem Mann abwenden und ihre Ehe beenden wird. Ob sie dann zu mir zurückkehrt? Oder ich zu ihr? Würde ich ein Land, das zu meiner Heimat geworden ist, für Paula aufgeben?

Als wir den Strand verlassen hatten, fuhr ich Paula zur Pension. Die Nacht über verbrachten wir in Marias Garten. Wir lagen auf getrennten Liegen, hielten uns von Zeit zu Zeit an den Händen und hatten alle Lichter gelöscht, um den Sternhimmel besser betrachten zu können. Paula erzählte mir von den Sterngucker-Nächten mit ihrer verstorbenen Mutter. Ihre sensible Seite brach mir erneut das Herz und egal, was ich Paula zum Abschied gesagt habe, es entspricht nicht der Wahrheit.

Ich hege keinen Unmut. Nicht gegen Paula und auch nicht gegen mich. Paula hat meine Gefühle nicht verletzt. Sie war von Anfang an ehrlich zu mir gewesen und hatte immer wieder versucht, mich zu warnen. *Ich* war es, der sie ins Herz gelassen hat und deshalb trage ich auch die alleinige Schuld, wenn diese Frau mir jetzt fehlt. Dennoch bereue ich nicht das Geringste.

»Lieber Matt. Ich habe Sie schon erwartet«, empfängt mich Maria freundlich.

»Ja?«, frage ich, ziehe die Augenbraue nach oben und lächle.

»Natürlich«, erwidert sie, ganz so, als entspräche es tatsächlich der natürlichsten Sache der Welt, dass ich hier bin.

»Sie vermissen sie«, erklärt Maria. »Da ist es nur zu verständlich, jenen Platz aufzusuchen, den Sie mit ihr in Verbindung bringen.«

»Ich hoffe, ich habe ihnen nicht zu viele Umstände bereitet, indem ich hier zweimal übernachtet habe. Falls ich dafür etwas schuldig bin, dann sagen Sie es mir bitte.«

»Sie sind mir überhaupt nichts schuldig«, entgegnet Maria freundlich, unterstreicht ihre Worte jedoch mit einer harschen Handbewegung.

»Möchten Sie Tee?«, fragt sie stattdessen.

»Gerne«, stimme ich zu.

»Wissen Sie, Matt, an wen Sie mich gerade erinnern?« Wir sitzen auf der Terrasse und trinken den heißen Tee, während ich kopfschüttelnd ihre Frage verneine.

»Sie wirken im Augenblick ähnlich verloren wie Paula, als sie vor einigen Wochen vor meiner Tür stand.«

»Nur die Situation ist eine gänzlich andere«, entgegne ich traurig.

»Das ist nicht richtig. Auch sie hatte etwas verloren. Doch wo steckt der Visionär in ihnen, Matt? Sie dürfen daran glauben, dass Paula wiederkommen wird. Ohne Träumer wären auch keine Flugzeuge erschaffen worden.«

»Aber auch in Träumen können Pinguine nicht fliegen«, halte ich dagegen, weil sich meine Gedanken nur um Paula, und alles was ich mit ihr verbinde, drehen.

»Das stimmt«, gibt Maria zu. »Vertrauen Sie trotz alledem ihrem Leben. Und Paula. Oder irgendeiner anderen Frau, die in ihr Dasein treten wird.«

»Glauben Sie, dass Paula sich für ihn entscheiden wird?«

»Johannes?«, fragt Maria und ich kann nur nicken, weil dieser Name pure Übelkeit in mir verursacht.

»Das weiß ich nicht, Matt und ich glaube, dass es auch für ihre Zukunft keine Rolle spielen sollte.«

»Ich verstehe nicht, was Sie damit meinen, Maria«, sage ich, weil ich es tatsächlich nicht verstehe. Ich habe keine Ahnung, was diese alte Frau mir eigentlich mitteilen möchte.

»Liebe ist kein Kampf, Matt", sagt sie und schleudert mich gedanklich zurück zu dem eigentlichen Grund, weshalb ich hierhergekommen bin. Wollte ich nicht wissen, ob es falsch war, Paula kampflos ziehen zu lassen? Zum Glück scheint Maria keine Antwort von mir zu erwarten. Ohnehin wüsste ich nicht, was ich darauf entgegnen sollte.

»Liebe *ist*«, erklärt sie stattdessen und beantwortet damit eine Frage, die ich ihr noch gar nicht gestellt habe.

»Paula wird ihre eigene Entscheidung treffen. Ihnen bleibt nur die Möglichkeit, sich damit zu arrangieren. Ob uns dies gefällt oder nicht, spielt dabei keine Rolle.«

Sie verfällt in eine kleine Pause, bevor sie leise weiterspricht.

»Unser Leben ist voller Begegnungen, Matt, und diese Begegnungen bringen Geheimnisse mit sich, die wir niemals erfahren werden. So werden wir nie herausfinden, wie sehr Paula ihren Mann wirklich liebt. Oder ob dieser tatsächlich am Boden zerstört ist, weil er seine Tat bitterlich bereut. Andererseits werden wir auch keine Erkenntnis darüber erlangen, wie sehr Paulas Herz an ihrem hängt, Matt. Wie viel Herz Paula in die Beziehung zu ihnen gesteckt hat oder wie hoch der Anteil nach Trost war, der Paula dazu bewogen hat, sich mit ihnen einzulassen. Genauso wenig werden wir herausfinden, welche Rolle Paulas Kinder bei der Entscheidung spielen. Es sind ihre Geheimnisse, die sie mit sich nimmt und nur dann preisgeben wird, wenn *sie* es möchte. Bitte machen Sie sich das begreiflich, Matt. Dann können Sie auch diese Zuneigung, die Paula ihnen zuteilwerden ließ, als das annehmen, was es war: ein großzügiges Geschenk.«

Ich schlucke und reibe mir die Augen, um einen gequälten Eindruck zu hinterlassen.

»Apropos Geschenk«, plappert Maria weiter, ganz so, als hätte sie mir eben einen Einkaufszettel vorgelesen und nicht erklärt, warum ich die Frau, in die ich mich verliebt habe, besser vergessen und als Geschenk betrachten soll. Ihr abrupter Themenwechsel überfordert mich und ich verbrenne mir die Zunge an dem heißen Tee. Gerade noch rechtzeitig kann ich mich beherrschen, um nicht zu fluchen. Maria verschwindet stattdessen in der Küche und kehrt kurz darauf mit einem Umschlag und einem kleinen Kästchen in der Hand zurück. Sie überreicht mir beides.

»Ich lasse Sie ein wenig alleine, Matt. Wenn Sie gehen, seien Sie bitte so lieb und ziehen die Gartentür hinter sich zu. Vielleicht können Sie auch das Zimmerfreischild aus dem Boden ziehen und verdeckt an die Hauswand stellen. Im Moment ist mir nicht danach, fremde Menschen bei mir aufzunehmen.«

Sie schüttelt nachdenklich den Kopf und ich ahne, dass auch ihr der Abschied von Paula nicht ganz leicht fällt.

»Zum Glück kann ich mir den Luxus gönnen, mir meine Gäste auszusuchen.«

Ich nicke, ohne etwas zu sagen und warte, bis die alte Frau in der Pension verschwunden ist. Erst dann öffne ich den Umschlag. Während ich den Brief umständlich auseinanderfalte, weil meine Hände zittern, fällt ein Scheck heraus und landet direkt auf meinem Schoß. Umgerechnet eintausend Euro wurden dort auf meinen Namen ausgestellt.

Lieber Matt,

ich danke dir von ganzem Herzen für die unglaublich tollen Stunden, mit denen du mich beschenkt hast. Damit hast du mir etwas zurückgegeben, von dem ich glaubte, es bereits verloren zu haben. Indem du für mich da warst, hast du mir gezeigt, dass ich mich nicht verstecken muss und durchaus in der Lage bin, selbstständige Entscheidungen zu treffen. Auch wenn daraus eine etwas seltsame Art von Freundschaft zwischen uns entstanden ist, weiß ich, dass ohne dein Einwirken nicht dieselbe Frau nach Hause reisen würde, die es heute getan hat.

Diesen positiven Einfluss habe ich ganz alleine dir zu verdanken.

Ich habe das alles nicht geplant, Matt.

Abenteuer kann man nicht planen, denn an einem Abenteuer ist die Überraschung das aufregende. Wir sind in diese Romanze gestolpert, ohne sie geplant zu haben. Vermutlich viel zu schnell und viel zu heftig.

Heute frage ich mich, an welchem Punkt wir diese unsichtbare Linie überschritten haben, das zur Folge haben wird, dass der Abschied voneinander schmerzt.

Aber es sind Fragen, die ich mir nicht stellen möchte und auch du dir nicht stellen solltest. Wir sollten es wertschätzen und akzeptieren und es als etwas ganz Außergewöhnliches in Erinnerung behalten.

Vielleicht mag es im Nachhinein egoistisch klingen, aber ich bin froh, dass du nicht vor mir weggelaufen bist, obwohl ich dich einige Male förmlich dazu gedrängt habe. Ohne dich wüsste ich nicht, wie sich Leben wieder anfühlen kann.

Zurück bleibt die Hoffnung. Die Hoffnung, dass du nicht allzu sehr mit meiner Entscheidung, nach Hause zurückzukehren, haderst. Behalte mich bitte in Erinnerung, so wie ich bin und projiziere keinen dunklen Schatten auf unsere »Beziehung«, weil es nämlich keinen Grund dafür gibt.

Ich bereue nicht das Geringste, Matt.

Keinen einzigen Kuss und auch keine unserer Berührungen.

Indem ich keine Reue empfinde oder mich bemitleide, bereite ich mir selbst ein unglaubliches Geschenk. Ich hoffe, du kannst dich ebenso reich beschenken.

Übrigens: Der Scheck ist für die Pinguine. Verwende das Geld, wofür auch immer du denkst, dass es gebraucht wird. Ein geringer Betrag meiner Wertschätzung, im Gegensatz zu dem, was ihr in der Station bewundernswertes leistet. Ich weiß, dass dieses Geld bei dir in guten Händen ist.

Das Kästchen ist dagegen ausschließlich für dich, Matt.

Ich hoffe, dass du deinen Anker im Leben findest. Einen Anker, der dich erdet, dir einen sicheren Hafen bietet und dich festhält. Ich beneide die Frau, die dir dieser Hafen sein wird.

Egal, wie ich am Flughafen vor dir stehen werde. Lächelnd oder weinend. Es ist die ehrliche Reaktion meines Herzens, das sich mit all meiner Zuneigung, lieber Matt, bei dir bedankt.

Der Moment des Abschiedes ist gekommen und ich fühle mich leer bei dem Gedanken, dieses Land verlassen zu müssen. Diese Leere steht in totalem Widerspruch zu den Gefühlen, die ich für meine Familie empfinde. Aber Liebe ist ein Wort, das verschiedene Konstellationen aufwerfen kann.

Meine Bestimmung für Liebe ist nach Hause zurückzukehren.

Doch ein kleines Stück meines Herzens wird für immer bei dir bleiben.

Ich werde dich niemals vergessen und glaube fest daran, dass wir uns eines Tages wiedersehen werden.

In dankbarer Zärtlichkeit, Paula.

Ich sehe dich an und bin zu Hause

Soeben bin ich in München gelandet und damit endgültig in meiner Heimat angekommen. Meine Flucht, die vor einigen Wochen hier begonnen hatte, findet an selber Stelle auch ihr Ende. Die Triebwerkgeräusche werden leiser. Ich sitze im Flugzeug und möchte den Flieger nicht verlassen. Ich habe Angst.

Am Kofferband stehend, male ich mir aus, was mich gleich erwarten könnte. Obwohl ich beschlossen habe, intuitiv zu handeln, überfallen mich nun doch die Gedanken, was möglicherweise gleich passieren könnte. Am liebsten wäre es mir, wenn meine Familie zu Hause auf mich warten würde. Auf vertrautem Terrain besonnen zu agieren, fiele mir bestimmt leichter. Obwohl ich Lilly gebeten hatte, nicht zum Flughafen zu kommen, erscheint es mir zweifelhaft, ob sie sich daran halten wird. Dafür ist die Neugier meiner Tochter im Allgemeinen zu groß. Die bloße Vorstellung, dass sie mich, nur wenige Schritte von mir entfernt, abpassen könnte, verursacht Herzklopfen. Ich sehne mich nach meiner Kleinen.

Und Felix? Wie wird er auf meine Rückkehr reagieren? Lillys Umgang mit unserer Trennung konnte ich zum Teil miterleben. Wie Felix reagiert hatte, blieb mir dagegen verborgen.

Als ich das Gepäck vollständig an mich genommen habe und mich auf den Ausgang zubewege, verlangsamt sich mein Schritt automatisch. Erneut fällt es mir schwer, mich vorwärts zu bewegen. Mich plagen die ersten Zweifel und das unsichtbare Band scheint mich nun in der Gepäckhalle festhalten zu wollen. Nervös zupfe ich an meiner Bluse, stecke sie in die Jeans, um wenigstens nach außen den Anschein von Lässigkeit zu erwecken, die im Inneren so gar nicht entstehen will. Dann trete ich durch die Tür, die sich automatisch für mich und meine Zukunft öffnet.

»Mama«, brüllt Lilly in einer Lautstärke, die Anlass zur Sorge gibt, weil die Leute, die sich in unmittelbarer Nähe befinden, erschrocken zusammenzucken. Ihre roten Haare machen es mir leicht, sie im Tumult der Abholer ausfindig zu machen. Unwirsch drängt sie sich durch die Menge, als sei es das Natürlichste der Welt, sich seinen Weg freizuboxen.

»Mama«, ruft sie noch einmal, dieses Mal zum Glück weniger laut, und fällt schnurstracks in meine Arme. Ich streichle über ihren Rücken, küsse sie auf den Mund und freue mich, dass Lilly unsere ausschweifenden Berührungen ausnahmsweise nicht peinlich sind. Wann durfte ich zuletzt einen derartigen Gefühlsausbruch meiner Tochter erleben?

»Gar nicht«, denke ich traurig, denn um für meine Kinder da zu sein, hatte ich mich nie länger als zwei, drei Tage von ihnen getrennt. Bevor sie mich vermissen konnten, war ich in der Regel schon wieder zu Hause. Vermutlich gab es die letzte Umarmung nur deshalb, weil Johannes und ich, ihr ein neues iPhone überreicht hatten.

»Neue Bluse?«, lächelt sie. Es ist ihre Art, mich zu begrüßen und Veränderungen an mir wahrzunehmen. Ich ziehe sie zu mir und fühle ihren kindlichen Körper, der schon lange Zeit nicht mehr so unschuldig ist, wie ich es mir wünsche. Kurz darauf umarmen wir uns erneut, gleichgültig, was andere von uns denken wollen.

»Bist du ganz alleine hier?«, will ich von meiner Tochter wissen.

»Nein«, entgegnet mir Lilly und deutet auf ihren Bruder, der sich soeben aus der Menge löst und mir lässig entgegenkommt.

»Gleich wird es hinter ihm zu schneien beginnen, so cool ist er«, denke ich und lächle.

»Hallo, Paula«, begrüßt er mich gelassen. Mein Sohn, der mir noch größer als zuletzt erscheint, umarmt mich ebenso herzlich, aber nicht ganz so innig wie seine Schwester.

»Paula?«, frage ich ihn.

»Stört es dich, wenn ich dich ab heute so nenne?«, will er wissen.

Ich überlege.

»Stört es mich?«

»Nein Felix, es stört mich überhaupt nicht«, antworte ich ihm ehrlich.

Vielleicht entspricht es seiner Entwicklung, sich von mir als Mutter abzukapseln. Wenn ich meine mütterlichen Pflichten mit dieser Assoziation ebenfalls ablegen kann, soll es mir nur recht sein, wenn er mich von heute an beim Vornamen ruft.

»Wie geht es dir?«, frage ich ihn zärtlich. Viel zu zärtlich, wie ich sofort erkenne.

»Ach Ma ..., Paula«, verbessert er sich rasch und ich kann mir ein leichtes Schmunzeln nicht verkneifen. »Natürlich wäre es mir lieber gewesen, euch beide zu sehen, wenn ich wieder zu Hause einlaufe. Währenddessen erwarteten mich nur der Oberhäuptling und diese Streuselschnecke hier.« Er nimmt seine Schwester zärtlich in den Arm, womit er sich gleichzeitig für die Anspielung auf ihre Sommersprossen entschuldigt.

»Jetzt ist Mama ja wieder da«, mischt sich Lilly ein.

Felix greift nach meinem Gepäck.

»Lass mal, Paula«, sagt er. »Ich trage das schon.« Ich lasse es zu und lege den Arm um meine Tochter. Fest aneinander gekuschelt verlassen wir den Terminal.

Und dann sehe ich ihn.

Er lehnt am Auto und ich spüre die Anspannung, die sein ganzer Körper ausstrahlt. Er fühlt sich unbehaglich und ich sehe ihm diesen Zustand auch deutlich an. Ich bleibe auf der Stelle stehen, benötige Zeit, um seinen Anblick zu verdauen. Noch hat er uns im Gewühl der hektisch umherirrenden Menschen nicht ausfindig gemacht, was mir die Möglichkeit verschafft, mich zu fassen. Lilly und Felix blicken aufmerksam zu mir, dann zu ihrem Vater und wieder zurück, gleichsam, als würden sie einem spannenden Tennismatch folgen.

»Lilly, Felix«, beginne ich zaghaft, weil ich nicht weiß, wie ich meine Bitte formulieren soll. Doch mein Sohn erkennt die Situation und leistet mir Beistand.

»Komm Schwesterchen«, sagt er zu Lilly. »Ich spendier uns einen Kaffee.«

»Aber ...«, wendet Lilly ein. Um nichts auf der Welt möchte sie unser Wiedersehen verpassen.

»Lilly«, ermahnt Felix seine Schwester streng und zerrt sie wie ein Kleinkind hinter sich her. Nur mit Gewalt gelingt es ihm, seine Schwester aus der Schusslinie zu ziehen.

Ich hingegen mustere weiterhin meinen Mann. Auch optisch hat er sich in den letzten Wochen verändert. Sein Bart lässt ihn noch männlicher wirken, als er es ohnehin schon ist. Er trägt eine schwarze Jeans und einen grauen Pullover, der mir ein paar Nummern zu groß erscheint. Ob er in den letzten Wochen abgenommen hat? Seine Haare stehen wirr nach allen Seiten, ein untrügliches Zeichen dafür, dass er bereits des Öfteren mit seinen Fingern hindurchgefahren ist. Seit jeher greift er auf diese nonverbale Geste zurück, wann immer er Unsicherheit verspürt oder sich extremen Situationen ausgesetzt fühlt.

Und dann hebt Johannes seinen Blick.

Seine großen braunen Augen richten sich auf mich und halten die meinen fest. In seinen Augen liegt alles. Einsamkeit, Freude, Trauer, Angst und Liebe. Meine Beine drohen unter meinem Gewicht nachzugeben. Langsam kommt er auf mich zu. Sein Gang wirkt unsicher. Es macht den Eindruck, als könnte jede Geste, die ich ihm entgegenbringe, eine Katastrophe heraufbeschwören. Habe ich meinen Mann jemals derart voller Zweifel erlebt?

»Danke für das Upgrade«, sage ich, weil mir nichts anderes über die Lippen kommen mag.

»Paula«, sagt er, als er vor mir steht.

»*Wie viel Verheißung er in ein einziges Wort legen kann*«, denke ich und gebe mich geschlagen.

Dieser kurze Augenblick liefert mir den Beweis: Ich liebe diesen Mann!

Gleichgültig, was er mir angetan und egal, wie sehr er mich verletzt hat.

Ich liebe ihn!

Er fährt sich durch die Haare, blickt mir in die Augen. Seine Gestik, seine Mimik, alles spiegelt sich in seinem Dasein, wie er vor mir steht. Mein Widerstand bricht und mein Körper schmilzt, als er mich in seine Arme nimmt. Ich rieche ihn. Der altvertraute Johannesgeruch. Die Hintergrundgeräusche, die uns umgeben, verschwinden. Kein Dröhnen von startenden oder landenden

Flugzeugen ist mehr zu hören. Kein Gehupe von genervten Taxifahrern. Auch keine Willkommensgrüße von Angehörigen dringen zu uns vor.

Die Welt steht still.

Nur er und ich.

Wir beide.

Ich weiß immer noch nicht, was die Zukunft für mich bereithält.

Aber ich weiß, ich bin zu Hause.

Johannes

Überraschung lässt sich nicht vortäuschen, egal wie man´s macht

Obwohl mir klar ist, dass ich Paula gleich sehen werde, überrascht mich der Augenblick, als ich sie im Menschenpulk erkenne. Mein Herz klopft heftig und schlägt schwer gegen den Brustkorb.

Wie wunderschön sie ist.

Langsam kommt sie auf mich zu und ich trete ihr nicht weniger zögerlich entgegen, greife mir mit den Fingern durch die Haare, um mich davon abzulenken, nicht zu ihr zu stürmen, um sie zu umarmen oder wild zu küssen. Was ich gerne tun würde und was ich tun darf, steht in uneingeschränkter Gegensätzlichkeit. In ihren Augen schimmern Tränen. Oder sind es die Meinigen, die mich alles verschwommen erkennen lassen?

»Danke für das Upgrade«, sagt sie.

»Paula«, sage ich und schließe sie in meine Arme.

Obwohl ich mir noch vor wenigen Minuten fest vorgenommen habe, Berührungen nur zu *ihren* Bedingungen geschehen zu lassen, kann ich mich nicht länger beherrschen. Es sind nicht meine Bedürfnisse, die mich handeln lassen, sondern vielmehr die Angst, dass meine Frau dem Wiedersehen nicht standhalten könnte. Sie wirkt in diesem Augenblick so unendlich zerbrechlich.

»Ich freue mich, dass du wieder zu Hause, … ich meine …, dass du wieder hier bist.«

»*Idiot, Idiot, Idiot*«, schreit etwas in mir. Meine Stimme wankt.

»Felix und Lilly …«, stottere ich weiter.

»Sind einen Kaffee trinken gegangen«, antwortet sie.

Lächelt.

Zumindest versucht sie es.

Ein Lächeln, das mir Mut macht.

»*Ich habe bisher nichts falsch gemacht*«, beruhige ich mich in Gedanken. Augenblicklich möchte ich sie wieder in meine Arme schließen, aber ich befürchte, dass Paula es vielleicht nicht wollen würde. Ich muss ihr Freiraum geben, darf sie nicht erdrücken.

Also beherrsche ich mich. Meine Frau hat soeben zwei Kontinente und Zeitzonen überwunden, um wieder in meiner Nähe zu sein. Trotzdem gibt es noch eine andere Art von Entfernung, die sich nicht so einfach überwinden lässt. Und die man auch mit einem Upgrade nicht wieder in Ordnung bringen kann.

»*Schmerz*«, zum Beispiel denke ich. »*Sie wird es irgendwann vergessen können, aber ob sie mir jemals verzeiht?*«

Die Stille zwischen uns fühlt sich falsch an. Irgendetwas muss ich sagen, doch ich bin hilflos. Als hätte ich meine Stimme verloren.

Oder die Sprache.

Oder beides zusammen.

Da sind so viele Wörter in meinem Kopf, doch kein Einziges besitzt den Mut, um aus dem Mund zu treten.

»*Sie spürt, was in mir vorgeht*«, denke ich.

»Johannes ...?«, flüstert sie.

Und ich weiß, was in ihr vorgeht.

»Psst. Sag nichts«, bitte ich sie. »Ich weiß, dass du Zeit brauchen wirst, Paula. Viel Zeit. Wenn du möchtest, ziehe ich für eine Weile von zu Hause aus. Oder du gönnst dir eine weitere Auszeit. Du könntest auch wieder arbeiten oder verreisen, egal, was auch immer«, überschütte ich sie mit Vorschlägen, die ich ihr besser gar nicht unterbreiten sollte. »Doch bitte gib unserer Ehe eine Chance, Paula. Gib mir die Möglichkeit, ein anderer, besserer Mensch zu werden.«

Es platzt aus mir heraus, als würde Luft aus einem prall gefüllten Ballon entweichen. Ich hatte mir unglaublich viele Wörter und Sätze überlegt. Die, die schließlich aus meinem Mund sprudeln, sind keine davon. Blindlings gebe ich mich meiner unbeholfenen Gedanken hin.

»Geh nicht zu hart mit dir ins Gericht, Johannes. Wir haben beide Fehler gemacht. Niemals ist jemand alleine schuld.«

Ich kann nicht glauben, was ich höre, aber mir bleibt auch keine Zeit, lange darüber nachzudenken, denn Paula spricht weiter.

»Du hast Recht, Johannes. Ich brauche Zeit. Vielleicht sogar viel mehr Zeit, als wir beide zu denken glauben. Aber unsere Ehe hat diese Zeit verdient. Das sind wir nicht nur uns, sondern auch unseren Kindern schuldig.«

»Ich bewundere dich«, sage ich leise. Beinahe beschämt. »Woher nimmst du nur den Mut und die Zuversicht, es noch einmal zu versuchen?«

»Liebe«, sagt Paula und nun sind es meine Beine, die nachzugeben drohen. Ein Sonnenstrahl fällt durch die Wolkendecke und spiegelt sich in Paulas Augen. Sie leuchten wie grünes Gras und augenblicklich versinke ich darin. Mich zu lösen, fällt mir nicht leicht.

»Wir kriegen das hin, Paula«, sage ich mit einer Zuversicht, die ich nicht besitze, aber ausstrahlen möchte. »Ich werde es dir beweisen.«

Sie streichelt meinen Arm, als sich unsere Kinder nähern, die scheinbar gänzlich unterschiedlicher Meinung sind. Gleichzeitig drehen wir uns zu den beiden Streithähnen um. Egal, wie turbulent sich unser Familienleben in den letzten Wochen gestaltet hatte, es gibt Dinge, die sich auch in Zukunft nicht ändern werden. Zankende Geschwisterkinder gehören zweifellos dazu. Um ein Haar wirkt es sogar tröstend auf mich. Wie sehr ich mich nach diesem Auf und Ab unseres Familienlebens sehne.

Wir fahren nach Hause. Paula sitzt mit Lilly auf der Rückbank und kuschelt sich an unsere Tochter. Immer wieder lächeln sie einander an oder berühren sich liebevoll. Ich weiß das, weil mein Blick am Rückspiegel klebt und Felix´ Worte, seine unglaublich vielen Worte, ungehört durch mein Gehirn ins Leere schwirren. Der Anblick meiner Frau, zusammen mit meiner Tochter, rührt mich zutiefst.

»Habt ihr Hunger?«, frage ich.

»Au ja«, schreit Lilly aufgeregt. Ich kann es kaum glauben. Ausgerechnet meine Tochter verlangt begeistert nach Essen. Ich ziehe die Augenbraue nach oben und erkenne im Rückspiegel, wie auch Paula erstaunt ihren Blick unserer Tochter zuwendet.

»Auf was hast du Appetit, Paula?«, fragt Felix und es fällt mir noch immer schwer, dieses Paula aus seinem Mund zu hören. Auch für sie scheint es noch exotisch zu klingen, denn sie antwortet ihm nicht.

»Mum?«, wiederholt Felix seine Frage aufs Neue, dieses Mal um eine Oktave genervter.

»Pizza ist in Ordnung«, antwortet Paula, obwohl niemand von uns ein italienisches Restaurant vorgeschlagen hatte.

»*Sie ist mit ihren Gedanken ganz woanders*«, denke ich und kann es ihr nicht verübeln.

»Oh ja«, schreit Lilly laut. »Zu Leonardo. An den See.«

Paulas Blick begegnet dem meinigen im Spiegel und ich erkenne, wie sie zusammenzuckt, als Lilly unseren Stammitaliener vorschlägt. Wenn man sich schon lange kennt, braucht es manches Mal keine Worte, um einander zu verstehen. Von den ‚guten, alten Zeiten', die meine Tochter sich zurückwünscht, sind wir noch meilenweit entfernt. Paulas Blick spricht Bände.

»Lass uns heute woanders essen, Lilly«, schlage ich vor. »Ich kenne in Ravensburg eine nette Taverne, die ich schon lange ausprobieren wollte.«

Dankbar lächelt meine Frau mir zu. Ob Lilly die Situation am Ende versteht, weiß ich nicht. Aber sie schweigt, wofür ich ihr dankbar bin.

Wer ankommen will, muss sich auch irgendwann auf den Weg machen

Irgendwann, ich habe jedes Zeitgefühl aufgrund meines emotionalen Gefühlsausbruchs verloren, sind wir zu Hause angekommen. Vor drei Wochen hatte ich mich auf den Weg gemacht. Jetzt bin ich wieder zu Hause und fühle mich fremd, auf eine gewisse Art sogar deplatziert. Meine Reise war nichts weiter als eine Flucht. Ohne groß darüber nachzudenken, war ich ausgebrochen, um den Problemen davonzulaufen.

Ich bin erstaunt, wie sauber das Haus und gepflegt der Garten ist. Auch der zerbrochene Spiegel wurde durch einen wunderschönen neuen ersetzt. Fein geschliffene Blüten zieren den rechten Rand und ich überlege, ob Johannes überhaupt dazu fähig ist, ein solch edles und filigranes Stück auszusuchen. Im Wohnzimmer steht ein bombastischer Blumenstrauß, über den ich mich nur bedingt freue, weil ich kein Fan von derart fulminanten Arrangements bin. Seit jeher vermitteln sie mir ein Gefühl von Einsicht, schlechtem Gewissen und Wiedergutmachung zugleich. Trotzdem bedanke ich mich bei meinem Mann.

»Möchtest du einen Kaffee?«, fragt er zaghaft.

Es erscheint mir, als hätte man mich nach einer schweren Operation soeben aus dem Krankenhaus entlassen. Seine Frage wirkt auf mich fast surreal. Andererseits kann ich mich noch gut daran erinnern, wie unzufrieden ich war, als Johannes sich von vorne bis hinten bedienen ließ. Warum also nicht die Rollen tauschen?

»Gerne«, antworte ich. »Einen doppelten Espresso«, stelle ich ihn sogleich auf die ganz harte Probe und setze mich schmunzelnd auf die Terrasse. Wenn ich mir schon den Luxus seiner Betreuung gönne, dann gerne auch gleich in Form einer doppelten Portion.

»*Bald wird der Sommer vorbei und die Blumen verblüht sein*«, denke ich traurig und betrachte das bunte Blumenmeer, das viel zu viel Arbeit mit sich bringt und von keinem, außer mir selbst, zur Kenntnis genommen wird. Ich bezweifle, dass ich mir im nächsten Jahr noch einmal die Mühe machen werde.

Überraschend schnell tritt mein Mann auf die Terrasse und wählt den Platz gegenüber, um einen gewissen Abstand zwischen uns zu wahren. Ich bedanke mich, rühre etwas Zucker in die kleine Tasse und erforsche seinen Blick, der mir etwas zu sagen versucht.

»Paula«, beginnt mein Mann zögerlich. »Vielleicht ist es falsch dir zu sagen, ...«, hüstelt er. »Aber, ich meine ... vielleicht sollte ich es erst gar nicht erwähnen ... a ... aber ...«

»*Er stottert sich um Kopf und Kragen, wie ein unartiges Kind, das einen Fehler gestehen möchte*«, denke ich.

»Sag es einfach«, helfe ich ihm, weil mir sein Stottern Unbehagen bereitet.

»Gar nicht so leicht«, lächelt er bitter. »Ich habe, als ... als du ...«, stammelt er weiter um den heißen Brei herum, bis er sich endlich dazu entschließt, die Angelegenheit auf den Punkt zu bringen.

»Bettina«, stößt er schwer atmend heraus.

Mein Herz beginnt, wie wild zu hämmern.

»Du weißt, wer Bettina ist oder?«, fragt er völlig überflüssig.

Ich nicke. Natürlich weiß ich, wer Bettina ist.

Und was sie für Johannes einmal war.

»Ich habe sie vor einigen Tagen zufällig wieder getroffen und wir haben den Abend zusammen verbracht.«

»Den Abend oder die Nacht?«, frage ich spitz.

Und viel zynischer, als mir eigentlich zusteht.

»Den Abend«, wiederholt Johannes energisch. »Wir haben uns geküsst und anschließend bin ich *alleine* nach Hause gefahren. Ich habe mich so unglaublich einsam ohne dich gefühlt, Paula«, versucht er sich zu entschuldigen. »Natürlich ist es kein akzeptabler Grund. Aber ich möchte keine Geheimnisse vor dir haben und auch nicht, dass etwas Belastendes zwischen uns steht.«

Plötzlich fühle ich mich verletzt. Ja sogar betrogen. Johannes hätte mir mit einem Hammer auf den Kopf hauen können, der Schmerz wäre nicht größer. Mein weibliches Ego ist zutiefst gekränkt, verzieht sich in die hinterste Ecke meines Gehirns und schmollt. Obwohl mein Verstand mir sagt, dass ich sehr, sehr

(sehr) vorsichtig mit Vorwürfen umzugehen habe, kann ich nicht anders, als beleidigt meinen Blick abzuwenden. Dass ich ebenso Trost bei einem anderen Mann gesucht habe, spielt plötzlich überhaupt keine Rolle mehr.

»*Jetzt wäre der ideale Zeitpunkt, um Johannes von Matt zu erzählen.*«

Damit könnten wir alles hinter uns lassen. Aber warum will es nicht über meine Lippen kommen? Suche ich bereits nach einem erneuten Grund, um einen Streit vom Zaun zu brechen? Möchte ich schon wieder vor etwas fliehen?

Ich fühle mich erschlagen von den unterschiedlichen Empfindungen und Stimmen, die in meinem Kopf um Gehör bitten.

Mein Egoismus, der mich anfeuert.

Meine Eitelkeit, die schmollt.

Mein Verlangen, das nach Gerechtigkeit schreit.

Mein Gewissen, das nicht nur schweigt, sondern sich ganz aus dem Staub macht.

»Sag etwas, Paula«, bittet mich Johannes voller Sorge.

»Wie geht es ihr denn? Bettina, meine ich«, frage ich viel zu bissig, als wäre Bettina einzig und alleine der Grund für meine plötzlich schlechte Laune.

Erschrocken über meinen erneut zum Leben erwachten Zynismus richtet mein Mann den Blick in die Ferne.

»*Ob er es bereits bereut, mir die Wahrheit gesagt zu haben?*«

Plötzlich empfinde sogar etwas Schadenfreude. Er wirkt ehrlich betroffen und in seinem Gesicht spiegelt sich all der Schmerz, den *ich* zu fühlen glaube.

»Es ist *nichts* passiert, Paula.«

Er stützt den Kopf in seine Hände, wirkt verzweifelt.

Die Zeit, in der keiner von uns etwas zu sagen weiß, dehnt und dehnt sich. Beinah fühlt sich unser Schweigen heimtückisch an. Wenn wir jetzt nicht aufpassen, beenden wir etwas, das gerade erst im Begriff war zu entstehen. Das junge Pflänzchen der Ehe kämpft ums Überleben, während wir die Wurzeln bereits wieder freigelegt haben.

Ich fühle diese unglaubliche Last, die auf meinen Schultern liegt. Ich muss etwas sagen. Sofort. Aber immer wenn ich dazu ansetze, verliere ich mich und bringe nichts weiter zustande, als leere Luft entweichen zu lassen.

Ich stehe auf, fliehe ins Haus und bleibe unglücklicherweise an derselben Stelle, an der Johannes mich geschlagen hat, stehen. Johannes, der mir gefolgt ist, steht gemartert im Türrahmen, die Hände tief in seinen Hosentaschen vergraben. Ob er das Gleiche denkt? Erinnert er sich an seine Tat, hier an exakt dieser Stelle? Sein viel zu großer Pullover schiebt sich nach oben. Langsam hebt er den Blick und ich erkenne, dass er weint. Ich habe meinen Mann niemals weinen sehen. Lautlos bahnen sich Tränen den Weg über seine Wangen. Seine brauen Augen schimmern und ertrinken im Zweifel.

Oder in der Angst.

Er wirkt so unbeholfen wie ein kleines Kind.

Und ich?

Ich verliere das Gefühl für die Zeit.

Entweder steht sie still.

Oder sie rast.

Ich weiß es nicht.

Alles beginnt, sich um mich herum zu drehen. Als hätte die Erde ihre Schwerkraft verloren. Sein Blick sucht noch immer den meinen, als hoffe er irgendetwas darin zu finden. Vielleicht ein Zeichen, das ihm sagt, dass ich ihn verstehe. Oder verzeihe. Oder auch, dass ich ihn zum Teufel wünsche. Ich kann seinen Schmerz beinahe mit den Händen greifen: die Wut, der gekränkte Stolz, die vielen Verletzungen, die wir einander zugefügt haben. Ich fühle mich verloren. Als gäbe es keine Zukunft mehr. Fühlt es sich so an, zu sterben?

Und dann, endlich, als ich bereits denke, mein Körper, meine ganze Seele muss ersticken oder ertrinken oder was auch immer, bricht etwas aus mir heraus. Ich stürme zu meinen Mann, hämmere mit all meiner Wut gegen seinen Brustkorb, weine, schreie und schlage weiter um mich. Er lässt es so lange geschehen, bis ich mich zitternd an ihn schmiege, ihn mit meinen Armen umklammere, als müsse ich ihn für alle Zeit an mich binden. Er streichelt meinen Kopf, küsst meine Haare, wiegt mich wie ein Kind.

Und ich weine weiter.

Weine wie nie zuvor in meinem Leben.

Irgendwann führt mich Johannes ins Schlafzimmer. Mein Zeitgefühl habe ich längst verloren. Ich lege mich aufs Bett und er breitet eine bunte Decke über mir aus. Sanft streicht er die Tränen aus meinem Gesicht, sieht mich an und schweigt.

Aus seinem Nachttisch zieht er eine Pille hervor, von der ich nicht weiß, welche Wirkung sie besitzt. Aber es interessiert mich auch nicht. Er öffnet eine Flasche Wasser und reicht mir beides. Ich schlucke es. Erneut deckt er mich zu, spricht immer noch nicht. Als er an der Tür stehend, sich noch einmal zu mir umsieht, verschwimmt mein Bild von ihm aufs Neue. Er scheint mir etwas sagen zu wollen, tut es aber nicht. Und ich fühle mich zu müde, um nachzufragen. Ich sehne mich nach Schlaf. Und danach, in eine Welt einzutauchen, in der noch alles in Ordnung ist.

Einsicht ist etwas, was bisher unklar war und nach reichlichem Bedenken am Ende verstanden wird

Ein neuer Tag kommt, ein alter Tag vergeht.

Ein immer wiederkehrendes Wechselspiel. Wenn man sich allerdings weder vor noch zurückbewegt, ist die Aneinanderreihung der Tage besonders markant. Zwar leben Paula und ich unser Leben vorwärts, verstehen es aber oft nur im Rückblick.

Eine Woche ist seit Paulas Heimkehr nun vergangen, aber wir sind noch lange nicht in unserem Alltag angekommen. An manchen Tagen fällt es uns leicht, aufeinander zuzugehen. Dann lachen wir oder reden und können unsere gegenseitige Nähe ertragen. Aber es gibt auch Zeiten, an denen wir still und in uns gekehrt verweilen und nicht nur räumlichen Abstand voneinander suchen. Dann flüchtet jeder in seine eigene Welt und hält dort so lange inne, wie es für ihn unausweichlich erscheint.

Lilly verbringt ihre letzte Ferienwoche bei ihren Tanten. Im Moment quält sie vermutlich Antonia mit den neusten Modetrends und schleppt sie von Store zu Store, um sich mit dem einzudecken, was im nächsten Schuljahr unerlässlich für sie sein wird und rein gar nicht mit dem Thema Schule in Verbindung gebracht werden kann.

Felix ist bei seinem neuen ‚BFF'. Best friend forever, wie er mir vor wenigen Tagen übersetzt hatte. Im Moment wechselt er seine Freunde wie andere Menschen ihre Hemden. Vielleicht sucht er aber nur den, für ihn richtigen Gegenpol. Einen Freund, mit dem er sich vorstellen kann, ein Leben lang durch dick und dünn zu gehen. Jeder Mensch sollte so einen BFF haben. Meiner heißt Jan, obwohl seit dem Vorfall mit Paula ein kleiner Riss in unserer Freundschaft zu erkennen ist.

Ich gehe wieder zur Arbeit. Oder wie man das, womit ich mich zeitweise beschäftige, nennen mag. Noch vor wenigen Wochen wollte ich oftmals meine ganze Aufmerksamkeit auf die Arbeit in der Redaktion richten. Es half mir, nicht immerzu an unsere Probleme denken zu müssen. Doch jetzt ist es anders. Den größten Anteil meiner Aufmerksamkeit widme ich meiner Familie. Die Arbeit hat für mich an Stellenwert verloren. Aus diesem Grund versuche ich meine Aufgaben so rasch wie möglich zu erledigen, um schnell wieder zu Hause sein. Gleichzeitig habe ich auch damit begonnen, Verantwortung abzugeben. Ich delegiere mehr als früher und meine Kollegen sind nicht nur erstaunt, sondern auch erfreut über diese Tatsache. Auch ich bin überrascht, denn auf eigenartige Art und Weise funktioniert die neue Arbeitsaufteilung recht gut. Wo ich einst gedacht hatte, unabdingbar zu sein, läuft es nun auch ohne mich.

Alles in allem entspricht Paulas und meine Situation nicht der, die ich auf Dauer ertragen könnte, doch im Augenblick bin ich damit zufrieden. Paula ist immer noch bei mir.

Ich schlafe im Gästezimmer. Wir haben beide dieser räumlichen Trennung zugestimmt. Das heißt nicht, dass ich sie wollte, aber ich kann sie akzeptieren. Wenn es Paula damit besser geht, die Nacht getrennt von mir zu verbringen, dann ist es auch für mich in Ordnung. Manches Mal wirkt sie, als wäre sie mit ihren Gedanken meilenweit von mir und unserem zu Hause entfernt. Ob sie dann an ihn denkt? Obwohl sie mir noch nichts von ihm erzählt hat, ahne ich, dass es einen anderen Mann im Leben meiner Frau gegeben hat oder immer noch gibt. Aber so lange Paula bei mir ist, ist auch diese Tatsache für mich erträglich. Ich möchte sie nicht drängen. Wenn der Zeitpunkt für Paula gekommen ist, wird sie es mir erzählen.

Heute Nachmittag sind wir bei meinen Eltern zum Kaffeetisch eingeladen. Ich hätte nicht zugesagt, wenn Paula damit nicht einverstanden gewesen wäre. Aber sie war es. Die plötzliche Zuneigung, die sie dort seitens meines Vaters erwarten wird, habe ich ihr bislang verschwiegen. Ich möchte, dass sie sein Wohlwollen selbst erlebt. Sie soll spüren, dass er hinter ihr steht. Immer hinter ihr stand, auch wenn mein Vater es nie so eindeutig wie zuletzt geäußert hat. Würde ich Paula Vaters Zuneigung verraten, könnte sie Erwartungen haben, die er vielleicht nicht erfüllen kann. So überlasse ich es ihm, ein ehrlicheres Verhältnis zu seiner Schwiegertochter aufzubauen. Und ich werde mich freuen, wenn meine Frau sich freut.

Wenn ich Lehren aus den letzten Wochen gezogen habe, dann die, dass jeder Mensch das Leben führen darf, das er möchte. Ein Grundrecht, das ich Paula über viele Jahre hinweg verweigert habe. Sie soll sich nicht mehr an unsere Pläne halten müssen oder auf unsere Wünsche Rücksicht nehmen und aufgrund dessen, ihre eigenen in die zweite Reihe stellen. Paula soll ihr eigenes Leben entwerfen. Hoch und Tiefs selbst steuern. Willkürliche Entscheidungen fällen, selbst wenn es vielleicht die falschen sind. Sie soll sich aus ihrer jahrelangen Rolle als Mutter und Hausfrau befreien dürfen.

Nur die Bestimmung als meine Ehefrau kann und möchte ich ihr nicht ersparen. Ich möchte Paula nicht verlieren und ich werde um sie kämpfen. Nicht verbissen und schon gar nicht mit Gewalt. Aber meine Ehefrau loszulassen, fiele mir unendlich schwer.

Lange habe ich versucht, dem Gefühl, das mich an sie bindet, einen Namen zu geben. Dabei liegt es so offensichtlich auf der Hand. Lag es schon immer.

Liebe!

Es ist die Liebe zu meiner Frau, die mich so fühlen lässt. Meine Diagnose ist also denkbar einfach: Ich bin verliebt.

Aber wie ergeht es ihr? Liebt sie mich noch genauso oder heißt ihr Gefühl Akzeptanz? Ich werde es in den nächsten Wochen herausfinden müssen, damit wir diesen Schwebezustand irgendwann überwinden können.

»Wie wird deine Mutter auf mich reagieren?«, fragt Paula, als wir im Auto sitzen.

Sie trägt ein gelbes Sommerkleid. Mit ihrem leicht gebräunten Teint und den roten Haaren leuchtet sie mit der Sonne um die Wette. Paula ist Sonnenaufgang und Untergang zu gleich.

»Weiß sie von unseren … Problemen?«, will sie wissen.

»Mach dir nicht zu viele Gedanken darüber, wie meine Mutter reagieren wird. Zudem wird es niemanden interessieren«, verspreche ich ihr.

Paula zieht eine Augenbraue nach oben und schenkt mir einen überraschten Blick.

»Ich habe meinen Eltern gestanden, dass ich, dass ich dich … also was passiert ist.« Es fällt mir immer noch unglaublich schwer, meine schändliche Tat in Worten auszusprechen. »Die ganze Wahrheit, Paula.«

»Die ganze Wahrheit?«, fragt sie verwundert.

Ich nicke.

»Das dürfte deine Mutter aber nicht im Geringsten berührt haben«, gibt sie bitter von sich und erwartet keine Antwort, weil sie sich die Frage ohnehin bereits selbst beantwortet hat. Meine Mutter war eben meine Mutter. Liebe war Liebe sowie Einsicht, Einsicht war. Es ist also wenig überraschend, dass auf meine Mutter keine dieser positiven Eigenschaften zutreffen. Sie ist eben einfach *nur* meine Mutter. Eine alternde Frau ohne Emotionen. Zumindest, wenn diese Empfindungen nicht sie selbst betreffen.

»Lass dich einfach überraschen, Paula«, lächle ich voller Zuversicht.

»Oh ja«, antwortet sie zynisch, kann sich aber ein Schmunzeln nicht verkneifen. »Überraschungen sind bei Gerda meist zur Genüge im Spiel.«

Wie recht Paula damit hat. Aber heute werden ihre Plattitüden nicht der Wahrheit entsprechen. Und die Überraschung anders sein als sonst. Nur ahnt Paula noch nichts davon.

Als wir am Anwesen meiner Eltern ankommen, tritt mein Vater sofort vor die Tür. Es scheint, als hätte er bereits auf uns gewartet. Er lächelt, nimmt Paula herzlich in die Arme und küsst sie auf beide Wangen. Dagegen klopft er mir nur kurz auf die Schulter, bevor er uns ins Haus bittet.

Als ich meine Mutter am Esstisch sitzen sehe, schlucke ich. Die letzten Tage und der Streit mit meinem Vater haben tatsächlich vernehmbare Spuren hinterlassen. Der Raum, den sie gewöhnlich spielerisch für sich einnimmt, wirkt erschreckend leer. Sie schenkt uns ein falsches Lächeln und senkt den Blick wieder stoisch auf den Tisch. Ich blicke zu Paula und erkenne, dass auch sie erstaunt über die fehlende Obrigkeit meiner Mutter ist. Entschlossen tritt sie dennoch auf meine Mutter zu und reicht ihr die Hand. Eine Geste, für die ich sie aufrichtig bewundere.

»Hallo Gerda«, sagt Paula.

Zögernd greift meine Mutter nach der dargebotenen Hand, schüttelt sie, allerdings viel zu kurz, um es unmissverständlich als Höflichkeitsform gelten zu lassen. Dagegen strotzt mein Vater vor Selbstbewusstsein. Er schiebt Paula den Stuhl zurecht, nimmt ihr gegenüber Platz und fragt, wie es ihr in Kapstadt gefallen hat.

Paulas Blick wandert von mir zu ihm, von ihm zu Gerda und wieder zurück zu mir. Bestimmt stellt sie sich die Frage, was hier vor sich geht. Jedenfalls würde ich mich dies an ihrer Stelle fragen, denn die ganze Situation wirkt hochkomisch und surreal. Meine Mutter bemüht sich um Haltung, aber ihre Contenance zeigt bereits erste Risse. Still verdreht sie die Augen.

»Kapstadt ist wundervoll«, wendet sich Paula an meinen Vater. »Die Landschaft ist grandios. Ich habe selten eine Stadt erlebt, die sich so eindrucksvoll zwischen Berg und Meer einfügt. Natürlich ist die Apartheid immer noch zu spüren und die Kluft zwischen Arm und Reich auch nach fünfzehn Jahren leider noch allgegenwärtig. Aber alles in allem befindet sich Kapstadt auf einem guten Weg, denke ich.«

»Bestimmt hast du die armen Kinder wieder mit Bonbons gefüttert?«

»*Na also*«, denke ich. »*Meine Mutter ist wieder aus ihrer Gutmensch-Starre erwacht.*«

Beinah erleichtert nehme ich dies zur Kenntnis, ohne jedoch auf ihren überflüssigen Kommentar einzugehen. Auch mein Vater lässt die Meinung seiner Frau gleichgültig. Nur Paula, die diese spitzen Sticheleien von meiner Mutter gewohnt ist, schenkt ihr ein mitleidvolles Lächeln.

»Ich habe mich einige Tage in Simon's Town aufgehalten und am Boulders Beach viel Zeit in der dort angesiedelten Pinguinkolonie zugebracht. Es ist traurig, wie wenig Geld die südafrikanische Regierung in einem Land, das über eine derart artenreiche Tierwelt verfügt, bereitstellt. »Ach Johannes,« wendet sich meine Frau nun plötzlich an mich. »Ich habe dort eine größere

Spende hinterlassen und bis heute ganz vergessen, es dir zu sagen.«

Ich zucke mit den Schultern.

»*Geld spielt bei unseren Problemen keine wirkliche Rolle*«, denke ich gelassen.

»Es dürften demnächst also rund eintausend Euro von unserem Konto abgebucht werden.«

Alleine für das cholerische, nach Luft schnappende Geräusch meiner Mutter, hätte ich diese tausend Euro bezahlt.

»*Gut gekontert, Schatz*«, lobe ich meine wunderschöne Frau in Gedanken. Doch ich möchte ihr noch mehr unter die Arme greifen.

»Natürlich ist das für mich vollkommen akzeptabel«, sage ich deshalb. »Wenn du möchtest, können wir gerne monatlich eine gewisse Summe dorthin überweisen.«

Paula strahlt und ich tue es ebenfalls. Vermutlich aus anderen Gründen, aber das ist mir egal. Mein Vater schmunzelt und meine Mutter verschluckt sich an einem Bissen Pflaumenkuchen, der zwischenzeitlich aufgetragen wurde. Wiederum nimmt niemand von diesem rebellischen Zeichen seitens meiner Mutter Notiz. Es scheint, als hätten wir eine stille Vereinbarung getroffen. Nur Paula blickt nach wie vor verwundert zu ihrer Schwiegermutter.

»Im Übrigen, Paula«, beginnt mein Vater, als sei es das Selbstverständlichste der Welt, Mutters Geste zu übergehen, »habe ich das Catering für Felix Geburtstagsfeier in Auftrag gegeben. Ich werde mir erlauben, vor dem Bootshaus ein kleines Partyzelt errichten zu lassen. Natürlich wird ihm auch das Haus sowie der Steg für seine Feier zur Verfügung stehen. Wenn du später noch einen Blick auf die Essensvorschläge der Cateringfirma werfen würdest, wäre ich dir allerdings dankbar. Ich habe so gar keine Ahnung, was bei den Jungs in seinem Alter im Moment so ‚up to date' ist. Vielleicht Sushi? Oder doch lieber Hamburger? Oder dieses Veggie-Zeugs, das so rasant auf dem Vormarsch ist?«

Jetzt ist es Paula, die sich an einem Stück Kuchen verschluckt.

»Aber …«, protestiert meine Mutter, doch mein Vater übergeht ihren Einwand, den sie noch gar nicht geäußert hat, mit einer unwirschen Handbewegung, die keinen Widerspruch duldet.

»Danke«, lächelt Paula. »Felix wird sich freuen. Du solltest ihn später anrufen und es ihm mitteilen.«

»Das überlasse ich gerne dir, Paula. Wenn sich Felix noch irgendetwas wünscht, lass es mich wissen. Unser einziger Enkel wird schließlich nur einmal achtzehn. Stimmt´s Gerda?«

Paula sucht meinen Blick und stellt mir die stumme Frage, was hier vorzugehen scheint. Aber für Erklärungen bleibt keine Zeit, deshalb hebe ich nur die Schultern.

»Hättest du kurz Zeit und würdest mich nach draußen in den Garten begleiten, Paula?«, fragt mein Vater.

»Natürlich«, lautet die Antwort meiner Frau.

»Ihr entschuldigt uns?« Ich sehe zu, wie er Paula den Arm bietet, um mit ihr nach draußen auf die Terrasse zu gehen.

»In dieser Familie macht jeder nur noch, was er will«, giftet meine Mutter sofort, nachdem Paula und Vater über die Schwelle nach draußen und damit außerhalb unserer Hörweite getreten sind. Dabei trägt sie eine Untergangsmiene zur Schau, bei der man glauben könnte, die Welt stehe tatsächlich vor ihrem Zerfall.

»Das glaube ich nicht, Mutter«, betonte ich sanft. »Es wird nur lediglich nicht mehr nur gemacht, was *du* willst.«

»Das werden wir ja sehen«, giftet sie weiter.

»Du hast deine intriganten Spielchen lange genug gespielt, Mutter. Und ich fürchte, jetzt reicht es uns.« Unwirsch schiebt meine Mutter daraufhin den Stuhl zur Seite und verschwindet wütend aus dem Zimmer.

Wann beschließt man, wenn etwas zu viel ist?

Froh der merkwürdigen Stimmung im Raum entkommen zu können, bin ich meinem Schwiegervater dankbar, als er mich zu einem Vieraugengespräch in den Garten bittet. Warum zum Teufel benehmen sich alle Gerda gegenüber so eigenartig?

Obwohl ihre Reaktionen durchaus einem normal ausgeprägten Rechtsempfinden entsprechen, sind sie von meinem Mann, und erst recht nicht von meinem Schwiegervater, bisher jemals in meinem Beisein in Anspruch genommen worden. Unbestritten hatte ein ungewohnt barscher Tonfall Gerda deutlich signalisiert, dass es besser war, nicht zu widersprechen.

Aber weshalb? War meinem Schwiegervater ihr Egoismus nach vierzig Ehejahren tatsächlich zu viel geworden? Hatte er beschlossen, dass zu viel wirklich zu viel ist? War das Maß an Demütigungen, das Gerda für gewöhnlich an den Tag legte, einfach für niemanden mehr zu ertragen? In jedem Fall entspricht es einer Tatsache, von der ich nicht geglaubt habe, sie jemals erleben zu dürfen. Dagegen wurde mir viel zu oft vermittelt, dass Gerdas Meinung einem gewissen Naturgesetz entspricht. Frei dem Motto: Meine Schwiegermutter hat immer recht! Umso erstaunlicher ist diese Revolte.

Sowie wir auf der Terrasse ankommen, und auf den Stühlen Platz genommen haben, beginnt mein Schwiegervater, sich mir mitzuteilen. Seine Stimme klingt sanft und dennoch energisch.

»*Die Stimme eines Diplomaten*«, denke ich nicht zum ersten Mal.

Unsere Blicke richten sich auf den See, der still und friedlich vor uns liegt. Zum Glück hatte sich die Schwüle des Sommers in den letzten Wochen endgültig verabschiedet.

»Paula, ich bedaure zutiefst, was passiert ist«, beginnt mein Schwiegervater und Sanftmut dominiert seinen Tonfall. »Es ist abscheulich und absolut unverzeihlich, was mein Sohn dir angetan hat. Mir ist es wichtig, dass du weißt, was ich davon halte.«

Ich nicke, obwohl er es nicht sieht, weil er seinen Blick noch immer stoisch über den See richtet. Nach einer kurzen Pause fährt er fort. »Ich habe lange darüber nachgedacht, warum Johannes so uneinsichtig gehandelt haben könnte und weshalb dein Wunsch nach Freiheit plötzlich ausschlaggebend für euer Familienleben ist. Dabei ist mir klar geworden, dass du dich jahrelang unserem Leben anpassen musstest, obwohl du das meistens gar nicht wolltest. Allein diese Tatsache zeigt mir, wie sehr du meinen Sohn lieben musst.«

Zum Glück ist es keine Frage, die eine Antwort erfordert. Ohnehin bin ich mit dem Gefühlsausbruch meines Schwiegervaters emotional bereits total überfordert.

»Für uns war es immer selbstverständlich, dass du die Mutterrolle übernehmen würdest, nachdem ihr beide so jung Eltern geworden seid. In meiner Generation war es auch durchaus üblich, so zu denken. Auch in Gerdas, wenn man es ihr zugutehalten möchte.«

Er lacht. Ein wenig zu cholerisch, wie ich finde. »Aber die Zeiten haben sich längst geändert. Und wir hätten es bemerken müssen, zumal es auch nicht zu übersehen ist. Frauen, die Kinder bekommen, sind nicht mehr dieselben Mütter, wie die unserer Nachkriegsgeneration. Sie wollen Karriere machen, selbst für ihren Unterhalt sorgen und nach Unabhängigkeit streben. Ob dies immer das Beste für die Kinder ist, bleibt dahingestellt. Aber nur, weil wir es vielleicht nicht als das Richtige empfinden, bedeutet dies noch lange nicht, dass es falsch sein muss.«

»Mir war es nie wichtig, irgendwo Karriere zu machen«, beruhige ich meinen Schwiegervater, der den Eindruck erweckt, als Fursprecher aller Mütter, die gerne zu Hause bei ihrem Nachwuchs bleiben, sprechen zu müssen. »Ich glaube, meine Generation ist zu einer Art Zwischengeneration geworden. Das Alte ist nicht mehr perfekt, aber das Neue noch viel zu fremd, um es auszuprobieren. Jedenfalls habe ich mich in meiner Rolle als Mutter und Hausfrau immer wohlgefühlt.«

»Das weiß ich. Und ehrlich gesagt, bin ich froh darüber, weil Lilly und Felix ohne deinen Einfluss nicht zu dem geworden wären, was sie heute sind. Zwei selbstbewusste Teenager.«

Ich staune mit offenem Mund.

»*Wo bleibt das dicke Ende?*«, frage ich mich im Geheimen. Aber es will nicht kommen. Ganz im Gegenteil.

»Erinnerst du dich noch an das Angebot, das ich dir vor einigen Jahren unterbreitet habe, Paula?«

Ich nicke. Ich kann es mir nämlich noch gut ins Gedächtnis rufen. Die Freude und den Stolz, den ich empfand, als mein Schwiegervater mir diese berufliche Veränderung vorgeschlagen hatte. Und die Kränkung, die folgte, weil Johannes und Gerda es als hochkomisch auffassten, dass ausgerechnet ich, die hinterwäldlerische Mutter, Verantwortung für ein Projekt übernehmen sollte, das darüber hinaus auch noch von der hochheiligen und herrschaftlichen, beinah königlich bayrischen Staatsregierung finanziert wurde.

Wir schweigen und hängen unseren Gedanken nach, bis mein Schwiegervater schließlich weiterspricht. »Eine ähnliche Aufgabe würde dich in unser Partnerstadt Harare erwarten, Paula.«

Ich schnappe nach Luft, blicke zu ihm, und erkenne, wie er mich auf ernste Art und Weise mustert. »Wir möchten dort in den nächsten Jahren mehr Entwicklungsarbeit erbringen. So ist zum Beispiel der Bau einer deutschsprachigen Schule geplant. Jedenfalls ist es für uns unerlässlich, reichlich mehr an Jugendarbeit in Zimbabwe zu leisten, als es bis heute der Fall ist. Es ist wichtig, dass die Jugendlichen dort Anlaufstellen finden, die es ihnen ermöglichen, sich untereinander und mit Hilfe von westlichen Mitarbeitern auszutauschen. Menschen, die für sie und mit ihnen nach Lösungen suchen.«

In meinem Kopf überschlagen sich die Worte und ich versuche, sie in eine sinnvolle Reihenfolge zu bringen.

»Zimbabwe?«, frage oder sage ich.

»Aufgabe?«, ist das nächste Wort, das mein Bewusstsein verlässt.

»Ich?« Wieder weiß ich nicht, ob ich etwas wissen möchte, oder ob ich es weiß und nur nicht verstehe. Ich habe nämlich keine Kontrolle darüber. Es scheint, als sei es mir physisch unmöglich, weiterzusprechen.

»Paula!« Beruhigend legt mein Schwiegervater seine Hand auf die Meinige. »Lass die ganze Sache in Ruhe auf dich wirken.«

»Aber?«

»Kein aber, Paula. Denk in Ruhe darüber nach.« Es klingt wie ein Befehl.

»Ich kann das nicht ... Ich meine, ich bin vollkommen ungeeignet für eine so wichtige Auf ... gabe ...«

»Wer behauptet das?«

»Ich!«

»Du würdest dort in einem großen Team arbeiten, Paula. Du übernimmst keine überaus riesige Verantwortung. Abgesehen von dem emotionalen Ballast, der dort auf dich einströmen wird. Und du müsstest dafür bereit sein, zu reisen. Am Anfang etwas mehr, später weniger.«

»Aber ich habe doch gar keine Qualifikationen«, stottere ich, immer noch vollkommen damit überfordert, in ganzen Sätzen zu sprechen.

»Das stimmt nicht. Du besitzt eine abgeschlossene medizinische Ausbildung. Und du hast zwei Kinder großgezogen. Du hast immer Weitsicht bewiesen, Paula. Und tust es immer noch, wie deine Aktionen in Kapstadt deutlich zeigen. Du bist Mensch, Paula. Das reicht mir an Qualifikation völlig aus. Und es wird auch jener Organisation reichen, der wir dich in Obhut geben werden.«

Mein Schwiegervater lächelt. Er lächelt so sanft, so verständnisvoll, dass ich ihn am liebsten umarmen möchte. Auch ohne eine Entscheidung bin ich ihm für diese Geste, die er mir entgegenbringt, unendlich dankbar. Es ist schön zu wissen, dass nach Matt, ein weiterer Mensch an mich glaubt.

»Aber Lilly und Felix ...«, wende ich ein.

»Felix wird ohnehin bald studieren und ausziehen. Und Lilly ist alt genug, um mit ihrem Vater einen Haushalt zu führen. Es wird ihr ganz sicherlich nicht schaden, ein wenig mehr an Verantwortung zu übernehmen.«

»Johannes?«

»*Ich spreche wie ein kleines Kind*«, denke ich verärgert und schäme mich.

»Er weiß noch nichts von meinem Angebot und ich möchte dich bitten, ihm auch vorerst nichts davon zu erzählen. Finde erst zu deiner eigenen Meinung, Paula. Ich denke, dass es unheimlich wichtig ist, dass du dir darüber klar wirst, welche Veränderungen du für dein weiteres Leben zulassen möchtest oder, ob dieser Einschnitt dir vielleicht als zu gravierend erscheint.«

Ich nicke, schüttle den Kopf, lächle. Die Ausdrucksweise mit Gesten gelingt mir noch weniger, als jene mit Worten. »Ich werde dir später die Unterlagen in einer Email zusenden. Lies sie dir in Ruhe durch, recherchiere und gib dir die nötige Zeit für ein Urteil.«

»Zimbabwe«, fasle ich ungläubig.

»Zimbabwe, im Süden Afrikas«, bestätigt mein Schwiegervater.

Die darauffolgende Woche wird mir zum Gräuel. Was ich auch tue, womit ich mich abzulenken versuche, meine Gedanken hängen ausschließlich bei diesem Jobangebot. Soll ich es wagen? Kann ich es überhaupt? Fragen, die sich wiederholen und keine Antwort hervorbringen. Zum einen ist es diese *eine* große Chance im Leben. Ich würde ein viel unabhängigeres Leben führen und zum ersten Mal Verantwortung für Menschen übernehmen, die weder mit mir verwandt noch verschwägert sind. Es ist ein zweites, aber vermutlich auch letztes Angebot, das mein Schwiegervater mir vorlegt. Obwohl ich mir darüber bei genauerem Überlegen gar nicht mehr so sicher bin. Nach seinem Gefühlsausbruch beim letzten Zusammentreffen, vermute ich, dass er insgeheim beschlossen hat, mir ein guter Vaterersatz zu werden. Werde ich ihn enttäuschen, wenn ich mich gegen das Projekt entscheide? Ob ich vielleicht nochmal das Gespräch mit ihm suchen soll?

Die Worte, die er über meine berufliche Zukunft, über mein ganzes weiteres Leben gesprochen hat, bedeuten mir viel. Sie entsprechen genau dem, wonach ich mich sehne und wovor ich mich auch gleichzeitig so unendlich fürchte. Ich besitze die Möglichkeit zu springen, aber die Angst vor dem Sprung kann auch er mir nicht nehmen. Letzten Endes werde ich die nächsten Tage mit meiner Familie darüber sprechen müssen. Egal, worum mich mein

Schwiegervater auch bittet, ich kann und will keine Entscheidung treffen, ohne den Standpunkt meiner Familie zu berücksichtigen.

Am Donnerstagabend ist es dann so weit. Lilly ist von Antonia zu Emilia übergesiedelt. Beide befinden sich auf dem Weg nach Freiburg, wo sie zusammen einige Tage im Freizeitpark verbringen wollen. Waghalsige Aktionen, die einer gehörigen Portion Adrenalin bedürfen, sind ausschließlich Angelegenheiten, für die meine jüngere Schwester Emilia zuständig ist. Niemand ist so cool und taff wie Tante Emi.

Wo sich mein Großer gerade herumtreibt, weiß ich gar nicht so genau. Aber es stört mich nicht sonderlich, weil ich ihn kenne und weiß, dass ich mich auf ihn verlassen kann. Spätestens in drei Tagen, pünktlich zu seinem achtzehnten Geburtstag, wird er ohnehin hier aufschlagen.

»Johannes?«, beginne ich zögerlich. »Hättest du etwas Zeit für mich? Ich würde gerne ein paar Dinge mit dir besprechen.«

»Klar«, antwortet mein Mann und legt die aufgeschlagene Zeitung beiseite.

Wir treten hinaus in den Garten, wo die letzten Sonnenstrahlen des Tages einfallen und ein heimeliges Gefühl verbreiten. Die Blumen sind verblüht und irgendwie riecht die Luft nach Veränderung. Ein ewig währender Kreislauf der Jahreszeiten. Immer noch erstaunt darüber, wie sich die Prioritäten meines Mannes in den letzten Wochen verändert haben, schenke ich ihm einen dankbaren Blick. Noch vor Kurzem hätte er zuerst seine Zeitung zu Ende gelesen und bestenfalls – für ihn – meinen Wunsch irgendwann vergessen.

»Also, raus mit der Sprache«, lächelt er, ohne es allerdings abwertend klingen zu lassen. Er legt seine Füße auf einen zweiten, freien Stuhl und blickt mir aufmerksam in die Augen.

»Dein Vater hat mir bei unserem letztem Besuch ein Jobangebot unterbreitet.«

Ein flüchtiges Zucken huscht über sein Gesicht, bevor er sich wieder fasst und lächelt. Ob er sich unbehaglich bei diesem Thema fühlt? Ich weiß, dass ich weitersprechen muss und es keine Möglichkeit gibt, das ganze Ausmaß dieses Angebots zu umgehen.

Beinahe wünsche ich mir, wir würden uns gleich über eine Anstellung als Mitarbeiterin in einem nahegelegen Supermarkt unterhalten.

»Ich könnte mich einer Organisation in Zimbabwe anschließen.« Es klingt noch immer schrecklich seltsam für mich. Johannes reißt die Augen auf und verlagert sein Gewicht. »Im Frühjahr nächsten Jahres soll dort ein Jugendzentrum entstehen, das Kindern aus ärmlichen Verhältnissen ermöglichen soll, andere Wege einzuschlagen, als die, die ihnen für gewöhnlich zur Verfügung stehen.«

Meine Stimme klingt ruhig. Viel zu ruhig für mein Empfinden, denn ich fürchte mich vor der Reaktion meines Mannes. »Die bayrische Staatsregierung wird dieses Projekt unterstützen, um seiner Partnerstadt Harare die versprochene Entwicklungsarbeit zukommen zu lassen.«

Johannes sitzt weiterhin ruhig auf seinem Stuhl, aber ich erkenne, dass er angespannt ist. Seine Muskelstränge am Hals treten in Erscheinung und eine Hand umklammert die Lehne des Gartenstuhls. »Ich würde abwechselnd in München oder von zu Hause aus arbeiten, aber auch einzelne Abschnitte in Zimbabwe verbringen.«

Nun liegen die Fakten also auf dem Tisch, und ich hoffe, Johannes wird mir entgegenkommen, indem er irgendeine Meinung dazu äußert. Eine Anschauung, die fair und überlegt und nicht abwertend oder beleidigend klingt. Hilflos suche ich seinen Blick. Ich ahne, dass ihm diese Veränderung viel zu radikal erscheint. Nicht nur für mich. Sondern auch für ihn und den Kindern.

»Würdest du bitte etwas dazu sagen, Johannes?«, bitte ich ihn, weil so gar keine Reaktion aus seinem Blick zu entnehmen ist.

»Wenn du mich fragst, Paula, dann ist es eine ganz wunderbare Möglichkeit, die sich dir da bietet.«

Ich kann kaum glauben, was ich höre. »Aber es ist nicht meine Entscheidung, Schatz, sondern ganz allein deine.«

»Aber eine, die auch dich, … euch betrifft.«

»Es sind die Konsequenzen *deiner* Entscheidung, die *uns* betreffen werden, Paula. Das ist etwas völlig anderes.«

»Aber …«

»Es gibt kein aber. Wenn es *das* ist, was du ausprobieren möchtest, dann versuche es.« Er nimmt meine Hände in seine, rückt näher zu mir heran und streichelt mit seinen Fingern zärtlich über meinen Handrücken. »Aber du musst mir versprechen, dass du das alleine für *dich* tust, Paula. Du musst weder mir noch den Kindern und schon gar nicht meiner Familie etwas beweisen. Ich hoffe, du weißt das. Du bist großartig, so, wie du bist. Ob als Frau, Mutter, zu Hause, im Krankenhaus oder in einer Organisation, die um Rechte von Kindern kämpft. Egal, wofür du dich entscheidest, *wir* werden diese Entscheidung mit dir tragen, solange wie es *deiner* Überzeugung entspricht.«

Er überlegt und ich erkenne, dass es ihm schwerfällt, darüber, was gleich folgen wird, zu sprechen. »Aber falls du es tust, um vor irgendwas oder irgendwem wegzulaufen, dann überlege dir gut, ob es der richtige Weg ist, indem du dieses Angebot annimmst. Flucht ist ein mieser Grund, um einen Vorschlag anzunehmen.«

In seiner Stimme liegen Zärtlichkeit und Sorge zugleich. »Diesen Schwebezustand, Paula, in dem wir uns gerade befinden, den kann ich auf Dauer nicht ertragen. Ich liebe dich und ich liebe dich auch, wenn du in Zimbabwe Gutes tust. Aber irgendwann werden wir uns die Frage stellen müssen, wie es mit uns beiden und unserer Ehe weitergehen soll.«

Tausend Empfindungen stürzen auf mich ein.

Angst, Beklemmung, Atemnot, Herzrasen, Zweifel.

Aber auch Zuversicht, Mut, Zuneigung und Entschlossenheit.

Ich blicke in die Augen meines Mannes und sehne mich nach dem Gefühl von bedingungsloser Liebe, die mich wie eine Welle überrollt. Wie oft hatte ich mir dieses Gefühl in den letzten Wochen schon herbeigesehnt. Etwas, das mir verdeutlicht, wie sehr ich meinen Mann liebe, wie sehr ich ihn noch begehre.

Doch irgendetwas stand immer zwischen uns. Diese Welle, die ich so gerne hätte, kommt einfach nicht. So sehr ich es mir auch wünsche. Zwischen den vielen neuen Empfindungen, meiner Sehnsucht nach Freiheit und Unabhängigkeit, ist die Liebe zu meinem Mann nur ein kleiner Teil eines Ganzen, ein Tropfen, welcher irgendwann im Rausch der Welle untergeht, weil sich andere Empfindungen in den Vordergrund drängen, und mir von Tag zu Tag wichtiger erscheinen.

Wo ist das Feuer? Ich will ein leuchtend loderndes Feuer, sowie damals am See, als wir uns kennengelernt haben. Nur reicht meine pure Willenskraft nicht mehr aus, um einen Brand zu entfachen. Ich glaube, wir erfassen in diesem Moment beide, dass wir an einen gewissen Punkt in unserer Ehe nicht mehr zurückkehren können.

Und wenn ein Zurückkehren nicht mehr möglich ist, bleibt einem nichts anderes übrig, als nach vorne zu gehen.

Abschied

Man weiß im Nachhinein nur selten, wo etwas endet oder etwas Neues beginnt. Ob etwas gut ist oder nicht.

Ich hasse Abschiede.

Aber ich liebe die Neuanfänge.

Äußerlich habe ich mich in den letzten Monaten kaum verändert. Meine Wandlung hat sich vielmehr in meinem Inneren vollzogen. Ich kann sie spüren und fühlen. Und die Menschen, die mich lieben, erkennen sie auch.

Ich habe etwas verloren, von dem ich immer dachte, den Verlust nicht überleben zu können. Dass ich an der Einsamkeit scheitern könnte. Aber es stimmt nicht. Dieser Verlust hat mich erweitert und mein Leben auf eine ganz andere Weise bereichert.

Es gibt Momente im Leben, da schließen sich Türen.

Aber es gibt auch eine Zeit, in der sich andere dafür öffnen.

Auch wenn sie es manchmal zu verschiedenen Zeiten tun, kann man auf diesen wiederkehrenden Rhythmus vertrauen. Vielleicht fiel es mir deshalb leicht, eine ganz besondere Tür zu schließen.

Vor zwei Monaten bin ich von zu Hause ausgezogen.

Vielleicht war es ein Fehler.

Oder aber genau das Richtige.

Vielleicht ist es auch etwas, das zwischen richtig und falsch liegt. Eine Möglichkeit, die bis jetzt noch im Verborgenen liegt und keinen Namen trägt.

Mein Fortgehen war ein Prozess des langsamen Abnabelns. Am Ende war es dann nur noch ein kleiner Schritt gewesen. Aber er bedeutet mir heute unendlich viel.

Nicht nur unsere Kinder müssen lernen, sich von uns Eltern abzunabeln. Auch wir Eltern müssen begreifen, wieder als eigenständige Personen zu funktionieren, wenn wir von unseren Kindern immer weniger gebraucht werden. Sich dagegen zu wehren oder sich deswegen nutzlos und überflüssig zu fühlen, ist falsch.

Das Leben ist viel zu kostbar, um den Lauf der Dinge, der im Übrigen seit Jahrhunderten der Gleiche ist, zu bedauern. Bereits unsere Großeltern und Urgroßeltern haben diesen Prozess durchlebt.

Und überlebt!

Selbst wenn damit Veränderungen vollzogen werden, die uns nicht gefallen, geht das Leben weiter. Es ist anders, aber nicht unbedingt schlechter, wenn man eine gewisse Zeit des Bedauerns und der Sehnsucht hinter sich gelassen hat.

Felix und Lilly leben weiterhin bei ihrem Vater, besitzen aber die Möglichkeit, ausreichend Zeit bei mir zu verbringen. Angesichts der Tatsache, dass ich in wenigen Wochen für eine unbestimmte Zeit nach Zimbabwe aufbrechen werde, hielten Johannes und ich es für besser, beide in ihrem gewohnten Umfeld zu belassen. Wir haben lange darüber diskutiert.

Johannes und ich.

Und wir Eltern mit unseren Kindern.

Wir haben nichts überstürzt und geben uns ausreichend Zeit, mit den Entscheidungen, die wir vier letztendlich getroffen haben, in Einklang zu kommen.

Wie erwartet waren die Reaktionen auf unsere »Trennung auf Zeit« gänzlich unterschiedlich. Während es Felix eher locker zur Kenntnis nahm und sich mehr um den häuslichen Komfort, der quasi mit mir das Haus verließ, sorgte, war Lilly in den ersten Wochen am Boden zerstört. Die Pubertät ist für meine Tochter, auch ohne diese Tragödie, bereits schwierig genug. Doch Johannes und ich waren uns einig und zogen ohne Ausnahme am selben Strang. Dieser neue Zusammenhalt der Familie tröstete letzten Endes auch Lilly. Was andere von uns denken, interessiert uns im Übrigen nicht im Geringsten.

Vielleicht war es egoistisch von mir, so zu handeln. Aber jeder Mensch besitzt das Recht auf ein freies Leben. Ich habe mich im Laufe meines Lebens nicht einfach nur verirrt, ich habe mich irgendwann vollkommen verloren. Und ich weiß, dass ich mich wiederfinden muss, um in Zukunft ein glückliches Leben führen zu können.

Ich möchte einfach nicht mehr *nur* Ehefrau und Mutter sein. Und ich möchte auch nicht mehr *nur* darauf warten, dass jemand nach Hause kommt und mir aufträgt, was ich zu tun oder zu lassen habe. Ich möchte frei sein und mich nicht mehr an Menschen und Umgebung binden. Ich bin mir ganz sicher, dass es genau *das* ist, was ich möchte. Jetzt liegt diese Freiheit, nach der ich mich gesehnt habe, und die so viele Hindernisse aufwarf, ausgebreitet vor mir. Zu Anfang war der Blick in meine Zukunft noch getrübt. Aber nach und nach lichtet sich der Nebel und die Sicht wird frei auf etwas ganz Wundervolles.

Ich war immerzu nur Mutter gewesen.

Oder Ehefrau.

Oder Schwester.

Ich besaß noch nicht mal genügend Zeit, um meine Ausbildung ohne Unterbrechung, und wie eigentlich üblich, zu Ende zu bringen. Selbst die Möglichkeit *richtig* erwachsen zu werden, blieb mir verwehrt. Was auch immer es bedeuten mag, *richtig erwachsen* zu sein. Ich war Schwester und Mutterersatz, bevor ich zur Ehefrau und Mutter wurde. Dazwischen blieb kaum Zeit, um Luft zu holen. Jetzt ist es an der Zeit, dass *ich* ich selbst bin.

Mein Leben hat es mit sich gebracht, dass ich als zweites Kind meiner Eltern geboren wurde.

Fluch oder Segen?

Auch diese Frage habe ich mir in den letzten Wochen zur Genüge gestellt. Eine Antwort darauf habe ich nicht wirklich gefunden, außer, dass ich immer »die in der Mitte« war. Ähnlich wie gebrauchte Kleidung, die Toni an mich und ich an Emilia weitergab, war es auch mit den Entscheidungen gewesen. Antonia hatte sie in der schweren Zeit nach dem Tod unserer Mutter in der Regel getroffen und ich blieb in der Rolle des Annehmens und Weitergebens gefangen. Jeder zeigte Einsicht, wenn Emilia, das Küken, rebellierte. Oder sie unterstützten Antonia, die Große, wenn sie den Takt vorgab. Dagegen war ich nur das Bindeglied von Alt zu Jung. Das Mittelstück, das zwar durchaus notwendig war, aber im Grunde nichts weiter zu bewerkstelligen hatte, als zu funktionieren.

Mit Johannes hatte sich mir schließlich eine Welt eröffnet, die mir gänzlich fremd erschien und mich auf Anhieb faszinierte. Wir hatten so unendlich große Pläne für unser Leben. Dass wir derart früh Eltern werden sollten, stand allerdings nicht darauf.

Zwar besaß ich genügend Selbstvertrauen, aber auf das hohe Maß an Verantwortung, das mit Felix das Licht der Welt erblickte, war ich nicht vorbereitet gewesen. Wieder habe ich befolgt, was andere mir rieten und nie bereut, Felix und Lilly auf die Welt gebracht zu haben. Sie sind das größte Geschenk meines Lebens.

Die Welt ist für mich in Ordnung gewesen, bis ich an einem Punkt angekommen bin, der mir außerordentlich wichtig und zugleich auch ausweglos erschien. Eine Unzufriedenheit, die nicht von heute auf morgen gekommen ist, sondern jahrelang in mir schlummerte und stetig an Bedeutung gewann. Doch ich erkannte rasch, dass mir der Mut fehlen würde, diesen Widerwillen auch laut zu äußern. Bis Johannes´ unbesonnene Tat den Kreislauf schließlich ungewollt unterbrach.

Meinem Mann habe ich diese Ohrfeige längst verziehen. Wenn ich ehrlich bin, hatte ich ihm schon vergeben, als er mir unmittelbar danach in die Augen sah und ich seine unfassbare Traurigkeit darin erkannte.

Heute kann ich sein, wie ich möchte.

Wie jemand, dem zum ersten Mal niemand zuguckt.

Und Sie ahnen gar nicht, wie schnell man Fortschritte machen kann, wenn man keine Ahnung von etwas hat.

Meinen außerordentlichen Drang nach Sauberkeit unterdrücke ich seit Wochen. Ohnehin werde ich in nächster Zeit nicht die Hygiene vorfinden, die ich normalerweise gewohnt bin. Also nehme ich es sportlich und halte mein ganz persönliches Survivaltraining ab, indem ich mein Bad nicht jeden Tag desinfiziere. Allerdings hoffe ich, dass meine Zeit in Zimbabwe keinem Überlebenskampf gleichen wird. Von Katastrophen habe ich erst mal genug.

Auch von der Sehnsucht nach einer ausgewogenen, gesunden Ernährung habe ich mich längst verabschiedet, seit ich festgestellt habe, wie schön es sein kann, meine freie Zeit anderweitig zu füllen. Ich laufe viel, gehe schwimmen und verschlinge Bücher in Hülle und Fülle.

Im Übrigen bin ich meiner Heimat treu geblieben. Ich wohne nur wenige Kilometer von meinem alten Zuhause entfernt.

Und dann gibt es da noch Matt.

Ab und zu schiebt er sich in meine Gedanken. Matt war *meine* Möglichkeit der Realität zu entfliehen. Somit wurde er zu einem sehr wichtigen Menschen in meinem Verwandlungsprozess. Von Zeit zu Zeit bekomme ich E-Mails von ihm, in der er mir erzählt, wofür er das Geld verwendet, das wir ihm seit einigen Monaten regelmäßig überweisen.

Aber E-Mails geben keine Stimmungen preis und ich denke, dass es auch das Beste für mich ist, erst gar keine großen Emotionen aufkommen zu lassen. Ich habe ihm erzählt, dass ich mich von Johannes getrennt habe und ich weiß, dass es eine neue Ärztin in der Station gibt, die Matt gefällt. Manches Mal braucht es eben keine tausend Worte, um sich einander etwas zu sagen.

Übrigens: Ich denke *keine* Sekunde über eine Scheidung nach! Es steht für mich außer Zweifel, dass ich diesen letzten Schritt, mich vollkommen von meinem Mann zu lösen, nicht gehen möchte. Auf eine gewisse Art liebe ich ihn nämlich immer noch. Wir haben lange darüber diskutiert und waren uns am Ende einig, keine Regeln für unsere »Auszeit« festzulegen. Trotzdem habe ich meine ganz eigenen Prinzipien zu diesem Thema, die so gänzlich anders sind, als jene, die ich für mein weiteres Leben getroffen habe.

Im Gegensatz zu meiner Eigenständigkeit habe ich Johannes nämlich *nicht* verloren. Wir haben uns nur ein wenig voneinander entfernt. Vielleicht müssen wir für eine Weile getrennte Wege gehen. Dies bedeutet aber nicht, dass diese neuen Wege nicht parallel zueinander verlaufen können. Gerade so weit voneinander getrennt, dass wir uns nicht mehr an den Händen fassen können. Freihändig zu gehen kann durchaus seinen Reiz besitzen.

Wir wissen beide, dass unsere Liebe etwas Besonderes ist, für die es sich zu kämpfen lohnt.

Irgendwann vielleicht.

Auch wenn zu kämpfen nicht immer bedeutet, sich fest aneinander zu binden und zusammen durch alle Gezeiten zu schwimmen. Liebe kann auch Freiheit, Vertrauen und Verantwortung bedeuten.

Natürlich entspricht es einem enormen Balanceakt, den wir da gerade bewerkstelligen, aber dieses Risiko wollen wir beide auf uns nehmen. Überhaupt erscheint es mir, als hätten wir in der Trennung voneinander unsere Gemeinsamkeiten wiedergefunden.

Verrückt?

Warum nicht!

Wenn ich Johannes durch Zufall irgendwo begegne – und ich treffe ihn *zufällig* ziemlich oft – beginnt mein ganzer Körper zu vibrieren. Nicht, weil ich mich dann an die schöne Zeit mit ihm erinnere, sondern weil in genau diesen Begegnungen etwas ganz Neues entsteht.

Manches Mal gehen wir Hand in Hand durch die Gegend und am liebsten würde ich den Leuten erzählen, dass wir ein Paar verkörpern, das im Grunde gar keines mehr ist. Ich möchte schreien, was für ein herrliches Gefühl es sein kann, mit seinem getrennt lebenden Partner durch die Gegend zu schlendern. Aber ich bin mir sicher, dass es die meisten Menschen nicht verstehen würden.

Ich versteh es ja selbst kaum.

Vielleicht belügen wir uns damit stückchenweise selbst. Aber es ist uns egal, weil es uns beiden gut damit geht.

Wenn uns Freunde fragen, wie wir uns wiedergefunden haben, wird es schwer, die ganze Geschichte zu erzählen. Johannes scherzt dann immer, indem er sagt:

»Wir haben uns bei unserer Trennung kennengelernt.«

Ich drücke ihm dann meistens die Hand oder schenke ihm einen liebevollen Blick. Und trotz all dieser Sehnsucht, dieser Liebe und jener Verrücktheit bin ich mir ganz sicher, dass wir das Richtige tun, indem wir uns weiter voneinander entfernen.

Als ich vor einigen Tagen bei Lilly und Johannes zu Hause eingeladen war, wo die beiden für mich ihre mittlerweile weltberühmten »Nudeln Speziale« gekocht haben, stellte Lilly uns eine Frage, bei der wir zuerst so gar nicht wussten, wie wir darauf reagieren sollten.

Sie sagte: »Was seid ihr denn eigentlich jetzt? Ein Ehepaar, geschieden oder getrennt lebend?«

»Mama ist meine Freundin«, antwortete Johannes darauf stolz.

»Deine Eltern«, meinte ich, nicht weniger selbstsicher.

»Cool«, entgegnete meine Tochter und verdrehte dabei ihre Augen.

Ein Jahr später …

Lilly

Epilog

Seit knapp sechs Wochen lebe ich nun in Kapstadt und kann verstehen, weshalb Mama diese Stadt unbedingt sehen wollte. Sie ist nämlich wirklich total abgefahren.

Während der Woche bewohne ich ein kleines Zimmer in Simon's Town, das mir die Station kostenlos zur Verfügung stellt. Es ist in Ordnung, aber bei Weitem nicht so pornös* wie mein Zimmer zu Hause. Meine Wochenenden verbringe ich dagegen bei Maria in Kapstadt. Ihr Haus ist wunderschön, wenngleich es mir auch ein wenig spooky* erscheint.

Obwohl ich Maria erst kurze Zeit kenne, weiß ich, dass sie das Bild einer ‚Traumoma' verkörpert. Irgendwann werde ich fragen, ob ich sie für diese Zwecke adoptieren kann. Aber noch ist es zu früh dafür.

Natürlich habe ich auch Matt kennengelernt. Was soll ich sagen? Er ist einfach wundervoll und ich kann verstehen, weshalb Mama ein Auge auf ihn geworfen hat. Auch wenn sie bis heute immer wieder beteuert, dass Matt und sie nur gute Freunde sind. Aber ich bin schließlich nicht ganz blöd. Abgesehen davon, dass er viel zu alt ist, stellt er nämlich einen echt megacoolen Typen dar. Die reifen Frauen fliegen auf ihn.

Und er surft! Trotz seines Alters!

Er möchte mich sogar in den nächsten Wochen mit an den Strand nehmen, um mir das Wellenreiten beizubringen. Wie cool ist das denn, bitte schön?

Während meine Freundinnen also in ihren öden Klassenzimmern in Lindau sitzen, um fürs Abi zu pauken, habe ich meine Schulzeit für ein achtmonatiges Volontariat unterbrochen.

Der Vorschlag kam total überraschend für mich. Niemals hätte ich gedacht, dass ausgerechnet *meine* Eltern mir vorschlagen würden, noch *vor* meinem achtzehnten Lebensjahr ins Ausland zu gehen.

Vielleicht liegt es daran, dass Mama erkannt hat, Chancen zu nutzen, wenn diese sich bieten. Ich soll meine eigenen Erfahrungen machen dürfen. So oder so ähnlich haben meine Eltern mir die Zeit in Südafrika schmackhaft gemacht, was im Grunde total überflüssig war, denn wer *bitte schön* würde *das hier* gegen den Bodensee und ein Schulzimmer eintauschen wollen? Trotzdem war es eine megacoole Aktion, die meine Eltern da gestartet haben. Klara wäre vor Neid fast gestorben. Aber es kann eben nicht jeder so megacoole Erzeuger haben.

Die Arbeit mit den Pinguinen ist echt funny. Im Moment schippe ich zwar mehr Dreck durch die Gegend, als mein ganzes Leben zuvor aus meinem Zimmer, aber komischerweise macht es viel mehr Spaß, wenn im Hintergrund der Ozean rauscht und die kleinen Tierchen aufgeregt und tolpatschig hinter einem herwatscheln. Hätte mir vor einem Jahr jemand prophezeit, dass ich so viel Freude an Pinguinkacke entwickeln könnte, ich hätte mich totgelacht. Davon abgesehen, dass ich also die meiste Zeit irgendetwas extrem Stinkiges von A nach B transportiere oder (mit der Hand!!!) von den Steinen schrubbe, lerne ich sehr viel über die kleinen Tierchen. Ich muss unbedingt daran denken, dass ich Matt bei unserem nächsten gemeinsamen Dienst frage, ob Pinguine eigentlich auch fliegen können.

Manches Mal erwische ich mich bei dem Gedanken, ob etwas, das in diese Richtung geht, als Studiengang für mich infrage käme. Also nicht Kackewegschrubber oder VonAnachBSpediteur. Vielmehr denke ich an Ozeanografie, Veterinärmedizin oder Meeresbiologie. Mama beteuert zwar neuerdings immer wieder, dass ich mich bloß nicht zu früh festlegen soll, aber es kann ja nicht schaden, sich mal den einen oder anderen Gedanken über seine Zukunft zu machen.

Felix befindet sich im Übrigen in London.

Ich buchstabiere: L ... o ... n ... d ... o ... n!

Wie einfallslos ist das denn, bitte schön? Haus an Haus, kein Meer und einzig und allein Katzen und Hunde, die als freilaufende Tiere über die Insel schleichen. Na gut, vielleicht sind es ein paar Tiere mehr, aber längst nicht so viele wie hier in Afrika.

Ergo: langweilig!

Sehr zu Oma Gerdas Bedauern hat mein Bruder sich *gegen* ein politikwissenschaftliches Studium und *für* Journalismus entschieden. Ich meine, wie uncool ist das denn? Felix tritt in Papas Fußstapfen und das, obwohl ihm die ganze Welt offen steht. Jetzt sitzt er beim *Sunday Telegraph* und tippt Artikel, die keiner lesen mag. Und das auch noch sonntags! In fünf Monaten will er mich hier besuchen. Dann ist seine Zeit in London nämlich abgelaufen. Und ich werde ihm dann zeigen, was zu leben bedeuten kann. Vielleicht beherrsche ich bis dahin sogar schon das Wellenreiten.

Mama hat ihre Zeit in Zimbabwe fast abgesessen. Die meiste Zeit arbeitet sie jetzt in München oder von zu Hause aus. Ich glaube, sie ist richtig stolz auf sich. Und ich bin es irgendwie auch, selbst, als es mir am Anfang schwerfiel, eine tägliche Routine ohne Personal, also ohne Mama, zu finden. Plötzlich musste ich so unendlich viele Dinge selbst erledigen. Frühstück machen, zum Beispiel. Oder Wäsche waschen. Müll raustragen. Papas Haushaltsplan ist gnadenlos und unterliegt bestimmt nicht den Bedingungen, die von *Amnesty International* für Jugendliche meines Alters vorgesehen sind. An manchen Tagen hatte ich sogar Megabock, mich bei denen über Papas häusliche Sklaverei zu beschweren.

Mamas größter Fan ist aber nach wie vor Papa. Die zwei turteln wie die Teenager und es ist *total* albern, dass sie immer noch in getrennten Wohnungen leben. Zwischenzeitlich fühle ich mich sogar schon erwachsener, als meine beiden Eltern es zusammen sind. Wie abgedreht ist das denn, bitte schön?

In neunundsechzig Tagen werden Mama und Papa mich hier in Kapstadt besuchen. Ja, ich zähle die Tage. Aber ich verrate es niemanden.

Immerhin bin ich fast achtzehn.

Und cool.

Und Heimweh ist ja auch so was von unzeitgemäß.

Eigentlich ist es ja sowieso kein richtiges Heimweh, nur so ein kleines Ziehen in der Magengegend, wenn ich an Mama und Papa denke. Vermutlich liegt dieses Grummeln ohnehin nur daran, weil ich in den letzten Wochen einige Kilos zugenommen habe. Schuften fördert eben den Appetit. Trotz des fehlenden Heimwehs (weil es bestimmt nur Magenprobleme sind) freue ich mich auf den Besuch meiner Eltern. Wahrscheinlich bin ich aber nur neugierig, wie Mama auf Matt, Matt auf Mama und Papa auf die Pinguine *und* Matt reagieren wird. Ich muss Maria unbedingt fragen, wie viele Zimmer meine Eltern reserviert haben. Notfalls muss ich in dieser Angelegenheit etwas eingreifen.

Es gibt da einen Jungen in der Station.

Samuel.

Aber wir nennen ihn alle nur Sam.

Er ist dunkelhäutig und der absolute *Ober*kracher. Vor allem sein *Ober*körper spielt in der *obersten* Liga. Er ist Student und finanziert sein College, indem er stundenweise in der Station jobbt. Wann immer er hier ist, beobachte ich ihn. Ich glaube, er hat es auch schon bemerkt. Und ich vermute, dass er mich ebenso betrachtet. Genauso fremdländisch wie er auf mich, muss ich auch auf ihn wirken, mit meiner blassen Haut, den roten Haaren und den vielen Sommersprossen im Gesicht.

Ob ich ihn mal fragen kann, ob er mit mir eine Cola schlucken gehen mag? Ich meine, schließlich leben wir in einer Zeit, in der auch wir Mädchen uns an die Kerle ranschmeißen dürfen oder? Ohnehin bin ich der Meinung, dass die Welt längst ausgestorben wäre, wenn nicht wir Weibchen ab und zu die Initiative ergreifen würden.

Vielleicht rede ich mal mit Matt über Sam. Vermutlich muss ich ihn sowieso um Erlaubnis bitten, ob ich mit Sam um die Häuser ziehen darf. Teilweise benimmt Matt sich nämlich wie mein Vater und macht es zu seiner obersten Priorität, auf mich aufzupassen. Vermutlich hat er es Mama versprochen. Jedenfalls werde ich demnächst ein ernstes Wort mit ihm reden. Wenn er nicht will, dass er von seiner Topplatzierung auf meiner Echt-Coolheits-Skala nach ganz weit unten durchgereicht wird, muss er mich ein wenig loslassen. Immerhin war es Mama, die mir in den letzten Monaten beigebracht hat, dass loszulassen mitunter sehr erfolgversprechend sein kann.

Sam studiert im Übrigen Politikwissenschaft und ich könnte mich wegschmeißen vor Lachen, wenn ich mir ausmale, wie ich Sam, als meinen festen Freund, Oma Gerda vorstelle. Oma wäre von seinem Studiengang begeistert.

Von seiner Hautfarbe allerdings weniger.

Vielleicht kann er ja sogar ein Auslandssemester in München absolvieren? Opa wäre sicher damit einverstanden. Ich werde ihn fragen. Aber die Wahrscheinlichkeit, dass er, als erster *schwarzer* Minister in den *bayrischen* Landtag einziehen könnte, entspricht vermutlich eher der Wahrscheinlichkeit, dass Pinguine fliegen können.

Ich muss mich unbedingt darüber informieren, und zwar, *bevor* ich mich Hals über Kopf in Sam verliebe.

pornös = toll / *spooky = gruselig

Können Pinguine fliegen?

Wie bereits seit dem Beispiel der Hummeln aus meinem ersten Roman bekannt, möchte ich auch in diesem Buch einen kleinen Einblick in die Welt meiner tierischen Helden, der Pinguine, weitergeben, der mir bei meinen Recherchen zu diesem Roman in die Hände gefallen ist. Aus diesem Grund ist es auch kein Zufall, dass ich ein Tier für mein zweites Buch gewählt habe, das von Muttergefühlen, Erziehung und Ehepartner ein Leben lang geprägt wird.

Aber das Wichtigste zuerst: Pinguine sind, wie bereits von Matt im Buch erklärt, *flugunfähig*. Ihre sogenannten Flügel sind zu schmalen, aber kräftigen Flossen umgestaltet und damit dem Leben im Meer angepasst. Sie erreichen Tauchtiefen von über 300 Meter und können mehrere Minuten unter Wasser bleiben. Sie absolvieren täglich bis zu 150(!) Tauchgänge. Dabei wird der Sauerstoffnachschub unter Wasser durch Myoglobin – eines mit dem Hämoglobin verwandtes Muskelprotein –gewährleistet.

Ab dem dritten Lebensjahr sind Königspinguine geschlechtsreif. Aufgrund der harten klimatischen Bedingungen für die Nachwuchsaufzucht sind Pinguine streng monogam. Männchen und Weibchen bebrüten das Ei durchschnittlich 55 Tage im zwei- bis dreiwöchigen Wechsel in einer Hautfalte. Das jeweils nichtbrütende Elterntier geht in dieser Zeit auf Futtersuche. Nach dem Schlüpfen benötigt das Jungtier weitere neun Monate lang elterliche Fürsorge. Erst nach etwa elf Monaten erfolgt der Wechsel vom braunen Jugenddaunenkleid zum Erwachsenengefieder, und somit auch die Loslösung von den Eltern. Meine Recherche hierzu bezieht sich auf die bei uns bekannteste Art von Pinguin: dem Königspinguin.

Die Pinguine aus meinem Buch gehören der Gattung der Magellanen an. Das Erstaunlichste an diesem Pinguin ist das Fehlen jeglicher Scheu vor dem Menschen. Es entspricht also keineswegs meiner künstlerischen Freiheit, dass die zahmen Tiere nur mit wenigen Zentimetern Entfernung an meiner Protagonistin Paula vorbeimarschiert sind.

Danke

Mit diesem Buch geht wieder einmal eine lange Reise zu Ende. Meine Protagonisten loszulassen, fällt mir vermutlich ähnlich schwer, wie gute Freunde in die Ferne ziehen zu lassen.

Tagelang habe ich mit Paula in Gedanken Zeit bei den Pinguinen verbracht oder bin nächtelang mit Johannes durch die Wohnung gewandert. Ich habe Probleme entstehen lassen, nur um sie später wieder zu lösen. Mit Lilly und Felix in die Welt der Teenager einzutauchen, war dagegen fast ein Kinderspiel, bin ich doch ebenfalls Mutter zweier (mehr oder weniger) pubertierender Kinder.

Und an diese beiden ganz wundervollen Menschen geht auch mein erster Dank. Ihr seid eigentlich keine Kinder mehr, werdet aber für mich immer *meine Kinder* bleiben.

Für Sarah: Mama hat nun wieder mehr Zeit für Dich. Sofern Du Dich von Deinem Smartphone, Notebook und den Filmen, für die Du eigentlich noch zu jung bist, trennen kannst.

Für Tobias: Danke, dass Du uns das Abnabeln so leicht gemacht hast und nach Hause kommst, wann immer ich Sehnsucht nach Deiner Nähe verspüre. Ich hege also die berechtigte Hoffnung, bei Eurer Erziehung nicht alles falsch gemacht zu haben. Und: Ich liebe Euch.

Zudem möchte ich mich bei den Leuten bedanken, die mir mit Rat und Tat zur Seite stehen. Bernhard Schwarzwald und Maria Schmittner für die liebevolle Cover-Gestaltung. Wie bereits den Hummeln gaben sie auch meinen Pinguinen ein Gesicht. Danke für die wundervollen Treffen in Salzburg, bei denen zehn Minuten gearbeitet, dafür stundenlang gequatscht wird.

Auch meinen Erstlesern gebührt wieder ein großes Danke. Marisa Waecker, Christine Zeller & Silvia Ketzer. Ich bewundere euren Mut, meine künstlerische Freiheit unzensiert über euch ergehen zu lassen.

Ein großes Danke an meine lieben Freunde, die mich während dieser Reise begleitet und (wann immer es nötig war) aufgemuntert haben: Allen voran Ali, Daniela, Katrin, Monika, Christoph, Werner, Petra, Thurid, Petra & Sonja sowie meinen wunderbaren Leuten aus dem Digi-Forum: Danke – Ihr seid so unglaublich wertvoll.

Ein herzliches Danke auch an Herrn Buchner vom Reisebüro Kroiss in Rosenheim für die technischen Daten zur Luftfahrt.

Ein hochachtungsvolles Danke (mit einer tiefen Verneigung) geht an meinen Lektor Alfred Franz Dworak. Es gleicht schon einem gewissen Wagnis, einen Roman zu lektorieren, dessen Autorin bereits in der Schule mit der Rechtschreibung auf Kriegsfuß stand.

Auch meine Familie musste wieder einiges an mieser Laune über sich ergehen lassen, wenn Paula & Johannes ins Stocken gerieten. Ich mach es wieder gut. Versprochen!

Vielen lieben Dank an alle Buchhändler, bei denen meine Werke Platz finden und trotz der Fülle an Bestsellerautoren dort nicht untergehen. Zudem möchte ich mich bei den vielen, vielen Leuten bedanken, die mir die Chance geben, meine Romane in ihren Räumlichkeiten zu präsentieren. Stellvertretend für alle sind hier gern genannt: Cafe Modest in Sedling, »Das Kaffee Haus« in Rosenheim, Gaststätte Erlensee, Hofladen Dirnecker in Wasserburg, Gasthaus Höhensteiger in Westerndorf, Cafe Steinberger in Glonn, Inge Seltmann in Ramerberg, Postagentur Ortlieb und der Landgasthof Stechl in Rott am Inn.

Mein größter Dank gebührt natürlich wieder meinem Lieblingsmenschen, meinem Felsen in der Brandung. Meinem Anker, der mich zu sich zieht, wann immer ich mich in der Gefühlswelt meiner Bücher hoffnungslos verlaufe und der mich so unglaublich erdet. In deinem sicheren Hafen fühle ich mich wohl und ich liebe dich, weil du mich sein lässt, wie ich bin.

Während des Schreibprozesses verstarb meine geliebte Tante Liesl, die durch und durch ein Bewunderer von Pinguinen war. Ich hätte mir gewünscht, dass du diesen Roman noch in deinen Händen hättest halten können, aber ich bin mir auch sicher, dass du – egal wo du nun bist – stolz auf mich blickst. Ein Teil deiner Pinguinsammlung hat einen guten Platz bei mir gefunden. Und deine letzten Worte an mich werde ich ein Leben lang bei mir tragen. Ich passe auf mich auf. Versprochen.

Vielen lieben Dank, dass Sie, liebe Leser, mich auf meinem Streifzug durch die Wirren des Alltages eines Familienlebens und Auf und Abs einer Ehe begleitet haben. Meine Reise ist nun zu Ende und in den nächsten Wochen werde ich meinen Jetlag (von den vielen durchdachten Nächten) ausschlafen. Doch die nächste Idee lauert bereits im Hinterkopf.

Dass Bücher enden, ist ein festes Gesetz unter uns Autoren. Egal, wie man es dreht oder wendet, am Ende ist es immer an der Zeit, seine Protagonisten ziehen zu lassen. Aber ich glaube, Paula und Johannes befinden sich auf einem guten Weg. Demnach kann ich auch Sie, liebe Leser, guten Gewissens jetzt alleine lassen.

Herzlichst,
Ihre Andrea Kraft

Wenn Sie Lust haben, mir zu schreiben, und Kritik oder Wünsche äußern möchten, würde ich mich freuen, wenn Sie mir über das Kontaktformular meiner Homepage eine Nachricht zukommen ließen.

www.andrea-kraft.com

Und dann …

»Kennen wir uns?«, frage ich die Frau, die mir in diesem Augenblick gegenübersteht. Sie ist wunderschön und ich glaube, ich bin ein wenig in sie verliebt.

»Ich weiß es nicht«, lächelt die Frau und legt den Zeigefinger auf ihr Kinn, verdreht die Augen nach oben und überlegt, ob wir uns schon mal begegnet sein könnten.

»Wir haben sehr lange auf dieses Date gewartet. Findest du nicht?«, höre ich mich sagen.

»Für jemanden, der von Anfang an weiß, dass der andere es ist und bleiben wird, spielt Zeit keine Rolle.«

»Zu dir oder zu mir?«, frage ich schon beinahe verlegen. Wieder lächelt sie, überlegt und legt erneut den Zeigefinger auf ihr Kinn. Eine Geste, die ich von ihr noch nicht kenne.

»Ich habe sturmfreie Bude«, schmunzelt die Frau und öffnet die Tür einen Spaltbreit mehr.

»Ich auch«, erwidere ich. »Lilly und Felix sind ausgeflogen.«

Ich erkenne erst beim Sprechen, dass es wortwörtlich mit der Wahrheit konform geht. Meine Kinder sind tatsächlich aus*geflogen*. Die wunderschöne Frau reißt die Augen auf. Ihre – im Übrigen – äußerst sinnlichen Augen. Mimt die Überraschte.

»Zufälle gibt es«, sagt sie.

»Zu mir oder dir?", frage ich noch einmal, denn ich will sie endlich spüren und lieben.

»Zu mir ist es kürzer«, schmunzelt sie und öffnet die Tür vollständig. Sie küsst mich leidenschaftlich, bevor wir unbeholfen in ihre Wohnung stolpern und beinahe über die vielen Umzugskartons, die sich dort seit Tagen stapeln, fallen.

Andrea Kraft

Roman

Hummeln fliegen

auch bei

Regen

Wenn aus einer Kampfansage gegen das Leben, eine Liebeserklärung an das eigene Ich wird . . .

Hummeln fliegen auch bei Regen

von Andrea Kraft

Hannah ist 35 Jahre alt, als sie vor dem Scherbenhaufen ihres Lebens steht und beschließt, sich endlich ihrem neuen Lebensabschnitt, samt seiner Herausforderungen zu stellen.

Getragen von einem alten Tagebuch, einer mysteriösen Urlaubsbekanntschaft und einer Menge Selbstironie gelingt es ihr, nach und nach ins Leben zurückzufinden.

„Hummeln fliegen auch bei Regen“ erzählt mit einer Leidenschaft und einer großen Portion Humor von einer Achterbahnfahrt der eigenen Gefühlen, den großen und kleinen Niederlagen im Leben und der immerwährenden Sehnsucht nach Veränderung.

Erhältlich bei allen bekannten Verkaufsstellen, über die Autorin unter deren Homepage www.andrea-kraft.com sowie über Amazon.

Das Buch ist auch als E-Book erhältlich.

ISBN 978-3-00-046009-8